BASTEI
LÜBBE
TASCHENBUCH

Dieser Titel ist auch als E-Book erhältlich

Fredrica Alleyn

DIE GEISELN

Erotischer Roman

Aus dem Englischen von
Markus Berg

BASTEI
LÜBBE
TASCHENBUCH

BASTEI LÜBBE TASCHENBUCH
Band 16 098

1. Auflage: August 2011

Vollständige Taschenbuchausgabe

Bastei Lübbe Taschenbuch in der Bastei Lübbe GmbH & Co. KG

Deutsche Erstausgabe

Titel der englischen Originalausgabe: »Fiona's Fate«
Published by Arrangement with Virgin Books LTD.,
London, England
Dieses Werk wurde vermittelt durch die Literarische Agentur
Thomas Schlück GmbH, 30827 Garbsen

Titelillustration: © istockphoto/Valentin Casarsa
Umschlaggestaltung: Gisela Kullowatz
Satz: Urban SatzKonzept, Düsseldorf
Gesetzt aus der Palatino
Druck und Verarbeitung: CPI – Ebner & Spiegel, Ulm
Printed in Germany
ISBN 978-3-404-16098-3

Kapitel eins

Im Esszimmer betrachtete Fiona Sheldon den langen, festlich gedeckten Mahagonitisch, an dem zwanzig Gäste der abendlichen Dinnerparty Platz finden würden, und fragte sich, wo bloß ihr Mann Duncan steckte. Nicht dass sie besonders erpicht darauf war, ihn zu sehen. Denn seitdem ihre Freundin Bethany zu Besuch gekommen war, hatte Duncan immer wieder versucht, Fiona zu überreden, sie solle ihrer Freundin einen Dreier vorschlagen. Erst letzte Nacht war er besonders beharrlich gewesen. Und da sie sich weiterhin geweigert hatte zuzustimmen, hatte der harte Sex sie körperlich wie auch geistig überstrapaziert – von miteinander schlafen konnte nicht die Rede sein.

Nein, es war nicht so, dass sie ihn jetzt unbedingt sprechen wollte, aber er bestand immer darauf, einen letzten Blick auf die Partyvorbereitungen zu werfen. Doch an diesem Abend war er einfach spät dran. Auf den Einladungen stand halb neun, und nun war es schon viertel vor acht. Erneut überlegte sie, was so wichtig gewesen sein könnte, dass Duncan nicht pünktlich erschien. Zumal das Abendessen arrangiert worden war, um die zunehmende Feindschaft zwischen Duncan und dem einflussreichen Familienclan der Trimarchis abzumildern.

Nach einem Blick auf ihre Uhr beschloss Fiona, dass sie nicht mehr länger warten konnte. Also ließ sie die Haushälterin wissen, alles sehe perfekt aus, und ging dann nach oben in ihr Zimmer, um sich umzuziehen. Sie hoffte, Duncan wäre nicht wieder so schlecht gelaunt wie so oft in letzter Zeit, wenn er denn endlich auftauchte. Dinnerpartys wie diese waren schon schwierig genug, da konnte sie auf Duncans schlechte Laune verzichten.

Während Fiona noch auf dem Weg in ihr Zimmer war und sich Gedanken über ihre Ehe und den bevorstehenden Abend machte, kniete Duncan nackt auf dem Doppelbett im Gästezimmer und schloss beide Hände um die wunderbar geformte Taille von Fionas bester Freundin Bethany Morris. Er nahm sie mit heftigen Stößen von hinten, während sie vornübergebeugt mit dem Gesicht auf dem elfenbeinfarbenen Seidenkissen lag, auf dem sich ihr hüftlanges rotes Haar fächerförmig ergoss.

Mit seinen knapp 1,80 Metern, dem grau melierten Haar und den blassblauen Augen war Duncan immer noch ein sehr attraktiver Mann, obwohl er schon fünfzig war. Er achtete stets auf seine Figur und war ausgesprochen stolz auf seine körperliche Fitness. Mit hartem Rhythmus trieb er sich in Bethany, umfasste ihre Taille fester als nötig gewesen wäre und genoss bei jedem Stoß die lustvollen Seufzer seiner Geliebten.

Bethany fühlte sich warm und schön feucht an, und als er den Rhythmus beschleunigte, wurde ihr Gesicht noch kräftiger auf das Kissen gedrückt, sodass ihr Stöhnen gedämpft wurde. Ihr Atem ging schnell, und die gedämpften Laute der Lust kamen in immer kürzeren Abständen, als sie ihrem Höhepunkt entgegenstrebte. Duncan musste daran denken, wie zurückhaltend Fiona ihn in der vergangenen Nacht empfangen hatte. Fast abweisend und kühl war sie seinem ausgelassenen, harten Sex begegnet. Wenn er dagegen sah, wie bereitwillig und heiß ihre Freundin auf ihn ansprach, spornte ihn der Vergleich nur noch mehr an.

Es war nicht länger Bethany, die er jetzt von hinten bumste, es war Fiona. Härter und härter stieß er sich in sie und bestrafte sie dafür, dass sie sich weigerte, seinen Lebensstil zu akzeptieren, seine Sehnsüchte und Wünsche. Und die ganze Zeit schrie Bethany ihre Lust in das Kissen und sprach mit jeder Faser ihre Leibes auf Duncans Sex an. Sie spürte, wie sich tief in ihr die Spannung aufbaute; dieses fast schmerzvolle Sehnen, das der endgültigen Befriedigung vorausging. Sie konnte ja nicht ahnen, dass Duncan mit seinen Gedanken bei Fiona war, und wartete jetzt auf den letzten kleinen Auslöser, der sie zum Orgasmus bringen würde.

Und Duncan enttäuschte sie nicht. Während sie in gespannter Erwartung ausharrte, unmittelbar vor dem Höhepunkt, wanderte seine rechte Hand von der Taille aufwärts und umschloss ihre Brust so fest, dass selbst Bethany überrascht war. Dann streifte er mit den Fingernägeln vom Rand der Brust bis zu dem harten Nippel und hinterließ fünf hellrote Striemen auf Bethanys cremeweißer Haut.

Genau in dem Moment, als seine Nägel ihre Brust zeichneten, zog er ihren Körper hart gegen seinen. Die Kontraktionen ihrer Vaginalmuskeln lösten seinen Orgasmus aus, und nur Sekunden nach Bethanys Gipfelpunkt ejakulierte er.

Die Heftigkeit seines Orgasmus erstaunte ihn. Er vermutete, es lag nur daran, dass er an Fiona gedacht hatte und an ihre zurückhaltende Art. Schließlich sank er erschöpft neben seiner Geliebten auf die Laken und lächelte in sich hinein. Ganz gleich, wie sehr seine Frau versuchte auf Distanz zu gehen, er wusste, dass er letzten Endes doch immer Vergnügen in ihren Armen fand. Entweder durch eine Affäre mit ihrer bester Freundin oder dadurch, dass er seine Lieblingsfantasie auslebte. Er konnte Fiona immer zwingen, das zu tun, was er von ihr verlangte, weil sie auf geradezu lächerlich altmodische Weise ihren Eltern hörig war – glaubte sie doch, es sei ihre Pflicht, ihren Ehemann zufriedenzustellen. Es würde nicht nur ihm, sondern auch Bethany gefallen, wenn Fiona zu ihnen in dieses Bett käme, und noch vor Bethanys Abreise würde er dafür sorgen, dass der Dreier auch zustande kam.

Bethany lag still neben ihm. Eigentlich hatte sie gehofft, der Sex würde länger dauern. Denn sie schaffte mühelos mehr als nur einen Orgasmus, wie Duncan sehr wohl wusste, aber wie es aussah, würde sie sich diesmal mit einem zufriedengeben müssen. Sie nahm Duncans Hand und führte sie zwischen ihre Schenkel, aber er lachte nur und zog die Hand fort.

»Dafür haben wir heute Abend keine Zeit, Beth. In einer halben Stunde steigt die große Dinnerparty. Schon vergessen?«

Bethany zog einen Schmollmund und rollte sich auf die Seite. Als ob sie die Party vergessen könnte! Den lieben langen Tag hatte sie Fiona bei der Organisation geholfen, und weil sie für häusliche Vorbereitungen dieser Art nicht viel übrig hatte, waren all die Stunden furchtbar langweilig für sie gewesen. Sie hatte nur deshalb durchgehalten, weil sie wusste, dass sie am frühen Abend noch Sex mit Duncan haben würde. Doch nun war das Vergnügen viel zu schnell vorbei.

Schon seit einem Jahr hatten sie eine Affäre. Da Bethany bereits seit über zehn Jahren mit Fiona befreundet war – Fiona also schon lange vor ihrer Hochzeit kannte –, hatte sie immer wieder Gelegenheit gehabt, Duncan zu sehen, aber an diesem Tag war es das erste Mal gewesen, dass sie Sex hatten und Fiona zur selben Zeit im Haus war. Und genau dieser Umstand hatte Bethany noch zusätzlich erregt; übrigens Duncan auch, wie sie annahm.

»Was hat meine wundervolle Frau denn heute wieder über mich gesagt?«, fragte er und strich langsam mit einer perfekt manikürten Hand über Bethanys Wirbelsäule.

»Ach, sie beklagt sich, dass du nicht mehr annähernd so aufmerksam bist wie kurz nach der Hochzeit!«, lachte sie. »Ich täuschte Mitgefühl vor, aber Fiona gab keine nennenswerten Details preis.«

»Das Problem mit Fiona ist, dass sie sich immer genau so verhält wie sie gerade guckt. Wie eine wohl erzogene Lady. So will ich meine Frau bei Tisch sehen, aber doch nicht im Bett!«, meinte er mit einem Lachen. »Trotzdem ist es irgendwie anregend, wenn ich weiterhin versuche, sie zu ändern.«

Bethany seufzte. »Du wirst sie wohl nie ändern. Fiona hat einen erstaunlich starken Willen, sobald es um Dinge geht, an denen ihr wirklich etwas liegt. Vermutlich der einzige Grund, warum sie noch bei dir bleibt«, fügte sie mit einem Anflug von Böswilligkeit hinzu.

»Sie bleibt bei mir, weil ich ihren bankrotten Eltern zu einem neuen Zuhause verholfen habe. Ihr Nichtsnutz von einem Vater darf im Vorstand einer meiner Firmen sitzen, sodass er sich wieder wie ein nützliches Mitglied der Gesellschaft fühlt. Aus Fionas Sicht heißt das, dass sie nun ihren Part des Handels erfüllen muss und eine ›gute Ehefrau‹ zu sein hat.«

»Was für ein Pech, dass du dir lieber eine freche, durchtriebene wünschst!«, lachte Bethany, legte sich auf Duncan und rieb sich der Länge nach über seinen Körper. »Was meint sie zu einem Dreier?«

Duncan stieß Bethany ein wenig zu grob von sich und begann, seinen Anzug anzuziehen. »Sie hat natürlich Nein gesagt. Wahrscheinlich wäre ich sogar enttäuscht gewesen, wenn sie zugestimmt hätte. Denn schließlich macht es ja gerade besonders Spaß, wenn sie sich hartnäckig weigert. Mir gefällt es jedenfalls, ihr meinen Willen aufzuzwingen.«

»Ich werde wohl so tun müssen, dass ich den Dreier auch nicht mag«, sagte Bethany schnell. »Sonst wäre es das Ende unserer Freundschaft, und dann wird es schwieriger für uns beide, wenn wir uns treffen wollen.«

»Prima. Du spielst den empörten Gast, Fiona ist die hysterische Ehefrau und ich mime wieder mal den Schurken im Stück und habe meinen Spaß. Ich kann es kaum abwarten. Wie dem auch sei, jetzt ruft aber die Pflicht. Oder besser gesagt: Alessandro Trimarchi.«

»Was ist an ihm so besonders?«, wollte sie wissen und spürte, wie verspannt ihr Körper noch war von unerfülltem Verlangen. Sie mochte es nicht, wenn ihr jemand den Geliebten wegnahm, ehe sie ihre Lust ganz ausleben konnte.

»Ich schulde ihm verdammt viel Geld«, antwortete Duncan, und sein sonst so weltgewandter Tonfall klang mit einem Mal brüchig. »Ich verlasse mich heute Abend darauf, dass Fiona besonders nett zu ihm ist. Er wird sie attraktiv finden. Alle Männer finden sie toll.«

Insgeheim hielt Bethany es für höchst unwahrscheinlich, dass Fiona sich bereit erklären würde, »nett« zu irgendjemandem zu sein, nur um Duncan zufriedenzustellen, denn dafür war Fiona den ganzen Tag über viel zu schlecht gelaunt gewesen. Doch Bethany zog ein diplomatisches Schweigen vor. Falls seine Frau ihn nämlich an diesem Abend enttäuschte, dann würde Duncan mit ziemlicher Sicherheit nach der Party auf den Dreier bestehen, und genau das wollte Bethany um keinen Preis verpassen.

»Was soll ich heute Abend anziehen?«, fragte sie und fuhr sich mit beiden Händen sinnlich über ihre vollen Brüste.

»Was immer dir gefällt. Aber heute Abend ist nur Fiona wichtig«, gab er zurück.

Als Duncan das Zimmer verlassen hatte, schmiss Bethany verärgert einen Hausschuh gegen die Tür, um Frust abzulassen.

Duncan betrat das Schlafzimmer seiner Frau und sah, dass eins der Hausmädchen Fiona beim Ankleiden behilflich war. Mit einer kurzen Handbewegung gab er dem Mädchen zu verstehen, den Raum zu verlassen, und stellte sich dann hinter Fiona, die vor dem Spiegel ihres Toilettentisches saß.

Sie hatte sich für ein schulterfreies, scharlachrotes Kleid entschieden, und ihr kastanienbraunes Haar fiel ihr in weichen Locken auf die Schultern. In ihren dunkelbraunen Augen entdeckte er einen grünlichen Schimmer, der immer dann da zu sein schien, wenn sie nervös oder aufgeregt war. An diesem Abend mochte es an der Nervosität liegen. In der Zeit nach der Hochzeit hatte es ihn amüsiert, diese grünliche Färbung zu sehen, wenn er Fiona erregte. Ganz gleich, wie sehr sie manchmal versuchte, ihre Enttäuschung zu verbergen, sie schien nicht zu bemerken, dass ihre Augen ihren wahren Gemütszustand verrieten. Es war wie ein Spiel für ihn gewesen, an dem er aber schon bald das Interesse verloren hatte. Wie er überhaupt der meisten Dinge irgendwann überdrüssig wurde.

Fiona beobachtete ihn genau im Spiegel. Duncan wirkte ausgeglichen, aber sie wusste, dass der äußere Schein bei ihm oft trog. Seine Laune konnte erschreckend schnell umschlagen. »Du bist spät dran«, stellte sie leise fest.

»Ich wurde noch im Büro aufgehalten. Hast du alles im Griff?«

Fiona nickte. »Natürlich.«

Seine Hände ruhten nun auf ihren bloßen Schultern. »Hier ist ein kleiner blauer Fleck oberhalb des Schulterblatts. Hast du einen Abdeckstift?«

Sie wussten beide, dass dieser Fleck von letzter Nacht stammte. Fiona, die eben noch im Spiegel Duncans Blick gesucht hatte, senkte nun die Augen. Sie wollte nicht an die vergangene Nacht denken.

Schweigend reichte sie ihm den Abdeckstift und schaute dann wieder in den Spiegel. Duncan benetzte einen Finger, rieb damit über die Spitze des Stifts und verteilte die hautfarbene Creme gleichmäßig auf dem blauen Fleck. Seine Fingerstriche waren hauchzart, fast liebevoll, und dennoch erschauerte Fiona. Einen Moment lang blieb er noch so stehen, strich mit den anderen Fingern über Fionas Haut und spürte, wie die Anspannung in ihrem Körper zunahm. Er ahnte, von welcher Mischung diese Anspannung rührte: Fiona versuchte verzweifelt, ihre sexuelle Erregung zu verdrängen und hatte gleichzeitig Angst, er könne ihr noch weitere Schmerzen zufügen.

Es amüsierte ihn, dass seine Frau so leicht zu durchschauen war, aber im Augenblick war keine Zeit für Psychospielchen dieser Art. Rasch öffnete er das Schmuckkästchen, das er mitgebracht hatte, und holte eine Halskette aus Rubinen und Diamanten hervor, dazu noch die passenden Ohrringe.

»Du hast dich genau für das richtige Kleid entschieden, Fiona. Dies hier dürfte perfekt dazu passen.«

Fiona spürte noch das Brennen seiner Finger auf ihrem Rücken und starrte Duncan ausdruckslos im Spiegel an. Ihr

Mann hatte immer Hintergedanken, wenn er ihr etwas schenkte. Diesmal vermutete sie, dass es eine Art Bestechung sein sollte, weil er sich wünschte, sie würde endlich dem Dreier mit Bethany und ihm zustimmen. Reine Geldverschwendung, dachte sie in stillem Triumph. Nie würde sie es zulassen, dass er ihre beste Freundin in dieser Weise erniedrigte.

»Du brauchst nur Folgendes zu tun, Fiona«, sagte er wie beiläufig. »Sei heute Abend nett zu Alessandro Trimarchi. Du hast das schon einmal für mich getan, aber heute ist es noch wichtiger. Wenn du versagst, könnte ich genauso bankrott dastehen wie dein netter Herr Vater, und was soll dann aus uns allen werden?«

Fiona schauderte. Ihr wurde jetzt noch schlecht, wenn sie daran dachte, wie einige ältere Herren ihr über den Arm und den Hals gestreichelt hatten und ihr an langen, schwülen Nächten viel zu nah gekommen waren, während ihr Mann beobachtete, wie sie seine Gegner umgarnte. Aber als sie sich ausmalte, was mit ihren alten Eltern passieren könnte, wenn sie sich Duncans Forderungen verweigerte, war sie bereit zu kooperieren.

»Und?«, fragte er voller Ungeduld.

Sie nickte. »Tue ich nicht immer, was du von mir verlangst?«, fragte sie kurz angebunden.

»Von außen betrachtet, ja. Aber wenn wir unter uns sind, enttäuschst du mich doch manchmal sehr«, entgegnete er.

»Ich habe nicht die Absicht, dir mit meinem Privatleben immer und überall entgegenzukommen, um meine Eltern zu beschützen. Aber wenn es um Geschäftliches geht, ist es etwas anderes«, erwiderte sie.

»Ich schätze, du willst Bethany schützen, indem du

dich weigerst, meiner Bitte nach einem Dreier nachzukommen?«

»Ja, stimmt. Bethany und ich sind seit Jahren befreundet. Sie ist ein nettes, unkompliziertes Mädchen, das mir vertraut. Mir würde es nicht im Traum einfallen, sie mit in deine perverse Welt hineinzuziehen«, entfuhr es ihr wütend.

Duncan musste lächeln, als er hörte, dass Fiona die wohl hemmungsloseste Geliebte schützen wollte, die er je gehabt hatte. Dennoch wusste er, wie wichtig es trotz Fionas Versprechen war, dass sie in der richtigen Stimmung war, um Alessandro Trimarchi an diesem Abend zu umgarnen.

»Ich mag es, wenn du dein Haar offen trägst«, murmelte er. »Dann muss ich immer daran denken, als ich dich das erste Mal sah. Der Tag, an dem ich deinen Vater besuchte.«

»Wenn ich bedenke, dass das wahrscheinlich der unglückseligste Tag in meinem Leben war, sollte ich mir die Haare heute Abend vielleicht hochstecken«, entgegnete sie.

Duncan zog Fiona an der Taille vom Hocker. Dann setzte er sich auf die Bettkante, drehte Fiona so zu sich, dass sie ihn ansah und zwischen seinen Knien stand. Er sah, wie ihre Brüste sich in dem engen Kleid hoben und senkten, und spürte, dass Fiona sich seinem Griff am liebsten entzogen hätte.

Langsam spreizte er die Hände auf ihrer Taille und strich mit den Daumen über das eng anliegende Seidengewebe und die empfindlichen Hüftknochen darunter. Fiona zuckte zusammen, doch ihre Miene blieb ausdruckslos.

»Entspann dich«, murmelte Duncan. »Du weißt doch, dass du das magst. Genieße es.«

»Ja, einst mochte ich das«, gab sie angespannt zurück. »Jetzt wünsche ich mir nur, dass du mich in Ruhe lässt.«

»Aber gegen ein bisschen Vergnügen hast du doch nichts,

oder? Ich habe dir doch so viel beigebracht. Jetzt sag mir nicht, dass du es nicht vermisst.«

Fiona zuckte mit den Schultern. Innerlich kochte sie vor Wut, konnte aber nichts ausrichten. Natürlich vermisste sie den tollen Sex, den sie früher hatten. Duncan hatte ihr und ihrem Körper wirklich eine Menge gezeigt. Kurz nach der Hochzeit, als Fiona ihre natürliche Scheu abgelegt hatte, hatte sie so stark auf die Liebesspiele angesprochen, dass sie sich immer voller Erregung auf die nächste Nacht gefreut hatte. Doch dann hatte er sich verändert; der Sex war härter und extremer geworden. Sie war einfach noch nicht bereit gewesen, Duncan auf diesen Wegen zu folgen. Sobald sie seinen Erwartungen im Bett nicht mehr entsprochen hatte, hatte er ihr den Sex vorenthalten, den sie genoss. Und obwohl sie versuchte, ihren Körper dazu zu bringen, alles zu vergessen, gelang ihr das nicht. Denn ihr Körper erinnerte sich an alles, und wenn Duncan sie wie jetzt in diesem Moment berührte, wurde alles in ihrer Erinnerung lebendig und schon sehnte sie sich wieder nach sexueller Befriedigung.

»Lass mich das machen, was du magst«, lockte er sie.

»Dazu haben wir keine Zeit«, meinte sie und war darum bemüht, möglichst unbeteiligt zu wirken. »Außerdem bin ich fertig angezogen.«

»Ich brauche dich nicht auszuziehen. Ich komme so klar«, versicherte er ihr.

Eingezwängt zwischen seinen Knien, spürte sie, wie er ihr eine Hand unter den Saum des Kleids schob, bis seine Finger die weiche, empfindliche Haut ihrer Schenkel streichelten. Als die Finger zur Innenseite der Schenkel und zurück wanderten, drückte Fiona sich unweigerlich an seine Hand und fühlte, wie sehr ihr ausgehungerter Körper sich nach diesen Freuden sehnte.

Mit dem Daumen strich Duncan ihr über den Slip und hörte, dass sie ein Stöhnen tief in ihrer Kehle unterdrückte. Daraufhin lockerte er den Druck seiner Knie und zog Fiona neben sich auf das Bett. Im nächsten Augenblick kniete er vor ihr auf dem Boden.

Mit beiden Händen streichelte er zärtlich über ihre schwarzen Strumpfhalter aus Seide, zwängte ihre Beine sacht auseinander und strich über die bloße Haut oberhalb der Seidenstrümpfe.

Fiona schloss die Augen. Wenn das eine Bestechungsaktion war, dann würde sie sie annehmen. Nach dem harten Sex und den Schmerzen der vergangenen Nacht hatte sie dieses Vergnügen verdient. Leicht fuhr Duncan mit der Zungenspitze über den hauchdünnen Stoff ihres Slips. Sie spürte, dass sie feucht wurde, nicht nur von der Zunge.

Mit den Händen glitt er unter ihren Po und hob sie leicht an, sodass er mehr mit seinem Mund erreichen konnte. Jetzt sog er durch den Stoff und formte ihre Knospe zu einer kleinen, harten Perle und streichelte gleichzeitig über die empfindliche Haut ihrer Schenkel.

Fiona hörte jetzt ihren eigenen Atem. Sie atmete schnell und stoßweise, doch es kümmerte sie nicht. Er war ihr Mann, und sie hatte ein Recht darauf. Ihre Brüste begehrten gegen die Enge des Kleids auf; sie schienen den Freuden entgegenzufiebern, die ihr schon so lange nicht mehr vergönnt gewesen waren.

»Sieh mich an, Fiona«, wisperte Duncan.

Sie hob die schweren Lider, und Duncan entdeckte wieder dieses grünliche Schimmern in ihren Augen, das ihm verriet, wie erregt sie war … auch wenn sie ihren Körper noch weitgehend unter Kontrolle hatte. Ein Gefühl von Triumph durchströmte ihn, als er den Rock ihres Kleids wieder zurechtzog.

»Jammerschade, dass unsere Gäste jeden Moment kommen«, sagte er beiläufig.

Das Verlangen tief in ihr war wie ein Schmerz, und ihre brennende Klitoris drückte gegen den Slip. Vollkommen verwirrt starrte sie Duncan an. »Duncan, bitte! Es dauert doch nur noch einen Moment.«

»Zeit, die ich leider nicht mehr habe, aber ich bin mir sicher, dass Alessandro dort anknüpfen wird, wo ich es nicht beenden konnte.«

Selbst Duncan war erschrocken, als er den Ausdruck von Verachtung sah, der sich in Fionas Blick schlich. Fast benommen starrte sie ihn an und erfasste, dass er wieder nur mit ihr gespielt hatte. »Ich hasse dich«, spie sie mit zittriger Stimme, in der noch leidenschaftliches Sehnen mitschwang. »Wie konnte ich auch nur einen Augenblick glauben, du würdest einmal etwas ohne Hintergedanken machen! Aber ich verspreche dir, das war das letzte Mal, dass ich einen Fehler mache.«

»Werden wir ja sehen«, sagte Duncan unbeeindruckt. »Sollte es Alessandro nicht gelingen, dich zu befriedigen, wird dein Körper nach jemand anders verlangen, und ich bin immer noch dein Mann.«

»Ich wünschte, du wärst es nicht!«, entgegnete sie, gedemütigt und voller Zorn.

»Es gibt jede Menge Frauen, die gern mit dir tauschen würden, wenn du lieber gehen willst«, sagte Duncan in arrogantem Ton und dachte an Bethany.

»Das würden sie nicht, wenn sie wüssten, wie du wirklich bist«, antwortete Fiona.

»Du siehst toll aus!«, begeisterte er sich. »Deine Augen leuchten, deine Wangen sind gerötet. Alessandro wird dir nicht widerstehen können.«

Fiona glättete ihr Kleid und setzte sich bebend vor Wut und Enttäuschung, während Duncan ihr die Halskette umlegte und die Ohrringe anlegte. Als sie erkannte, dass er nicht die Absicht hatte, sie jetzt allein zu lassen, weil er vermutete, sie könnte sich dann die Befriedigung verschaffen, die er ihr vorenthalten hatte, musste sie sich mit einigen tiefen Atemzügen beruhigen. Schließlich ging sie nach unten, um die Gäste zu begrüßen: Äußerlich kühl, doch ihr ganzer Leib pochte und ihre Brüste brannten durch den Stoff, der sich darüber spannte.

Endlich ebbte die Erregung ab, die Duncan in ihr hervorgerufen hatte. Fiona schwor sich, es nie wieder zuzulassen, dass irgendjemand sie gegen ihren Willen in sexuelle Erregung versetzen würde. Was diesen Alessandro betraf, wer immer er auch sein mochte, sie würde sich ein wenig von ihm betatschen lassen, aber das würde sie nicht kümmern. Sie würde nicht einmal darüber nachdenken, was überhaupt geschah. Innerlich würde sie sich komplett von den erbärmlichen und plumpen Annäherungsversuchen dieser Art älterer Herren lösen und morgen Bethany von dem Leben erzählen, das sie gezwungen war mit Duncan zu verbringen.

Zumindest waren das ihre Gedanken, bis sie Alessandro Trimarchi erblickte. Denn von diesem Moment an wurde alles nur noch komplizierter.

Trimarchi und seine langjährige Freundin Georgina waren die beiden letzten Gäste, die eintrafen. Duncan war sichtlich nervös geworden und atmete erleichtert aus, als Trimarchi endlich auftauchte. Wäre der heiß ersehnte Gast der Einladung nämlich nicht gefolgt, hätte Duncan vielleicht keinen weiteren Aufschub bei der Begleichung seiner Schulden mehr bekommen. Und die Wahrheit war, dass er das Geld einfach nicht hatte. Er hatte sein Unternehmen zu rasant erweitert, und nun forderten die Banken die Rückzahlung der Kredite. Daher konnte Duncan im Augenblick den Trimarchis die Summe nicht zurückzahlen.

»Das ist Alessandro«, zischte Duncan Fiona ins Ohr, als das Paar von dem Butler begrüßt wurde, den Duncan eigens für den Abend engagiert hatte. »Wenn ich nach dem Essen ein paar Worte mit ihm gewechselt habe, dann möchte ich, dass du dich mit ihm zurückziehst und das machst, was er verlangt, verstanden?«

Fiona betrachtete den Mann an der Tür. Er mochte 1,90 groß sein, hatte auffallend breite Schultern und eine schmale Taille – eine Mischung, die Fiona immer schon anziehend gefunden hatte. Doch es war sein Gesicht, auf das sie besonders achtete. Er hatte einen dunkleren Teint und einen attraktiven Bartschatten um das Kinn, obwohl er sich zweifellos noch am Abend rasiert hatte. Ebenso attraktiv fand Fiona die hervorstehenden Wangenknochen und die edle römische Nase des Gastes. Sein Mund bildete einen geraden Strich und betonte die markanten Linien, die von den Nasenflügeln zu den Mundwinkeln verliefen. Allein das zusammen hätte ausgereicht, ihn als gut aussehend zu bezeichnen, wären da nicht seine Augen gewesen, die absolut hypnotisierend wirkten – gewiss waren es diese Augen, denen die Damenwelt nicht widerstehen konnte.

Sie wirkten so dunkel, dass man kaum die Iris von der Pupille unterscheiden konnte. Er hatte lange Wimpern, während die Brauen hoch ansetzten, die Augen noch größer erscheinen ließen und die leicht geschlossenen Lider betonten. Während Fiona ihm direkt in die Augen sah, merkte sie, wie ihr Mund ganz trocken wurde.

Duncan legte ihr eine Hand auf den Rücken und drängte

sie nicht gerade sanft in Alessandros Richtung. »Ich glaube, Sie kennen meine Frau Fiona noch nicht«, sagte er verbindlich. Der Italiener nahm Fionas Hand, hob sie an seine Lippen und hauchte einen Kuss auf ihren Handrücken. Eine steife, einstudierte Geste des Respekts, die Fiona ärgerte. Denn sie hatte nicht damit gerechnet, dass er zu den Männern gehörte, die ihren südländischen Charme bewusst einsetzten.

Während er sich über ihre Hand beugte, stellte sie fest, dass sein ansonsten pechschwarzes Haar hier und da von grauen Strähnen durchsetzt war. Als er sich wieder aufrichtete, blickte sie einen Moment zu lange in seine Augen. Und der Blick, den er ihr nun zuwarf, war alles andere als gewöhnlich oder einstudiert. Er taxierte sie, nahm ihre äußere Erscheinung und ihr Sexappeal in sich auf, und als sich seine Augen kaum merklich vor Bewunderung weiteten, wandte Fiona sich leicht ab, da ihr Körper sich plötzlich an die Empfindungen erinnerte, die sie zuvor durchströmt hatten.

Duncan beobachtete seine Frau aufmerksam und sah, wie ihre Brustknospen gegen das Mieder ihres eng anliegenden Kleids drückten. Ein Lächeln umspielte seine Lippen. Fiona würde an diesem Abend keine Schwierigkeiten machen. Gar nicht auszudenken, wenn Alessandro eine Abfuhr von Fiona erhalten würde! Doch danach sah es nicht aus, und Duncan war zuversichtlich, dass die kalkulierte Stimulierung von Fionas erogenen Zonen sich auszahlen würde.

Georgina betrachtete ihren Liebhaber sichtlich amüsiert. Wann immer er eine attraktive Frau sah, bedachte er sie mit diesem abschätzenden Blick. Doch obwohl er mit vielen Frauen schlief, kehrte er immer wieder zu ihr zurück, weil sie wusste, wie man ihn glücklich machte. Zum Glück war sie nie der eifersüchtige Typ gewesen, und als verantwortliche Redakteurin der Modesparte eines der führenden Frauenmagazine des Landes hatte sie einen Job, der sie in Atem hielt, während Alessandro arbeitete oder dem Sport frönte.

Eine Frau wie Georgina – eine kleine, schlanke Frau mit dunkler, mit Gel gestylter Kurzhaarfrisur – übersah man nicht. Sie war grell geschminkt und trug auffallende Kleidung, meistens sinnliche, eng anliegende Designersachen, die Alessandro an ihr mochte. An diesem Abend präsentierte sie sich in einem weißen Kleid, das vorn mit diagonal verlaufenden breiten, schwarzen Streifen versehen war und auf Taillenhöhe verführerische Schlitze aufwies. Das trägerlose Top passte sich an ihre kleinen, schön geformten Brüste an, und wie immer trug Georgina keine Unterwäsche.

Sie folgte Alessandro in den Speiseraum und hoffte, dass das Dinner nicht zu lange dauern würde. Da sie beide seit über einer Woche keine Zeit mehr füreinander gehabt hatten, sehnte Georgina sich schon nach seinen cleveren Händen und seinem forschenden Mund auf ihrem Körper. Noch nie hatte sie eine so aufregende und erotische Beziehung erlebt und wusste, dass sie sich glücklich schätzen durfte, diesem Mann begegnet zu sein. Er entsprach all ihren Erwartungen, und sie hatte die Absicht dafür zu sorgen, dass er auch immer zu ihr zurückkehrte. Ihr ging es genauso wenig wie ihm um die Ehe, aber sie wollte ihren Platz in seinem Bett behalten und würde dafür fast alles tun, um diesen Platz zu behaupten.

Das Dinner verlief recht angenehm. Duncan hatte Georgina den Platz an seiner rechten Seite zugewiesen. Obwohl sie nicht Alessandros Frau war, galten sie in den Augen aller als Paar, und daher würde der Italiener auch von allen erwarten, dass man seine Begleiterin behandelte, als wäre sie seine Ehefrau. Am anderen Ende der Tafel saßen Fiona und Alessandro. Wann immer Duncan ihr bei anderen Gelegenheiten gesagt hatte, sie solle »nett« zu gewissen Gästen sein, war es ihr stets gelungen, während des Dinners das Abbild einer lebhaften und vor Charme sprühenden Gastgeberin abzugeben, wodurch ihr die Dinge, die dann folgten, leichter fielen. Denn die betreffenden Herren waren dann längst davon überzeugt, dass Fiona von ihnen verzaubert war.

Aber diesmal war es anders. Die schiere physische Präsenz von Alessandro hatte den Effekt, dass Fiona die meiste Zeit über schwieg. Kurz zuvor hatte sie sich noch geschworen, sich nie wieder von einem Mann erregen zu lassen, doch nun saß sie neben einem charismatischen Gast, der bereits eine Wirkung auf sie ausübte, ohne dass er es speziell darauf anlegte. Jedes Mal, wenn er sie ansah, begannen ihre Brüste zu kribbeln. Umso stärker regte sich dieses schmerzhafte Sehnen tief in ihrem Innern, das Duncan in ihr ausgelöst hatte.

Als Fiona beobachtete, wie Alessandro mit dem Besteck umging, betrachtete sie unweigerlich seine Hände. Er hatte lange, schlanke Finger; Fiona glaubte sie schon auf ihrem Körper zu spüren, und zwar an Stellen, an denen Duncan sie zuvor berührt hatte. Ihre Wangen nahmen eine rötliche Färbung an.

Später, als er eine kleine Mandarine pellte, mit seinen weißen, ebenmäßigen Zähnen in eines der kleinen Stücke biss und sich dann mit der Zungenspitze über den Mundwinkel leckte, durchzuckte es Fiona heiß, da sie sich vorstellte, wie es sich anfühlen würde, seinen Mund auf ihrem zu spüren. Wozu seine Lippen und seine Zunge noch fähig wären, wagte sie sich im Augenblick nicht auszumalen.

Nachdem der Kaffee und Grappa serviert worden waren, verließen die Gäste die Tafel und begaben sich in kleinen Gruppen in die anderen Räume. Wie besprochen, wartete

Fiona auf dem Flur, während Duncan sich auf ein paar Worte mit Alessandro zurückzog. Später würde sie den Gast in den kleinen Salon führen, in den sie all die anderen Herren gebracht hatte, die sie bei Laune hatte halten müssen. Doch diesmal beschleunigte sich bei diesem Gedanken ihr Herzschlag vor Aufregung ... und nicht vor Furcht oder Abscheu wie zuvor.

Sie versuchte, sich zu beruhigen. Alles war so sinnlos. Selbst wenn dieser Alessandro Trimarchi sich auf wundersame Weise als toller Liebhaber entpuppte, wie sie es sich in ihrer überhitzten Fantasie ausmalte, durfte sie nicht zulassen, dass ihr Körper auf ihn ansprach. Was sollte das bringen, wenn ihr Eheleben sexuell so frustrierend war? Es würde alles nur noch schlimmer machen. Dennoch sagte eine innere Stimme ihr, dass sie sich darauf einlassen sollte. Um für sich selbst das meiste herauszuholen.

Hin und her gerissen zwischen Verlangen und Scham bei diesen Gedanken, erkannte Fiona zunächst gar nicht, wie lange sie schon hatte warten müssen. Gäste flanierten durch die Eingangshalle und gingen in den Großen Salon oder in den Garten, aber Alessandro war immer noch nicht aufgetaucht.

Plötzlich kam Duncan aus der Tür, auf die Fiona die letzten Minuten gespannt geschaut hatte. »Was machst du hier, zum Teufel?«, fuhr er sie schroff an. »Du solltest doch bei Alessandro sein. Er war leider sehr wenig entgegenkommend, was das Geld betrifft. Jetzt kommt es auf dich an.«

»Aber ich habe ihn nirgends gesehen«, wehrte Fiona sich.

»Er ist zur anderen Tür hinaus, aber er wird ja irgendwo sein. Los, geh und such ihn, und denk dran, was auch immer er verlangt, du musst dich auf seine Wünsche einlassen. Vergiss deine verdammte puritanische Einstellung. Er ist ein gebildeter Mann und erwartet, dass du seinen Ansprüchen genügst.«

»In diesem Punkt bekomme ich ja wenig Übung an deiner Seite«, entgegnete sie und war insgeheim froh, als sie den Ausdruck von Wut auf Duncans Gesicht sah. Doch da eilte sie schon davon.

In jeden größeren Raum warf sie einen Blick, doch den attraktiven Italiener konnte sie nirgends entdecken. Schließlich stand sie vor dem Arbeitszimmer. Dieser Raum war für gewöhnlich immer verschlossen. Duncan bewahrte dort sämtliche Geschäftsunterlagen im Safe auf. Noch wartete sie ab.

Sie war sich sicher, Stimmen im Arbeitszimmer zu hören. Und schon ging es ihr durch den Kopf, dass dieser Alessandro womöglich mehr Interesse an Duncans Arbeit als an dessen Frau hatte. War es Alessandro irgendwie gelungen, in das Zimmer zu gelangen, um ungestört die Papiere ihres Mannes zu durchsuchen?

Duncan oder das Geschäftliche waren ihr egal, aber es war ihr nicht gleich, was mit ihren Eltern geschah. Wenn Alessandro Duncan finanziell ruinierte, wären ihre Eltern erneut mittellos, und Fiona wusste nicht, ob ihre Mutter und ihr Vater noch einmal mit einer solchen misslichen Lage zurechtkämen. Und wenn sie selbst an diesem Abend versagte, würde Duncan erneut auf diesen Dreier mit Bethany drängen, was Fiona auch nicht herbeisehnte.

Getrieben von diesen Sorgen, drückte sie die Klinke der schweren Eichentür und drückte sie langsam auf. Wenn Alessandro im Zimmer war und in Geschäftsgeheimnissen schnüffelte, dann musste sie ihn auf andere Gedanken bringen. Blieb zu hoffen, dass er sie attraktiv genug fand und sich auch ablenken ließ. Als sie die Tür weiter öffnete und in den Raum schlich, war Alessandro gar nicht mit Duncans

Geschäftspapieren beschäftigt, sondern ausschließlich mit Georgina.

Georgina lag mit dem Rücken auf Duncans großem Schreibtisch, den Kopf zur Tür. Das Top ihres Kleids hatte sie sich bis zur Taille gestreift, und Alessandro, der auf der anderen Seite des Schreibtisches zwischen Georginas Schenkeln stand, stützte sich mit beiden Händen auf der Holzfläche ab und beugte sich über Georginas Brüste.

Keiner der beiden hatte Fiona bisher bemerkt. Alessandro verwöhnte die Unterseiten von Georginas Brüsten mit langen Zungenstrichen, ehe er die Zungenspitze an ihren Nippeln spielen ließ. Fiona starrte auf diese harten Brustspitzen und hörte Georginas Stöhnen, die von der Zunge ihres Liebhabers nicht genug zu kriegen schien.

Doch Alessandro ließ sich nicht drängen. Genüsslich widmete er sich erneut den Unterseiten ihrer Brüste, und immer wenn Georgina seinen Kopf zu ihren Spitzen ziehen wollte, zog der Italiener sich absichtlich zurück, während Georginas Nippel weiter wuchsen.

Bei diesem Anblick durchpulste es Fiona heiß. Sie merkte, wie hypnotisiert sie von den Vorgängen auf dem Schreibtisch war. Der Hals war ihr wie zugeschnürt, sie konnte kaum noch schlucken. Und jeder Strich von Alessandros Zunge über Georginas Brust schien auch Fionas Brust zu verwöhnen, denn ihre Knospen fühlten sich schon genauso geschwollen an.

Jetzt begann Georgina sich zu bewegen, wand sich und stöhnte lauter. Langsam wanderte Alessandro mit dem Mund am Leib seiner Geliebten hinab und entdeckte mit einem Mal Fiona. Einige Augenblicke sahen sie einander schockiert an, doch dann verzog Alessandro den Mund zu einem kleinen Lächeln, ehe er seine Aufmerksamkeit wieder

Georgina widmete und einfach weitermachte, als wäre Fiona gar nicht da.

Mit beiden Händen strich er sinnlich über ihre Hüften und schließlich unter den Rock des Kleids, genau wie Duncan es zuvor bei Fiona gemacht hatte. Aber dies war so anders, dass die beiden Vorgänge aus Fionas Sicht nichts miteinander zu tun hatten.

Georgina, die nach wie vor nichts von Fionas Gegenwart ahnte, begann zu keuchen. »Ja! Ja, jetzt! Jetzt!«, rief sie voller Leidenschaft. Allessandro schloss die Hände fester um ihre Hüften und zog Georgina näher zu sich. Dann, zu Fionas kribbelndem Schrecken, öffnete er den Knopf und den Reißverschluss seiner Hose und schaute Fiona dabei unverwandt in die Augen.

Er war im Begriff, seine Geliebte zu nehmen, während Fiona dastand und zuschaute! Dazu würde sie es nicht kommen lassen. Georginas Bitten wurden flehentlicher, und schließlich gelang es Fiona, den Blick von der erotischen Szene zu lösen und den Raum wieder zu verlassen. Fast stolperte sie zur Tür hinaus, die sie rasch hinter sich schloss.

Als Alessandro in Georgina glitt und den gewohnten Rhythmus vorgab, merkte er, dass er gar nicht an seine kleine Freundin dachte. Mit den Gedanken war er vielmehr bei Fiona und dachte an ihre geröteten Wangen und an die Brustspitzen, die sich unter ihrem Kleid abzeichneten – an ihre Atemzüge, die fast so schnell gingen wie die von Georgina.

Unter ihm war Georgina kurz vor ihrem Höhepunkt. Wenn sie für ein paar Tage keinen Sex gehabt hatten, kam sie beim ersten Mal immer schnell, aber Alessandro war alles andere als kurz vorm Kommen: War er doch damit beschäftigt, die vielschichtigen Signale zu deuten, die Duncan Sheldons Frau ausgesandt hatte. Während des Dinners war sie zwar freundlich gewesen, hatte aber ein wenig unbeholfen gewirkt, als fühlte sie sich in seiner unmittelbaren Nähe nicht recht wohl. Ihre Körpersprache war nicht die einer sinnlichen Frau. Dafür wirkte sie zu angespannt und verschränkte als Abwehrgeste oft die Arme vor der Brust. Nachdem er sie aber gerade an der Tür gesehen hatte, ahnte er, dass sein erster Eindruck an diesem Abend doch richtig gewesen war: Sie war eine unglaublich sinnliche Frau.

Georgina, ganz gefangen in den Strudeln ihres Orgasmus, merkte zunächst nicht, dass Alessandro ihre Lust nicht teilte. Erst nachdem ihr Körper nicht mehr von den Schüben ihres Höhepunkts erzitterte, nahm sie wahr, dass ihr Lover noch hart war. Schnell glitt sie vom Tisch, um sich vor Alessandro zu knien, doch er zog sie auf die Füße und strich ihr Kleid glatt. »Das spare ich mir für später auf, wenn wir unter uns sind«, erklärte er wie beiläufig. »Das war nur für dich, weil es mich gefreut hat, dich wiederzusehen.«

Georgina konnte nur hoffen, dass das stimmte. Er sah aus, als wäre er mit seinen Gedanken ganz woanders, und trotzdem hatte er es kaum abwarten können, sie auf Duncans Schreibtisch zu nehmen, zweifelsohne zusätzlich ermuntert von dem Risiko, plötzlich entdeckt zu werden. Denn Gefahr spornte ihn in seiner Erregung immer noch an. Sie lächelte. »Ich kann's kaum erwarten, dass wir gehen.«

Er gab ihr einen Klaps auf den Hintern; eine Angewohnheit, die sie hasste, aber sie hatte nie den Mut gehabt, sich darüber zu beklagen. Dann nahm er sie mit zur Tür, inzwischen ganz aufgeregt von den Dingen, die womöglich noch auf ihn warteten. Den Plan hatte er schon vor Wochen ausgearbeitet, lange vor diesem Dinner und lange bevor Alessandro Duncans rätselhafte Frau gesehen hatte. Der Plan hatte ihn von Beginn an gereizt, aber jetzt, da er Fiona gesehen hatte und etwas mehr über sie zu wissen glaubte, hielt er seine Idee für einen Geniestreich.

Die nächsten Wochen über würde er Gelegenheit haben, die Sinnlichkeit von Fiona tiefer zu ergründen, ganz wie es ihm beliebte. Ja, er würde sie in eine ganz neue Welt einführen. Bei diesem Gedanken musste er lächeln.

Kapitel zwei

Sowie der letzte Gast gegangen war, begab Fiona sich auf direktem Weg in ihr Zimmer. Unten hatte sie noch nach Bethany gesucht, aber ihre Freundin schien schon längst oben im Gästezimmer zu sein. Sie hoffte, dass Beth sich an diesem Abend nicht zu Tode gelangweilt hatte. Ihre Freundschaft bedeutete Fiona viel, aber seitdem Duncan wie besessen von der Idee war, Bethany für einen Dreier im Bett zu gewinnen, befürchtete Fiona, dass sie ihre Freundin demnächst nicht mehr dazu würde überreden können, noch einmal länger zu Besuch zu bleiben. Wie schade, aber sie beschloss, Beth über Duncans wahre Absichten aufzuklären, damit Beth nicht glaubte, Fiona wolle sie aus irgendeinem Grund nicht mehr im Haus haben.

Kaum hatte Fiona das Kleid ausgezogen und sich in ihr Satinnachthemd gehüllt, als Duncan ins Zimmer platzte. Er klopfte nie an, obwohl sie immer bei ihm anklopfen musste, wenn sie einmal zu ihm ging, um etwas zu besprechen. Noch nie hatten sie ein gemeinsames Schlafzimmer gehabt, nicht einmal zu Beginn ihrer Ehe.

»Und?«, wollte er wissen, drückte sie aufs Bett und baute sich vor ihr auf. »Wie ist es mit Alessandro gelaufen?«

Fiona versuchte ruhig zu bleiben. »Es ›lief‹ überhaupt nichts. Er war nur mit seiner Freundin beschäftigt. Für mich hätte er kein Interesse gehabt.«

»Willst du damit sagen, dass du es nicht mal versucht hast?«, fragte er ungläubig.

Fiona überlegte kurz, ob sie ihm von der Szene im Arbeitszimmer erzählen sollte, beschloss dann aber, es für sich zu behalten. Wahrscheinlich hätte er ihr vorgeworfen, warum sie sich nicht ausgezogen und zu den beiden gesellt hatte. »Er war die ganze Zeit bei seiner Freundin. Ich konnte ihn nicht mal dazu bringen, mit mir einen Spaziergang durch den Garten zu machen«, log sie und hoffte, Duncan ein wenig beschwichtigen zu können.

Duncan wurde blass vor Zorn. »Soll das heißen, ich schulde ihm immer noch das Geld? Du dämliches Miststück! Weißt du, warum er nicht an dir interessiert war? Weil er dir ansah, dass du frigide bist. Männer mit seiner Erfahrung wissen so etwas. Als ich dich kennenlernte, war deine Schönheit das einzig Gute an dir. Du warst nicht nur schön, sondern auch sexy. Die Männer schauten dir nach, und alle wollten dich im Bett haben. Jetzt verschwendet keiner mehr einen zweiten Blick an dich, und warum auch? Du bist eine kühle, nur auf dich fixierte Frau, die nicht weiß, was Leidenschaft bedeutet. Es sei denn, du liegst unter mir, ich säusele dir etwas ins Ohr und komme deinen altmodischen Ansichten entgegen, dann zeigst du Interesse. Ist es nicht so?«

Fiona hatte sich das alles schon einmal anhören müssen, doch noch nie hatte er sie so angeschrien und sie mit so einer hasserfüllten Miene angesehen. »Wenn du damit sagen willst, dass ich keinen perversen Geschmack habe, dann hast du recht!«, gab sie zurück. »Ich will keine Männer verführen, die du für deine Geschäfte umstimmen musst, und ich hasse es, wenn du andere Frauen in unser Bett holst. Darum geht es beim Sex auch nicht.«

»Du hast doch keine Ahnung, worum es beim Sex geht. Du bist die einzige Frau, die ich kenne, die sich als Verfechterin der Sittenstrenge gibt.«

»Wenn ich keine Ahnung habe, worum es beim Sex geht, dann doch nur, weil du nicht in der Lage warst, es mir zu zeigen!«, rief Fiona mit erhobener Stimme.

»Dann werde ich es dir *jetzt* zeigen«, erwiderte er. »Wenn du mich bei meinen öffentlichen Auftritten nicht zufriedenstellen kannst, dann sollst du mir wenigstens im Schlafzimmer gefallen. Heute Abend gehen wir für eine schöne *ménage à trois* zu deiner Freundin Bethany.«

»Nein!«, rief Fiona und versuchte, sich aus seinem Griff zu lösen, aber natürlich war Duncan viel stärker als sie. Außerdem kochte er vor Wut, wenn er nur daran dachte, zu welcher Methode die Trimarchis nun übergehen würden, um sich an ihm zu rächen. Jetzt zerrte er sie hinaus auf den Flur und hämmerte mit der Faust gegen Bethanys Tür.

Fiona wollte ihre Freundin noch warnen, doch er hielt ihr den Mund zu. Leider öffnete Bethany da bereits die Tür und hatte nichts weiter an als ihr seidenes Pyjamaoberteil und eine kurze Seidenhose.

Als Duncan Fiona vor sich in den Raum stieß, hörte sie, dass Bethany einen unterdrückten Schrei ausstieß, aber da Fiona einen Moment lang mit dem Rücken zur Tür stand, konnte sie nicht sehen, dass Bethany den Schlüssel in der Tür drehte, als alle im Raum waren.

Bethany zitterte vor Aufregung. Hier stand Duncan – der beste Lover, den sie je gehabt hatte, und der einzige Mann, den sie hätte heiraten wollen – mit seiner Frau in ihrem Zimmer, die zufälligerweise ihre beste Freundin war. Nicht nur das, aber Fiona war so sehr gegen den Dreier, dass ihr Widerstand die Vorfreude nur noch anfachte. Bethany fiel es wirklich schwer, die Erschrockene zu spielen.

Duncan zog Fionas dünnes Nachthemd aus und drückte sie auf das Doppelbett. »Komm her«, wandte er sich kurz an

Bethany. Sie zögerte einen Augenblick, damit Fiona auch glaubte, dass ihre Freundin nur das tat, was Duncan von ihr verlangte. »Na los!«, fuhr er sie an, und diesmal gehorchte sie, stand innerlich aber schon vor prickelnder Freude in Flammen.

»Spreiz ihre Beine!«, befahl er.

Fiona trat in allen Richtungen nach ihm. »Tu's nicht. Lauf und hol Hilfe!«, schrie sie, aber Bethanys schreckgeweitete Augen verrieten ihr, dass sie auf keine Hilfe hoffen durfte. Fiona glaubte, dass Bethany alles tun würde, was Duncan von ihr verlangte, um ihre Freundin vor Leid zu bewahren. Schließlich hatte Fiona auch versucht, Bethany zu schützen.

Duncan erkannte, dass Fionas Widerstand etwas nachgelassen hatte, packte dann schnell ihre bloßen Schenkel und drückte sie weit auseinander. »Halte ihre Knie fest«, rief er Bethany zu. Fiona spürte die kleinen Hände ihrer Freundin auf den Innenseiten ihrer Knie; die Berührung war so zart. »Weiter«, befahl Duncan, und Fiona schloss die Augen, weil sie sich schämte, sich in dieser Weise ihrer Freundin präsentieren zu müssen.

Bethany schaute hinab auf Fionas geschlossene Lider und spürte, wie das Vergnügen von ihr Besitz ergriff. Darauf hatte sie sich schon so lange gefreut: Ihre Freundin so zu sehen, erniedrigt vor Duncan und ihr, absolut ahnungslos, dass sie schon seit Langem die Geliebte ihres Mannes war. Das entschädigte sie für all die Tage, an denen sie Fiona bei offiziellen Anlässen an Duncans Seite gesehen hatte, obwohl *sie* dort hingehört hätte.

Fiona wartete mit geschlossenen Augen, was als Nächstes passieren würde. Sie brauchte auch nicht lange zu warten. Plötzlich zog Duncan ihr ziemlich schroff die Labien auseinander und verschaffte sich und Bethany einen freien Blick auf

Fionas pinkfarbene kleine Schamlippen – sehr zur Freude von Bethany. Duncan schaute kurz zu seiner Geliebten, deren Augen angesichts des lang ersehnten Moments leuchteten.

Dann beugte Duncan sich zu Fiona herab, und plötzlich zuckten ihre Hüften, als ihr Mann die Zunge zwischen äußeren und inneren Lippen auf- und abgleiten ließ. Mit den Händen spreizte er ihre Labien noch weiter, sodass ihre geheime Öffnung sichtbar wurde. Fiona schrie, er solle sie loslassen, wusste jedoch, dass dieses Flehen sinnlos war.

Seine Zunge drängte nun fester vor und zuckte über das kleine Häubchen Haut, das ihre Klitoris verbarg. Wieder konnte Fiona ihre Hüftbewegungen nicht unter Kontrolle halten, als die prickelnden Empfindungen sich in ihrem Körper ausbreiteten. Es war kaum angenehm, denn die Zungenstriche waren fast grob, doch schmerzhaft war es auch nicht; sie hatte vielmehr das Gefühl, Stromstöße zu spüren.

Mit einem Mal merkte sie, dass Bethany ihre Knie losließ. Duncan befahl Fiona, sie solle ihre Beine gespreizt halten, wenn sie wisse, was gut für sie sei. Sie gehorchte mit geschlossenen Augen, wollte sie doch Bethany vor zu viel Erniedrigung bewahren. Es war nicht das erste Mal, dass sie sich ihren Mann mit einer anderen Frau hatte teilen müssen, aber sie glaubte, dass ihre beste Freundin noch nie in einer solchen pikanten Situation gewesen war.

»Saug an ihren Nippeln«, befahl er Bethany, die daraufhin so rasch einwilligte, dass Duncan befürchtete, Fiona würde die Rolle ihrer Freundin durchschauen. Fiona nagte am Winkel ihrer Unterlippe, als sie spürte, wie sich Bethanys kleiner Mund um die Knospe ihrer rechten Brust schloss. »Tut mir leid«, wisperte Bethany, obwohl das Gegenteil der Fall war. Sie war sogar entzückt, als Fionas Spitze in ihrem samtenen Mund anschwoll.

Währenddessen waren Duncans Hände zwischen Fionas Schenkeln nicht untätig. Mit zwei Fingern glitt er in ihre Vagina und stieß rhythmisch vor und zurück, zunächst langsam, doch dann immer schneller. Gleichzeitig leckte er weiter über ihre inneren Lippen und den Kitzler.

Bethany lutschte derweil leicht an Fionas Nippel, ehe sie die andere Brust mit der rechten Hand umfasste und dort die Spitze mit kleinen knetenden Bewegungen zu einer harten Perle formte.

Mit aller Macht stemmte Fiona sich gegen diese Empfindungen, die durch ihren Körper pulsten. Doch Bethanys Zuwendung war so gekonnt: Zart sog sie an ihrer Spitze, dass es ein reines Vergnügen war, und ihre Finger massierten die andere Knospe so gleichmäßig, dass Fiona nichts gegen ihre zunehmende Erregung tun konnte.

Nach wie vor war Duncans Zunge zwischen ihren Schenkeln zu grob, als dass sie von dem Vergnügen hätte sprechen können, das Fiona sich immer erhofft hatte; dennoch verfehlte der Druck seiner Zunge seine Wirkung nicht, ebenso wenig der Rhythmus seiner Finger. Als Fiona spürte, wie die Anspannung in ihrem Körper zunahm, ahnte sie, dass sie nach der ersten Stimulierung durch Duncan am frühen Abend und dem anregenden Anblick des Paars im Arbeitszimmer nicht mehr lange in der Lage sein würde, den erlösenden Höhepunkt hinauszuzögern.

Sie empfand es als furchtbar beschämend, aber die Lust nahm zu, bis sie hinter den geschlossenen Lidern einen grellen weißen Punkt zu sehen glaubte, der jeden Moment zu explodieren schien. Fiona versuchte noch, sich abzulenken, indem sie sich in Erinnerung rief, wie sehr Duncan sie hier und jetzt demütigte und in welchem Dilemma die arme Bethany steckte. Doch als sie gerade glaubte, sich erfolgreich auf andere Gedanken bringen zu können, schob Duncan die Haut über ihrer Klitoris zurück und erregte die unzähligen Nervenenden dort mit kräftigen Zungenstrichen.

Bethany fuhr derweil mit den Zähnen über Fionas Spitze und beobachtete voller Begeisterung, wie ihre Freundin krampfhaft versuchte, die Kontrolle über ihren Körper zu behalten.

Letzten Endes waren all diese Empfindungen zu viel für Fiona, deren Bauchmuskeln bereits heftig zu zucken begannen. Im selben Moment krampfte ihr Körper unter dem Ansturm der Lust zusammen, deren Schübe ihr bis in die Zehen fuhren, während Bethany und Duncan sich über Fionas zitternden Körper hinweg verschlagen anlächelten.

Die Erleichterung nach so viel Frustration war unbeschreiblich, doch für Fiona wurde das ganze Vergnügen von der traurigen Gewissheit überschattet, in eine äußerst missliche Lage geraten zu sein.

»Mach die Augen auf«, befahl Duncan ihr. Sie gehorchte und sah, dass Bethany nun vollkommen unbekleidet neben ihr auf dem Bett lag und sie mit bewunderndem Blick musterte. »Sorg dafür, dass deine Freundin sich aufs Bett kniet«, fuhr er fort. »Ich bin bereit.«

Fiona schüttelte den Kopf. »Nein, das tue ich nicht.«

Bethany hätte vor Begeisterung schreien mögen. Sie wünschte sich, dass Duncan sich ihr zuwendete und Fiona ihnen dabei zusah. Das sollte für sie und Duncan das Highlight des Abends sein. »Tu, was er sagt«, flehte sie. »Bringen wir es hinter uns, Fiona, bitte.«

Schließlich nickte Fiona. Wenn ihre Freundin es so wollte, dann würde sie nachgeben. Morgen würden sie das Haus beide für immer verlassen, dachte sie bei sich, und diese Gewissheit verlieh ihr neuen Mut. Schnell half sie Bethany auf Hände und Knie, sodass ihr Po zu Duncan zeigte, ehe sie Duncans Aufforderung nachkam und seinen bereits steifen Penis in den Mund nahm. Es dauerte nicht lange und er stieß sie voller Ungeduld von sich. »Eines Tages wirst du vielleicht lernen, wie man das richtig macht«, murrte er und umschloss Bethanys Taille mit beiden Händen. Unaufgefordert legte Bethany die Unterarme flach auf das Bett und senkte den Kopf, damit Duncan leichter eindringen konnte und sie mehr Lust verspürte. Fiona jedoch glaubte, ihre Freundin sei so beschämt, und wendete den Blick zur Seite.

»Schau uns zu«, verlangte Duncan. »Schau zu, oder ich mache das Ganze noch einmal.« Gezwungenermaßen schaute sie wieder hin und verspürte eine seltsame Leere tief in ihrem Innern, als sie sah, dass Duncan die geschwollene Eichel seines Penis langsam in Bethanys Öffnung schob. Er zögerte den Moment sogar noch hinaus, ließ die Eichel an den inneren Lippen vor- und zurückgleiten, bis Bethany vor Erregung wimmerte und sich in ihrer Lust beinahe verraten hätte, als sie die Hüften zurückstieß.

Da Duncan merkte, dass seine Geliebte vor unkontrollierter Erregung zu zittern begann, drang er schnell ganz in sie ein, fand seinen Rhythmus und wanderte mit einer Hand zu ihrer Klitoris.

Bethany liebte es, wenn er sie mit seinem großen Schwanz ausfüllte und gleichzeitig über ihren Kitzler strich. Und als sie hörte, dass Duncan seiner Frau befahl, sich unter Bethany zu legen und ihre vollen Brüste zu verwöhnen, wäre sie schon fast gekommen. Alles war so bizarr und doch wahnsinnig stimulierend: Sie trieb es gleichzeitig mit ihrem Lover und ihrer besten Freundin, dass ihr schon ganz schwindelig wurde.

Fiona tat, was Duncan von ihr verlangte, aber sie berührte

Bethanys Brüste nur zaghaft. Zögerlich strich sie über die Nippel ihrer Freundin, worauf Bethany an sich halten musste. Wie gern hätte sie ihre Lust hinausgeschrien und Fiona aufgefordert, die harten Spitzen zu kneten. Doch letzten Endes waren auch die zögerlichen Finger sehr erregend, und als Fiona dann mit der Zunge über den Bauch ihrer Freundin fuhr, war das der entscheidende Auslöser für Bethanys Höhepunkt.

Bethany glaubte, noch nie eine so starke Klimax erreicht zu haben. Sie konnte nicht anders, sie musste ihr Stöhnen benommen vor Lust rauslassen, während ihr Körper unter unkontrollierten Zuckungen erbebte. Währenddessen trieb Duncan sich weiter von hinten in sie und erreichte seinen Höhepunkt, noch verstärkt von Bethanys Kontraktionen.

Als es vorüber war, sank Duncan auf Bethanys Rücken, während Fiona zur Bettkante glitt und über das rote Haar ihrer Freundin streichelte, fest davon überzeugt, dass Bethany vor Scham ins Kissen schluchzte.

Nachdem eine halbe Ewigkeit vergangen zu sein schien, erhob Duncan sich und zog Fiona mit sich aus dem Bett. »Das Ganze wäre nicht passiert, wenn du dich heute Abend um Alessandro gekümmert hättest«, sagte er ihr. Fiona kochte vor Wut, als sie hörte, dass er ihr die Schuld dafür gab, was ihr und ihrer Freundin widerfahren war. »Das kannst du deiner kleinen Freundin dann ja alles erklären«, fügte er hinzu, als er Fiona aus dem Zimmer zerrte.

Sowie Bethany wieder allein war, setzte sie sich aufrecht hin und lächelte zufrieden. Es war so prickelnd wie erwartet gewesen, vielleicht sogar noch besser. Nie hätte sie damit gerechnet, so bald mitverfolgen zu können, wie Fiona in Duncans und ihrer Gegenwart kam. Für Bethany war das vielleicht das Erregendste am ganzen Abend gewesen. Befriedigt und bester Laune kroch sie unter die Bettdecke und schlief ein.

Als Fiona endlich allein in ihrem Zimmer war, lag sie noch lange wach. Sie war wütend auf ihren Körper, der sie schon wieder verraten hatte. Zerknirscht schwor sie sich, es nie wieder so weit kommen zu lassen, und nahm sich fest vor, am nächsten Morgen zusammen mit Bethany das Haus von Duncan in Mayfair zu verlassen. Schon am Abend würden sie beide weit entfernt sein. Damit lag sie auch gar nicht so falsch, aber es sollte doch alles anders kommen, als sie es sich im Augenblick vorstellte.

Am nächsten Morgen blieb Fiona in ihrem Schlafzimmer, bis sie sicher war, dass Duncan zur Arbeit gefahren war. Dann erst ging sie nach unten, trank einen Kaffee und wartete voller Ungeduld auf Bethany. Allerdings hatte sie keine Ahnung, wie sie ihrer besten Freundin nach dem Horror des vergangenen Abends noch in die Auge schauen sollte.

Als Bethany sich schließlich verschlafen gähnend zu ihr gesellte und gleich auf die Dinnerparty zu sprechen kam, als wäre nichts gewesen, war Fiona zunächst überrascht, aber auch erleichtert. Es schien so, als hätte es die Demütigungen des vorangegangenen Abends nicht gegeben. Für so viel Taktgefühl war Fiona ihrer Freundin dankbar.

»Ich brauche neue Klamotten«, meinte Bethany. »Wir könnten zur Oxford Street fahren und ein bisschen shoppen. Ich hasse es, alles allein anprobieren zu müssen, und außerdem hast du immer einen so tollen Geschmack.«

Insgeheim fand Bethany das meiste aus der Garderobe ihrer Freundin eher langweilig und konservativ. Die Sachen passten zwar zu ihr und sie sah auch immer top gepflegt aus, aber selten trug sie mal wirklich etwas, das sinnlich wirkte und Sexappeal besaß. Einmal hatte sie das Duncan gegenüber erwähnt, doch da war er ausnahmsweise auf Fionas Seite und meinte, es stehe zwar einer Geliebten zu, sich aufreizend zu kleiden, nicht aber der Ehefrau. Diese Bemerkung hatte noch lange in Bethany geschwärt, und jetzt war sie entschlossen, ihre Freundin zu überreden, etwas zu kaufen, was Duncan eher passend für eine Geliebte fände.

»Ich weiß nicht«, sagte Fiona und war sich immer noch der blauen Flecke bewusst, die sie sich beim Sex mit ihrem Mann zugezogen hatte. Außerdem war der Chauffeur nicht da, und sie hatte keine Lust, mit dem Auto nach London reinzufahren.

»Ach, komm schon!«, drängte ihre Freundin. »Wir brauchen Abstand von diesem Haus. Ich möchte mit dir über gestern Abend sprechen.«

Fiona senkte den Blick. Sie wusste, dass Bethany recht hatte: Sie mussten miteinander reden, aber allein die Erinnerung daran, dass sie sich in Gegenwart ihrer Freundin vor Lust im Bett gewunden hatte, war ihr unerträglich. Wie sollte sie je frei darüber sprechen können oder sich bei Bethany entschuldigen? »Also gut«, stimmte sie halbherzig zu. »Ich selbst werde mir nichts kaufen, aber beim Mittagessen unterhalten wir uns in Ruhe über alles.«

Eine halbe Stunde später schlenderten die beiden jungen Frauen über die Auffahrt zu der Garage, in der Fionas schicker roter Celica stand. Sie hatten gerade das Garagentor erreicht, als ein großer Van eines Floristen vorfuhr. Der Firmenname an der Seite kam Fiona nicht bekannt vor.

Bethany betrachtete den Van kurz. »Duncan scheint ein schlechtes Gewissen zu haben«, sagte sie überrascht. »Wahrscheinlich schickt er dir ein tolles Friedensangebot.«

»Dir hoffentlich auch«, meinte Fiona. »Ich kann dir gar nicht sagen, wie furchtbar ich mich fühle wegen …«

Diesen Satz konnte sie nicht mehr zu Ende bringen. Denn plötzlich wurden die Hecktüren des Vans aufgestoßen und drei maskierte Männer sprangen heraus. Ehe die Frauen überhaupt Zeit zum Schreien hatten, wurden sie bereits grob gepackt und mit auf den Rücken gedrehten Armen in den Wagen gedrängt. Augenblicke später raste der Van auch schon davon.

Fiona schrie, als sie auf dem harten Boden des Vans landete. Der Überfall hatte sie vollkommen überrascht, aber jetzt begann sie, sich zu wehren und um sich zu treten, wobei sie versuchte, so viel Lärm wie möglich zu machen. Neben sich hörte sie Bethany schluchzen, und ihr fiel auf, dass ihre Freundin sich jetzt sehr viel besser unter Kontrolle hatte als am Abend zuvor.

»Klappe halten«, schimpfte einer der Maskierten. Fiona ignorierte das und setzte sich weiter lautstark und nach Kräften zur Wehr, während sie von dem Holpern des Vans durchgeschüttelt wurde. »Wenn Sie nicht sofort aufhören, werden wir nachhelfen«, warnte einer der Männer sie, worauf Fiona unsanft von einem Mann gepackt wurde, während ein anderer sie zwang, den Mund aufzumachen, und ihr einen dicken Knebel in den Mund stopfte. Gleichzeitig fesselte man ihr die Hände mit Handschellen auf dem Rücken zusammen und band ihr ein schwarzes Tuch um die Augen, sodass sie sich nur noch auf ihr Gehör verlassen konnte.

Dadurch bekam sie noch mehr Panik und trat wie wild um sich, aber die Männer lachten bloß und banden ihr auch noch die Füße zusammen. Angst verwandelte sich in namenlosen Schrecken, als sie erkannte, in was für einer ausweglosen Lage sie sich befand. Erst jetzt ging ihr auf, dass Bethany und sie niemandem gesagt hatten, wohin sie wollten.

Als der Van scharf links abbog, wurde Fiona gegen die Beine eines der Männer geschleudert. Sie spürte seine Hände und glaubte, er würde sie nur festhalten, doch dann umfasste er ihre Brüste durch die Seide ihrer Bluse. Angewidert warf Fiona sich auf die andere Seite, zog die Beine an und trat wieder um sich, obwohl ihre Füße an den Knöcheln zusammengebunden waren. »Eine ganz schöne Wildkatze«, hörte sie einen der Entführer sagen. Im nächsten Moment riss ihr jemand die Bluse auf, woraufhin geschäftige Hände ihr vorn den Satin-BH aufmachten.

Ein Schrei formte sich in ihrer Kehle, aber wegen des Knebels brachte sie nur erstickte Laute heraus, und da sie nichts sah, wusste sie auch nicht, wohin die Hände der Männer als Nächstes wandern würden. In ihrer Panik begann sie zu zittern und hörte eine andere Stimme sagen: »Besser nicht, wird dem Boss nicht gefallen. Stülp ihr den Sack über den Kopf, wenn sie nicht still sein will. Wir haben später noch genug Zeit, sie uns genauer anzusehen.«

Fiona überlegte noch, von was für einem Sack die Kerle sprechen mochten, aber sie brauchte nicht lange zu warten, denn im nächsten Moment wurde sie grob in einen körperlangen Jutesack gesteckt, der noch an den Fußknöcheln zusammengebunden wurde.

Sie bekam Panik, da sie befürchtete, nicht mehr genügend Luft zu bekommen, doch dann spürte sie kühle Luft im Gesicht und merkte, dass der Sack im Kopfbereich ein paar Löcher aufwies. Von da an lag sie still und zitternd am Boden und lauschte auf die Fahrgeräusche, in die sich die gedämpften Stimmen der Entführer und das leise Wimmern von Bethany mischten.

Nach einer schier endlosen Fahrt verließ der Van offenbar die Straße, denn Fiona glaubte, das Knirschen von Schotter unter den Reifen zu hören. Kurz darauf hielt der Wagen an, und Fiona spürte endlich keine Erschütterungen mehr. Jemand rollte sie auf die Seite, während die Türen geöffnet wurden. Dann hob einer der Männer sie an, löste die zusätzlichen Fesseln am unteren Ende des Sacks und zerrte sie aus dem Van, bis sie wieder Boden unter den Füßen spürte.

Ihre Beine zitterten, und sie stolperte mehrmals, was nur zur Erheiterung der Entführer beitrug. Es war furchtbar, nichts sehen zu können und in eine dunkle Ungewissheit gehen zu müssen. Sie wollte die Hände tastend nach vorne nehmen, aber sie waren ihr ja immer noch mit den Handschellen auf den Rücken gebunden.

»Achtung, Stufe«, sagte einer der Männer, worauf Fiona zusammenzuckte, weil sie Angst hatte hinzufallen. »Na los, den rechten Fuß vorsetzen. Bestimmt wissen doch auch Luxusdamen wie ihr, wie man Treppen hinuntergeht!«, lachte er. Zögerlich senkte sie einen Fuß, dann den anderen, als sie einen Schubs in den Rücken erhielt. Sie hatte fürchterliche Angst, in irgendein Loch gedrängt zu werden. Der Knebel verschluckte ihr Wimmern, und unter dem Tuch brannten heiße Tränen in ihren Augen.

Nach mehreren Stufen spürte sie wieder ebenmäßigen Boden, und der Sack wurde ihr vom Körper gezogen. Kühle Luft umspielte ihre Sinne; das Weinen von Bethany drang wieder lauter an ihre Ohren. Irgendwo wurde eine Tür zugeschlagen und verriegelt. Fiona blieb nichts anderes übrig, als der Dinge zu harren.

Drückendes Schweigen lastete auf den jungen Frauen. Keine der beiden bewegte sich, und den Atemgeräuschen nach zu urteilen, schien sich sonst niemand in dem Raum zu befinden. Doch Fiona ahnte, dass sie nicht allein waren. Sie vermutete, dass dies alles Teil eines sadistischen Spiels war, um sie beide zu Tode zu erschrecken, und obwohl die Absicht der Entführer aufging, schwor Fiona sich, dass sie sich ihre Furcht nicht anmerken lassen würde.

Nach weiteren fünf Minuten, während der Bethanys Weinen lauter geworden war, löste jemand plötzlich Fionas Handschellen und zog ihr endlich den Knebel aus dem Mund. Gierig sog sie den Atem in tiefen Zügen ein und merkte, dass Bethany offenbar nicht geknebelt war, denn wie hätte sie ihre Freundin sonst weinen hören? Erneut vermutete sie, dass dies alles genau kalkuliert war. Denn Bethanys Angst sollte Fiona noch zusätzlich demoralisieren.

Jetzt wartete sie darauf, dass man ihr die Augenbinde abnahm, doch nichts dergleichen geschah. Dafür zogen ihr die Männer die Bluse und den Rock aus. Den BH machte zwar wieder jemand zu, doch die Seidenstrümpfe wurden von den Haltern gelöst. Gehorsam hob Fiona erst den einen, dann den anderen Fuß an und ließ sich die Strümpfe abstreifen. Inzwischen hatte sie sich in ihr Schicksal ergeben und ahnte, dass sie gut beraten wäre, allen Anweisungen nachzukommen und abzuwarten, welche Forderungen die Entführer stellten.

Bethany weinte nun nicht mehr, doch Fiona hörte, dass ihre Freundin ein paar Mal scharf den Atem einsog, und jedes Mal lachten die Entführer dann aufs Neue belustigt auf.

Als Fiona nur noch in Slip und BH dastand, ließ man von ihr ab. Doch da sie immer noch nichts sah, befürchtete sie dauernd, wieder betatscht oder ganz ausgezogen zu werden. Wenn sie doch nur etwas sehen könnte! Mit dem Tuch vor den Augen kam sie sich so verletzlich vor. Um nicht so zu wimmern wie Bethany, nagte Fiona verzweifelt auf der Unterlippe.

Dann hörte sie wieder eine Tür, die geöffnet wurde. Offenbar die Tür, durch die sie gekommen waren. Plötzlich vernahm sie die Stimme einer Frau.

»Wie jämmerlich die beiden doch aussehen!«, rief die Frau aus, und Fiona hörte an den Schritten, dass sie näherkam. Trotzig schob sie das Kinn vor. »Für die Unterwäsche wird Alessandro nicht viel übrig haben«, fuhr die Stimme fort. »Marcus, zieh Mrs Sheldon bitte den BH und Slip aus.«

Schützend legte Fiona die Hände vor ihre Brust, während ihr Gehirn noch den Namen Alessandro verarbeitete. Als sie dann Bruchteile von Sekunden später erkannte, dass *er* hinter der Entführung steckte und wahrscheinlich jeden Augenblick kommen würde, um ihre Demütigung zu genießen, war sie so schockiert, dass sie sich kaum noch auf den Beinen halten konnte.

»Versuchen Sie nicht, sich zu widersetzen, Mrs Sheldon«, fuhr die Frau fort. »Marcus würde nur allzu gern Gewalt anwenden. Ich schlage vor, Sie lassen ihn das tun, was ich verlange. Vielleicht möchten Sie auch endlich dieses Tuch los sein?«

Fiona schwieg, aber als Marcus vorn den BH aufknöpfte und die Satinkörbchen von den Brüsten nahm, trat die Frau hinter Fiona und nahm ihr die Augenbinde ab. Fiona brauchte einen Moment, um sich an die neuen Lichtverhältnisse zu gewöhnen, und als sie nach vielem Blinzeln wieder richtig sehen konnte, zog Marcus ihr bereits den Slip herunter.

»Heben Sie die Füße an«, sagte die Frau, die immer noch hinter Fiona stand. Als sie die Aufforderung ignorierte, strich Marcus ihr mit seinen schwieligen Händen über die zarte Haut ihrer Schenkel. Daraufhin gehorchte Fiona sofort und hörte die Frau lachen. »Schon besser. Und jetzt umdrehen! Ich möchte Sie einmal genau begutachten.«

Fiona stand nun dem Mann namens Marcus gegenüber. Er war klein, hatte dunkles Haar und eine ausgeprägte Stirnpartie. Sein Blick war mürrisch. Neben ihm stand ein größerer Mann mit blondem Haar und blauen Augen, die unverwandt auf Fionas Körper gerichtet waren.

Rasch wandte sie sich der Frau zu ... und erkannte sie sogleich wieder: Vor ihr stand Georgina Prior, jene Frau, die zuletzt mit dem Rücken auf Duncans Schreibtisch gelegen hatte und sich von ihrem Lover Alessandro Trimarchi hatte verwöhnen lassen. Bei der Erinnerung an diese heiße Szene spürte Fiona, wie ihre Wangen warm wurden.

Georgina taxierte ihre Gefangenen vom Scheitel bis zur Sohle. »Sie haben eine tolle Figur. Das dürfte Alessandro gefallen, aber an Ihrer Haltung könnten Sie noch arbeiten. Straffen Sie die Schultern mehr, dann kommen Ihre Brüste besser zur Geltung.«

Im Gegenzug strafte Fiona die Frau mit einem verachtenden Blick. »Warum haben Sie uns hierher bringen lassen?«, wollte sie wissen und wünschte, ihre Stimme würde nicht so zittrig klingen.

Georgina lächelte. »Das wird Alessandro Ihnen alles erklären. Er müsste eigentlich bald hier sein. In der Zwischenzeit müssen wir dafür sorgen, dass Sie und ihre Freundin nicht weg können, es aber auch bequem haben. Ihre Freundin passt eigentlich nicht in den Plan, sie war leider zur falschen Zeit am falschen Ort. Doch je mehr wir sind, desto größer der Spaß!«

Fiona hörte, dass Bethany ein erschrockenes Keuchen von sich gab; erst da drehte sie sich zu ihrer Freundin um und sah, dass Bethany nackt bis auf einen Tanga dastand und von hinten von dem blonden Kerl festgehalten wurde, während ein anderer dunkelhaariger Mann über ihre bloßen Brüste strich.

Zu Fionas Erstaunen waren Bethanys Spitzen hart geworden.

»Ihre Freundin hat weniger Hemmungen als Sie, wie es aussieht!«, lachte Georgina, denn auch ihr war Bethanys sichtliche Erregung nicht entgangen. »Aber das dürfte Duncan ja längst wissen.«

»Wieso Duncan?«, hakte Fiona verblüfft nach. »Bethany ist meine Freundin. Wenn das alles hier eine Verschwörung gegen Duncan sein soll, dann müssen Sie Bethany gehen lassen. Sie ist unschuldig.«

»Sie mag ja vieles sein, aber unschuldig gewiss nicht«, meinte Georgina mit einem Lachen. Dann bedeutete sie den Männern, Bethany loszulassen. »Fesselt beide mit den Handschellen und bringt sie dort in die Ecke. Alessandro wird bald kommen und nach ihnen sehen. Behandelt sie also behutsam, verstanden?«

Die Männer nickten, woraufhin Georgina den Raum wieder verließ. Fiona hatte zwar keinen Trost von dieser Frau erfahren, war aber froh gewesen, nicht allein in der Gewalt von Männern zu sein, doch jetzt merkte sie, dass sie wieder zitterte. Und als Marcus auf sie zukam, mit einer Kette in der Hand, wich sie zurück und war sich einmal mehr ihrer Blöße und Wehrlosigkeit bewusst.

Marcus gab ihr zu verstehen, dass sie die Hände vor den Körper strecken sollte. Als sie gehorchte, legte er ihr Lederbänder um ihre Handgelenke und befestigte dann beide Bänder mit einem strammen Riemen, sodass die Hände eng aneinander lagen. Die Kette, die er noch in der Hand hielt, wurde nun durch eine Öse in dem Riemen gezogen. Schließlich brachte Marcus Fiona in eine Ecke des Raums und drückte sie dort in eine sitzende Position. An den Fußknöcheln wurde sie in gleicher Weise gefesselt. Danach zog Marcus ihr die Kette von den Handgelenken zwischen die Knie hindurch und befestigte sie an dem Riemen zwischen den Fußknöcheln. Er zog die Kette so stramm, dass Fiona nur dann bequem sitzen konnte, wenn sie mit dem Rücken gerade an der Wand saß, die Hände vor die Brüste hielt und die Ellenbogen auf den angewinkelten Knien abstützte.

Alle drei Männer betrachteten sie genau. Fiona wusste, dass die Kerle ihre intimsten Stellen sehr gut sehen konnten, und verbarg daher ihre Brustspitzen so gut es ging mit den Händen.

»Das reicht«, meinte der blonde Typ. »Müsste ihm gefallen. Die Kette kann er noch anders befestigen, wenn die Position nicht stimmt.«

»Holt die andere«, murmelte Marcus.

Fiona sah, wie Bethany – gefesselt in genau der gleichen Weise – halb durch den Raum getragen und schließlich neben Fiona auf den Boden gedrückt wurde. Der einzige Unterschied war, dass Bethanys Brüste stolz hervortraten und die Nippel immer noch hart waren. Einer der Männer strich ihr mit den Händen seitlich am Körper hinab, verharrte auf Taillenhöhe und grinste, als Bethanys Atem unruhiger wurde. Fiona, die alles daran setzte, sich so unsichtbar wie möglich zu machen, konnte den freudig erregten Ausdruck in Bethanys Blick nicht einordnen.

Schließlich verließen die Männer den Raum.

»Mir ist kalt«, jammerte Bethany. »Wer sind diese Typen? Und warum werden wir hier festgehalten?«

Fiona ging jetzt davon aus, dass die Brustspitzen ihrer Freundin aufgrund der Kälte so hart geworden waren. »Ich fürchte, wir sind hier, weil Duncan den Trimarchis eine Menge Geld schuldet. Offensichtlich wollten sie nur mich kidnappen. Du hattest eben Pech, genau in dem Moment in meiner Nähe zu sein. Es tut mir leid, Beth«, fügte sie traurig hinzu. »Wie es scheint, bringe ich dir nichts als Unglück.«

»Duncan wird das Geld doch sofort bezahlen, wenn er von unserer Lage hört, oder?«, fragte Bethany.

»Natürlich. Ihm liegt viel daran, den äußeren Schein zu wahren. Und da kommt ihm die Entführung seiner Frau höchst ungelegen.«

»Werden sie jetzt mehr Lösegeld verlangen, weil sie auch mich haben?«

Fiona hätte am liebsten gelacht, wenn ihr nicht so elend zumute gewesen wäre. »Wohl kaum. Es ist ja nicht so, dass du Duncan etwas bedeutest.«

Diese Bemerkung brachte Bethany zum Schweigen. Noch hoffte sie, dass die Kerle sie irrtümlich entführt hatten, doch die Worte dieser Frau lösten in ihr eine ungute Vorahnung aus. Wussten die Entführer etwa, dass sie Duncans Geliebte war? Wenn ja, dann würde es bald auch Fiona wissen.

Kapitel drei

Da man ihnen mit der Kleidung auch alles andere weggenommen hatte, wussten die beiden nicht, wie spät es jetzt war, doch Fiona schätzte, dass mindestens eine Stunde vergangen sein musste. Nach wie vor waren sie aber allein. Der Raum, den Fiona für einen Keller hielt, wies keine Heizung auf, sodass die Frauen in ihrer hockenden Position schon froren. Obwohl Fiona sich wünschte, dass bald jemand zu ihnen käme, sah sie Alessandros Erscheinen mit Unbehagen entgegen, da ihr Körper seinen Blicken ausgesetzt sein würde.

»Wie lange werden die uns hier festhalten?«, fragte Bethany nach einer Weile.

»Woher soll ich das wissen?«, gab Fiona unwirsch zurück.

Ihre Freundin sah verletzt aus. »Kein Grund so unfreundlich zu sein. Vergiss nicht, dass es dein Fehler ist, dass ich hier bin.«

Fiona überkam ein schlechtes Gewissen. »Tut mir leid. Ich habe nur solche Angst und …«

In diesem Moment ging die Tür an der gegenüberliegenden Wand auf und Alessandro Trimarchi kam herein. Ihm folgte ein jüngerer, etwas kleinerer Mann, der Alessandro so ähnlich sah, dass es sich nur um seinen Bruder handeln konnte. Zuletzt betrat wieder Georgina Prior den Raum. Als die drei auf die beiden Frauen zukamen, merkte Fiona, dass Alessandros Blick allein auf ihr ruhte. Sein Bruder hingegen konnte den Blick nicht von Bethanys Reizen wenden. Fiona entging auch nicht, dass ihre Freundin die Aufmerksamkeit des fremden Mannes sichtlich genoss und ihn ebenso erwartungsvoll ansah.

Für Alessandro war der Anblick der nackten, gefesselten Fiona unbeschreiblich reizvoll. Es missfiel ihm auch nicht, dass sie sich im Gegensatz zu Bethany an der Wand kleiner machte und trotz der hinderlichen Fesseln und der Kette ihre Brüste zu verbergen versuchte. Er war sich sicher, dass Duncan bei dieser hübschen Frau das volle Potenzial an Leidenschaft noch nicht ausgeschöpft hatte, und als er sie nun so dasitzen sah, wusste er, dass sie noch viel lernen musste und dass er derjenige sein würde, der ihr alles beibrachte. Er hätte sogar das Geld abgeschrieben, nur um den Kitzel der kommenden Tage auskosten zu können.

Hier, in dem abgelegenen Haus in Norfolk, auf einem großzügigen Grundstück, umgeben von einer zehn Fuß hohen Backsteinmauer und Tag und Nacht bewacht von Hunden, konnten er, seine Familie und seine Freunde ihre Fantasien ausleben. In diesem Haus gab es praktisch keine Grenzen, solange die Teilnehmer sich nicht beschwerten – ein Reich der Freuden für jeden sinnenfrohen Menschen.

Er warf einen kurzen Blick auf Bethany. Mit ihr hätte er keine Probleme. Von seinen Leuten wusste er bereits, dass sie Duncans Geliebte war und sich eigentlich keiner Form der Sinnenlust verschloss. Alessandro sah seine Vermutung bestätigt, als er sah, wie aufgeregt die junge Frau den Blick seines Bruders suchte.

Fiona war anders. Offenbar hatte sie nicht gelernt oder noch nicht die Gelegenheit gehabt zu erfahren, wie viele Dinge zwischen Mann und Frau möglich waren, um ein Maximum an Vergnügen zu erleben. Wenn sie wieder bei Duncan wäre, wäre sie eine andere Frau. Und Alessandro wusste, dass Fiona ihm auf ihrem Weg der Liebeserfahrung genauso viel Lust verschaffen würde wie sie selbst empfangen würde.

Bethany hatte die Situation rasch erfasst und erkannte, dass der größere, strenger dreinschauende der beiden Männer das Sagen hatte. Daher beschloss sie, Alessandro einen mitleidserregenden Blick zuzuwerfen. Tränen schillerten in ihren Augen, und sie stieß einen kleinen, herzzerreißenden Schluchzer aus.

Fiona hockte immer noch mit dem bloßen Rücken an der kalten Wand und schaute ihre Freundin entsetzt an, als Alessandro sich zu Bethany hinabbeugte und einmal scharf an der Kette zog, die sich zwischen ihren Handgelenken und Füßen spannte. Durch diesen schmerzhaften Ruck wurde Bethany gezwungen, sich vorzubeugen, sodass ihr langes Haar ihre Brüste verdeckte. Mit dieser Maßnahme hatte sie nicht gerechnet und hatte nun echte Tränen der Angst in den Augen. Wie es schien, war der ältere der Trimarchi-Brüder nicht so angetan von ihr wie der jüngere.

Als Fiona sah, wie Alessandro mit ihrer Freundin umging, schluckte sie schwer. Längst zitterte sie von Kopf bis Fuß und wusste nicht, wie sie die kommenden Stunden überstehen sollte. Alessandro streckte eine Hand nach ihr aus, ignorierte Fionas Zusammenzucken und drückte auf einen Knopf an einer der Handschellen. Sofort gab die Kettenspannung nach, und Fiona konnte die Arme seitlich am Körper hängen lassen und die Beine ausstrecken. Ein schmerzhaftes Ziehen machte sich in ihren verkrampften Muskeln bemerkbar.

Alessandro wartete noch einen Moment, umfasste dann ihre Schultern und zog Fiona auf die Füße. Dann ging er in die Mitte des Raums, während Georgina Fiona bei der Hand nahm und vor den großen Italiener stellte. Er murmelte etwas vor sich hin und fuhr mit dem Mittelfinger der rechten Hand von Fionas Kinn zwischen ihre Brüste und weiter hinab über ihren verspannten Bauch, bis er oberhalb ihres Schamhaars innehielt.

Fiona, deren Haut dort zu brennen schien, wo der Finger eine Spur hinterlassen hatte, wartete voller Anspannung, was als Nächstes passieren würde. Doch zu ihrem Erstaunen zog er die Hand einfach fort und nickte, mehr zu sich selbst. »Du hattest mit Schmerz, nicht mit Vergnügen gerechnet?« Es war als Frage formuliert, doch Fiona glaubte nicht, dass er eine Antwort erwartete. »Ist dein Mann ein Sadist oder einfach desinteressiert?« Diesmal lächelte er, und das Weiß seiner Zähne blitzte auf.

»Vielleicht sollten wir Bethany fragen«, schlug Georgina süßlich zu.

Fiona starrte die Frau verblüfft an, und Alessandro bedachte seine Geliebte mit einem wütenden Blick. »Zunächst müssen wir unseren Gästen erklären, warum sie hier sind, *cara*. Ich fürchte, dass dein Mann sich hartnäckig weigert, uns eine beträchtliche Geldsumme zurückzuzahlen, Fiona. Er hätte schon vor drei Monaten zahlen müssen. Die Folge ist, dass du nun unsere Geisel bist. Sobald die Summe beglichen ist, bist du wieder frei. Erst hielt ich es für hinderlich, dass deine Freundin hier mit von der Partie ist. Wie dem auch sei, da sie die Geliebte deines Mannes ist, wird dieser Umstand sein Handeln beschleunigen. Denn welcher Mann möchte schon gern ohne seine Frau und seine Geliebte dastehen?«

Fiona hatte plötzlich einen entsetzlich trockenen Mund. »Bethany ist doch nicht Duncans Geliebte. Sie ist bloß eine Freundin von mir, die zufällig ein paar Tage bei uns verbringt.«

Alessandros dunkle Augen bohrten sich in sie. »Und das glaubst du?«

»Ich weiß es. Sie sind hier derjenige, der sich irrt, nicht ich. Bethany ist seit mehr als zehn Jahren meine beste Freundin.«

Alessandro gab Edmund zu verstehen, Bethany zu ihm zu bringen. Sowie die beiden Freundinnen nebeneinander standen, wandte er sich an die kleinere, rothaarige Frau. »Sag deiner ›besten Freundin‹ die Wahrheit, Bethany.«

»Er muss verrückt sein, Fiona«, plapperte sie drauflos. »Ich weiß nicht, was er damit bezweckt. Du weißt ja, was letzte Nacht passiert ist. Ich war genauso schockiert wie du, als Duncan dich in mein Zimmer brachte. Ich hatte doch keine Ahnung, wie er tickt. Ich dachte, er wäre in dich verliebt, ein Gentleman, und nicht ein …«

Alessandro streckte eine Hand aus und umschloss eine von Bethanys Brustspitzen mit seinen Fingern. »Aha, letzte Nacht hattet ihr also zu dritt euren Spaß im Bett? Wie aufregend, und ganz nach deinem Geschmack, was, Bethany? Wie dem auch sei, du lügst. Sag ihr endlich die Wahrheit.«

»Ich habe ihr die Wahrheit gesagt!«, rief Bethany entrüstet.

Alessandro übte größeren Druck mit den Fingern aus. Fiona wollte ihrer Freundin beistehen, doch Edmund hielt sie von hinten fest, sodass sie sich nicht bewegen konnte. Als der erste Schmerz durch ihre Brust zuckte, kam ein Leuchten der Erregung in Bethanys Augen, doch schon bald war der Druck von Alessandros Fingern alles andere als angenehm. Mit Schrecken machte sie sich bewusst, dass dieser Mann erst dann aufhören würde, wenn sie Fiona ihre Affäre mit Duncan gestand.

»Hör auf!«, jammerte sie schließlich. Alessandro löste die

Finger von dem dunkelroten Nippel, der gleichermaßen vor Schmerz wie Verlangen pochte. »Ja, es ist wahr«, murmelte sie, als sie sich der völlig entgeisterten Fiona zuwandte. »Ich schlafe seit über einem Jahr mit ihm.«

Fiona starrte ihre Freundin nur an. In ihrem Kopf begann sich alles zu drehen. Bilder des vergangenen Abends zogen vor ihrem geistigen Auge vorbei, und schlagartig wurde ihr bewusst, dass Bethany sich offenbar allzu bereitwillig auf den Dreier eingelassen hatte.

»Das ist deine Schuld«, fuhr Bethany schnell fort, tief beunruhigt von Fionas kaltem Schweigen. »Er meinte, du seist ein hoffnungsloser Fall im Bett und würdest nicht das tun, was er von dir verlangt. Ich liebte ihn nicht«, fügte sie hinzu, »aber ich genoss den Sex. Ich habe nie etwas gegen Sex mit einem tollen Lover.«

Alessandro lächelte. Ihm war klar, dass Bethany soeben angedeutet hatte, sich auf seine Sexpläne in diesem Haus einzulassen.

Sein Blick wanderte wieder zu Fiona. Für einen Moment hatte er sogar Mitleid mit dieser Frau, da der Schock und die demütigenden Worte von Bethany sich in ihrer Miene abzeichneten. Doch dann musste er wieder an die Summe denken, die Duncan ihm noch schuldete, und auch daran, wie viel er der jungen Frau noch beibringen könnte, die jetzt vor ihm stand. Schon wich sein anfängliches Mitleid einer prickelnden Vorfreude.

»Bringt die beiden nach oben«, sagte er zu Edmund. »Ich möchte gern selbst herausfinden, wie jede Einzelne ist.«

Schnell wurden die beiden Frauen durch die Tür eine Treppe hinauf geschubst, bis sie sich in einer modernen Küche wiederfanden. Georgina zog Fiona an der Kette weiter in einen großen, sonnendurchfluteten Raum, in dem mehrere

Couchen und Sessel standen; Kissen aller Art lagen auf dem Boden.

Alessandro gab Marcus und Craig, die Fiona und Bethany entführt hatten, ein Zeichen. Sie hatten im Hintergrund gewartet und begannen nun, die Sitzkissen im Raum zusammenzusuchen. Möbel wurden zur Seite gerückt, sodass die Kissen zu zwei weichen Betten in der Mitte des Raums aufgestapelt werden konnten.

»Edmund und Marcus sind ausgezeichnete Masseure«, erklärte Alessandro Fiona, die das Geschehen angespannt und mit großen Augen verfolgte. »Ich denke, dass ihr beide euch nach der Massage sehr viel entspannter fühlen werdet. Der Tag war sicher anstrengend für euch.«

Fiona wich einen Schritt zurück. »Von denen lasse ich mich nicht anfassen«, sagte sie wütend. »Ich möchte mit Duncan sprechen. Rufen Sie ihn an. Er zahlt sofort, wenn er erfährt, was hier geschieht.«

»Er weiß doch längst davon«, erwiderte Alessandro leise. »Leider scheint er Schwierigkeiten zu haben, das Geld aufzubringen. Und deshalb möchte ich es euch so bequem wie möglich machen. Außerdem will ich herausfinden, warum er deine Freundin hier zu seiner Geliebten gemacht hat, wenn er eine so schöne Frau hat. Die Massage werde ich mit Interesse verfolgen.«

Georgina, die neben ihrem Freund stand, betrachtete die beiden Frauen und genoss Fionas Demütigung. Bethany hingegen bot einen faszinierenden Kontrast, denn sie schien die angekündigte Massage gar nicht abwarten zu können. Die Rothaarige lag nämlich bereits lang ausgestreckt und mit dem Bauch nach unten auf den Kissen. Ihre Beine waren leicht gespreizt, da Marcus ihre Kette gelockert hatte. Die Arme hatte sie über den Kopf nach vorn gestreckt, die Hände waren noch gefesselt.

Fiona starrte auf Bethanys Rücken. Sie sah die Pobacken, die bei einer Rothaarigen hellweiße Haut und die weichen Seiten ihrer Brüste, die in die Kissen gedrückt wurden.

Die Vorstellung erschreckte sie, gleich genauso nackt dort liegen zu müssen und den Händen der Männer ausgeliefert zu sein. Aber da sie sich in Gegenwart des Italieners keine Schwäche eingestehen wollte, legte auch sie sich schließlich – wenn auch widerwillig – auf die weiche Unterlage.

Sowohl Edmund als auch Marcus hielten schon Fläschchen mit Massageöl in der Hand. Vorsichtig träufelten sie davon etwas in ihre Handflächen und rieben die Hände aneinander, um die zähe Flüssigkeit anzuwärmen.

Fiona schloss die Augen. Ihr Mund war fest geschlossen, ihr Kiefer schmerzte vor Anspannung, und als Edmund seine Hände auf die verspannten Partien ihres Nackens legte, schrie sie vor Schreck fast auf. Alessandro sah, wie verkrampft Fiona war im Gegensatz zu Bethany, die vollkommen entspannt die Massage genoss, und stellte sich vor Fiona. Erst da bemerkte er die kleinen blauen Flecken, die sich an den Rändern bereits ins Gelbe verfärbten. Schweigend zeigte er die Flecken seinem Bruder, der nickte und die Stellen ausließ.

Edmunds Berührung war zunächst leicht, und während seine Finger zart über Fionas Haut glitten, merkte sie, dass ihr Atem immer ruhiger wurde. Noch nie hatte sie jemand massiert, und bei diesen kundigen Händen war es unmöglich, fest und verspannt zu bleiben.

Je mehr sie sich entspannte, desto mehr Druck übte Edmund auf ihren Rücken aus. Er zeichnete die Konturen ihres Körpers nach und knetete die Muskeln gleichmäßig durch, während er sich langsam die Wirbelsäule abwärts bewegte.

Als er sich ihren schön geformten Pobacken zuwandte, spürte Fiona, wie sie sich wieder verspannte. Duncan hatte sie dort oft gestreichelt, ehe er ihr Dinge zugemutet hatte, die ihr überhaupt kein Vergnügen bereiteten. Daher befürchtete sie, dass dies nicht anders sein würde.

Edmund fühlte die Veränderung, die in Fionas Körper vorging, und war überrascht. Die meisten Frauen genossen es, wenn er sie dort verwöhnte, und meistens spreizten sie unwillkürlich die Beine weiter. Aber Fiona versuchte, die Schenkel eher noch zu schließen. Ohne Erfolg, da Edmund jetzt zwischen ihren Beinen kniete. Nun suchte er den Blick seines Bruders, um sich abzusichern, wie es weitergehen sollte.

Alessandro hatte derweil Bethany beobachtet, die sich wohlig seufzend unter Marcus' weniger geschickten, dafür aber begeisterten Zuwendung in den Kissen wand. Jetzt spürte er den Blick seines Bruders und richtete sein Augenmerk wieder auf Fiona. Er setzte sich auf die Kissen neben ihr und schob eine Hand unter ihren bloßen Bauch.

Fiona spannte sofort die Bauchmuskeln an und wollte sich aufrichten, doch Edmund drückte sie energisch zurück in die Kissen.

Nun spürte sie, dass Edmunds Hände weiterhin über ihren Po strichen; seine Finger tauchten kurz in die umliegenden Falten und wanderten an den Rückseiten ihrer Beine hinab, während Alessandro seine gespreizte Hand leicht über ihren Bauch kreisen ließ.

Allmählich breitete sich eine angenehme Wärme in Fionas Unterleib aus. Jedes Mal wenn Alessandro seine Finger bewegte, verspürte sie ein Kribbeln in dem Delta zwischen ihren Schenkeln, das rasch wieder abebbte.

Fiona ahnte, was mit ihr geschah. So erging es ihr auch

immer mit Duncan. Obwohl sie sich dagegen wehrte, nahm ihre Erregung zu, nur war Fiona diesmal fest entschlossen, diese Empfindungen auszublenden, ehe sie außer Kontrolle gerieten. Daher versuchte sie, an andere Dinge zu denken: Was mochte Duncan jetzt tun? Wie viel Essen hatte sie noch in der Tiefkühltruhe? Hatte sie dem Gärtner auch gesagt, in den vorderen Beeten Unkraut zu jäten?

Sowohl Alessandro als auch Edmund merkten, dass Fionas Körperreaktionen nachließen. Der große Italiener runzelte die Stirn. Auf dem anderen Kissenlager hatte Bethany sich längst umgedreht, sodass Marcus langsam um ihre Brüste herum und über den Bauch massieren konnte. Weder Busen noch Schamgegend berührte er, denn dafür brauchte er erst die Erlaubnis des Hausherrn.

Alessandro hielt es für das Beste, wenn Fiona auch auf dem Rücken läge. »Dreh dich um«, sagte er leise. Fiona ignorierte ihn und hatte immer noch die Augen fest geschlossen. Er seufzte. »Dreh dich um, Fiona, sonst tue ich es.«

Schnell drehte sie sich auf den Rücken, doch sie machte die Augen immer noch nicht auf, weil sie es nicht ertragen konnte, Alessandros und Georginas Blicken ausgesetzt zu sein. »Schau uns an«, murmelte er. »Du versuchst, dich in deinen Geist zu flüchten. Das ist ein Fehler. Öffne dich dem Vergnügen. Mach deine Augen auf.«

Neben Fiona stöhnte Bethany zügellos und sehnte sich danach, dass Marcus endlich ihre straffen Brüste berührte. Als ihre wohligen Laute an Intensität zunahmen, gab Alessandro Marcus mit einem Nicken zu verstehen, dass es an der Zeit sei, eine Stufe weiterzugehen. Sofort ölte Marcus sich die Hände neu ein und verwöhnte mit den Handflächen Bethanys Wölbungen, die sich von Anfang an nach dieser Art der Zuwendung gesehnt hatten. Bethany bog den Rücken durch und versuchte Marcus dazu zu bewegen, eine Hand zwischen ihre Schenkel zu führen, wo ihr Körper schon feucht vor Erregung war.

Da Fiona die lustvollen Laute ihrer Freundin hörte, fiel es ihr nicht gerade leicht, ihre eigenen Körperreaktionen unter Kontrolle zu halten. Sie nagte an der Unterlippe, was Alessandro nicht entging. Sogleich befeuchtete er seinen Zeigefinger, schob ihn Fiona langsam in den Mund und erkundete die Innenseiten ihrer Lippen und den Gaumen.

Fiona zuckte zunächst zusammen, sog dann aber automatisch an dem Finger und war davon so vereinnahmt, dass sie unwillkürlich die Augen aufriss. Sie sah, dass Alessandro sie unverwandt anschaute, während sein Bruder inzwischen ihre Schulterpartien massierte, ehe er sich seitlich an den Brüsten vorbei bis zu ihrem Bauch vorarbeitete.

Auf dem anderen Kissenpolster strich Marcus Bethany über die Innenseiten ihrer Schenkel und massierte leicht ihren Venushügel, sodass ihre Sexlippen sich bei jeder Bewegung spannten. Für Bethany war es paradiesisch; dieser Mann war ein Experte auf seinem Gebiet, und daher genoss sie jede Sekunde dieser ausgefallenen Massage. Ehe er überhaupt ihre geheimsten Stellen erkundete, bot sie sich seinen Händen dar.

Fiona hörte Bethanys schnelleren Atem, und die gedämpften Laute der Erregung machten ihr nur zu sehr bewusst, welche Empfindungen die beiden Brüder in ihr hervorriefen. Alessandro beschloss, mit seinem Bruder die Plätze zu tauschen, worauf Edmund auf ein Zeichen hin mit der Massage aufhörte und sich an Fionas Kopf setzte, während Alessandro sich großzügig von dem Öl in seine Handfläche goss und es langsam auf Fionas Bauch und Oberschenkeln verteilte.

Fiona spürte, dass sie allmählich die Kontrolle über ihren

Körper verlor, versuchte aber immer noch, die verräterischen Reaktionen zu überspielen. Als Alessandro sanft ihre Beine spreizte und ihre äußeren Lippen ertastete, war er erstaunt, wie trocken Fiona dort noch war. Offensichtlich hatte die Massage bislang Fionas Säfte nicht fließen lassen.

Er hielt inne und wusste sich das nicht recht zu erklären. Einerseits war es nicht zu übersehen, dass sie die Zuwendung genoss, denn ihre Muskeln hatten sich weitgehend entspannt und ihre Brustspitzen waren härter geworden. Andererseits schien sie das Vergnügen nur bis zu einem gewissen Punkt zulassen zu wollen. Warum eine Frau sich vorsätzlich ihrer natürlichen Sexualität verschloss, konnte er sich auch nicht erklären, aber wenn sie lernen sollte, in welcher Weise sie ihm gefallen würde, dann durfte diese simple Übung der Erregung nicht fehlschlagen.

Mit den öligen Fingern war es ihm ein Leichtes, die Innenseiten ihrer Labien zu erreichen, wo er kurz innehielt und einen Finger um die Öffnung kreisen ließ, in die er eines Tages eindringen würde. Schließlich strich er über ihre inneren Lippen.

Fiona verschlug es den Atem, als sie die Finger sanft an ihren empfindlichsten Stellen spürte; auch wenn sie es nicht wollte: Ihre Nippel begannen sich zu regen.

Das entging auch Alessandro nicht, und während er seinen Finger immer noch in Fionas Mund ließ, beugte er sich hinab und leckte leicht abwechselnd über ihre rosigen Knospen.

Fionas zunehmend erregter Körper zuckte, und Alessandro sah, wie ihre inneren Sexlippen sich dunkler färbten. Ermuntert von diesem Anblick, legte er seine flache Hand auf Fionas Vulva, massierte sie dort leicht und stimulierte dadurch indirekt ihre Klitoris. Ihre Beine begannen zu zittern.

Derweil schob Marcus seine Hände tiefer zwischen Bethanys Schenkel und glitt mit einem Finger in ihre bereits feuchte Öffnung. Ihre Laute der Lust wurden lauter, und nur Sekunden später verkrampfte sich ihr ganzer Körper in einer wohligen Erlösung.

Ihr Stöhnen erregte sowohl Alessandro als auch Edmund, doch sie versuchten, den Rhythmus beizubehalten, da sie spürten, dass Fiona das Ringen um Selbstkontrolle verlieren würde. Die beiden waren einfach zu erfahren, und da sie sich allein auf Fionas körperliche Reaktionen konzentrierten, konnten sie einfach nicht versagen. Diese Frau würde ihnen den Genuss nicht verderben, ihr bei ihrem Orgasmus zuzusehen.

Alessandro führte weiterhin die leicht kreisenden Bewegungen aus, bis er sah, dass die Erregung sich auf Fionas Brust und an ihrem Hals abzuzeichnen begann. Erst dann fing er an, ihre zarten inneren Lippen zu öffnen, und obwohl Fiona sich ihm einen Moment zu widersetzen schien, nahm er mit dem Finger etwas von der Feuchtigkeit an ihrer Öffnung auf und streichelte über die inneren Labien, bis er schließlich die Spitze ihrer Klitoris erreichte. All diese Berührungen waren so zart und fein, dass Fiona sich nicht einmal sicher war, ob er sie dort wirklich stimulierte.

Alles, was sie spürte, waren die herrlichen Gefühle, die sich die ganze Zeit über in ihr aufgebaut hatten: Die schrecklich sehnsuchtsvolle Spannung, die noch zugenommen hatte, obwohl sie sich dagegen gestemmt hatte, löste sich nun explosionsartig in einem Schwall aus Empfindungen, die ihren ganzen Körper durchströmten. Sie stöhnte vor Erlösung und fühlte plötzlich ihre eigene Feuchtigkeit zwischen den Schenkeln, als sie matt und befriedigt in die weichen Kissen sank.

Alessandro ließ ihr eine kurze Verschnaufpause, ehe er sich erhob und vor sie stellte. Sie starrte ihn an, und er war überrascht, dass nicht Leidenschaft, sondern eher leise Wut ihren Blick beherrschte. »Du hast es uns nicht gerade leicht gemacht, dich zu einem einfachen Orgasmus zu bringen«, sagte er leichthin. »Deine Freundin versteht viel mehr von sexueller Befriedigung. Aber das ist nicht weiter tragisch. Zumindest wissen wir jetzt, dass dein Körper willens ist. Es ist dein Geist, der sich widersetzt. Ich denke, dass du schon recht bald sehr viel schneller Vergnügen genießen wirst. Und wenn du das gelernt hast, dann wirst du vielleicht auch lernen, wie du mich befriedigen kannst!«

Georgina hakte sich bei Alessandro unter. »Ich dachte schon, du würdest scheitern.« Sie lachte.

»Das war ein hartes Stück Arbeit. Und jetzt verstehe ich auch, warum er sich eine Geliebte hält.«

»Aber du ziehst dennoch die Ehefrau vor, oder?«, fragte Georgina.

Alessandro nickte. »Ja, seine Frau sagt mir definitiv mehr zu. Ich freue mich schon auf morgen und einen neuen Versuch.«

Fiona hatte zugehört und hoffte natürlich, dass Duncan die Schulden bis morgen bezahlt hatte. Nachdem Alessandro und seine Freundin den Raum verlassen hatten, wurden die beiden Frauen wieder in den Keller gebracht, wo man ihnen die Ketten strammer anlegte. Man gab ihnen Decken für die Nacht und ließ sie allein. In einer Ecke stand ein Eimer, mehr Komfort wurde ihnen nicht gegönnt. Fiona und Bethany sprachen kein Wort miteinander.

Am Morgen, nach einer langen, schlaflosen Nacht, hörten die Frauen, wie die Tür geöffnet wurde. Fionas Gefühle unterschieden sich deutlich von denen Bethanys, denn sie hatte jetzt schon Angst, die bedrohliche Gestalt des dunkelhaarigen Italieners zu sehen. Bethany hingegen hoffte, es möge sich um einen der beiden Brüder handeln. Solange sie noch auf die Freilassung würden warten müssen, wäre Edmund genau der Mann für gewisse Stunden. Bethany vermutete, dass Alessandro vielleicht der begabtere Lover war – mit dunkleren Vorlieben, die dem jüngeren Bruder fehlten –, aber ihr war klar, dass Alessandro hauptsächlich an Fiona interessiert war. Er hatte die Absicht, Duncan leiden zu sehen, und für die Ehre der Italiener waren Ehefrauen wichtiger als die Geliebten.

Doch dann kam jemand Fremdes in den Kellerraum; eine große, schlanke Frau mit blonden Haaren. Sie trug abgeschnittene Jeans und eine weiße Bluse, die sie sich am Bauch zusammengeknotet hatte. Ihre Haut war gebräunt. Fasziniert betrachtete sie die beiden gefesselten Frauen.

»Das ist ja toll! Ist das sehr unbequem?« Weder Fiona noch Bethany machten Anstalten, auf diese blöde Frage zu antworten. Denn ihnen taten alle Muskeln weh. »Ich bin Tanya«, fuhr die Blonde fort. »Edmunds Freundin. Ich bin Model. Als ihr gestern Abend hier ankamt, war ich gerade auf dem Rückflug von den Bahamas. Edmund hat mir alles über euch erzählt.«

»Du bist Model?«, fragte Bethany. »Wenn ich ein bisschen größer wäre, hätte ich gemodelt.«

Fiona schloss die Augen. Sie konnte nicht verstehen, wie ihre Freundin unter diesen Bedingungen noch Smalltalk anfing. Warum hatte sie eigentlich nicht früher bemerkt, wie oberflächlich Bethany war?

»Ihr zwei seht erschöpft aus«, plapperte Tanya weiter. »Aber keine Sorge, ihr dürft euch freuen. Ich hole euch ab, damit ihr oben ein Bad nehmen könnt. Georgina ist nach

London gefahren. Sie muss dort zwischendurch arbeiten, den Rest der Zeit hier, und jetzt ersetze ich sie. Ich sag Marcus und Craig Bescheid, dass sie euch helfen sollen. Die Fesseln können wir euch erst abnehmen, wenn ihr sicher im Hauptgebäude seid.«

»Können wir erst noch den Eimer benutzen?«, fragte Bethany. »In der Nacht stand er zu weit weg.«

Tanya schaute in die Ecke und verzog angewidert das Gesicht. »Bäh! Das braucht ihr nicht. Das Badezimmer, das wir euch gleich zeigen, ist sehr viel komfortabler. Marcus, du kannst jetzt reinkommen!«

Schnurstracks ging Marcus auf Bethany zu und zog ihr die Decke weg. Dann streichelte er ihr über die Brüste und den Po, hob sie auf die Arme und trug sie aus dem Raum. Craig, der große, blonde Bodyguard, war bei Fiona etwas vorsichtiger, ließ es sich aber auch nicht nehmen, eine ihrer Brüste mit einer Hand zu umfassen. Als Fiona zurückzuckte, lachte er nur und übte mehr Druck mit der Hand aus.

»Los jetzt«, sagte Tanya ungeduldig. »In einer halben Stunde soll sie für Alessandro fertig sein, und ihr wisst ja, dass man ihn nicht warten lassen sollte.«

Diesmal brachte man Fiona und Bethany in den zweiten Stock in einen breiten, mit dickem Teppich ausgelegten Korridor, von dem viele Türen abgingen. Die Männer trugen die beiden in ein großes Badezimmer, das zwei Duschkabinen, eine altmodische Emailbadewanne, ein Waschbecken, ein Bidet, eine Toilette und zwei kleine runde Becken aufwies, bei denen es sich um Whirlpools handelte.

»Setzt euch auf den Boden«, befahl Tanya, aber die beiden Frauen sackten bereits auf die Knie, da sie sich nach der unbequemen Position während der Nacht kaum auf den Beinen halten konnten. Marcus holte einen Schlüssel aus seiner

Tasche, löste die Handschellen und warf sie in eine Ecke. Zu Fionas Unmut machten die beiden Männer keine Anstalten, das Bad zu verlassen, drehten sich aber wenigstens um, als Fiona und Bethany zur Toilette mussten.

»Okay«, sagte Tanya freudig, als die beiden fertig waren. »Ihr könnt in einen Whirlpool steigen. Marcus und Craig bleiben bei Bethany, während Edmund und ich uns um dich kümmern, Fiona!« Fionas zurückhaltender Blick entging ihr nicht. »Einfach genießen«, sagte sie zu ihr mit einem Lächeln. »In diesem Haus kommen alle aus der Trimarchi-Familie zusammen, um sich zu entspannen. Sie arbeiten in ihrem Penthaus in London und genießen hier sämtliche Freiheiten. Glaub mir, es ist schon was Besonderes, einen der Trimarchi-Männer zu kennen.«

»Darauf kann ich gut verzichten«, sagte Fiona schroff.

»Ich würde gern hier wohnen und eine Trimarchi-Frau werden«, bekannte Tanya, »aber ich denke, dazu kommt es nicht. Alessandro hat wohl was gegen mich.«

Fiona war das vollkommen egal. Ginge es nach ihr, dann hätte Alessandro diese dämliche Frau ruhig selbst heiraten können. Fiona wollte ihre Kleidung haben, sie wollte nach Hause und in die Sicherheit der gewohnten Umgebung flüchten. Jetzt sehnte sie sich sogar zurück in das Haus in Mayfair.

»Ach, hier seid ihr!«, rief Edmund, der erst jetzt ins Bad trat. Sein Blick wanderte zuerst zu Fiona, die zitternd auf dem Boden kauerte, und dann zu Bethany, die aufrecht dasaß und den Whirlpool mit unübersehbarer Vorfreude beäugte. Er wünschte, er könnte sich an diesem Morgen selbst um sie kümmern. Bethany war genau der Typ Frau, den er mochte, aber Alessandros Anweisungen waren klar und deutlich, und es zahlte sich nie aus, wenn man ihm nicht gehorchte.

»Du sollst in den Whirlpool«, sagte er zu Fiona und umfasste ihren rechten Arm. Sie wollte sich seinem Griff entziehen. »Das bringt doch nichts«, schimpfte er ungeduldig. »Ich kann noch Craig und Marcus zur Hilfe holen. Warum machst du es dir selbst so schwer?«

Wenn dieser Typ nicht begreift, warum ich mich widersetze, dann kann ich ihm auch nicht helfen, dachte Fiona. Offensichtlich hatte niemand aus der Trimarchi-Familie Sinn für Moral und Anstand. Und Bethany wohl auch nicht. Denn sie stieg bereits in einen der Pools, sah absolut happy aus und ließ sich noch von Marcus die kleinen Stufen hinab helfen.

Fiona schämte sich ihrer Blöße und ließ sich widerwillig von Tanya zu dem zweiten Becken führen. Die Wasseroberfläche war ruhig und die erste Stufe klar zu erkennen. Mit zitternden Beinen setzte Fiona einen Fuß auf die Stufe und genoss das angenehm warme Wasser.

»Vorsicht, da kommt noch eine Stufe«, warnte Edmund, schlang einen Arm um Fiona und stützte sie mit der linken Hand auf dem Hüftknochen. »Wenn du die zweite Stufe erreichst, setzt du dich auf die erste. Tanya und ich ziehen uns nur kurz aus, dann kommen wir zu dir.«

Voller Anspannung setzte Fiona sich schließlich ins Wasser und wartete. Tanya und Edmund zogen sich absichtlich gegenüber von ihr aus, sodass sie unweigerlich zuschauen musste, und als Edmund sich die Jeans auszog, sah Fiona seine Erektion. Die Vorhaut war zurückgezogen und zeigte die dunklere, gut durchblutete Eichel, und als Tanya aus ihrer kurzen Jeans stieg, kicherte sie, umfasste Edmunds Steifen mit einer Hand und massierte den Schaft ein paar Mal auf und ab, sodass sein Penis noch weiter anzuwachsen schien. Dann stieg sie, immer noch grinsend, in den Pool und rutschte so lange über die Stufe, bis sie neben Fiona saß. Edmund nahm auf der anderen Seite von Fiona Platz.

Fiona saß steif da und versuchte zu vergessen, was sie soeben gesehen hatte. Von dem anderen Whirlpool hörte sie Bethanys vergnügtes Quieken und die tiefen Stimmen von Craig und Marcus. »Entspann dich!«, sagte Edmund und strich sich das dunkle Haar aus der Stirn. »Das soll Spaß machen.«

Fiona ignorierte ihn. Edmund seufzte, denn er genoss Sex immer und wollte, dass die Frauen sich genauso unkompliziert darauf einließen. Dann griff er hinter sich und drückte auf einen Knopf, sodass die Düsen angingen und die eben noch ruhige Wasseroberfläche in ein Meer aus Blasen verwandelten.

»Sie sitzt falsch«, hob Tanya hervor.

Edmund schaute ins Wasser. »Tatsächlich. Ich rutsche weiter. Komm, Fiona, du musst hier sitzen.«

Nervös rutschte sie auf der Stufe weiter. Das Wasser war herrlich warm, die Blasen eine Wohltat für ihre verspannten Muskeln, aber sie wollte eigentlich nicht aufrutschen. Ihre Brüste schauten aus dem Wasser, und wenn sie sich nun bewegte, würden ihr sowohl Edmund als auch Tanya begeistert dorthin starren. Plötzlich spürte sie die Wasserverwirbelungen direkt zwischen ihren Beinen; mit einem leisen Keuchen versuchte sie, ihre Füße zusammenzuhalten.

»Na, geht doch!«, meinte Edmund mit einem Grinsen. »Tanya liebt das, nicht wahr, *cara?*«

»Hm, herrlich. Aber du musst die Beine spreizen«, schalt sie Fiona, hakte einen Fuß um Fionas linken Fußknöchel und zwang sie so, ihre empfindlichsten Stellen den Düsen preiszugeben. Das Gefühl war so intensiv, dass die Stelle zwischen ihren Schenkeln heiß wurde; ihr Blut begann genauso stark durch ihre Adern zu pulsieren, wie das Wasser aus den Düsen strömte. Fiona traute sich gar nicht zu atmen, weil sie befürchtete, das Vergnügen dadurch noch zu verstärken.

Zu ihrer Linken beobachtete Tanya sie interessiert. »Ist toll, oder? Genieß es doch einfach. Deine Freundin tut es jedenfalls!« Das war Fiona klar, hatte sie doch eben erst einen ekstatischen Schrei von Bethanys gehört. Ihre Freundin kicherte und hatte ihren Spaß mit den beiden Männern, aber Fiona war fest entschlossen, es nicht so weit kommen zu lassen, schon gar nicht in Gegenwart der beiden Fremden.

Vorsichtig beugte sich Tanya vor und berührte Fionas Nippel mit den Fingern. Fiona wollte Tanyas Hand fortschlagen, doch Edmund hinderte sie daran. Fest umschloss er ihre Handgelenke und drückte ihre Hände unter Wasser, während Tanya weiterhin mit den Fingerspitzen über Fionas Vorhöfe kreiste.

»Du hast tolle Nippel«, sagte sie fröhlich. »Soll ich mal gucken, ob ich da noch was machen kann?«

»Nein, du hältst ihre Hände fest, und ich mache das!«, sagte Edmund. Mit einem Schmollmündchen gehorchte Tanya. Jetzt saß Fiona so in dem Becken, dass der Wasserstrahl der Düsen ihre ganze Vulva stimulierte, während Edmund sich abwechselnd ihren Spitzen widmete. Ganz allmählich wuchsen die Knospen, und sowie Edmund das sah, umfasste er ihre Taille und drehte Fiona so, bis sie zum Rand des Whirlpools schaute.

Gleichzeitig ließ Tanya Fionas Fußknöchel los und zog zusammen mit Edmund die ahnungslose Fiona so weit hinab ins Becken, bis sie am Grund kniete und nur noch mit dem Gesicht knapp über Wasser war. Dann spreizten sie ihre Beine, sodass die Strudel Fionas Schenkel noch kräftiger massierten, und zogen ihren Oberkörper ein wenig zur Seite, bis die Wanddüsen genau auf Fionas Brüste zeigten.

Jetzt stimulierte das warme Wasser Fionas empfindlichste Stellen, ihre Brüste und ihre Vulva, und als Edmund sich tiefer ins Becken sinken ließ, schob er eine Hand zwischen Fionas Beine und zog ihre äußeren Labien vorsichtig auseinander. Fiona sog zischend die Luft ein, denn die spürbare Folge war, dass jetzt die inneren Lippen und die Klitoris von dem Düsenstrahl stimuliert wurden.

Die heißen Empfindungen schwollen weiter und weiter in ihr an. Ihre Brüste schmerzten schon und pulsierten, und zwischen den Schenkeln hatte sie das Gefühl, in Flammen zu stehen. Ihr Gesicht war nun gerötet, und während Tanya an Fionas Beinen zog, stützte Edmund sie an den Schultern, bis sie quer im Whirlpool lag. Beide hoben sie Fiona an und hielten sie so, dass die Düsen jetzt Fionas Wirbelsäule, die Pobacken, die Kniekehlen und die Rückseiten ihrer Beine massierten. Gleichzeitig wanderten Tanya und Edmund mit den Mündern über Fionas nassen und zuckenden Bauch und die Brüste, die aus dem Wasser ragten.

Fionas Atemzüge wurden immer schneller. Noch nie hatte sie Gefühle dieser Art verspürt, doch sie versuchte sich vor Augen zu führen, dass man sie beobachtete ... dass ihre Quälgeister auch nicht besser als Duncan waren: Tanya und Edmund taten dies doch in erster Linie nur zu ihrem eigenen Vergnügen und nicht, um ihr Vergnügen zu bereiten.

Dennoch, ihr Körper war wieder einmal kurz davor, sie zu verraten, und die Anspannung in ihrem Unterleib nahm weiter zu, bis Fiona ahnte, dass ihr Körper explodieren würde, sobald sich diese Spannung Bahn brach. Doch vor diesem intensiven Gefühl hatte sie Angst, weil es so neu für sie war.

Aus Angst vor den kaum zu kontrollierenden Empfindungen bewegte sie sich ruckartig im Wasser, sodass Tanyas Hände von Fionas Fußknöcheln rutschten. Zu Fionas Erleichterung sanken ihre Beine nun wieder ins Wasser, und Edmund blieb nichts anderes übrig, als sie auf die Sitzbank zu lassen, sodass der schmerzvoll-angenehme Augenblick der sexuellen Anspannung verpuffte.

Edmund bedauerte, dass sie den entscheidenden Moment verpasst hatten, Fiona mit ihrer eigenen Sexualität zu versöhnen, aber bevor er Tanya vorschlagen konnte, das Ganze noch einmal zu versuchen, öffnete sich die Badezimmertür und Alessandro trat ein.

Kapitel vier

»Ich dachte mir, dass du inzwischen frisch bist«, meinte er und schaute hinab in Fionas gerötetes Gesicht und ihre weit geöffneten Augen. »Deine Freundin amüsiert sich«, fügte er mit einem Lächeln hinzu.

Noch leicht verwirrt und außer Atem nach dem Kampf gegen ihren Körper, achtete Fiona wieder auf die lustvollen Laute, die aus dem zweiten Pool kamen. »Sie ist nicht mehr länger meine Freundin«, sagte sie kühl.

Er nickte. »Verständlich! Aber komm jetzt, wir haben zu tun. Oder eher gesagt, ich habe zu tun.«

Tanya kletterte aus dem Pool und zog Fiona aus dem Wasser. Dann reichte sie ihr ein großes, weiches Handtuch. »Das Schlafzimmer ist gleich nebenan«, sagte Tanya leise. »Ich bringe dich hin. Du hast Glück«, fuhr sie fort, als Fiona sie unsicher ansah. »Er ist besser im Oralsex als alle Männer, die ich kenne.«

Das Wort Oralsex war genug für Fiona. Gleich erinnerte sie sich an Duncans raue, hektische Zunge. Die fast schmerzhaften Konvulsionen, die sie in Anwesenheit von Bethany erlebt hatte, waren ihr noch zu gegenwärtig. Blitzartig drehte sie sich um, rannte aus dem Badezimmer und eilte blindlings über den Korridor, denn sie wusste nicht, wohin sie fliehen sollte.

Alessandro wartete bereits vor der Schlafzimmertür auf Fiona und schaute ihr nach. Er wusste, dass sie nicht weit kommen würde. Einer seiner Leute, Grant, passte immer in den oberen Stockwerken auf. Allerdings fragte Alessandro sich, warum Duncans Frau plötzlich so panikartig geflohen war.

Er wandte sich an Tanya. »Was hast du ihr gesagt?«, fragte er gelassen.

Tanya war sauer. Sie wollte doch bloß, dass Alessandro zufrieden war. Es war keine Frage, dass Edmund sie mochte, aber er würde sie nicht heiraten. Tanya wollte jedoch den Lebensstil der Trimarchis nicht vermissen, befürchtete aber, wieder einmal Alessandro verärgert zu haben.

»Ich hab ihr nur gesagt, wie gut du beim Oralsex bist. Was ist daran schon auszusetzen?«

»Vielleicht gefällt ihr die Vorstellung nicht, dass sie mich mit dir teilen muss!«, erwiderte er mit einem angespannten Lächeln, dem jegliche Leichtigkeit fehlte.

»Ich dachte, sie wäre froh zu wissen, dass du gut darin bist.«

»Sie sollte aber eigentlich noch nicht wissen, was wir machen werden. Wie toll für dich, dass du beim Modeln keinen Grips brauchst. Und jetzt bring sie mir zurück. Aber sag nicht schon wieder irgendetwas Falsches zu ihr.«

Tanya, die immer noch nackt war, ihre Blöße aber offensichtlich genoss, marschierte gehorsam den langen Korridor hinunter und fand eine bleiche Fiona, die nicht an Grant vorbeigekommen war. Der Bodyguard hatte seinen Spaß gehabt, die junge Frau eng an seinen Körper zu drücken, und wartete nun geduldig auf weitere Instruktionen.

»Dummes Mädchen!«, schalt Alessandro Fiona, als sie schließlich zu ihm gebracht wurde. »Wo wolltest du denn auf einmal hin?« Sie schwieg, und er machte ihr Platz, damit sie das Schlafzimmer betreten konnte. »Sag Marcus, er soll reinkommen«, trug er Tanya auf. »Die anderen brauche ich vorerst nicht.«

Fiona starrte auf das riesige Bett, das auf der einen Seite des Raums stand. Allerhand Rückenlehnen, Knierollen und Kissen lagen auf der Matratze, und am Fußende stand ein hoher Hocker. Ansonsten wies das Zimmer nur noch einen kleinen Schrank und einen breiten Toilettentisch auf, über dem ein rechteckiger Spiegel prangte.

»Warum lassen Sie mich nicht in Ruhe?«, fragte sie Alessandro. »Wenn Sie nur ihr Geld zurückhaben wollen, was soll das Ganze dann? Macht es Ihnen Spaß, Frauen zu demütigen? Kann normaler Sex Sie nicht mehr zufriedenstellen?«

Ihre Fragen schienen ihn zu überraschen. »Es ist nicht meine Absicht, dich zu demütigen oder herabzusetzen. Ich bringe dir bei, wie du dich selbst genießen kannst. Als ich dich zum ersten Mal sah, dachte ich, dass man deine Qualitäten nicht gefördert hat. Und ich hatte recht. Und was normalen Sex angeht: Wer kann schon sagen, was normaler Sex und ausgefallener Sex ist? Das hängt immer davon ab, was man gewohnt ist. Wenn ich dir eine Frage stellen dürfte, dann die: Warum scheust du die Vergnügen, nach denen normale Frauen sich sehnen?«

»Weil Sex mit Macht zu tun hat«, sagte Fiona in bitterem Ton. »Als Duncan wusste, wie er mir Vergnügen bereiten kann, benutzte er dieses Wissen, um die Kontrolle über mich zu haben. Tu dies, oder du wirst keine Freuden mehr erfahren. Tust du aber das, sorge ich dafür, dass du Schmerzen hast. Dazu will ich es nicht mehr kommen lassen.«

»Oh, Frauen setzen Sex auch ganz bewusst ein«, antwortete er freundlich. »Sobald sie verheiratet sind, ist Sex oft wie eine Waffe. Wenn du tust, was ich will, dann kannst du auch mit mir schlafen. Ärgerst du mich, habe ich eine Woche lang

Kopfschmerzen. Das sind doch wohl die üblichen Szenarien, oder?«

»Das ist was anderes«, protestierte sie. »Ich sag ja nicht, dass das okay ist, aber Frauen tun Männern mit Sex nicht weh.«

»Richtige Männer tun Frauen damit auch nicht weh. Sobald du gelernt hast, wie du offen deine Lust genießen kannst, wirst du anders über Sex denken.«

Fiona sah ihm mutig in die Augen und hoffte, dass er nicht merkte, wie viel Angst sie in Wirklichkeit hatte. »Und sobald ich also alles Wichtige von einem Experten wie Ihnen gelernt habe – die Freundin Ihres Bruders hat sie mir bereits wärmstens empfohlen – dann erwarten Sie wohl von mir, dass ich auch lerne, wie ich anderen Lust verschaffe.«

»Natürlich, es sei denn, dass du dann schon längst wieder bei Duncan bist.«

»Aber wenn eine Frau einem Mann Lust verschafft, verspürt sie selbst kaum Lust dabei.«

Zum ersten Mal sah er verärgert aus. »Doch, natürlich. Darum geht es doch. Manchmal ist es sogar besser, dem anderen Lust zu verschaffen, anstatt sie selbst zu genießen. Du hattest einen schlechten Lehrer, das ist alles.«

»Ich vermute, alle Italiener sind toll im Bett und alle Engländer sind Nieten?«

Ein heiteres Leuchten kam in seine Augen. »Keine Ahnung. Ich denke, es gibt gute und schlechte Liebhaber in beiden Ländern. Wichtig ist doch, dass ein Mann Frauen mag. Ich gehöre jedenfalls zu diesen Männern.«

»Ach, wirklich? Dann überrascht es mich, dass wir gestern Abend wie Hunde an die Kette gelegt wurden und in Ihrem Keller frieren mussten.«

»Von jetzt an schlaft ihr im Haus«, sagte er kurz. »Aber wir sind nicht zum Reden hier. Ich hatte gehofft, dich direkt vom Bad abzuholen und dort weiterzumachen, wo Edmund und Tanya angefangen hatten, aber jetzt sieht es wohl so aus, als müssten wir noch einmal von vorn beginnen. Aber egal. Leg dich auf das Bett. Im Zimmer ist es angenehm warm, du solltest dich also wohlfühlen. Ich ziehe mich derweil aus.«

»Und wenn ich nicht mitmache?«, fragte Fiona.

»Dann gehst du wieder in den Whirlpool. Aber diesmal werde ich bei dir sein.«

Als Fiona sich an die prickelnden Empfindungen erinnerte, beschloss sie, sich doch lieber aufs Bett zu legen. Oralsex würde sie bestimmt nicht so sehr erregen wie die Erlebnisse mit Tanya und Edmund. Sie würde einfach warten, bis Alessandro die Geduld verlor und mit seinen Lektionen aufhörte.

Sie war erstaunt, wie bequem das Bett war. Ihr Erstaunen nahm noch zu, als Alessandro sich nackt neben sie legte und begann, ihren Nacken und ihre Schultern zu massieren. Sein Körper war gebräunt und muskulös; dunkle Haare zogen sich von seiner Brust bis zum Bauchnabel. Weiter nach unten traute sie sich nicht zu gucken. Jetzt hauchte er ihr federleichte Küsse auf die Seiten des Halses, während er ihr zärtlich über ihren verspannten Bauch streichelte.

Das war sie nicht gewöhnt. Wenn Duncan Lust auf Oralsex hatte, dann begann er zwischen ihren Schenkeln und vergeudete keine Zeit woanders. Alessandro hingegen zog eine gemütlichere Variante vor. Vorsichtig knetete er ihre Taillen, und als er dann einen Arm unter sie schob und vom Bett hob, legte Marcus, der inzwischen leise in den Raum gekommen war, geschickt eine weiche Stütze unter ihren Rücken und ein rechteckiges Kissen unter ihren Po, sodass die untere Hälfte ihres Körpers jetzt erhöht lag.

Alessandros Zunge wanderte zwischen Fionas Brüsten hindurch und umkreiste kurz ihren Bauchnabel. Fiona zuckte erschrocken zusammen, aber das Gefühl war angenehm, und nachdem seine Zunge fort war, blieb das wohlige Kribbeln noch. Doch jetzt orientierte Alessandro sich weiter nach unten, worauf Fiona sich verspannte.

»Versuch dich zu entspannen«, wisperte er und schob ihre Schenkel vorsichtig mit beiden Händen auseinander. »Ich werde dir nicht wehtun, das verspreche ich. Lass dich von den Empfindungen forttragen. Du kannst mir vertrauen.«

Seine Stimme hatte einen dunklen, tiefen Klang, und seine Hände waren so warm und weich, dass Fiona sich tatsächlich entspannte. Sie spürte seine Zunge auf der Innenseite ihres Schenkels, und es fühlte sich gut an. Ohne dass es ihr bewusst war, spreizte sie die Beine ein wenig weiter, sodass Alessandro leichter zu ihr fand. Ein Gefühl des Triumphs durchströmte ihn.

Dennoch überstürzte er nichts.

Langsam spreizte er ihre Labien mit den Fingern, verwöhnte weiterhin ihre Schenkel mit weichen Küssen, und als Fiona sich nicht wieder verspannte, glitt er leise aus dem Bett und setzte sich auf den Hocker. Vorsichtig zog er Fiona etwas näher zu sich, bis er mit ihrer Position zufrieden war.

Erst jetzt berührte er ihre feuchten inneren Sexlippen mit der Zungenspitze. Fiona ballte die Hände, die eben noch entspannt gewesen waren, zu Fäusten. Da Alessandro diese Verkrampfung nicht entging, widmete er sich sofort wieder Fionas Schenkeln und küsste ihre zarte Hau dort, bis sich ihre Hände wieder entspannten. Dann kehrte er zu den zarten Lippen zurück, die ihn mit ihrer Feuchtigkeit am meisten erregten.

Behutsam nahm er sich zunächst die äußeren Sexlippen

vor, als er aber spürte, dass Fiona sich wieder verspannte, setzte er seine Zungenspitze wie eine Feder ein und strich so zart über ihre Lippen, dass sie die Berührung nur erahnen konnte.

Für Fiona war es ein fast unbegreifliches Erlebnis. Keine Spur mehr von dem überhasteten, rauen Gelecke, das sie bei Duncan immer als so unangenehm empfunden hatte. Stattdessen spürte sie jetzt, wie Alessandros Zunge seidenweich ihre feuchten Lippen nachzeichnete.

Wieder hatte sie das Gefühl, zwischen ihren Schenkeln in Flammen zu stehen. Jetzt wurde seine Zunge mutiger; seine Finger öffneten sie etwas weiter, und diesmal ließ er seine Zungenspitze in ihre Vagina zucken. Sofort verspannten sich ihre Zehen, und mit beiden Händen griff sie Alessandro in sein dichtes, schwarzes Haar.

Alessandro spürte ihre Hände an seinem Kopf und wusste, dass sie endlich vollkommen entspannt war und in all ihren Empfindungen schwelgte. Vorsichtig änderte er nun seine Methode der Stimulierung, suchte bewusst die empfindlichsten Punkte, ehe er die Zunge wieder der Länge nach über ihre Labien laufen ließ. Die ganze Zeit achtete er auf Fionas Reaktionen, auf die kleinste Bewegung und die gedämpften Laute der Lust. Er selbst war inzwischen ebenfalls erregt, seine Erektion pochte fast schmerzhaft, und er spürte, wie die ersten Glückstropfen über sein Bein liefen. Doch darauf ging er nicht weiter ein. An diesem Morgen zählte nur Fionas Vergnügen.

Fiona schwamm derweil verloren in den Strudeln der Freuden, die sie umgaben. Jedes Mal, wenn seine Zunge wieder eine hochempfindliche Stelle gefunden hatte, schien sich Fionas ganzer Körper zu dehnen. Deutlich spürte sie, wie die Hitze zwischen ihren Beinen sich ausbreitete und ihren

Bauch und ihre Brüste erreichte. Ihre Knospen hatten sich schon schmerzhaft verhärtet.

Alessandro zog den Kopf einen Moment zurück. Fionas Vulva war geschwollen und kräftig durchblutet; Feuchtigkeit rann aus ihrer Vagina, und ihr Atem hatte sich beschleunigt, während ihr Körper rastlos auf den Kissenunterlagen zuckte. Besonders vorsichtig nahm er sich nun die noch halb verdeckte Klitoris vor und strich einmal mit der Zunge darüber.

Ein heftiges Pulsieren begann zwischen Fionas Schenkeln, das so stark zunahm, dass sie kaum noch wusste, was mit ihr geschah, weil ihr ganzer Körper auf dieses brennende Verlangen ausgerichtet war.

Alessandro spürte, wie ihre Finger sich in sein Haar krallten und beschloss, nicht mehr länger zu warten. Langsam schob er die Haut ihres Venushügels ein wenig hoch, nahm dann die frei liegende Klitoris zwischen die Lippen und sog so leicht und zart daran wie er konnte.

Für Fiona war diese Stimulierung der größte Schreck ihres Lebens. Plötzlich war der dumpfe Schmerz fort. Was blieb, waren die unzähligen, unbeschreiblich empfindlichen Nervenenden, die ein wahres Feuerwerk aus kribbelnder Lust durch ihren Körper jagten, während das Pulsieren noch weiter zunahm. Sie hatte das Gefühl, als ob ihr ganzer Körper durch ihren Unterleib in Alessandros Mund gesogen würde.

Sie schrie, erschrocken über das, was mit ihr geschah. Doch in Wirklichkeit meinte sie »Ja!«, und Alessandro wusste es. Er sog weiter an der harten Perle, und Fiona schwanden fast die Sinne, als ihr Körper von heftigen, inneren Eruptionen erfasst wurde. Stöhnend bog sie den Rücken durch, riss die Arme über den Kopf und taumelte leicht nach links, da das Pulsieren, das bislang nur zwischen ihren Schenkeln zu spüren gewesen war, jetzt ihren ganzen Körper vereinnahmte. Ein dünner Schweißfilm bedeckte ihre Brüste, ihren Bauch und ihre Schenkel, als sie so heftig zum Höhepunkt kam wie sie es nie für möglich gehalten hatte. Ein langer Schrei der Lust entwich ihren Lippen.

Alessandro schlüpfte wieder ins Bett und legte sich neben sie. Als ihr Körper wieder zur Ruhe gekommen war, legte er einen Arm um sie und zog sie so zu sich, dass er ihr ins Gesicht sehen konnte. Doch Fiona schloss die Augen, weil sie sich seinem durchdringenden Blick entziehen wollte. Den Italiener störte das aber nicht. Die körperliche Nähe sollte ihr nach dem Höhepunkt guttun. Ihn beschlich der Verdacht, dass Duncan nicht viel mehr getan hatte, als seine Frau rein körperlich zu stimulieren, wobei er vermutlich wenig gefühlvoll vorgegangen war und die sinnliche Seite des Liebesspiels vernachlässigt hatte.

So nah neben Fiona zu liegen, fachte Alessandros Erregung noch an, aber er hatte noch nicht die Absicht, Fiona jetzt schon zu nehmen. Damit würde er sich noch Zeit lassen, bis er sicher sein konnte, dass sie ihn auch willkommen hieß und nicht als Eindringling empfand ... selbst wenn das Eindringen mit Lust verbunden war.

Jetzt standen sie noch am Anfang. Später würde er Fiona vielschichtigere und dunklere Wege zur Lust zeigen. Er bezweifelte nicht, dass ihm diese Zeit blieb, da Duncan in absehbarer Zeit gewiss nicht das Geld aufbringen würde. Offensichtlich hatte sie auch Schmerz empfunden, aber nicht die richtige Dosis. In den letzten Jahren hatte er viele lernwillige Frauen gehabt und kannte daher den Punkt, an dem der Schmerz erträglich wurde und in eine glühend heiße Lust umschlug, die man auf keinem anderen Weg erlangen konnte. Zugegeben, nicht alle sprachen darauf gleichermaßen an, sondern nur ausgesprochen sinnliche Menschen. Aber er war sich sicher, dass Fiona dazu zählte.

Heute hatte sie allein durch orale Stimulierung ihre Lust während des Orgasmus hinausgeschrien. Alessandro spürte seine fast schmerzhafte Erektion, als er sich ausmalte, wie Fiona sich in nächster Zeit verändern würde, wenn er ihr die Freuden des multiplen Orgasmus zeigte. Ebenso Gruppensex und die sogenannten Perversionen, die sie bestimmt mit ihm genießen würde.

Fiona, immer noch in seinem Arm, fiel nun in einen leichten Schlummer. Ihr Körper war erschöpft von der Leidenschaft und der schlaflosen Nacht im Keller. Sowie ihr Atem ruhig und gleichmäßig ging, stand Alessandro auf, verließ nackt den Raum und ging über den Korridor zu dem Zimmer, in dem Edmund, Tanya und Bethany gewiss alles durch den Zweiwegspiegel über dem Toilettentisch verfolgt hatten.

»Hol Chrissie«, sagte er zu Marcus, der oben an der Treppe wartete. Chrissie war Marcus' Freundin gewesen. Aber er war ihrer überdrüssig geworden, und nur weil alle anderen im Haus die junge Frau mochten, hatte sie bleiben dürfen. Sie machte immer bereitwillig bei Alessandros Spielen mit, und gerade heute konnte er sie gut gebrauchen, weil Georgina in London war.

Wie erwartet, fand er die anderen in dem kleinen Zimmer vor dem Spiegel. Alle waren erregt von der Szene, die sie verfolgt hatten. Tanya, die sich nach wie vor nichts angezogen hatte, streichelte über Bethanys Körper, die sich in ein spezielles Kostüm gezwängt hatte. Zwei Metallringe umgaben ihre Brüste und wurden von einem Lederriemen gehalten, den Tanya ihr um den Hals gelegt hatte. Unten an den Ringen befanden sich jeweils zwei weitere Riemen, von denen sich zwei auf Bethanys Rücken trafen, während die beiden anderen über ihren Bauch verliefen und dort an einem weiteren Metallring befestigt waren. Ein spezieller Ledertanga, der wiederum mit den Riemen auf Bethanys Rücken verbunden war, verlief stramm zwischen ihren Pobacken und drückte auf ihre empfindlichsten Stellen, sodass ihre Sexlippen ein wenig gespreizt waren. Exakt auf Höhe der Vagina blieb eine Öffnung, die man mit einem Finger oder einem kleinen Vibrator penetrieren konnte.

Obwohl man Bethany die Hände auf dem Rücken zusammengebunden hatte, wodurch ihre Brüste noch etwas mehr durch die Metallringe gedrückt wurden, sah sie keineswegs verängstigt aus. Ihre Nippel waren fest und hart.

»Sie ist fantastisch!«, sagte Edmund begeistert und senkte den Kopf, um an einer der Knospen zu saugen. Bethany zitterte, als er seine Zunge über den Metallring laufen ließ und dann mehrmals über ihren Vorhof leckte.

Alessandro musste zugeben, dass sie toll aussah. Ihr glänzendes, rötliches Haar bot einen wunderbaren Kontrast zu ihrer porzellanweißen Haut, und ihr Körper bebte vor Erregung. Sie war für Sex geschaffen, dachte er. Nicht für die Liebe. Wahrscheinlich war eine Frau wie Bethany nicht an Liebe interessiert, dafür umso mehr an gutem Sex.

Er sah, dass sie einen Blick auf seine Erektion warf, und lächelte. »Das ist heute nichts für dich, fürchte ich. Edmund würde mir nie verzeihen! Doch ich muss zugeben, dass du mich in Versuchung führst.«

Bethany setzte ihr Schmollmündchen auf. »Ich bin besser als Fiona. Duncan sagt immer, sie habe ja keine Ahnung, wie eine Frau einen Mann befriedigt.«

»Mir gefällt sie.«

»Ich würde dir auch gefallen«, gab Bethany dreist zurück.

Alessandro zog eine Braue hoch. »Du scheinst zu vergessen, dass du unsere Geisel bist, nicht unser Gast. Ich entscheide, was mit dir geschieht. Sei froh, dass ich dich Edmund zugeteilt habe.«

»Duncan wird sich mehr Sorgen um mich als um Fiona machen«, sagte sie und keuchte dann, als Alessandro nach dem Metallring an ihrem Bauch griff und scharf nach oben zog, sodass sich der Riemen zwischen ihren Sexlippen spannte. Das Leder drückte nun fest gegen ihre Klitoris und spreizte ihre Labien weiter auseinander.

»Sag so etwas nie in Fionas Beisein, hast du mich verstanden?«, zischte er.

»Wieso nicht? Es ist doch die Wahrheit«, erwiderte sie schwer atmend und zitterte bei der Mischung aus Schmerz und Erregung, die der stramme Tanga ihr bescherte.

»Es mag ja stimmen, aber ich will nicht, dass sie das hört.«

»Was bedeutet sie dir schon?«, wollte sie wissen. »Sie ist doch auch nur eine Geisel wie ich.«

»Sie ist immer noch seine Frau und viel wichtiger als du«, antwortete Alessandro und zog weiter an dem Ring, bis Bethany es nicht mehr aushielt und sich auf die Zehenspitzen stellen musste. Der Schmerz zwischen ihren Schenkeln wurde schlimmer, aber es war ein Gefühl, das ihr gefiel. Trotzig schaute sie ihm in die dunklen Augen und genoss den Kitzel, ihn herauszufordern und dazu zu bringen, ihre Leidenschaft anzuregen.

Er sah, wie die pure Lust von ihrem Körper Besitz ergriff und wie die Metallringe sich tiefer in ihre anschwellenden Brüste gruben und beschloss, dass er ihr dieses Spiel beibringen würde, wenn es die Art von Spiel war, die ihr gefiel. Mit einer fließenden Bewegung hob er sie hoch und schleuderte sie mit dem Gesicht nach unten auf den Diwan hinter ihr. Der

Stoff des Überwurfs verstärkte das Kribbeln an ihren empfindlichen Brüsten noch. Sie wand sich. Alessandro löste die Schnalle hinten an ihrem Kostüm, sodass der Riemen zwischen ihren Pobacken nachgab. Sie spürte kühle Luft in ihrer Ritze, und kurz darauf zogen Finger ihr die Backen auseinander.

Während Alessandro mit kräftigen Händen auf ihre Taille drückte, schob Edmund ihre Gesäßhälften noch weiter auseinander und begann über die Innenseiten ihrer Backen zu lecken, bis er die enge Öffnung ihres hinteren Lochs erreichte. Schnell reichte Tanya ihm eine Tube Gleitmittel, das er sich auf einen Finger drückte und dann in den Anus der Rothaarigen drang.

Bethany protestierte halbherzig, in Wirklichkeit war sie aufgeregter denn je. Sie spürte, dass Edmund den Finger drehte und gegen die Enge ihres Anus drückte, während Tanya eine Hand unter Bethanys Bauch schob und mit den Fingern die losen Riemen wegdrückte. Dann drang sie mit zwei Fingern in Bethanys Vagina und beobachtete, wie Edmund sie weiterhin von hinten stimulierte.

Erst als er den Finger zurückzog und Bethany Edmund leise etwas zu Alessandro sagen hörte, machte sie sich Sorgen, was die drei jetzt noch mit ihr im Sinn hatten. Duncan hatte sie oft anal genommen, aber nur wenn genug Gleitmittel da war. In diesem Moment fühlte sie sich nicht bereit und mochte es nicht, wenn Alessandro und Tanya zusahen.

Offenbar hatte noch eine weitere Frau den Raum betreten, denn Bethany hörte Alessandro sagen: »Komm rein, Chrissie«. Im selben Augenblick drehte Tanya sie auf die Seite und zog Bethanys rechtes Bein an ihr Kinn.

Inzwischen hatte Edmund einen Analvibrator mit warmem Wasser gefüllt. Dann verteilte er Gleitmittel auf der gewölbten Spitze und schob den Vibrator langsam in Bethanys hintere Öffnung. Sie verspürte einen stechenden Schmerz und gab einen Laut des Protests von sich. »Was ist denn los?«, fragte Alessandro geschmeidig. »Ich dachte, du weißt, was du tun musst, um einem Mann zu gefallen. Und dies stellt mich sehr zufrieden.« Sie schwieg nun, doch der Schmerz nahm zu, als ihr Schließmuskel stärker gedehnt wurde als je zuvor.

»Ganz ruhig«, wisperte Tanya, »drück dagegen, dann geht es leichter.« Bethany versuchte zu gehorchen, und plötzlich war der dickste Teil des Vibrators in ihr und jede Stelle ihres Rektums kitzelte vor Empfindungen.

Auf Edmunds Zeichen hin stellte Tanya sich hinter Bethany und löste ihn ab. Dann legte Edmund sich lang neben die Rothaarige und glitt mit seinem Schwanz in ihre schön eingeriebene Vagina. Bethany entwich ein Stöhnen, als sie seinen dicken Penis in sich spürte.

Tanya übte nun Druck auf den Vibrator aus, da sie befürchtete, Bethany könne ihn bei der Doppelpenetration herauspressen. Erregt verfolgte sie, wie Edmund sich rhythmisch in Bethany stieß und dabei blind nach ihren Brüsten griff, sodass die Metallringe stärker drückten. Bethany schrie beinahe vor Schmerz und Lust zugleich und gab sich den Empfindungen hin. Bei jedem Stoß von Edmund strichen die losen Riemen über ihre Klitoris und brachten Bethany an den Rand des Orgasmus.

Als Edmund vor Lust die Zähne bleckte und lauter zu stöhnen begann, pumpte Tanya mit einem Druck auf den Vibrator die Flüssigkeit in Bethany und schaltete das Gerät ein, das sich nun im Rektum der Rothaarigen bewegte.

Das warme Wasser kam vollkommen unerwartet für Bethany. Ihre Bauchmuskeln verkrampften sich, und als die Lederriemen einmal zu oft über ihre geschwollene Klitoris strichen, lösten die Stimulierungen ihren Orgasmus aus. Zur gleichen Zeit ejakulierte Edmund und stieß so hart zu, dass ihre Beckenknochen zusammenstießen.

Bethany konnte all diese Empfindungen nicht mehr kontrollieren, die sich wie ein Schwall über sie ergossen. Sie hatte das Gefühl, dass ihr Körper von den Kontraktionen in Stücke gerissen wurde, und bei jedem Krampfen spürte sie entweder Edmunds Penis oder den pulsierenden Vibrator. Längst hatte sie in dieser Reizüberflutung den Überblick verloren und keuchte bei den nicht enden wollenden Kontraktionen, während die Lederriemen erbarmungslos Bethanys überreizte Klitoris massierten.

Alessandro schaute hinab auf ihren wild atmenden Körper. Dann drückte er ihre Schultern fester auf den Diwan und gab Edmund und Tanya zu verstehen, nicht aufzuhören, bis Bethanys Keuchen in ein Jammern übergingen. Erst da gab er ein Zeichen, worauf die beiden innehielten.

Allmählich ließen die hefigen Verkrampfungen und die schmerzhaften Hitzeschübe nach. Bethany hatte das Gefühl, in beiden Öffnungen zu weit gedehnt zu sein und lag nun still und matt da; sie zitterte noch unter den Schauern des abebbenden Schmerzes. Und mit einem Mal wurde ihr bewusst, dass sie in puncto Sex in dieser speziellen Familie nicht mithalten konnte.

Alessandros Erregung war währenddessen auf ein fast unerträgliches Maß angestiegen. Schnell setzte er sich auf den Diwan, während Chrissie, die ebenfalls zugeschaut hatte und nun selbst mehr als bereit war, sich rittlings auf ihn setzte. Dann schlang sie die Arme um seinen Nacken, stützte sich mit den Knien auf der Kante ab und sank rhythmisch auf Alessandros Schwanz, wobei sie auf den richtigen

Winkel achtete, damit ihre Klitoris auch schön stimuliert wurde.

Alessandro ließ Chrissie den Rhythmus bestimmen. Da er inzwischen Fiona und Bethany beim Orgasmus zugeschaut hatte, musste er sich anstrengen, nicht lange vor Chrissie zu kommen, doch er war immer schon stolz auf seine Selbstkontrolle gewesen. Chrissies Atem kam nun stoßweise, ihre Bewegungen wurden schneller. Leise, wimmernde Laute kamen ihr über die Lippen, als sie sich ihrem Höhepunkt näherte.

Alessandro spürte, dass sie jeden Moment kommen würde, hob sie von seinem Schoß und drehte sie so, dass sie mit dem Rücken zu ihm saß. Tanya stand vor Chrissie, um sie zu stützen, als Alessandro jeden tiefen Stoß genoss und gleichzeitig ihren Venushügel mit beiden Händen massierte.

Binnen Sekunden nach dem Stellungswechsel spürte er, wie ihre Sexmuskeln sich um seinen Penis verspannten. Mit Chrissies Stöhnen und ekstatischen Schreien im Ohr, stürmte er seinem eigenen Höhepunkt entgegen. Das Blut rauschte in seinen Ohren. Er spürte, wie seine Bälle sich spannten, und endlich erreichte er mit einem letzten Stoß den Orgasmus.

Schließlich glitt Chrissie von seinem Schoß und sank neben Bethany auf den Diwan. Chrissie war froh, dass es endlich einmal wieder Alessandro gewesen war, der sie befriedigt hatte. Denn unter all den Männern, die sie in diesem Haus kennengelernt hatte, war er zweifellos der beste Lover.

Während Fiona schlief und Edmund, Bethany, Alessandro und Chrissie es sich befriedigt auf dem Diwan bequem machten, hoffte Tanya, dass der Tag auch für sie noch ein bisschen Vergnügen bereithielt. Jedenfalls rechnete sie fest damit. In diesem Haus brauchte niemand sexuell frustriert in der Ecke zu hocken, und Edmund erholte sich eigentlich immer schnell von einer Sexaktion.

Aber Alessandro hatte bereits Pläne mit Tanya, und sobald Fiona erwachte, würde er sie in die Tat umsetzen.

Kapitel fünf

Als Fiona erwachte, fühlte sich ihr Körper seltsam schlaff an. Ihre Muskeln schmerzten, als hätte sie drei anstrengende Tennissätze hinter sich. Sie brauchte einige Minuten, bis sie kapierte, wo sie sich befand und was geschehen war, doch sobald sie sich wieder an alles erinnerte, spürte sie Hitze in ihren Wangen und vergrub ihr Gesicht im Kissen.

Alessandro, der seine Geisel durch den Spiegel beobachtete, schickte sofort Tanya los, die Fiona ins Erdgeschoss bringen sollte. Dort sollten sich alle zu einem leichten Essen zusammenfinden, ehe er für diesen Tag die nächste Stufe der körperlichen Freuden in Angriff nehmen würde.

»Ich möchte mir was anziehen«, sagte Fiona zu Tanya, als sie Alessandros Wunsch übermittelte.

Tanya, die wieder ihre kurze Jeans und die locker gebundene Bluse trug, war überrascht. »Wieso? Heute ist genießen angesagt. Kleidung stört da nur, und im Haus ist es immer schön warm, sodass du nackt rumlaufen kannst.«

»Ich fühle mich aber ohne meine Sachen nicht wohl«, sagte Fiona enttäuscht. »Für dich und deine Freunde mag das ja normal sein, nackt rumzulaufen, aber nicht für mich. Ich stehe erst auf, wenn ich meine Sachen bekomme.«

Tanya wusste nicht, was sie sagen sollte. Entscheidungen hatte sie noch nie selbst getroffen und konnte nicht beurteilen, ob die Geisel nun Kleidung haben durfte oder nicht. »Ich weiß nicht, wo deine Klamotten sind«, meinte sie dann.

»Du kannst ja Alessandro fragen, wenn du nach unten gehst.«

Fiona seufzte. »Ich habe dir doch gerade gesagt, dass ich das Bett erst verlasse, wenn ich meine Sachen habe. Kapierst du das nicht?«, setzte sie mit Nachdruck hinzu. »Was glaubst du, wie ich mich fühle? Du hast für dich entschieden, mit dieser schrecklichen Familie zu leben. Ich bin hier nur eine Gefangene und durchlebe einen Albtraum.«

Tanya musste lächeln. »Es sah aber so aus, als hättest du es genossen.«

Da Alessandro des Wartens überdrüssig war, betrat er nun das Schlafzimmer, weil er wissen wollte, warum die Frauen nicht kamen. Als er Fionas erschrockenen Gesichtsausdruck sah, wandte er sich entnervt Tanya zu. »Was hast du ihr denn jetzt schon wieder gesagt?«

»Nichts«, protestierte sie. »Fiona will nur ihre Klamotten zurück.«

»Sie hat uns beobachtet!«, rief Fiona. »Du hast gesagt, ich könne dir vertrauen. Ich solle dich nur machen lassen und alles genießen, aber die ganze Zeit hat sie uns zugesehen. Ich hasse dich! Du widerst mich an.«

Alessandro bedachte die glücklose Tanya mit einem drohenden Blick. »Wann hast du deinen nächsten Modeltermin? Hoffentlich bald. Taktgefühl scheint nicht gerade deine Stärke zu sein.«

Fiona erhob sich jetzt und vergaß in ihrer Erregung ihre Blöße. »Kein Grund, ihr die Schuld zu geben. Du bist doch für all das hier verantwortlich.«

Alessandros strafender Blick bohrte sich nun in sie. »Halt den Mund!«, sagte er gefährlich ruhig. »Du wirst bald anderen beim Sex zuschauen und es genießen, so wie du es vor Kurzem genossen hast. Es ist immer schlecht, andere zu kritisieren, bevor man weiß, was man genau kritisiert. Wieso kommst du nicht nach unten?«

»Ich will meine Sachen zurück. Ich werde nicht splitternackt zum Essen kommen.«

Er lachte. »Das letzte Mal dürftest du vor vierundzwanzig Stunden gegessen haben und machst dir noch Gedanken wegen ein paar Klamotten. Kein Wunder, dass Duncan von dir gelangweilt ist«, fügte er böse hinzu.

Als Fiona erbleichte, wünschte er, er hätte sich die letzten Worte verbissen. »Duncan hatte seine erste Affäre, als wir noch in den Flitterwochen waren. Ich glaube, zu dem Zeitpunkt werde ich ihn noch nicht gelangweilt haben«, sagte Fiona leise.

Es kam nicht oft vor, dass Alessandro ein schlechtes Gewissen überkam. Wusste er doch, dass dieser Duncan ein egozentrischer Sadist war, der ein fast krankhaftes Verlangen nach neuen Eroberungen hatte. Und der eigenen Ehefrau wehzutun, die ohnehin schon in einer schrecklichen Situation war, käme einem Trimarchi nicht in den Sinn. »Gib ihr ein Nachthemd, lang, aber ohne Ärmel«, trug er Tanya auf. »Da hängen einige in Georginas Schrank. Eins wird schon passen.«

Als Tanya fort war, starrten Alessandro und Fiona einander an. Sie schaute als Erste zur Seite. Schnell umfasste er ihr Kinn mit einer Hand und zwang sie, ihm wieder in die Augen zu sehen. »Du langweilst mich nicht«, murmelte er und streichelte ihr mit einem Finger über ihre Wange. »Tatsächlich reizt du mich mehr als jede andere Frau seit Langem.«

»Du reizt mich nicht«, gab sie leise zurück, aber sie konnte ihm bei diesen Worten nicht in die Augen sehen. Alessandro lachte, ehe er sie losließ.

Tanya kam mit einem Nachthemd zurück, und sie und Alessandro schauten zu, wie Fiona die Arme über den Kopf streckte und sich das Nachthemd über den Kopf zog. Alessandros Penis regte sich, während Tanya wünschte, sie könnte Sex mit Fiona haben. Sie wusste, dass sie Fionas Körper noch einige aufregende Empfindungen beibringen könnte, Empfindungen – so glaubte sie –, die Männer nie in Frauen auslösen würden, nicht einmal die besten Liebhaber.

Als sie sich alle um den Esstisch versammelt hatten und aßen, merkte Fiona, wie ausgehungert sie war, aber ihr Appetit schwand, als sie sah, was Bethany am Leib trug. Ihre Freundin hatte immer noch das spezielle Kostüm an, doch jetzt waren die Lederriemen wieder stramm zwischen ihren Beinen befestigt.

Fiona konnte kaum den Blick von Bethanys runden Brüsten wenden, die unter den Metallringen umso stärker zur Geltung kamen. Ihre Nippel ragten als dunkle Spitzen in die Höhe. Bethany schien das Kostüm bereits als normal zu empfinden und aß einen Salat mit Mais, Zuckererbsen und kleinen Apfelstücken mit den Fingern. Fast anzüglich leckte sie sich über die Fingerspitzen.

Auch Edmund musste sie immerzu anschauen und empfand seine Erektion in der engen Jeans als ziemlich unangenehm. Hinzu kam, dass Tanya unterm Tisch mit ihrer Hand langsam über seinen Oberschenkel wanderte und mit den Fingerspitzen über seinen Schoß strich; ihre Nägel kratzten an dem Jeansstoff.

Alessandro beobachtete die anderen am Tisch unter halb gesenkten Lidern. Er wusste, dass Tanya unbedingt nach sexueller Befriedigung verlangte. Fiona hingegen schien in der neuen Umgebung wieder einmal verunsichert zu sein, nicht zuletzt, weil sie Bethany in dem ungewohnten Aufzug sah. Alessandro fragte sich, wie die beiden überhaupt Freundinnen geworden waren, obwohl sie doch kaum Gemeinsamkeiten hatten – abgesehen davon, dass sie sich Duncan teilten, wie Alessandro sich amüsiert in Erinnerung rief. In diesem Augenblick klingelte das Telefon. Alessandro begab sich in sein Arbeitszimmer, um den Anruf dort entgegenzunehmen, und hatte Duncan am Apparat.

Duncan klang sehr viel weniger weltgewandt und überheblich als noch vor Wochen, als er zum ersten Mal bei den Trimarchis gewesen war und nach einem Kredit gefragt hatte, um sein Unternehmen zu vergrößern. »Eine todsichere Sache«, hatte er ihnen versichert und ausführlich erklärt, er kaufe eine bankrotte Firma zu einem Spottpreis auf und setze sie dann ein, um den Gewinn seiner eigenen Handelsgeschäfte zu verdoppeln.

Der Plan war von Beginn an nicht aufgegangen, doch Alessandro hatte Duncan die Summe zunächst gelassen. In London wusste man, dass Duncan Sheldon einer der nächsten Kandidaten für den Ritterschlag war. Einen *Sir Duncan* konnten die Trimarchis als Schuldner gebrauchen, und so war es nur die Aussicht auf die Erhebung in den Ritterstand, die Alessandro dazu bewogen hatte, Duncan den Kredit zu gewähren, nicht Duncans vermeintliches Geschick in puncto Unternehmenserweiterung. Die Trimarchis hatten geahnt, dass er scheitern würde, doch letzten Endes war Duncan doch schneller abgerutscht, als Alessandro es zu Beginn für möglich gehalten hatte.

»Ich kann das Geld nicht aufbringen!«, plapperte er am anderen Ende der Leitung.

»Wenigstens die Hälfte?«, bohrte Alessandro nach, obwohl er wusste, dass Duncan quasi blank war. Denn wo Duncan auch immer um Unterstützung gebeten hatte, die

Trimarchis waren vor ihm da gewesen, um sicherzustellen, dass er nur Absagen erhielt.

»Nicht ganz.«

»Ein Viertel?«, hakte Alessandro betont ruhig nach.

»Ja, klar, ein Viertel der Summe habe ich sozusagen fast zusammen.«

»Deiner Frau geht es übrigens gut«, sagte der Italiener mit sarkastischem Ton.

Schweigen am anderen Ende. »Was ist mit Bethany? Sie hättest du nicht entführen sollen, sie war doch nur zu Besuch«, meinte Duncan.

Alessandro schnaubte. »Sie ist seit einem Jahr deine Geliebte! Hast du wirklich geglaubt, wir wüssten davon nichts?«

»Ich möchte nicht, dass ihr etwas zustößt.«

Alessandro traute seinen Ohren nicht. »Und was ist mit deiner Frau?«

»Ach, ja, Fiona. Wie geht es ihr? Ich denke, sie benimmt sich ordentlich. Sie verliert selten die Fassung und ist meist die Gelassenheit in Person.«

»Nun, als gelassen würde ich sie nicht beschreiben, aber schließlich lernt sie hier ja auch einen ganz neuen Lebensstil kennen.«

»Ist schon in Ordnung. Fiona ist Widrigkeiten gewohnt. Ihre Eltern verloren ihr gesamtes Vermögen, und da war Fiona ihnen eine Quelle der Kraft. Aber Bethany ist anders. Sie ist eher ...«

»Auf Sex ausgerichtet?«, ergänzte Alessandro den Satz. Er war es leid, wie dieser Duncan über seine eigene Frau sprach.

»Du Bastard!« Zum ersten Mal klang Duncan richtig sauer. »Wage es nicht, sie auch nur anzufassen. Sie gehört mir, und sobald ich die Hälfte des Geldes aufgetrieben habe, will ich Bethany zurück. Das wäre doch fair, oder?«

Alessandros Hirn arbeitete auf Hochtouren. Fiona gegenüber wäre es alles andere als fair, aber ihm käme es durchaus gelegen. Duncans Frau wollte er nämlich so lange wie möglich bei sich behalten. Er hatte noch viele Pläne mit ihr, und es war denkbar, dass Duncan die Hälfte der Summe innerhalb der nächsten Woche aufbringen würde. Bethany interessierte ihn eigentlich nicht. Sie war bereits so hemmungslos und durchtrieben, dass sie für ihn keine Herausforderung mehr darstellte.

»Also gut«, stimmte Alessandro langsam zu. »Aber solange wir die Anzahlung noch nicht haben, werden die beiden Frauen für dich die Zinsen auf die noch ausstehende Summe zahlen. Ihre Körper anstelle von Banknoten, einverstanden?«

»Gegen Ende der Woche werde ich die Hälfte haben«, versprach Duncan. »Du bist ein Mann von Welt, du weißt ja, wie das mit den Frauen ist. Bethany passt eben zu mir. Sie ist immer bereit ...«

Alessandro knallte den Hörer auf. Es interessierte ihn nicht, was Bethany alles zu tun bereit war, und es gefiel ihm auch nicht, dass Duncan womöglich glaubte, dieses Gerede würde einen Trimarchi interessieren. Es war allerdings auch nicht so, als hätte ihm das Gespräch nicht gefallen. Im Gegenteil, jetzt würde er sich noch genauer Gedanken darüber machen, in welcher Weise er Fiona zu neuem Leben erwecken könnte, solange sie noch unter seinem Dach wohnte.

Als er zum Esstisch zurückkehrte, starrte Fiona ihn unsicher an. »War das Duncan?«, fragte sie, und er nahm das Zittern in ihrer Stimme wahr. Er war froh, dass sie nicht wusste, was ihr Mann über sie gesagt hatte.

»Exakt«, erwiderte er kurz angebunden.

»Hat er das Geld?«

»Ich spreche beim Essen nie über Geschäftliches.«

»Bitte!«, rief Fiona. »Spann mich nicht so auf die Folter. Ich habe ein Recht, es zu wissen. Werden wir bald frei sein?«

»Ich fürchte, dein Mann hat nicht einmal die Hälfte der Summe, die er uns schuldet«, sagte Alessandro freundlich. »Ich habe ihm deutlich gemacht, dass dein Schicksal allein in seinen Händen liegt. Ich bin mir sicher, dass er alles tun wird, damit er dich zurückbekommt, sobald die Geldgeber in London kooperieren.«

»Was ist mit den Zinsen?«, erkundigte sich Edmund, der immer gern ans Geld dachte.

»Die Zinsen werden Fiona und Bethany zahlen«, erklärte Alessandro. »Es ist klar, dass Duncan nicht mehr zusammenbekommen wird als die ursprüngliche Summe, daher halte ich es nur für fair, wenn unsere Geiseln einspringen. Vielleicht möchten sie ja lernen, welche Art von Liebesspiel uns am besten gefällt, damit wir auch etwas von ihrem Aufenthalt hier haben. Was meint ihr?«

»Klingt doch gut«, meinte Edmund. Er glaubte nicht, dass Bethany noch viel lernen musste, um ihn zu befriedigen, aber er wusste, dass Fiona noch längst nicht die Frau war, die sein Bruder sich im Bett wünschte.

Fiona war der Appetit gründlich vergangen, und sie schob den Teller von sich. »Wenn mein Mann die Hälfte aufbringt, kann dann nicht wenigstens eine von uns gehen?«, fragte sie zögerlich.

»Vielleicht«, stimmte Alessandro zu. »Aber jetzt möchte ich in Ruhe zu Ende essen.«

»Aber ich vermute, dass du mich hier behalten willst«, fuhr sie fort und war den Tränen nahe, als sie daran dachte, allein in dem Haus festgehalten zu werden. »Du hast kein Ehrgefühl, keinen Sinn für Anstand. Bethany würdest du freilassen, weil sie nur seine Geliebte ist, und mich behältst du hier, weil ich seine Frau und daher in deinen Augen viel wichtiger bin. Wichtig für Duncan, aber nicht für dich, denn sonst würdest du die Frau eines anderen Mannes nicht so behandeln!«

»Komm mir nicht mit Ehrgefühl!«, grollte Alessandro verärgert. »Ja, es stimmt, Bethany wird freigelassen, sobald ich die Hälfte des Geldes habe, aber nur deshalb, weil dein toller Mann mich gebeten hat, seine Geliebte freizulassen. Wenn du das hörst, stellst du meine Ehre vielleicht nicht so schnell infrage.«

Fiona schüttelte heftig den Kopf. »Du lügst! Du bist ein Lügner und ein Gauner.«

Am Tisch herrschte Totenstille. Alessandro stieß seinen Stuhl zurück und erhob sich. »Ich lüge nicht«, sagte er leise. »Und ich höre es nicht gern, wenn man mich einen Lügner schimpft. Du solltest dich auf einen langen Aufenthalt hier einstellen, Fiona. Und in dieser Zeit wirst du lernen, wie man sexuelle Freuden genießt. Georgina wird dir beibringen, wie du mir dasselbe Maß an Befriedigung verschaffen kannst. Ich glaube allerdings nicht, dass selbst Duncan so lange brauchen wird, um das Geld aufzutreiben. Also habe ich keine Garantie, dass ich Befriedigung erfahren werde, aber einen Versuch ist es wert.«

Fiona sank auf ihrem Stuhl in sich zusammen. In den vergangenen vierundzwanzig Stunden hatte sie einen Schock nach dem anderen wegstecken müssen und spürte nun, dass ihr die Kraft fehlte, noch länger durchzuhalten. Sie wusste, dass Bethany zu ihr herübersah, konnte ihr aber nicht in die Augen sehen. Schon der Anblick ihrer halbnackten, ausstaffierten Freundin rief unschöne Bilder von Bethany und Duncan in ihr wach, die sie anwiderten. Aber Fiona war auch auf sich selbst sauer, weil sie sich den körperlichen Freuden hingegeben hatte, die Alessandro in ihr wachgerufen hatte. Jetzt war auch ihr letztes bisschen Selbstvertrauen weggebröckelt und sie kam sich wie ein Kind vor, das von seinen Eltern verlassen worden war.

Weder ihr Ehemann noch ihre angeblich beste Freundin hatten sie je so gemocht, wie Fiona gedacht hatte, und spätestens jetzt wusste sie, dass es ein Fehler gewesen war, sich zugunsten ihrer Eltern auf eine Ehe mit Duncan einzulassen. Ihr Vater und ihre Mutter wären schon irgendwie zurechtgekommen, aber sie hatte gedacht, sie könne ihren Eltern ein wunderbares und sorgenfreies Leben ermöglichen. Jetzt hatte sie vermutlich ihrer aller Leben ruiniert und außerdem noch ihre Selbstachtung verloren.

Craig tippte ihr auf die Schulter. »Komm mit, wir gehen jetzt alle wieder nach oben.«

Fiona machte keine Anstalten, sich zu widersetzen. Was hätte es gebracht? Sie saß jetzt in diesem Haus fest, war Alessandro und seinen Freunden auf Gedeih und Verderb ausgeliefert und musste warten, dass Duncan endlich das Geld bezahlte. Und selbst dann würde immer die Gewissheit an ihr nagen, dass Bethany für Duncan an erster Stelle stand. War es da nicht egal, was jetzt aus ihr würde?

Alessandro sah, wie sie den kleinen Raum hinter dem Zweiwegspiegel betrat und hatte Mitleid mit ihr. Dann trat er neben sie und nahm ihre kalte Hand in seine. »Schau in den Spiegel«, sagte er leise. Sie zog ihre Hand nicht fort, folgte seinem Blick und war erstaunt, als sie sah, dass es sich eigentlich um ein geheimes Fenster handelte. Im Zimmer nebenan sah sie Tanya, die nur einen engen Lederminirock, schwarze

Seidenstrümpfe mit Haltern und High Heels trug. Sie stand neben dem breiten Bett, in dem Fiona sich zuvor Alessandros Mund und Zunge hingegeben hatte.

Sie wich ein wenig zurück und stieß gegen Alessandro, der sich inzwischen hinter sie gestellt hatte. »Diesmal kannst *du* zuschauen, wie andere ihre Lust ausleben«, flüsterte er ihr ins Ohr. »Tanya brauchte eine Zeit, um zu lernen, die dominante Frau zu sein. Zuerst wollte sie davon nichts wissen, genau wie du dich deiner Sexualität verschließt. Aber jetzt liebt sie diese Rolle.«

Fiona spürte Alessandros Hände, die locker auf ihrer Taille ruhten. Er zwang sie nicht, vor dem Spiegel zu stehen, aber sie vermutete, dass er sie festhalten würde, wenn sie versuchen sollte, sich abzuwenden. Während sie nun das Geschehen weiter verfolgte, das sich jenseits des Spiegels abzuspielen begann, rückte er näher an sie heran, sodass sie seinen Atem in ihrem Haar spüren konnte. Ihr Kopf lehnte nun an seiner Brust.

Fiona beobachtete, wie Tanya in dem leeren Schlafzimmer auf und ab ging, Gegenstände auf dem Hocker platzierte, auf dem Alessandro gesessen hatte und prüfte, ob das Bett auch den richtigen Winkel aufwies. Als sie mit allen Arrangements zufrieden zu sein schien, ging sie zur Tür und ließ Marcus herein, der einen fremden Mann in den Raum führte. Er mochte Mitte dreißig sein, hatte braunes lockiges Haar und graue Augen, in denen sich Angst spiegelte. Man hatte ihm die Hände auf den Rücken gebunden. Er war vollkommen nackt, abgesehen von den Lederriemen um seine Fußknöchel.

»Er arbeitet für mich«, wisperte Alessandro. »Er hat den Fehler gemacht, bei der Buchhaltung ein wenig zu kreativ zu sein, und jetzt ist er hier, um seine Strafe zu empfangen. Männer wie er eignen sich dafür, Georgina und Tanya von Zeit zu Zeit zufriedenzustellen. Nach dieser Nummer wird er nicht so schnell wieder versuchen, uns zu betrügen. Die Fotos, die wir von ihm machen, werden ihn zu mehr Ehrlichkeit anhalten.«

Fiona sah, wie der Mann zögerlich auf Tanya zuging. Marcus reichte ihr den Schlüssel für die Handschellen, ehe er sich zurückzog und die beiden allein ließ. Tanya streckte die Hand aus und strich dem Mann über die Brust und den Bauch und verharrte mit den Fingern über dem schlaffen Penis und den hängenden Bällen. Dann drehte sie sich weg und suchte etwas auf dem Hocker. Bei der Drehung hob sich ihr ultrakurzer Rock und gab den Blick frei auf ihr nacktes Geschlecht und die helle weiche Haut oberhalb der Seidenstrümpfe. Fiona schaute wieder zu dem Fremden und sah, dass sich sein Schwanz regte und sich allmählich mit Blut füllte.

Gelassen wandte Tanya sich ihm wieder zu. In der Hand hielt sie eine kleine Peitsche, die sie locker seitlich am Körper hängen ließ. Die Nervosität des Mannes nahm zu; er leckte sich die Lippen und schluckte schwer, doch seine Erektion wuchs weiter an.

»So etwas erregt ihn«, erklärte Alessandro. »Eine seiner Schwächen, von denen seine Frau nichts weiß.«

»Aber er hat Angst. Wie soll er …?« Fiona hielt inne.

»Er mag es, dominiert zu werden. Nichts Ungewöhnliches. Oft sind Männer es leid, ewig alles im Griff haben zu müssen. Die Angst wirkt bei ihm wie ein Aphrodisiakum.«

Fiona konnte sehen, dass Alessandro recht hatte. Sein beschnittener Penis war nun fast ganz steif, und die Hoden waren auf eine beeindruckende Größe angeschwollen. Tanya betrachtete ihn eine Weile. Dann drehte sie ihn ein wenig, sodass die versteckten Beobachter besser verfolgen konnten, was sie machte.

Langsam legte sie etwas über den empor gereckten Penis des Mannes. Als Fiona genauer hinsah, erkannte sie drei Metallringe, die unten am Schaft des Penis saßen und um den Hodensack herum mit Lederriemen verbunden waren. Als die Riemen festgezogen wurden, schwoll seine Erektion weiter an, und Fiona hörte den Mann stöhnen.

»In dem Raum sind auch Mikros angebracht«, meinte Alessandro. »Da macht das Zuschauen noch mehr Spaß! Jetzt, da die Ringe sitzen, wird seine Erektion dauerhaft sein. Das Blut kann nicht zurück, und Tanya braucht sich keine Sorgen zu machen, dass sein Schwanz womöglich schlaff und nutzlos für Tanya wird.«

»Aber tut ihm das denn nicht weh?«, fragte Fiona und spürte, dass sie schon feuchte Handflächen hatte.

»Nach einer Weile wird es unangenehm, aber er hätte mich eben nicht betrügen sollen!«

Als die Erektion zu Tanyas Zufriedenheit gesichert war, stieß sie den Mann, sodass er auf die Knie ging, und streckte einen Fuß aus. Schnell beugte der Fremde sich vor und leckte über Tanyas Spann. Kurz darauf setzte sie ihm den Stiefelabsatz auf die Brust und stieß fest zu, sodass der Mann mit dem Rücken auf dem Teppich landete. Dann baute sie sich über ihm auf und ließ den spitzen Absatz an seinem Bauch kreisen, wobei sie gelegentlich tief in sein Fleisch drückte. Jedes Mal zuckte er vor Schmerz zusammen.

Alessandro lächelte. »Das macht sie sehr gut mit dem langsamen Einstieg. Georgina hat sie hervorragend angelernt.«

Fiona zitterte und hoffte, dass niemand von ihr erwartete, ein Performance wie Tanya abzuliefern. Plötzlich hob das blonde Model die rechte Hand und ließ die leichte Gerte auf den ungeschützten Bauch des Mannes knallen. Sofort ragte seine Erektion stärker in die Höhe, und Fiona konnte sehen, dass die Metallringe sich in seine Haut bohrten.

»Aufs Bett mit dir«, befahl Tanya kalt. Der Mann gehorchte aufs Wort. »Mit dem Gesicht nach unten«, setzte sie gebieterisch hinzu, zog dem Mann die Beine auseinander und befestigte die Fußfesseln an den beiden Bettpfosten. Erst dann löste sie die Handschellen, streckte ihm die Arme über den Kopf und sicherte sie an den gegenüberliegenden Pfosten, sodass seine Gliedmaßen ein großes X beschrieben.

Jetzt kletterte Tanya auf das Bett, schüttelte den Kopf und ließ sich ihr langes, blondes Haar ins Gesicht fallen. Dann beugte sie sich vor und schüttelte die Mähne von einer Seite zur anderen, sodass ihre langen Strähnen über den Rücken des Mannes streiften. Die Haarspitzen kitzelten an den Schulterblättern, tanzten die Wirbelsäule hinab und erreichten die Spalte zwischen seinen Gesäßhälften.

Fiona beobachtete, wie sich die Pobacken des Mannes verspannten; zitternd wartete er auf Tanyas nächste Aktion. Je mehr sie den Kopf vornüber beugte, desto üppiger breiteten sich ihre Haare auf seinem Hinterteil aus und strichen wie seidige Bänder über die Haut. Als sie dann mit dem Haar über die Rückseiten seiner Beine fuhr, begehrte ihr Opfer gegen die Fesseln auf, denn die bewusst leichten Reizungen und der fehlende Druck brachten ihn um den Verstand. Vergeblich versuchte er, sich aufzubäumen, um die Haarfülle intensiver auf seiner Haut zu spüren, doch Tanya wusste, was sie tat, und gönnte ihm keine Extrawünsche.

Dem Mann musste es wie eine Ewigkeit vorgekommen sein, als Tanya endlich den Kopf in den Nacken warf und die sanften Qualen beendete. Dann stieg sie vom Bett und entledigte sich des Lederrocks und der Strümpfe, während ihr

Opfer den Kopf nach hinten drehte, um etwas sehen zu können.

»Kopf nach unten«, fuhr sie ihn scharf an. Er gehorchte ohne Widerrede. Alessandro merkte, dass Fiona zitterte, wusste aber nicht, ob aus Furcht oder aus Erregung. Jetzt zog er sie enger an sich und kreuzte seine Arme vor ihrem Bauch; nun konnte er jedes noch so kleine Beben in ihrem Körper spüren. Doch er schwieg und ließ die Szene für sich sprechen.

Tanya nahm nun eine kleine Phiole und träufelte sich einige Tropfen der Flüssigkeit in die Handfläche; dann dippte sie den Mittelfinger der anderen Hand in die Lache, kletterte wieder ins Bett und kniete sich zwischen die Beine des Mannes. Sehr langsam zwängte sie seine Pobacken auseinander und begann, seinen Anus mit dem Öl einzureiben.

Der Mann auf dem Bett stöhnte und presste sich tiefer in die Matratze. Seine Erektion hatte sich noch nie so hart und schmerzhaft angefühlt. Er sehnte sich nach sexueller Befriedigung, doch die Ringe schmerzten; einer drückte auf seine Harnröhre, was die Empfindungen noch verstärkte. Doch er hatte zuvor seine Instruktionen erhalten und wusste, dass er erst kommen durfte, wenn die Frau mit ihm fertig war. Er durchlebte den bittersüßesten Schmerz seines Lebens.

Ihr Finger glitt über die Öffnung seines Hintereingangs. Das Öl war kühl, und er wollte, dass der Finger in ihn drang, doch Tanya reizte ihn nur weiter. Plötzlich konnte er es nicht mehr aushalten, und mit einer abrupten Bewegung stieß er sich mit den Hüften vom Bett ab, sodass Tanyas Finger in ihn glitt. Der Druck in seinem Rektum entlockte ihm ein Keuchen. Die Nervenenden pulsierten, sein Penis pochte wie verrückt. Der Mann spürte, wie ihm die Glückstropfen von der Eichel liefen.

»Dummes Mädchen!«, murrte Alessandro zu sich.

Tanya war stinksauer. Bisher hatte sie alles perfekt gemacht, und jetzt hatte ihr Opfer doch das Tempo vorgegeben, was nicht erlaubt war. Sie wusste, dass Alessandro zuschaute und den Fehler ihr anlasten würde.

Sofort zog sie den Finger zurück. »Jetzt wirst du noch länger warten müssen«, sagte sie dem zitternden Mann unter ihr. Dann betätigte sie einen Klingelknopf neben dem Bett und setzte sich ein wenig zurück, als Marcus und Craig hereinkamen, um den Mann auf den Rücken zu drehen.

Er setzte sich heftig zur Wehr. Natürlich wollte er jetzt zu der Frau, die ihm diese Qualen bereitet hatte, und hoffte auf einen Körperkontakt, um endlich seinen lang ersehnten Höhepunkt zu erreichen, aber die beiden Männer hatten keine große Mühe, ihn erneut zu fesseln. Dann lachten sie über seinen aufragenden und eingezwängten Penis und ließen ihn wieder mit Tanya allein.

Fiona konnte nun die Erektion des Mannes optimal sehen. Die Spitze seines Penis war dunkelrot gefärbt und obenauf glitzerte ein Tropfen; seine Hoden waren so verspannt, dass die Riemen sich wirklich ins Fleisch gruben.

Tanyas Gesicht war gerötet, teils aus Erregung, teils noch aus Wut, weil der Mann ihr zuvor die Show ruiniert hatte. Sie war fest entschlossen, ihm maximale Qualen zuzufügen, ehe sie ihm Erleichterung gönnte.

Nun saß sie rittlings auf ihm und strich mit ihrem Schamhaar über seinen Bauch. Quälender wurde es noch für ihn, als sie die Beine nach hinten streckte, auf dem Mann auf und ab rutschte und ihr Schambein gegen seine strammen Oberschenkel drückte, um sich selbst zu stimulieren, während sie mit scharfen Zähnen an der gespannten Haut seines Brustkorbs nagte.

Schließlich setzte sie die Zähne an seinen Brustwarzen an und biss abwechselnd in jede. Der Mann schrie verblüfft auf und spürte, wie sich seine Nippel vor Lust und Schmerz verhärteten. Er glaubte, dass er nun jeden Augenblick explodieren würde, wenn sie nicht aufhörte, sich an seinem Oberschenkel zu reiben, doch die Ringe an seinem Schaft stimulierten den Mann nicht nur, sie verhinderten auch die Ejakulation. Hilflos lag er da in seinem Schmerz und spürte, dass der Druck auf seine Hoden schmerzvoll zunahm.

Inzwischen stieg auch Tanyas sexuelle Erregung an. Der Mann sah richtig verzweifelt aus, und sie wusste, dass sie ihn nun vollkommen unter Kontrolle hatte. Sie konnte entscheiden, wann er Erlösung finden würde, und diese Gewissheit erregte sie genauso sehr wie der Druck auf ihrem Schambein. Sie spürte, wie seine Haut leicht über ihren Kitzler rieb, während sie mit den Zähnen an den Brustwarzen spielte.

Ihre Brüste hingen dem Mann nun ins Gesicht. »Lecken!«, befahl sie. Gierig versuchte er, mit dem Mund an ihre Brustspitzen zu kommen, aber sie entzog sich ihm. Einen Moment lang genoss sie die Verzweiflung in seinen Augen, doch dann gewann ihr eigenes Verlangen die Oberhand und daher senkte sie den Oberkörper etwas herab, sodass ihr Opfer ihre Brüste mit den Lippen umschließen konnte.

Er sog geschickt an ihren Knospen und nahm den ganzen Vorhof in den Mund, übte Druck aus und ließ die Spitze wieder aus dem Mund gleiten. Tanya spürte, wie sie allmählich feucht zwischen den Schenkeln wurde, als die Erregung zunahm.

Sie ließ ihn erst an der einen, dann an der anderen Brustspitze saugen, bis sie sich plötzlich umdrehte und dem Mann die bis dahin größten Qualen bescherte. Nun leckte sie nämlich mit der Zunge über die Innenseiten seiner Schenkel.

»Nein!«, keuchte er. »Bitte hör auf! Ich halt das nicht mehr aus. Ich kann nicht mehr!« Aber Tanya ließ ihn zappeln. Sie wusste, dass er es aushalten musste. Die Ringe hatten ein spezielles Design, und er würde feststellen, dass er nicht ohne Weiteres zum Höhepunkt kommen konnte, auch wenn er sich noch so sehr anstrengte.

Im Nebenraum war Fionas Atem schneller geworden, und als Alessandro seine Hände auf Taillenhöhe seitlich unter Fionas Seidengewand schob, schien Fiona das gar nicht wahrzunehmen. Er spürte ihre warme Haut und strich so weit mit beiden Händen über ihren Körper, bis er die Rundungen ihrer Brüste fühlte, die bereits leicht gespannt waren.

Als er sich mit seinen Hüften stärker an Fiona drückte, grub sein steifer Penis sich in ihr weiches Hinterteil. Aber Fiona reagierte immer noch nicht. Nun wanderte er mit den Händen höher und war nicht überrascht, dass Fionas Nippel hart waren. Vorsichtig knetete er die Spitzen zwischen zwei Fingern. Diesmal keuchte sie, und er spürte, wie ein Zucken durch ihren Körper lief. Einen Moment lang drückte er fester zu, ließ dann von ihren Spitzen ab und rieb kreisförmig über ihre vollen Brüste, die gegen seine Handflächen drückten. Langsam massierte er ihre Brüste und drückte weiterhin gegen Fionas Gesäß, während Tanya sich nach wie vor ihrem Opfer widmete.

Inzwischen war das Model ganz von ihrem Spiel vereinnahmt. Mit der Zunge leckte sie über die Ringe, die eng um den Schaft des Mannes saßen, und strich mit dem Mund über seine Eichel, sog dort einen kurzen Moment, bis sie spürte, wie seine Bauchmuskeln sich zu verspannen begannen. Sofort hörte Tanya auf, worauf der Mann lautstark seinem Frust Luft machte und sich beklagte, wie lange er diese Qualen noch aushalten müsse.

Tanya rutschte so weit zurück, bis ihre Schenkel beiderseits des Kopfes ihres Opfers ruhten, und diesmal brauchte sie gar keinen Befehl auszusprechen, denn der Mann setzte seine Zunge automatisch gierig ein und leckte die Feuchtigkeit auf, die sich zwischen ihren äußeren Lippen gebildet hatte.

Fiona starrte in Tanyas Gesicht, das genau zu dem Spiegel zeigte. Der Ausdruck in der Miene des Models zeugte von purer Lust. Ihre Augen waren geweitet, ihre Wangen gerötet, der Mund war leicht geöffnet, als ihr Körper unter den Zungenstrichen zu zucken begann.

»Sie kommt gleich«, murmelte Alessandro an Fionas Ohr. Wie gebannt schaute Fiona durch das Spiegelglas, und plötzlich warf Tanya den Kopf in den Nacken; die Sehnen an ihrem Hals traten hervor und ihr Körper zuckte. Lustvoll bog sie den Rücken durch und genoss die ersten Schübe ihres Orgasmus mit geschlossenen Augen.

Der auf dem Bett gefesselte Mann spürte Tanyas Höhepunkt und hoffte, dass er nun selbst kommen durfte. Der Druck von dem eingezwängten Penis und Hodensack hatte sich inzwischen bis zu seinem Bauch ausgebreitet. Jetzt löste sie sich von seinem Mund und drehte sich so, dass sie ihn anschauen konnte. Langsam richtete sie sich auf, ehe sie auf alle viere ging und sich gerade so weit herabsenkte, dass die Penisspitze ihres Opfers durch ihre Spalte strich. Er spürte die feuchten inneren Lippen, doch immer wenn er mit den Hüften nach oben stieß, entzog Tanya sich ihm geschickt.

»Bitte!«, flehte er wieder. »Ich halt das nicht mehr aus.«

Tanya würdigte ihn keines Blickes. Sie schloss die Augen und spürte, wie die samtene Spitze seines Steifen sie wie ein Lover zart berührte, und schließlich begann sich unterhalb ihres Schambeins dieses herrliche Gefühl zu bilden. Sie ließ die Hüften kreisen, sodass der Penis immer wieder ihre Klitoris reizte, und zuckte bei den Freuden zusammen. Obwohl der Mann unter ihr stöhnte, quälte sie ihn weiter und suchte nur für sich selbst Befriedigung, bis sie erneut von einem Orgasmus geschüttelt wurde, der sich in Schüben in ihrem Körper entlud.

»Hast du gesehen, wie viel intensiver dieser Höhepunkt war?«, wisperte Alessandro. »Bei Frauen werden sie immer besser, Fiona, wie du bald feststellen wirst.«

Fiona fand keine Worte. Sie wusste nicht, wie ihr geschah, beobachtete die beiden im anderen Zimmer und spürte Alessandros Hände, die über ihre erhitzte Haut streichelten. Bald wanderte seine Hand tiefer und drückte die Stelle oberhalb Fionas Schamhaar. Augenblicklich fühlte sie ein pulsierendes Vergnügen, das zwischen ihren Schenkeln begann, und stieß ein leises Stöhnen aus, halb aus Verzweiflung, halb in Ekstase.

Nach ihrem zweiten Höhepunkt griff Tanya nach dem letzten Gegenstand auf dem Hocker. Der Mann auf dem Bett verspannte sich und fragte sich, was ihn jetzt noch erwarten mochte, ehe seine eigene Erlösung anstand. Aber Tanya hielt den Gegenstand vorerst noch vor seinen Blicken verborgen, und erst als er ein leises Summen hörte, ahnte er, dass sie einen Vibrator in der Hand hielt.

Als Tanya seinen ungläubigen Schrei vernahm, schnellte ihre eigene Erregung wieder hoch. Quälend langsam senkte sie die Spitze der kleinen Maschine auf die hochsensible Stelle zwischen dem Ansatz des Penis und dem After – eine Stelle, die diabolische Lust auslösen konnte, wenn man sie richtig stimulierte.

Das wusste auch das Opfer, und als der Vibrator ihn dort zum ersten Mal berührte, kniff er die Augen zu, da sich weiß zuckende Blitze in seinem Kopf entluden. Sein Penis wurde so hart, dass er schon fast glaubte, die Metallringe würden platzen. Ohne dass er es steuern konnte, zuckten seine Hüften auf und ab. Wieder flehte er um Erlösung, während der Vibrator Stück um Stück weiterwanderte und die Erregung des Mannes auf ein schier unerträgliches Maß steigerte.

Schließlich hatte Tanya ein Einsehen und sah, dass er nicht mehr konnte. Schnell drehte sie sich um, löste die Riemen unten am Schaft des Penis, nahm die Ringe ab und ließ sich auf den harten Schwanz sinken. Doch sie bewegte sich teuflisch langsam und ließ die Spitze zunächst nicht weiter vor als bis zur Öffnung ihrer Pussy. Als sie sich wieder genügend stimuliert hatte, erhöhte sie das Tempo, aber erst nachdem der Mann beinahe den Verstand verloren hatte. Er hatte nichts mehr unter Kontrolle, als er fühlte, wie seine hart verspannten Hoden endlich die Flüssigkeit freigaben, die Tanya während der quälend langen Zeit so geschickt zurückgehalten hatte.

Tanya beugte sich vor, um mehr Reibung an ihrer Klitoris zu spüren, und als sie sah, dass die Züge des Mannes sich in dem befreienden Schmerz der Erlösung verzerrten, katapultierte sie sich in ihren dritten Orgasmus.

Als die Wogen von Tanyas eigenem Höhepunkt abebbten, spürte sie immer noch den Penis ihres Opfers in sich. Absichtlich spannte sie ein letztes Mal ihre Sexmuskeln zusammen. Perlendes Vergnügen rieselte durch ihren Bauch, während sie dem Mann den letzten Tropfen seines Safts nahm, und obwohl ihr Opfer längst nichts mehr zu bieten hatte, spannte sie ihre Muskeln nach wie vor an. Ein letztes Mal schrie der Mann bei dieser durchtriebenen Qual auf, ob vor Lust oder immer noch vor Schmerz wusste er wohl selbst nicht so genau.

Kapitel sechs

Fiona sah, wie der Körper des Mannes in der lange erwarteten Erfüllung zuckte und schluckte schwer. Sie war Zeuge geworden, wie Tanya einen Höhepunkt nach dem anderen erreicht hatte. Das blonde Model hatte sich schnell, gezielt und athletisch bewegt, um für sich selbst ein Maximum an Lust herauszuholen. Die Freuden des Gefangenen waren ihr dabei vollkommen egal gewesen. Fionas Atem ging immer noch schnell, ihr Körper kribbelte bei den Nachwirkungen der Sexszene. Daran hatten auch Alessandros Hände ihren Anteil, aber hauptsächlich hatte sie die Darbietung jenseits des Spiegels in Erregung versetzt. Nun erschrak sie fast, als sie sich bewusst machte, dass das Zuschauen sie nicht angewidert, sondern sogar stimuliert hatte.

Während der Mann losgebunden und aus dem Raum geführt wurde, hob Alessandro Fiona schnell auf seine Arme und trug sie in ein kleines Schlafzimmer nebenan. Diesmal schwieg sie und ließ sich wehrlos darauf ein, als wüsste sie nicht, was er beabsichtigte. Ohne ein Wort zu verlieren, legte er Fiona auf den dicken, weichen Teppich und zog an ihrem Gewand, bis der Gürtel sich wie von selbst löste.

Ebenso schnell entledigte er sich seiner Kleidung und legte sich dann nackt auf Fiona, den eigenen Körper nur auf die Ellenbogen gestützt. Stumm sah er ihr in die Augen.

Zum ersten Mal nahm er die grün gesprenkelten Areale in

ihrer Iris wahr, doch anders als Duncan wusste er dieses Phänomen nicht zu deuten.

»Ich möchte, dass du auf mir liegst«, murmelte er. Mit leicht geöffneten Lippen starrte sie zu ihm auf, aber sie sagte immer noch nichts. Mit einer fließenden Bewegung drehte er sich auf den Rücken und zog Fiona mit sich, bis sie auf seiner Brust ruhte. Er schlang die Arme um sie und hielt sie fest. Dann spreizte er seine Beine leicht und spürte, wie ihre Beine dazwischen glitten.

»Nein, leg deine Beine auf meine«, flüsterte er.

Fiona schüttelte den Kopf, denn sie erinnerte sich, wie Tanya sich auf dem Körper des gefesselten Mannes Lust verschafft hatte, und wusste mit einem Mal, dass sie das im Augenblick nicht tun konnte.

»Dir bleibt keine andere Wahl«, sagte Alessandro sanft. »Du zahlst die Zinsen für Duncans Kredit, schon vergessen? Wenn die Summe nicht bezahlt wird, wirst du nie frei sein.«

»Ich will es aber nicht«, sagte sie bittend.

»Du sollst mir gefallen. Ich möchte, dass du es tust.«

Er war erleichtert, als sie gehorchte, vermutete aber, dass ihr erregter Körper sich in Wirklichkeit darauf freute. Es war wohl wieder nur Fionas Geist, der die totale Hingabe an die Lust verhinderte.

»Jetzt beweg dich so wie Tanya«, munterte er sie auf. Erregung schwang in seiner Stimme mit. »Ich möchte dich überall spüren.«

Fiona starrte in seine Augen, die so dunkel wie die Nacht waren, und merkte, dass sich ihr vor Aufregung der Magen drehte. Es gab nichts, was ihr Körper mehr wollte als Alessandro zu spüren, und zwischen ihren Schenkeln war ein Pulsieren, das sie unbedingt abschwächen wollte. Allein der Gedanke schreckte sie ab, dass Alessandro Macht über sie haben würde, sobald sie sich auf diese Weise Vergnügen bereitete.

Alessandro umfasste Fionas Gesäß und begann, sie auf sich zu bewegen, damit sie den steigenden Druck an ihrer Vulva spürte. Als er sie losließ, führte ihr Körper die Bewegungen wie von selbst durch.

Ihre harten Nippel rieben nun über Alessandros feste Brust, und als sie seine Brustwarzen an ihren Spitzen spürte, war das Gefühl so einzigartig, dass Fiona keuchte. Alessandro schaute sie weiterhin an, sein Blick war unergründlich.

Fionas Bewegungen wurden drängender. Je schneller sie sich bewegte, desto stärker wurde die Reibung zwischen ihren Körpern. Das Verlangen in ihr nahm zu. Ihre Brüste fühlten sich jetzt groß an, als wären sie auf die zweifache Größe angewachsen. Und sie waren so empfindlich, dass Fiona sich Alessandros kühle Zunge wünschte.

Ohne über das nachzudenken, was sie tat, rutschte sie auf seinem Körper höher, so wie sie es bei Tanya gesehen hatte, bis ihre Brüste über Alessandros Mund waren. Der Italiener hob den Kopf und leckte abwechselnd über die Unterseiten der Brüste, wie er es in Duncans Büro mit Georgina gemacht hatte.

Es fühlte sich so toll an, wie sie es sich vorgestellt hatte, und sie merkte, dass sie mehr von ihrer Brust in seinen Mund zu drücken versuchte, damit er an ihren pulsierenden Nippeln saugen konnte.

Alessandro legte die Zunge stattdessen um ihre Spitzen, ohne zunächst die sensibelsten Stellen zu berühren, bis er Fionas verlangendes Stöhnen hörte. Erst dann nahm er die Knospe in den Mund, ließ einen Moment die Zähne darüber streichen, ehe er in einen saugenden Rhythmus verfiel. Eine kribbelnde Lust schoss durch ihren Körper und schien sich zwischen ihren Beinen zu bündeln, wo sie sich heiß und feucht vor Begierde fühlte.

Als könnte er ihre Gedanken lesen, hob Alessandro ein Bein und hielt es so, dass Fiona ihren gesamten Schambereich gegen seinen Oberschenkel drücken konnte; genau das tat sie, und als die Empfindungen zunahmen, bewegte sie sich vor Lust noch schneller, fast aus Angst, Alessandro könne sein Bein wieder wegziehen und sie um ihre Befriedigung bringen.

Alessandro überließ Fiona die Initiative und erfreute sich an ihren geröteten Wangen und dem Leuchten in ihren Augen. Denn endlich schien sie zu ihrem eigenen Erstaunen gelernt zu haben, wie sie sich selbst in höhere Sphären der Erregung versetzen konnte – wie Tanya es ihr vorgemacht hatte.

Kurz darauf spürte er, wie sich ihre Bauchmuskeln anspannten, doch dann wurden Fionas Bewegungen langsamer, als sie merkte, dass sie bald ihren Höhepunkt erreichen würde, es aber gar nicht so früh wollte. Doch da ergriff wieder Alessandro die Initiative und machte dort weiter, wo Fiona aufgehört hatte. Er wollte nämlich, dass sie kam, um sie dann zu einem zweiten und dritten Orgasmus zu bringen und um ihr zu zeigen, dass sie sich in ihren sexuellen Fähigkeiten in nichts von Tanya unterschied.

Fiona widersetzte sich nicht und ließ zu, dass er sie weiterhin über sein Bein und seine Brust zog. Allmählich nahm das pochende Gefühl weiter zu, bis Fiona schneller zum Orgasmus kam als je zuvor; es war ein Hineinkatapultieren in den erlösenden Moment, in dem sich ihre Bauchmuskeln verkrampften.

Als der Höhepunkt nachließ, wollte Fiona sich von Alessandro gleiten lassen, doch er hielt sie fest. »Wo willst du hin?«

Sie blickte ihn fragend an. »Ich weiß nicht. Ich denke, du …« Sie errötete, da sie erkannte, dass er noch keinen Höhepunkt erlebt hatte. Es war ihr peinlich, dass sie Alessandro in ihrer Ekstase vollkommen ausgeblendet hatte.

»Dreh dich um, ich will dich schmecken«, flüsterte er.

Fiona wollte nicht, dass er sie so sah, wie sie sich in diesem Moment fühlte. »Nein, bitte nicht, ich bin …«

»Aber das ist doch erst der Anfang. Nichts, für das man sich schämen müsste. Im richtigen Sex geht es doch genau um so etwas. Außerdem kannst du dir noch kein Urteil über mich erlauben, weil ich kaum etwas gemacht habe.«

Unsicher drehte Fiona sich auf ihm um, sodass sie auf ihm hockte und direkt seine Erektion sah. Alessandro zog Fiona nun so weit zurück, bis ihre Knie die Matratze berührten und ihre Vulva Alessandros Mund und Gesicht bedeckte.

Fiona wäre am liebsten vor Scham im Boden versunken. Ungläubig spürte sie, wie Alessandro sanft ihre äußeren Labien spreizte und den zähen Saft aufleckte, der sie bei ihrem ersten Höhepunkt benetzt hatte. Während seine Zunge sie dort verwöhnte, wurde ihr Körper wieder heißer; sie hörte das Blut in ihren Ohren rauschen, und ihre Brüste kribbelten bei der neuen Erregung.

Tiefer stieß er mit seiner Zunge in ihre geheimsten Stellen vor und berührte mit der Nase die Stelle, wo die inneren Lippen in das Häutchen übergingen, das die Klitoris bedeckte. Bei dieser Berührung keuchte Fiona laut, und Alessandro spürte, wie ihre Perle und die Labien anschwollen.

Jetzt wurde sie immer feuchter und feuchter. Alessandro badete seine Zungenspitze in diesen Säften und verteilte die Nässe in den noch so kleinsten Falten. Fiona konnte sich kaum noch mit den Armen abstützen, so intensiv waren die Empfindungen, die er in ihr hervorrief. Ihre Bauchmuskulatur verspannte sich, ihre Vorhöfe verdunkelten sich, ihre Brustspitzen ragten stolz vor Begierde hervor.

Alessandro drehte den Kopf ein wenig. »Leck mich«, sagte er leise, aber bestimmt. »Ich will deine Zunge spüren, so wie du meine fühlen kannst.«

Fiona hätte abgelehnt, wenn sie nicht so stark von den auf sie einstürmenden Gefühlen abgelenkt worden wäre. Sie hatte es immer gehasst, Oralsex mit Duncan zu haben, da er sich so hart in ihren Mund stieß, dass sie fast keine Luft mehr bekam. Deshalb war sie jetzt alles andere als scharf auf eine Fellatio, aber weil sie nicht wollte, dass Alessandro mit seinen Zungenspielen aufhörte, senkte sie den Kopf und leckte vorsichtig an der dunkelrot geschwollenen Eichel.

Noch nie hatte eine Frau ihn dort so unsicher geleckt. Doch gerade ihre fehlende Erfahrung, wie man einem Mann Lust verschaffte, verlieh der zögerlichen Fellatio eine pikante Note. Und obwohl er wusste, dass Fiona bald viel dazulernen würde, spürte er bei ihren fast jungfräulichen Versuchen eine neue Art von Vergnügen. Er merkte, dass er schon zärtliche Gefühle für Fiona hegte, und als sie schließlich den Mut aufbrachte, seinen Penis richtig in den Mund nahm und mit den Lippen seinen Schaft rauf und runter glitt, wäre er bei den neuen Gefühlen fast gekommen.

»Das reicht!«, keuchte er und erschrak, dass er beinahe in ihrem Mund gekommen wäre, obwohl er das unter allen Umständen verhindern wollte. Glücklicherweise hörte Fiona auf. Dann rollte Alessandro seine Zunge ein und ließ die Spitze ein paar Mal über Fionas hervorstehende Perle zucken.

Sie schrie vor Lust und schoss mit dem ganzen Körper nach oben, als hätte sie einen elektrischen Schlag bekommen. Sie warf den Kopf in den Nacken, als ihr Höhepunkt sie wieder erfasste, rieb sich an seinem Gesicht, während die Wellen weiter durch ihren Körper pulsierten.

Als Alessandro merkte, dass Fiona ruhiger wurde, hob er sie von sich und zog sie neben sich auf den Teppich. Er beugte sich über sie und umfasste eine ihrer Brüste. »Einen noch«, sagte er. »Mal sehen, ob du noch einen schaffst.«

Fiona wusste nicht, ob sie das noch schaffen würde, sie wusste bloß, dass dieses dumpfe Pochen zwischen ihren Schenkeln immer noch da war, nicht mehr so insistierend, aber trotzdem präsent. Als sie nicht protestierte, gönnte Alessandro sich ein kleines Lächeln. Seine Mundwinkel hoben sich und seine Schneidezähne wurden für einen Moment sichtbar, ein Glitzern lag in seinen Augen. »Ich glaube, ich lerne dich besser kennen als ich anfangs dachte«, murmelte er. Mit der rechten Hand knetete er leicht Fionas Brust, während er mit der anderen Hand über ihren Körper wanderte, wobei er die Finger krümmte und leicht über die Haut zog.

Fiona erlebte völlig neue Gefühle, und als er mit den Nägeln über ihre verspannte Bauchdecke fuhr, ging ein Zucken durch ihre Beine. Unwillkürlich stieß sie die Hüften hoch und suchte Erlösung von dem Brennen, das einfach nicht weggehen wollte.

Einen Moment ließ er von ihrer Brust ab, griff nach einem kleinen Gegenstand, den er sich vorher in die Hosentasche gesteckt hatte. Diesen Gegenstand nahm er nun in die Hand, mit der er über ihre Haut gekratzt hatte, und massierte weiter Fionas Brust.

Gleichzeitig betätigte er den Schalter an dem kleinen runden Ball, den er in der Hand hielt und wartete, bis er angenehm warm an seiner Haut vibrierte. Sowie das Gerät aktiviert war, spreizte er Fionas Schenkel und begann, ihre sensible Haut mit gleichmäßigen rotierenden Bewegungen zu massieren. Unzählige Nervenenden kribbelten, bis das dumpfe Sehnen zwischen ihren Schenkeln sich in ein schmerzvolles Verlangen wandelte, das Fiona leise Schreie der Lust entlockte.

Inzwischen war sie überall schön feucht, und daher war es für Alessandro nicht schwer, den vibrierenden Ball in ihre Vagina einzuführen, während er mit der freien Hand ihre Scham stimulierte. Fiona spürte, dass etwas sie ausfüllte, etwas Warmes und Pulsierendes, das sie anders dehnte als ein Penis. Das Brennen zischen ihren Schenkeln ließ kurzzeitig nach, ehe die Vibrationen es wieder aufflammen ließen, sodass Fiona sich gegen die Hand von Alessandro stemmte.

Mit den Fingern streichelte er über ihre Labien, während der vibrierende Ball Fionas innere Muskeln erwärmte.

Fiona hätte es nie für möglich gehalten, drei Orgasmen hintereinander zu haben, von denen einer intensiver war als der andere. Doch jetzt wurde ihr Körper von herrlichen Empfindungen bestürmt, die all ihre Zurückhaltung hinwegfegten, und die unzähligen kitzelnden Nervenreize bauten einen Druck in ihrem Körper auf, der sie entzweizureißen drohte, wenn er nicht entweichen konnte.

Alessandro beobachtete sie genau unter schweren Lidern. Sein eigenes Verlangen hatte er inzwischen wieder unter Kontrolle. Am Abend erwartete er Georgina aus London zurück und würde mit ihr in purer Lust schwelgen. Jetzt musste er nur noch Fionas dritten Orgasmus richtig timen.

Die gespannten Brüste und die gewölbte Klitoris, die halb unter dem Häutchen verschwand, verrieten ihm, dass Fiona jeden Moment kommen würde. Da er aber befürchtete, eine direkte Stimulierung der Perle würde zu heftig für Fiona sein, konzentrierte er sich mit den Fingern auf die Areale unmittelbar darunter und reizte die Klitoris indirekt, ohne die Wölbung zu berühren.

Tief in Fiona vibrierte der Ball weiter, während Alessandros geschickte Finger sie so stark erregten, dass Fiona am liebsten laut geschrien hätte, als die Zuckungen der heißen Lust sich hundertfach in ihr entluden. Ihre Bauchmuskulatur schien sich nach innen zu verkrampfen, bis Alessandro Fiona mit einer letzten, federleichten Stimulierung der nassen, inneren Lippen kopfüber in ihren dritten Höhepunkt schleuderte.

Fiona verlor die Orientierung. Raum und Zeit waren wie ausgeblendet, als ihr Körper unter dem Ansturm dieses Orgasmus explodierte. Unwillkürlich zog sie die Beine an, richtete den Oberkörper halb auf und warf den Kopf von einer Seite auf die andere. Mit Verspätung registrierte sie, dass sie bei diesem unbeschreiblichen, überwältigenden Schwall aus Empfindungen zu schluchzen begann, bis ihr Körper von Zuckungen geschüttelt wurde.

Mit den Armen schlug sie um sich, wand sich auf dem Teppich, und auf dem Höhepunkt ihrer Erlösung verlor sie fast das Bewusstsein, so kräftezehrend waren die Gefühle. Alessandro betrachtete Fiona nachdenklich und fragte sich, ob sie jemals zu Duncan zurückkehren könnte, da sie jetzt wusste, wie ihr Körper die Lust genießen konnte. Doch mit dieser Frage wollte er sich im Augenblick nicht belasten, auch nicht in den kommenden Tagen. Das konnte warten. Das Leben hatte ihn gelehrt, dass vieles sich von selbst löste.

Endlich kam Ruhe in Fionas Körper. Feucht von Schweiß schlug sie die Augen auf und starrte Alessandro an, doch sie sah zunächst alles unscharf, da sie erst langsam wieder zu sich kam. Schnell entfernte Alessandro den Vibrator und zog Fiona in seine Arme. »Siehst du, es passiert nichts, wenn du dich deiner Sinnlichkeit hingibst.«

Fiona konnte immer noch nicht klar denken und stand noch unter dem Eindruck, dass Alessandro sie in diese Sphären der Lust gebracht hatte.

»Morgen wird Georgina dir zeigen, wie du mich am besten mit dem Mund erregst«, erklärte er leise. »Du musst noch viel lernen, aber Georgina ist wahrscheinlich die beste Lehrerin, die du dir vorstellen kannst. Wenn du ihr einmal zugeschaut hast, weißt du, worauf es ankommt. Dann werden wir uns gegenseitig Lust verschaffen können.«

»Ich will aber nicht Georgina und dir zuschauen«, protestierte sie und war erstaunt, wie sehr sie der Gedanke ärgerte, Alessandro mit seiner Geliebten zu sehen.

»Aber ich möchte, dass du uns zusiehst, und nur das zählt. Jetzt solltest du besser gehen, ein Bad nehmen und dich umziehen. Im Ankleidezimmer neben dem Bad findest du jede Menge Kleidung im Schrank. Such dir etwas aus, das sexy aussieht. Ich mag es, wenn meine Frauen sich sexy kleiden.«

»Ich bin nicht eine von deinen Frauen«, murmelte sie.

»Doch, bist du. Bis Duncan für deine Freilassung bezahlt.«

Fiona seufzte, als sie spürte, dass Alessandro sie losließ. Langsam zog sie sich wieder das Seidengewand an und ging zum Badezimmer. Ihr Körper war befriedigt und entspannt, und das dumpfe Pochen war endlich fort, zumindest für den Moment.

Um acht Uhr aßen sie alle zu Abend. Inzwischen war auch Georgina wieder eingetroffen, und zwar mit Alessandros Hubschrauber, für den eigens ein Landeplatz auf dem Anwesen vorgesehen war. Fiona war froh, dass sie Alessandros Rat für die Abendgarderobe gefolgt war. Ihr eng anliegendes, schwarz und cremefarbenes Lycrakleid, das einen weiten runden Ausschnitt besaß und den Rücken frei ließ, war bequem und obendrein sehr schmeichelhaft. Georgina, die sich an diesem Abend für eine lockige Frisur entschieden hatte, anstatt ihr kurzes Haar streng mit Gel nach hinten zu legen, trug eine leuchtend rote Seidenbluse und einen engen, rotblauen Rock, der ihr bis zu den Knien ging. Nur Bethany, die einen schwarz gemusterten Bodysuit trug, der nichts von ihren Reizen verbarg, schien als Einzige modisch daneben zu liegen, denn auch Tanya hatte sich schick angezogen: Das lange Baumwollkleid mit durchgehender Knopfleiste schmeichelte ihrer hohen schlanken Gestalt.

Während des Essens tauschten Alessandro, Edmund und Marcus sich über Duncans Bemühungen aus, die Geldsumme aufzutreiben. Ein-, zweimal brachen sie in schallendes Lachen aus, und Fiona musste sich auf die Innenseite ihrer Wange beißen, um sich zu beherrschen. Manchmal schaute Tanya mitfühlend zu ihr herüber, aber die Männer schienen vergessen zu haben, dass Fiona sehr daran gelegen war, dass die Bemühungen ihres Mannes auch erfolgreich waren.

Georgina war gelangweilt von dem Gerede und wandte sich Fiona zu. »Hast du den Tag genießen können?«, fragte sie mit einem Lächeln.

Fiona zuckte mit den Schultern. »Es war okay. Zumindest durften wir den Keller verlassen. Letzte Nacht dachte ich, wir würden dort unten erfrieren.«

»Wie ich gehört habe, hattest du eine tolle Zeit«, fuhr Georgina fort und sah Fiona durchdringend an. »Oder hat Alessandro mir da Unsinn erzählt?«

Fiona errötete und fragte sich, wie oft man sie noch demütigen würde, ehe sie die Trimarchi-Familie endlich verlassen könnte. Was zwischen Alessandro und ihr gewesen war, ging nur sie und ihn etwas an, so glaubte sie zumindest. Den Gedanken, dass er sich mit Georgina über sie unterhalten hatte, empfand sie als besonders kränkend. »Alessandro erzählt wohl keinen Unsinn«, entgegnete sie. »Er liebt große Gesten. Ich denke, es ist gelogen.«

Georgina starrte sie an, doch das Lächeln war verschwunden. »Willst du damit sagen, dass Alessandro mich angelogen hat?«

Sie sprach absichtlich laut, worauf Alessandro zu ihr und Fiona herübersah. Fiona spürte seinen Blick und durchlebte einen Schreckmoment. Wusste sie doch, wie Duncan reagieren würde, wenn man ihn einen Lügner schimpfte. Es war zu erwarten, dass der Italiener ihr die Beleidigung seiner Ehre noch schlimmer verübeln würde. »Keine Ahnung«, sagte sie so gefasst wie möglich. »Wie soll ich das beurteilen, wenn du mir nicht erzählst, was er dir gesagt hat?«

Alessandros Miene verfinsterte sich. Er sah seine Geliebte böse an. »Vorsicht, *cara*, ich dachte, du hättest meinen Wunsch verinnerlicht, dass in allen Belangen Diskretion gewahrt bleiben muss.«

Bei dieser unerwarteten und für alle hörbaren Zurechtweisung verspürte Georgina aufflammende Wut, aber diese Wut richtete sich nicht gegen ihren Lover, sondern gegen Fiona. Die Geisel hatte sie verbal ausgetrickst, und so schnell würde Georgina die Schmach nicht vergessen. Alessandro verlor selten die Geduld bei Georgina. Sie brüstete sich damit, dass sie wusste, wie sie ihn glücklich machte. Und sie hatte nicht vor, dass Fiona in irgendeiner Weise dazwischenfunkte, aber jetzt war ihr auch klar, dass sie in Zukunft vorsichtiger mit der wichtigen Geisel sein musste.

»Ich habe bloß mitbekommen, dass du eine Show durch unseren Spiegel verfolgt hast«, sagte sie leichthin.

Fiona entspannte sich ein wenig. Sie hatte gedacht, Alessandro habe mit Georgina über das Liebesspiel nach Tanyas

Auftritt gesprochen. »Ja, wir haben es gesehen«, gab sie zu. »Tanya hatte ihren Spaß.«

Jetzt gönnte Georgina sich wieder ein Lächeln, aber es war freudloser als das erste. »Klar. Ich habe ihr beigebracht, wie sie es genießen kann, dominant zu sein, denn als sie hierher kam, war sie eher der unterwürfige Typ, was uns alle nach einer Weile nervte. Ich bin eine gute Lehrerin – wie du morgen sehen wirst«, fügte sie hinzu.

Fiona wendete den Blick ab. An Morgen wollte sie nun wirklich nicht denken. Zunächst musste sie den Abend überstehen, und sie wusste, dass sie bei nächster Gelegenheit mit Bethany sprechen musste, sobald sie unter sich waren. Unmittelbar nach dem Essen wurden die beiden Geiseln von Chrissie aus dem Speisezimmer geführt. Diesmal hatte man ihnen einen Schlafraum im obersten Stockwerk zugewiesen, der ausreichend Platz bot. Darin standen zwei Einzelbetten, Wände und Decke waren vollkommen verspiegelt. In einem kleinen Nebenraum befanden sich eine Toilette und ein Handwaschbecken.

»Sobald ihr im Bad fertig seid, muss ich euch leider für die Nacht festbinden«, sagte Chrissie in entschuldigendem Ton. »Alessandro kann es sich nicht leisten, dass eine von euch flieht. Ich werde das machen, ich kann aber auch die Männer rufen.«

Bethany kam aus dem Badezimmer, zog sich den Bodysuit aus und stand splitternackt vor den beiden Frauen. »Ich werde mich jedenfalls nicht wehren. Ich bin total geschafft und will nur noch schlafen.«

Fiona hätte sich gern zur Wehr gesetzt, doch sie wollte sich nicht schon wieder von Craig und Marcus anfassen lassen. Daher beschloss sie, Bethanys Beispiel zu folgen.

»Du musst alles ausziehen«, sagte Chrissie, als Fiona sich nur mit BH und Slip auf eines der Betten legen wollte.

»Wieso?«

»Hat Alessandro gesagt. Auf den Betten liegen spezielle Laken, die dafür sorgen, dass ihr ... euch wohlfühlt.« Sie warf Bethany ein wissendes Lächeln zu.

Bethanys Blick wanderte zu den Betten. Gefütterte Bezüge aus Schafswolle lagen auf den Matratzen. Bei dem Gedanken, nackt auf den weichen Fasern zu liegen, zitterte sie vor Freude. »Dann haben wir es zumindest schön warm«, sagte sie zu Fiona und legte sich bereits aufs Bett.

»Ihr müsst beide auf dem Bauch schlafen. Dann kann ich euch besser festbinden«, erklärte Chrissie.

Fiona seufzte. »Ich bin überrascht, dass wir nicht eine halbe Stunde früher raufkommen mussten, um uns dieser Prozedur zu unterziehen.« Dann zog sie sich die Unterwäsche aus und legte sich mit dem Gesicht nach unten aufs Bett. Chrissie, der man eingeschärft hatte, nur Fiona werde Probleme machen, spreizte sofort die Beine der jungen Frau und fesselte die Füße sicher an die beiden Bettpfosten. Dann waren die Hände dran. Fiona machte sich bewusst, dass sie nun genau so dalag wie der Mann, den sie zuvor durch den Spiegel beobachtet hatte. Nachdem Chrissie auch Bethany in derselben Weise gefesselt hatte, legte sie den beiden Geiseln je ein kleines Kissen auf den Rücken, band einen Riemen um das Bett und um die Kissen, deckte die Frauen zu und verließ den Raum. Die Deckenbeleuchtung war nun aus, nur in einer Ecke des Zimmers brannte noch eine kleine Lampe.

Fiona lag zunächst ganz still da. Die Schafswolle kitzelte am ganzen Körper, und da das festgezogene Kissen, das sie im Rücken spürte, ihren Unterleib ein wenig stärker in die Matratze drückte, empfand sie das Kitzeln der Wolle noch intensiver. Da ihre Beine gespreizt waren, wurde besonders die Region zwischen ihren Schenkeln kontinuierlich gereizt.

In den zurückliegenden Stunden hatte ihr Körper die sexuellen Freuden zu genießen gelernt, und deshalb reagierten ihre Nervenenden schon auf die sanften Stimulierungen. Es dauerte nicht lange, da spürte Fiona zu ihrer Schande, wie dieses sehnsüchtige, dumpfe Pochen in ihrem Bauch zurückkehrte.

Um sich von den Empfindungen abzulenken, drehte sie den Kopf in Bethanys Richtung. »Du warst mir ja eine tolle Freundin«, sagte sie wütend. »Ich habe dich in mein Haus eingeladen, weil ich dir immer vertraut habe. Ich dachte, dass wir enge Freunde wären, dass du mich magst und Verständnis für das hättest, was ich durchmachte. Die ganze Zeit über hast du so getan, als täte ich dir leid, dabei hast du in Wirklichkeit mit meinem Mann geschlafen. War's nicht so?«

Bethany, die vor dem Abendessen eine unbeschreibliche Stunde mit Craig und Edmund erlebt hatte und deren Körper noch hochsensibel war, kuschelte sich in ihr wollenes Bettlaken und seufzte sinnlich. »Und?«, fragte sie gelangweilt. »Du hast den Sex mit ihm nicht genossen. Also habe ich dir nichts weggenommen.«

»Er hat mich abscheulich behandelt. Wie sollte ich den Sex genießen, den er mir zugestand?«

»Duncan ist ein toller Lover«, protestierte Bethany. »Du hattest einfach keine Ahnung, wie man Spaß haben kann. Vielleicht ist es ja auch gar nicht deine Schuld. Deine Eltern sind ganz schön alt, oder? Duncan meint, du hast eine freudlose Kindheit gehabt.«

»Hatte ich nicht!«, rief Fiona mit Nachdruck. »Er hat mir immer nur wehgetan.«

»Dass ich nicht lache!«, amüsierte sie sich. »Er sagte, du bist frigide, egal was er tat.«

»Mit mir stimmt alles. Das weiß ich jetzt. Alessandro ...« Fiona verstummte plötzlich.

Bethany lachte. »Na los, erzähl mir, was Alessandro mit dir gemacht hat. War's toll? Ich wünschte, er hätte auch für mich Zeit gehabt. Er ist großartig. So gut aussehend. Gott, ich werde noch verrückt, wenn ich die ganze Nacht so liegen muss. Ich bin so kurz vorm Kommen, ich könnte schreien.«

»Halt den Mund!«, zischte Fiona. »Denkst du denn immer nur an Sex? Dir scheint es hier ja zu gefallen. Lässt dich von denen in die widerlichsten Klamotten zwängen! Kicherst und lachst, wenn die Kerle dich begrapschen, und trotzdem behauptest du, Duncan wäre der beste Lover der Welt. Und, wo ist jetzt deine Loyalität ihm gegenüber?«

»Wir sitzen hier fest, bis Duncan das Geld zahlt«, erwiderte sie nonchalant. »Wenn ich hier schon warten muss, dann möchte ich mich wenigstens amüsieren. Duncan erfährt ja nichts davon.«

Fiona rutschte unruhig auf dem Laken hin und her. Die Fasern der Schafswolle rieben über ihre Vulva, sodass ihr der Atem stockte. Als Bethany das Keuchen hörte, musste sie kichern. »Hab ich's dir nicht gesagt? Das ist unglaublich, oder? Das Kissen im Rücken ist eine große Hilfe. Es sorgt für genug Druck, damit wir uns öffnen, aber uns bleibt noch genügend Luft, um uns zu bewegen. Sieht nicht danach aus, als würden wir viel Schlaf kriegen!«

»Ich hör mir das nicht länger an«, rief Fiona. »Du hast überhaupt keine Moral. Ich glaube, Duncan und du, ihr seid füreinander geschaffen.«

»Na prima«, sagte Bethany und ging nach Fionas Worten zum Gegenangriff über. »Dann hast du ja auch nichts dagegen, wenn dein Mann dich abschießt und mich heiratet, oder?«

Das Pochen in Fionas Unterleib nahm zu. Allmählich spürte sie eine unangenehme Hitze zwischen den Schenkeln.

»Dich wird er nie heiraten. Du bist nur sein Typ als Geliebte. Du bist nicht die Erste, die er sich noch ins Bett holt, und wirst auch nicht die Letzte sein. Die Frau, die Duncan heiratet, muss andere Qualitäten haben, aber die besitzt du nicht.«

»Trotzdem bin ich noch vor dir hier raus«, murmelte Bethany, spürte den nahenden Höhepunkt und verlor das Interesse an der Unterhaltung. Sie fühlte, wie ihre Labien sich öffneten, sodass die inneren Lippen die Liebkosungen der weichen Wolle genießen konnten, während die Erregung zunahm. Dadurch erreichte Bethany, dass ihre anschwellende Klitoris dieselben Stimulierungen erfuhr. Ihre Nippel verhärteten sich, rieben nun ebenfalls über das Bettlaken und brachten sie in die höheren Stufen der Erregung.

Fiona merkte, wie sehr Bethany sich anstrengte, um allein zum Orgasmus zu kommen. Ihre Freundin atmete nun schneller und gab leise keuchende Laute von sich.

»Hör auf damit!«, rief Fiona. »Merkst du denn nicht, dass die genau das beabsichtigen? Wir sind nichts als Körper für die. Sie wollen erreichen, dass wir genauso verdorben werden wie sie.«

Ein dünner Schweißfilm bedeckte Bethanys Rücken, während sie versuchte, die Hüften von links nach rechts zu bewegen. »Sie sind nicht verdorben«, murmelte sie. »Sie wissen eben, wie sie ihre Sexualität voll ausleben können. Und daran ist ja wohl nichts auszusetzen.«

»Und ob! Wir sind deren Gefangene, wir sollten ...«

Doch Bethanys Stöhnen wurde nun lauter, und Fiona gab es auf, mit ihr zu sprechen. Also musste sie wohl oder übel zuhören, wie Bethany gegen die Fesseln aufbegehrte und auf dem Laken vor und zurück rutschte. Es dauerte nicht lange, da wirkte die Kombination aus Schafswolle und der Druck des Kissens, und Bethany spürte, wie ihre inneren Muskeln sich verkrampften und ihr ein perlendes Lusterlebnis verschafften. Nun wünschte sie sich nur noch einen Mann, der in sie eindrang, damit ihre Vaginalmuskeln sich um einen harten Schwanz zusammenziehen könnten. Sie brauchte das Gefühl, ganz ausgefüllt zu sein.

Die hemmungslosen Laute der Lust aus dem Mund von Bethany steigerten nun auch Fionas Verlangen, doch sie versuchte, sich zu beruhigen, indem sie an ihr Zuhause, ihr Leben vor der Ehe und an den Tag ihrer Freilassung dachte. Aber sich abzulenken war schwieriger, als sie gedacht hätte. Stattdessen kamen ihr nämlich Bilder von Alessandros Händen auf ihrem Körper in den Sinn, und sie erinnerte sich, wie er sie Stunden zuvor mit dem Mund erregt hatte.

Letzten Endes triumphierte die Erschöpfung über die Stimulierung und Fiona schlief ein, aber in den frühen Morgenstunden wachte sie nach einem lebhaften Traum auf, in dem alle Männer in diesem Haus mit ihrem Körper spielten, sie berührten und penetrierten, bis es keine Stelle mehr an ihrem Leib gab, die nicht vor Erregung prickelte.

Als sie die Augen aufschlug, merkte sie, dass ihre unabsichtlichen Bewegungen auf dem wollenen Laken diese Traumbilder hervorgerufen hatten. Denn die gesamte Vorderseite ihres Körpers kribbelte und der Druck auf ihren Bauch und ihre Schamgegend steigerte ihr Lustempfinden.

Ihr war unbeschreiblich heiß, als hätte sie Fieber, und sie sehnte sich nach einem kühlen Getränk oder frischer Luft, doch sie spürte nur die Wärme der Zentralheizung. Die Fenster waren geschlossen.

Jetzt begriff Fiona, warum man sie bäuchlings gefesselt hatte. Hätte sie sich auf den Rücken drehen können, wäre der Druck an ihren Brüsten, den Nippeln und der Vulva schwächer geworden und die Empfindungen hätten nachgelassen.

So aber konnte sie sich nicht wehren. Also lag sie wach, fest entschlossen, keinen weiteren Höhepunkt mehr zuzulassen, weil sie nicht zum Spielball ihrer Entführer werden wollte. Das verbot ihr schon ihr Stolz. Bis zum Morgengrauen lag sie absolut still da und zwang sich, die Augen offen zu lassen, damit sie nicht im Schlaf zufällig die Erlösung fand, die ihr Körper sich insgeheim ersehnte.

Erst als es hell war, schaute jemand nach ihnen. Edmund und Tanya betraten das Zimmer und mussten Bethany wachrütteln, die sich während der Nacht zu mehreren Orgasmen gebracht hatte. Fiona war noch wach und sah furchtbar müde aus. Edmund durchschaute, warum sie wach geblieben war.

Tanya nahm den Geiseln die Fesseln ab und gestattete den jungen Frauen, ins Bad zu gehen, doch die Tür musste offen bleiben, was Fiona hasste. Danach mussten sie hastig in den ersten Stock und wurden nacheinander unter die Dusche gedrängt. Edmund nahm schließlich Bethany mit, während Tanya Fiona zu einem weiteren Schlafraum brachte. »Georgina und Alessandro wollen dir jetzt die erste richtige Unterrichtsstunde geben«, erklärte sie und stieß Fiona vor sich her.

Kapitel sieben

Fiona betrat den Raum zögerlich, ihr Herz pochte laut in ihren Ohren. Am anderen Ende des Zimmers hatte es sich Georgina bereits auf dem Kingsize-Bett bequem gemacht, das eine Decke mit schwarz-weißem Muster zierte. Am Kopfende waren zahlreiche Kissen aufgestapelt.

Georgina trug weiß gemusterte Seidenstrümpfe und Strapse, die mit einem blau-weißen Satin-Bodysuit verbunden waren. Den Bodysuit hatte sie unten offen gelassen und sich über die Hüften geschoben, doch die Brüste waren noch bedeckt. Um den Hals trug sie drei schwere Goldketten, die sich schimmernd von ihrer Haut abhoben.

Alessandro stand nackt am Fußende des Betts. Mit wachem Blick nahm er Fionas Gestalt in sich auf und bedeutete seiner Geisel, näherzutreten. »Du siehst müde aus. Hast du schlecht geschlafen?«

»Nein, schlecht geträumt«, gab sie zurück.

Seine Mundwinkel wanderten ein klein wenig nach oben. »So ein Pech. Und ich hatte gehofft, du würdest nur schöne Träume haben.«

»Dann hast du dich geirrt. Aber Bethany scheint eine angenehme Nacht verbracht zu haben.«

Er nickte. »Klar. Bethany wehrt sich ja auch nicht so gegen ihr Naturell wie du. Setz dich hier auf den Stuhl. Georgina wird dir beibringen, wie du mir richtig mit dem Mund Lust verschaffst. Gestern war es zwar angenehm, aber nur weil es neu für mich war. Du musst noch viel lernen, pass also genau auf. Später schauen wir dann, inwieweit du es verinnerlicht hast.«

Fiona schluckte schwer. Sie wollte die Augen schließen, ahnte aber, dass es jetzt nicht gut wäre, ihm zu trotzen. Außerdem fand sie es sexy, wie er so vor ihr stand, vollkommen nackt und mit einem Penis, der sich bereits regte.

Dann stellte er sich neben Fiona und gab Georgina zu verstehen, zu ihnen zu kommen. Langsam sank Georgina vor ihrem Lover auf die Knie. Fiona sah, wie die andere Frau mit dem Mund über Alessandros Bauch fuhr und die Haut leicht sog, während sie sein Hinterteil mit beiden Händen umfasste.

Dann, als Alessandros Hände zu ihrem Kopf wanderten, begann Georgina, leicht an seinen Hoden zu lecken, die sich sofort zusammenzogen und anschwollen. Georgina erhöhte den Druck ein wenig, worauf die Hoden sich weiter ausdehnten. Genießerisch legte Alessandro den Kopf in den Nacken und schloss die Augen.

Fiona beobachtete den Akt mit trockenem Mund und einer Erregung, die sie eigentlich nicht für möglich gehalten hatte. Georgina genoss die Zungenstriche sichtlich, und Alessandros angespannte Oberschenkel und Bauchmuskeln verrieten, wie stimulierend er die Kunst seiner Geliebten fand. Nachdem die Hoden sich verspannt nach oben gezogen hatten, wanderte Georgina langsam mit der Zunge weiter nach unten, benutzte aber nur die Zungenspitze, um den empfindlichen Damm maximal zu reizen.

Sein Penis war inzwischen steif; dunkel schimmerte die Eichel, der Schaft war hart und fest. Georgina hob den Kopf ein wenig und leckte über die Unterseite des Schafts, wobei sie viel Speichel einsetzte, um Alessandro weiter zu erregen.

Als er schön feucht war, hörte sie auf zu lecken und fuhr stattdessen mit leicht geöffneten Lippen vom Schaftansatz des Penis bis hinauf zur Spitze. Alessandro seufzte vor Lust, drehte jetzt den Kopf zu Fiona und registrierte, wie gerötet ihre Wangen waren und wie stark ihre zuvor flachen Nippel sich nun von den Vorhöfen abhoben. Die Brustspitzen hatten sich verdunkelt, und Alessandro wusste, dass Fiona die ganze Darbietung erregend fand, obwohl sie sich zunächst geweigert hatte zuzuschauen.

Als Georgina spürte, dass ihr Lover ihr fester ins Haar griff, nahm sie die Spitze seines Penis in den Mund. Sie öffnete die Lippen weit, gab acht, die Eichel nicht mit den Zähnen zu berühren, und begann dann leicht zu saugen. Die ersten Glückstropfen aus der engen Spalte sickerten in ihren Mund.

Sie wusste, dass sie Alessandro bei dieser Vorführung nicht zum Höhepunkt bringen durfte, und daher schob sie widerwillig die Lippen wieder über die Spitze und leckte dann über die empfindlichste Stelle, wo die Eichel vorn in den Schaft überging.

Alessandro zuckte zusammen, während Georgina erfahren ihre Zunge dort spielen ließ. Je mehr Speichel sie fließen ließ, desto stärker spürte Alessandro die Bewegungen der Lippen und der Zunge. Lustvolle Gefühle strahlten in seinen ganzen Körper aus.

Inzwischen sah er nicht mehr Fiona an, sondern konzentrierte sich auf seine Geliebte und genoss sein Vergnügen voll aus. Erst als sie den Mund wieder über die Eichel schob und in einen schnelleren Rhythmus überging, kam Alessandro wieder zu Sinnen und zog sich zurück. Denn wenn er sich jetzt nicht beherrschte, wäre es zu spät.

Georgina wollte seinen Penis aber wieder in den Mund

nehmen. Da Fiona fasziniert und wie gebannt zuschaute, wollte Georgina nämlich plötzlich demonstrieren, wie viel Macht sie über den Italiener hatte. Es lag ihr viel daran, zu zeigen, wie gut sie Alessandro kannte, und wenn es ihr jetzt gelänge, ihn gegen seinen ausdrücklichen Willen in ihrem Mund kommen zu lassen, dann hätte sie einen Punktsieg bei der Frau davongetragen, an der Alessandro womöglich mehr als nur ein flüchtiges Interesse zeigte. Das waren zumindest Georginas Befürchtungen.

Daher schloss sie die Lippen um seine Spitze und sog fest. Erschrocken grub Alessandro seine Hände in ihr Haar und stieß Georgina wieder von sich, doch diesmal tat er ihr weh. An ihrem Hals hatte sie einen roten Striemen, so fest hatte Alessandro sie von sich gestoßen.

»Was machst du da?«, wisperte er, doch sie sah unschuldig zu ihm auf.

Alessandros Brust hob und senkte sich schnell; seine Beine zitterten vor Anspannung, aber er wollte, dass Fiona die erste Lehrstunde so erotisch wie möglich erlebte. Daher hob er Georgina schnell aufs Bett und positionierte sie so, dass sie vor ihm lag und sich mit beiden Armen abstützte.

Alessandro befreite Georginas Brüste aus der Enge des Bodysuits, schob die Brüste mit beiden Händen nach oben und ließ seine Zunge an den Spitzen kreisen, ehe er mit den Händen weiter nach unten wanderte und Georginas Pobacken umfasste. Mit den Fingern ertastete er den Rand der Seidenstrümpfe und strich über die weiche Haut darüber. Gleichzeitig zog er Georginas Hüften näher zu sich, bis er endlich seinen aufragenden, pochenden Schwanz in ihre Spalte schieben konnte.

Georgina, feucht und warm von der erregenden Demonstration ihrer Sexkünste in Gegenwart der naiven Fiona, hieß ihn mit einem leisen Stöhnen willkommen. Mit den Händen umklammerte sie die Bettkante, während Alessandro sich kräftig in sie stieß. Jedes Mal, wenn er sie penetrierte, spannte sich der Bereich der Klitoris und steigerte Georginas Erregung.

Fiona beobachtete die beiden stumm. Zwischen ihren Schenkeln sickerte ihre Feuchtigkeit in den Sitzbezug. Ihre Brüste spannten sich, während sich in ihrem Unterleib ein seltsames Ziehen bemerkbar machte, als machten sich ihre Bauchmuskeln bereit. Sie war total erregt und konnte den Blick nicht mehr von dem Paar auf dem Bett wenden.

Alessandro wusste, dass er jeden Augenblick kommen würde. Den Höhepunkt hatte er während Georginas Oral-Performance so lange wie möglich aufgeschoben, doch da er jetzt in die feuchte Enge ihrer Pussy stieß, verlor er langsam aber sicher die Kontrolle. Georgina schien jedoch ihren Höhepunkt noch nicht erreicht zu haben.

Eine Hand schob er nun unter ihr Gesäß. Und während er tiefer in Georgina drang, glitt er mit einem Finger in ihr hinteres Loch und übte Druck auf die hoch empfindliche Haut am Eingang aus.

Diese Stimulierung, zusammen mit Alessandros Orgasmus, reichte aus, um Georgina zum Höhepunkt zu bringen. Als ihre Vaginalmuskeln sich um den Penis ihres Lovers spannten, zogen sich auch die Muskeln ihres Rektums zusammen. Die glühend heißen Pfeile der Lust schnellten durch ihren gesamten Unterleib, dass sie mit einem erlösenden Schrei den Kopf in den Nacken warf, während Alessandro unter den letzten Schüben seiner Ejakulation erbebte.

Fiona wusste, dass die Vorstellung nun vorüber war, konnte sich aber aus einem unerfindlichen Grund nicht rühren. Sie hatte keine Ahnung, was nun von ihr erwartet wurde oder was als Nächstes auf dem Plan stand. Unbestritten war jedoch, dass das Zuschauen unglaublich erregend gewesen war. Für einen kurzen Moment hatte sie so etwas wie Hass gegenüber Georgina empfunden, weil die kleine Frau so erfahren war und Alessandro so viel Lust verschaffen konnte. Daher schämte Fiona sich jetzt wegen ihrer jämmerlichen Versuche am Vortag.

Georgina sank auf das Bett, drehte sich auf die Seite und schloss die Augen. Normalerweise legte Alessandro sich zu ihr. Dann nahm er sie meist in den Arm und sprach mit ihr über ein paar Nebensächlichkeiten, die ihm gerade so durch den Kopf gingen. An diesem Morgen aber ließ er sie dort liegen und ging stattdessen zu Fiona.

»Kannst du dir das wohl alles merken?«, fragte er mit noch warmem Blick vom Liebesakt.

»Nein, und du widerst mich an«, entgegnete Fiona und nahm sich fest vor, sich ihre Erregung nicht anmerken zu lassen.

Alessandro zog sie von ihrem Stuhl hoch und fasste ihr mit einer Hand zwischen die bloßen Schenkel. »Dir scheint es aber gefallen zu haben, auch wenn du noch so viel protestierst!«

Sie wand sich und befürchtete, dass seine Berührung noch weitere sichtbare Anzeichen ihrer Stimulierung hervorbringen würde. Sanft strich er ihr mit den Händen über die Brüste und spürte die anschwellenden Spitzen an seinen Handflächen. Fiona gab ein leises Seufzen von sich. »Bitte nicht«, wisperte sie.

»Wieso nicht?« Seine Stimme war ein Flüstern.

»Weil es sich so gut anfühlt«, bekannte sie und senkte den Blick.

Alessandro nickte und ließ sie los. »Zumindest bist du

endlich einmal ehrlich zu mir! Siehst du, wie ich dich belohne? Ich tue, worum du mich bittest. Doch später werde ich dir Gelegenheit geben, mir zu zeigen, wie viel du von Georgina gelernt hast. Und dann werde ich dir die Erlösung verschaffen, die du jetzt brauchst.«

»Die einzige Erlösung, die ich brauche, ist meine Freilassung«, hielt sie dagegen.

Er schnippte einmal über ihre rosige, harte Knospe und lachte. »Das hier erzählt mir eine ganz andere Geschichte! Ich lasse dich jetzt von Craig auf dein Zimmer bringen. Du kannst dich auf dem Bett ausruhen, bis ich für dich bereit bin.«

Sie starrte ihn an. Die Schafswolle war vergangene Nacht kaum auszuhalten gewesen. Und da sie jetzt Zeuge dieser Vorführung geworden war, wäre die Wolle unerträglich stimulierend. Sie hätte weinen können, wenn sie nur daran dachte, was zweifellos mit ihrem Körper geschehen würde, wenn sie wieder auf diesem Laken liegen müsste.

Alessandro sah das Wechselspiel der Gefühle auf Fionas Gesicht und war zufrieden. Schon bald würden die Lehrstunden erotischer werden. Gruppensex, die Vergnügen, die man verspürte, wenn an allen empfindlichen Öffnungen gespielt wurde, aber für den ersten Tag genügte diese Stunde am Morgen. Alessandro lag viel daran, nichts zu überstürzen.

Fiona wurde nun weggebracht, und Alessandro war gedanklich schon beim Nachmittag und registrierte erstaunt, dass sein Penis sich so rasch nach dem Sex mit Georgina wieder regte. Er vermutete, dass es nur daran liegen konnte, dass Fiona so anders als die anderen Frauen war, die er sonst hatte.

Auf dem Weg zu dem kleinen Schlafzimmer reichte Craig

Fiona knappe Unterwäsche. Wortlos nahm die junge Frau die Dessous entgegen. Inzwischen hatte sie sich fast daran gewöhnt, nackt herumzulaufen. Sie glaubte, dass sie als Geisel nicht ohne Grund ohne Kleidung festgehalten wurde, denn Alessandro ging es nicht nur um die Erotik in seinen Spielchen: Ohne Kleidung würden die beiden Frauen bei einem Fluchtversuch nicht weit kommen.

Craig öffnete die Tür, und Fiona stahl sich ins Zimmer, um sich brav aufs Bett zu legen, doch zu ihrem Schrecken stellte sie fest, dass Bethany im Raum war ... und sie war nicht allein, denn Edmund und Tanya leisteten ihr Gesellschaft.

Craig zog sich schnell zurück, machte die Tür zu und schloss ab. Bethany war ebenso überrascht, hob den Kopf und schaute zu Fiona herüber. Die Rothaarige lag quer über ihrem Bett und stützte sich mit den Armen auf einem gepolsterten Stuhl ab, den man zwischen die beiden Betten geschoben hatte. Ihre Brüste hingen herunter, und Tanya lag unter ihr und sog genießerisch an Bethanys Spitzen.

Edmund kniete auf dem Bett zwischen Bethanys gespreizten Schenkeln. Das Kissen, das die Nacht zuvor auf ihren Rücken gedrückt hatte, lag nun unter ihrem Bauch, sodass der Po erhöht lag und Edmund Zugang zu allen intimen Bereichen der Rothaarigen hatte.

Fiona versuchte, den Raum zu verlassen, aber die Tür ließ sich nicht öffnen. Als sie sich wieder umdrehte, sah sie das Glitzern in den Augen ihrer Freundin und wusste, dass Bethany wieder einmal ihre Lust voll auskostete, ganz gleich, was mit ihr geschah.

Edmund runzelte die Stirn. »Wieso bist du hier?« Zum ersten Mal schwang in seiner Stimme die Arroganz seines älteren Bruders mit.

»Ich sollte mich bis zum Essen hier ausruhen«, erklärte sie

und wünschte, der Raum wäre nicht so erfüllt von den Düften der sexuellen Erregung.

»Dann leg dich hin«, sagte er. »Tanya, du solltest sie besser festbinden. Ich denke, Alessandro will, dass sie auf der Schafswolle liegen soll.«

Widerwillig ließ Tanya von Bethanys Brüsten ab und tat, was Edmund ihr aufgetragen hatte. Auf dem Bett hätte Fiona immer noch den Kopf wegdrehen können, aber die Laute der Erregung und die Bewegungen der anderen drei würde sie auf jeden Fall hören. Schließlich beschloss sie, doch zuzuschauen, was das Trio machte.

Bethany hob den Kopf leicht an und zog die Schultern zurück, während Tanya sich mit Seidenhandschuhen Bethanys Brüsten widmete. Das weiche, kühle Material auf einer so erogenen Zone fühlte sich wunderbar an, und Bethany wünschte, die Streicheleinheiten würden nie aufhören.

Während Tanya sich den Brüsten widmete, machte Edmund sich zwischen Bethanys Schenkeln zu schaffen. An der Vulva hatte er bereits einen Vibrator eingesetzt und die zarte Haut der inneren Lippen stimuliert, dass die Empfindungen fast zu intensiv für Bethany gewesen waren. Dann hatte er kleine, an einem Band aufgezogene Perlen in ihren Anus geschoben und leicht gedreht, bis Bethany unter dem wachsenden Druck und dem Gefühl, ausgefüllt zu sein, aufschrie.

Doch das hatte Edmund nicht davon abgehalten, eine weitere Perle in Bethanys Anus einzuführen, bis sie erneut aufstöhnte. Diesmal hielt er inne.

»Was ist?«

»Ich fühle mich so ausgefüllt«, keuchte Bethany. »Es ist unangenehm.«

»Tanya kann problemlos drei Perlen mehr aufnehmen. Du

solltest einen Tag lang einen Analplug tragen. Der wird dich dehnen.«

»Ist prima«, versicherte Tanya Bethany. »Wenn du dann die Muskeln deines Rektums anspannst, kommst du fast aus dem Stand zum Orgasmus.«

Fiona wünschte, sie hätte die Hände frei, um sich die Ohren zuzuhalten. Sie hatte das furchtbare Gefühl, dass diese Sache auch ihr blühen würde, und während Bethany das nichts auszumachen schien, konnte Fiona nicht mal daran denken.

»Ich möchte aber nicht weiter gedehnt werden«, sagte Bethany schmollend. »Warum willst du mich nicht nehmen?«

»Geiseln stellen keine Bedingungen an ihre Entführer!«, lachte Edmund und klatschte ihr leicht mit der flachen Hand auf den Oberschenkel.

Tanya streichelte nun nicht mehr Bethanys Brüste und streifte sich die Handschuhe ab. Zu Fionas Erstaunen griff das blonde Model dann zu einem Gegenstand, der wie eine Schere aussah, und führte ihn an Bethanys Brustknospen. Angst schnürte Fiona die Kehle zu, sie konnte Bethany nicht einmal mit einem Ruf warnen.

Aber ihre Sorge war unberechtigt. Denn es handelte sich nicht um eine Schere, sondern um Nippelklemmen. Die runden Enden schlossen sich um Bethanys aufragende Spitzen, und dann zog Tanya daran, bis das Lustempfinden der Rothaarigen sich in eine Art von Schmerz verwandelte, den sie trotzdem genoss: Bei dem stechenden Schmerz hatte Bethany das Gefühl, dass ihre Brüste warm und geschwollen waren.

Da Fionas Freundin sich so sehr auf das konzentrierte, was Tanya mit ihr anstellte, achtete sie nicht mehr richtig auf Edmund. Im Gegensatz zu Fiona, die sich jetzt ein wenig von dem unerträglich kitzeligen Laken hochdrückte. Sie beobachtete, wie Edmund einen Gegenstand vom Bett nahm, und als sie seine Hand nicht mehr sehen konnte, warf sie einen Blick in den Spiegel an der gegenüberliegenden Wand.

Was sie dort sah, empfand sie als so erregend, dass tief in ihr die sexuelle Anspannung zunahm; ihre Augen weiteten sich vor Staunen. Sie konnte Bethanys bloßen Rücken sehen, die Rille zwischen ihren Pobacken und Edmunds riesige Erektion, die steil nach oben ragte.

Aber es war der Gegenstand in seinen Händen, der in ihr ein Kribbeln auslöste. Es konnte sich nur um einen doppelschaftigen Dildo handeln, doch jede einzelne Verlängerung war eine realistische Replik eines Penis. Einer war länger als der andere, und beide hatten aufliegende Adern und Öffnungen, aus denen vermutlich auch Flüssigkeit spritzen konnte.

Geschickt rieb Edmund die Spitzen beider Dildos mit Gleitmittel ein und zog an der Perlenschnur, die aus Bethanys hinterem Eingang ragte. Fiona konnte genau sehen, wie die Perlen eine nach der anderen aus der leicht vorgewölbten Öffnung ploppten.

Bei diesen Empfindungen keuchte Bethany und spannte automatisch die Muskeln an, wodurch die letzte Perle im Anus blieb. »Los, drück«, sagte Edmund verärgert. Noch nie war Bethany so behandelt worden, nicht einmal von Duncan, und verspürte die ersten Regungen der Angst. Aber – und so hatten Edmund und Tanya schon vermutet – diese Furcht wirkte bei der Rothaarigen wie ein Aphrodisiakum. Daher nahm ihre Erregung noch zu.

Sowie die letzte Perle herauskam, hob Edmund Bethanys Bauch ein wenig an und führte den ersten Dildo in ihre Vagina. Da Bethany mit dem Gesicht nach unten lag, hatte sie keine Ahnung, was auf sie zukam, aber als sie das Imitat eines dicken, harten Schwanzes in sich gleiten fühlte, stieß sie einen Seufzer der Erleichterung aus. Doch sie konnte nicht ahnen, was noch auf sie wartete.

Kaum hatte Edmund den ersten Dildo hineingeschoben, als er auch schon den Winkel des zweiten Schafts einstellte und ihn in Bethanys zweite Öffnung einführte, die sich noch von der Perlenschnur erholen musste.

Bei diesem zweiten Eindringen protestierte sie lautstark, konnte sich aber nicht bewegen, da Tanya noch die Nippelklemmen festhielt. Daher musste sie reglos liegen bleiben, während Edmund langsam die beiden Dildos in den Öffnungen vor- und zurückschob.

Vorsichtig beschleunigte er den Rhythmus, und Fiona beobachtete, wie Bethanys runde weiße Pobacken sich verspannten, doch sie warf den Kopf in den Nacken und machte zunächst ihrem Unmut Luft. Erst als Edmund den für sie richtigen Rhythmus fand, steigerte er ihre Lust.

Tief in Bethanys Vagina bewegten sich jetzt kleine Noppen an der Dildospitze, rieben gegen die Wand des Tunnels und berührten den G-Punkt, sodass Bethany ein überraschtes Jauchzen ausstieß.

Fiona stellte sich vor, wie die Dildos sich anfühlen mochten, und merkte mit Verzögerung, dass sie trotz der Fesseln die Hüften genau in dem Rhythmus bewegte, den Edmund vorgab. Wieder verspürte sie eine brennende Hitze und machte sich nichts mehr aus ihrem Stolz. Genau wie Bethany wollte sie unbedingt zum Höhepunkt kommen, aber da sie von Natur aus Hemmungen hatte und keine unmittelbare Stimulierung erfuhr, befürchtete sie, dass es nicht klappen würde.

In der Zwischenzeit näherte Bethany sich einem gewaltigen Orgasmus. Sie spürte, wie kurz sie vor diesem explosionsartigen Moment war, und obwohl ihre Anusmuskeln protestierten, empfand Bethany die Rückmeldungen ihrer überreizten Nervenenden als lustvoll. Sie wünschte nur, Tanya würde die Nippelklemmen lockern, weil Bethany im Moment des Höhepunkts mehr Bewegungsfreiheit brauchte.

Doch Tanya hatte eigene Pläne. Bethany hatte bereits zu viel Vergnügen während der kurzen Gefangenschaft erfahren und musste nun lernen, dass sie nicht alles haben konnte. Deshalb hielt Tanya die Klammern fest und verfolgte, wie Bethany sich anstrengte, den Oberkörper ruhig zu halten, obwohl sich die ersten Kontraktionen ankündigten.

Edmund verlangsamte den Rhythmus ein wenig, was Bethany mit Schrecken wahrnahm, da sie befürchten musste, er würde aufhören, ehe sie ihren Höhepunkt erreichte. Doch als er dann weitermachte, ergriff ihr Körper die Gelegenheit und schoss mit voller Wucht in den Orgasmus. Es war mehr als Bethany ertragen konnte, und ohne nachzudenken, verdrehte sie den Oberkörper und nahm augenblicklich den brennenden Schmerz wahr, als würden ihr die Nippel aus dem Leib gerissen. Der schmerzhafte Zucken war zu groß und störte Bethany in ihrem Orgasmus. Die Gipfel ihrer Lust wurden gedämpft und holten die Rothaarige unsanft und so abrupt in die Realität zurück, dass Bethany aus Frust zu schluchzen begann.

Schließlich entfernte Tanya die Klemmen und streichelte über die geröteten Spitzen. »Dummerchen, wieso musstest du dich auch bewegen?«

»Ich konnte doch nichts dafür!«, schluchzte Bethany. »Das war nicht fair.«

»Ich dachte, gegen ein bisschen Schmerzen hättest du nichts«, sagte Edmund und entfernte vorsichtig den Doppeldildo aus ihrem matten Körper.

»Nur wenn ich die Wahl habe!«

»Egal«, meinte Edmund mit einem Lachen. »Ich denke, dieses Erlebnis wirst du nicht so schnell vergessen!«

Bethany wusste, dass er recht hatte. In Gedanken ließ sie schon den ganzen Morgen Revue passieren und kam zu dem Schluss, dass sie sich wieder für die Nippelklemmen entscheiden würde, weil der stechende Schmerz einen herrlichen Kontrast zu den Wellenschüben des Höhepunkts darstellte.

Fiona hatte den Kopf zur Seite gedreht. Sie wollte die anderen nicht wissen lassen, dass sie die ganze Zeit alles im Spiegel verfolgt hatte. Außerdem sollten weder Edmund noch Tanya auch nur ahnen, wie sehr sie sich selbst nach sexueller Erlösung sehnte.

Edmund erhob sich von Bethanys Bett und gab Tanya zu verstehen, die Geisel wieder zu fesseln. Dann schlenderte er zu dem anderen Bett und betrachtete Duncans Frau. Er wusste genau, dass sie im Spiegel zugeschaut hatte, und ging fest davon aus, dass Alessandro und Georgina die schüchterne Fiona in der ersten Unterrichtsstunde nachhaltig erregt hatten. Edmund hielt es für eine Schande, Fiona dort unbefriedigt liegen zu lassen, wenn alle anderen Spaß hatten.

Er setzte sich aufs Bett und schob seine rechte Hand unter Fiona, bis er mit den Fingerspitzen ihre äußeren Sexlippen ertastete. Wie er schon erwartet hatte, war sie vollkommen feucht, und als er mit dem Mittelfinger kreisende Bewegungen beschrieb, gab Fiona ein leises Stöhnen von sich und vergrub ihr Gesicht im Kissen.

»Ich will dir doch nur helfen«, flüsterte er. Tanya verzog den Mund zu einem Lächeln, wusste sie doch, dass sie gleich mit Edmund im Bett liegen würde. Und das Vorspiel mit den beiden Geiseln bedeutete, dass Edmund und Tanya sich auf noch besseren Sex freuen durften als sonst.

Fiona spürte, wie der Finger über ihre beschämend feuchte

Vulva glitt. Zum ersten Mal merkte sie bewusst, dass ihre Klitoris durch die Berührung anschwoll. Auch Edmund spürte die Veränderung und war überrascht, wie groß ihre Perle wurde.

Aber er war sich nicht sicher, was ihr am besten gefiel. Einige Frauen mochten es, wenn er den Kitzler direkt stimulierte, andere hatten es lieber, wenn der Finger nur den angrenzenden Bereich erregte. Aber irgendwie schien die Frage jetzt nicht so wichtig zu sein, weil Fiona vor aufgestautem Verlangen schier zu platzen schien.

Edmund positionierte seine Hand daher so, dass er mit einem Finger die Stelle erreichte, an der die inneren Lippen zusammenkamen. Genau dort strich er schnell und leicht über die Haut, zog dann seinen Finger durch Fionas feuchte Spalte, ehe er wieder nach oben wanderte und die Stimulierung wiederholte.

Fiona hatte das Gefühl, dass sich all ihre Empfindungen nur auf diese eine Stelle konzentrierten, die Edmund berührte. Ihre Brüste fühlten sich nicht mehr verspannt an, auch ihre Nippel waren fast unauffällig, nur genau dort, wo Edmund seinen Finger spielen ließ, schien sich ihr gesamtes Verlangen zu sammeln. Und als er mit der Fingerspitze wieder nach oben schnellte, zogen sich Fionas Bauchmuskeln zusammen und etwas unter seiner Hand schien zu explodieren. Hilflos begehrte sie mit den Füßen gegen die Fesseln auf und warf den Kopf auf dem Kissen von einer Seite zur anderen.

Die Wellen der Ekstase überspülten Fiona und drohten sie in die Strudel aus flüssiger Hitze zu ziehen. Zu ihrem Schrecken merkte sie, dass Edmunds Hand noch immer da war, und als Fionas Körper gerade wieder etwas zur Ruhe kam, übte Edmund erneut leichten Druck auf ihre empfindlichsten

Stellen aus. Neue Schockwellen liefen durch ihren Körper, und diesmal waren die Kontraktionen so stark, dass das Kissen Fionas Schreie der Erlösung nicht dämpfen konnte.

Edmund spürte schließlich, wie sich Fionas äußere Lippen um seinen Finger schlossen, und wusste, dass sie für den Augenblick befriedigt war. Er zog die Hand fort und lief mit einem Finger, der noch feucht von ihren Säften war, über ihre Wirbelsäule. »Alessandro kann sich glücklich schätzen! Ich kann es gar nicht abwarten, zu euch zu kommen«, flüsterte er.

Fiona lag matt auf dem wollenen Laken. Die kitzelige Schafswolle erregte sie nicht mehr, da Fiona die Kraft fehlte, noch einmal einen Höhepunkt zu erreichen. Ihr Körper war befriedigt, ihre Muskeln fühlten sich schlaff und schwer an. Sie merkte, dass ihr die Lider zufielen, und wusste, dass sie endlich schlafen würde.

»Duncan wäre bestimmt überrascht gewesen, wenn er das gesehen hätte«, hörte sie Bethany noch sagen, konnte darauf aber nicht mehr eingehen, weil sie schon fast schlief.

Diesmal blieb Bethany wach, da sie sich ärgerte, dass Fiona scheinbar so mühelos sexuell erregbar war. Und sie begann darüber nachzudenken, warum Duncan seine Frau nicht zum Höhepunkt bringen konnte, wenn doch beide Trimarchi-Brüder offenbar mühelos Erfolg hatten. Sie fragte sich natürlich auch, warum sie, die immer stolz darauf gewesen war, ein wahres Sextier zu sein, die Trimarchis weniger interessierte als die unzugänglichere Fiona.

Ihr einziger Trost war, dass zumindest Duncan ihr den Vorzug gab und sie als Erste freigelassen würde. Wenn sie Duncan jetzt unter die Nase band, was die Männer während der Gefangenschaft mit Fiona angestellt hatten und wie Fiona darauf angesprungen war, würde er sie letzten Endes zurückhaben wollen. Mit diesem Gedanken schlief sie ein.

Tatsächlich schliefen die beiden jungen Frauen für den Rest des Tages. Alessandro musste nach London fliegen, weil er sich mit Kollegen über Duncans Firmen unterhalten wollte, die er alle zu übernehmen gedachte, sobald der Mann bankrott ging. Und während Alessandros Abwesenheit durfte niemand die Geiseln auch nur anfassen.

Am späten Nachmittag brachte Georgina den Frauen Essen und löste die Fesseln. Obwohl sie Fiona forschend ansah, sagte sie nichts zu der Geisel, doch sie ließ den beiden einen Stapel Modemagazine da zum Stöbern.

»Einige Tipps könnten nützlich für euch sein«, sagte sie mit einem Lächeln zu Bethany. »Ich glaube nicht, dass ihr schon den aparten Look ausprobiert habt, aber es könnte euch helfen, wenn ihr im Leben weiterkommen wollt.«

»Gott, was für eine Zicke!«, meinte Bethany, als sie wieder mit Fiona allein war. »Ich weiß nicht, was Alessandro an ihr findet. Du etwa?«

Da Fiona mit eigenen Augen gesehen hatte, was der Italiener an seiner Geliebten mochte, war sie nicht Bethanys Meinung, doch sie nickte halbherzig und hoffte, ihre Freundin würde die Sache nicht weiter vertiefen. Aber Bethany wollte sich offenbar unterhalten.

»Weißt du, eigentlich dachte ich, du würdest keinen Sex mögen. Ich meine, ich hätte mich nicht auf Duncan eingelassen, wenn ich gewusst hätte, dass ihr zwei glücklich seid, aber ihr wart eben nicht glücklich miteinander. Hast du mir selbst erzählt. Das weiß ich ja nicht nur von ihm.«

Fiona konnte es nicht leiden, dass Bethany sich jetzt zu rechtfertigen versuchte. »Nein, wir waren nicht glücklich, weil er ziemlich schnell das Interesse verlor, mich glücklich zu machen. Aber da du wusstest, was für eine miese Zeit ich durchmachte, dachtest du da etwa, es würde mir helfen, wenn du mit ihm schliefst? Nein, darum ging es dir doch gar nicht. Es ging dir immer nur um dich und um den tollen Sex, den ihr beide hattet.«

»Und was ist daran auszusetzen?«, murmelte Bethany.

»Nichts, aber tu nicht so, als hättest du mir einen Gefallen tun wollen, denn das hast du nicht. Und da möchte ich noch etwas wissen, Bethany. Warst du von dem Dreier-Albtraum wirklich so überrascht, wie du vorgegeben hast, oder hattet ihr beide das schon lange geplant?«

Bethany konnte Fiona nicht in die Augen sehen. »Wir haben darüber gesprochen«, gab sie zu.

»Du und mein Mann, ihr habt euch also einen Spaß daraus gemacht, mich zu erniedrigen. Und bestimmt habt ihr euch dann später kaputtgelacht. Oder kam es dazu gar nicht mehr, weil uns die Trimarchis entführten?«

»Er hat gesagt, ihr hättet es schon zu dritt gemacht«, protestierte Bethany.

»Nur gegen meinen Willen. Ich war zu schwach, ihn daran zu hindern.«

»Warum bist du dann nicht rausgegangen?«, fragte Bethany. »Ich würde nichts mitmachen, wozu ich keine Lust habe.«

»Erstens kann ich mir nicht vorstellen, dass es irgendetwas gibt, das du nicht machen würdest«, entgegnete Fiona. »Und zweitens bin ich nicht gegangen, weil ich in meiner Dummheit glaubte, ich könnte meine Eltern vor Unheil bewahren, wenn ich das machte, was Duncan verlangte. Jetzt weiß ich, wie blöd das war. Meine Eltern hätten nie gewollt, dass ich schlecht behandelt werde. Aber ich musste immerzu daran denken, wie sehr ihnen die Armut zugesetzt hatte und wie viel besser es ihnen dann ging, nachdem Duncan sich um sie gekümmert hatte.«

»Aber den Sex hier genießt du doch auch, oder nicht?«, fragte Bethany verschlagen.

Fiona spürte, wie ihr die Hitze in die Wangen stieg. »Die Männer sind sehr geschickt, wenn es darum geht, eine Frau zu erregen. Ich hätte nie gedacht, dass Sex so sein kann, aber das heißt noch lange nicht, dass ich die Typen mag. Es heißt bloß, dass meinem Körper gefällt, was sie machen.«

»Dann ist es nicht dein Fehler!«, meinte Bethany mit einem Lachen. »Ich hoffe, Duncan kapiert das auch.«

Fiona sah die andere Frau scharf an. »Duncan erfährt davon doch nichts.«

»Doch, wenn ich's ihm sage.«

Fiona war plötzlich verwirrt. »Warum willst du das machen? Willst du ihm etwa auch erzählen, wie du dich benommen hast? Es wird ihm wohl kaum gefallen, wenn er hört, dass du dich gleich von Beginn an ins Vergnügen gestürzt hast. Ich habe ja wenigstens noch versucht, mich zu widersetzen.«

Bethany grinste. »Du vergisst, dass ich Duncan zuerst sehen werde. Was du ihm später auch immer erzählst, ich werde es einfach leugnen. Er wird denken, dass du das nur sagst, um dein eigenes Verhalten zu vertuschen. Nein, ich glaube, wenn wir wieder frei sind, wirst du wahrscheinlich nicht mehr lange Mrs Sheldon sein, denn die werde ich bald sein.«

»Keine Sorge«, platzte Fiona heraus, wütend von diesem weiteren Beweis für Bethanys Verrat. »Wenn ich frei bin, habe ich nicht länger vor, Mrs Sheldon zu bleiben. Und es ist mir auch völlig egal, wer an meine Stelle tritt. Ich will jetzt nur hier raus und mein eigenes Leben leben.«

»Ich glaube, dass Alessandro dich so lange wie möglich festhalten wird«, gab Bethany zu bedenken.

Nach dieser Diskussion sprachen die beiden kein Wort mehr miteinander, aber die Stunden vergingen quälend langsam. Und bis zum nächsten Morgen schien es noch eine halbe Ewigkeit zu sein.

Kapitel acht

Craig weckte die beiden jungen Frauen und nahm ihnen die Fesseln ab. Danach brachte Amy – ein neues Gesicht für die Geiseln – ihnen das Frühstück auf einem Tablett. Sie war seit einem halben Jahr mit Craig verheiratet. Amy war jung, nicht älter als neunzehn, und sah mit ihrem glatten Gesicht noch viel jünger aus. Das Haar, das sie sich mit einem Stirnband aus dem Gesicht hielt, fiel ihr locker auf die Schultern. Amy sah allerdings alles andere als unschuldig aus. Sie trug einen kurzen, blauen Rock mit einer weißen Schürze darüber, während ihre prallen Brüste fast aus dem tiefen Ausschnitt der weißen Bluse quollen. Fiona warf einen Blick auf Amys Beine. Sie trug schwarze Seidenstrümpfe und enge Schnürschuhe mit hohen Absätzen und verspielten Satinschleifen vorn. Für Fiona war klar, dass Craig auf das »Dienstmädchenoutfit« stand.

Als Amy sich über Fiona beugte, um ihr das Tablett auf den nackten Schoß zu stellen, war Fiona gleich klar, dass Amys Blick überhaupt nicht zu der vorgetäuschten mädchenhaften Unschuld passte. Ihre Augen waren dunkelblau, und Amys Blick verriet, dass sie schon alles gesehen und ihre Lust voll ausgekostet hatte.

»Ich hoffe, ihr habt gut geschlafen«, murmelte sie mit rauchiger Stimme. »Ich war ein paar Tage nicht da, weil ich meine Familie in Schweden besuchen wollte. Aber Craig hat mir ja alles von euch erzählt.«

»Hast du unterwegs deine Kleidung verloren?«, wollte Fiona wissen.

Amy lächelte. »Craig mag es, wenn ich so rumlaufe. Und ich möchte ihm eben gern gefallen. In diesem Haus machen wir, was wir wollen.«

»Was Alessandro will, meintest du wohl«, antwortete Fiona. Als der Name ihres Arbeitgebers fiel, tauschten Craig und Amy Blicke. »Natürlich würden wir nie etwas tun, das Herr Trimarchi nicht erlaubt«, sagte Amy rasch. »Er wollte, dass ihr euer Frühstück in Ruhe einnehmt, bevor er euch heute Morgen rufen lässt.«

»Wir sind sehr dankbar«, versicherte ihr Bethany. »Ich sterbe schon vor Hunger.«

»Wir holen euch dann später ab«, meinte Craig, als er und seine Frau den Raum verließen.

»Bestimmt weiß Alessandro, wie er seine Leute bei Laune hält«, sagte Bethany fröhlich. »Stell dir vor, wie toll es sein muss, wenn man den ganzen Tag machen kann, was man möchte.«

Fiona hätte schreien mögen. »Die können eben nicht das tun, was sie wollen! Sie arbeiten vierundzwanzig Stunden für ihn, und im Gegenzug dürfen sie in lächerliche Klamotten schlüpfen und ihre erbärmlichen Fantasien ausleben, wann immer ihnen Zeit dafür bleibt. Alessandro ist nicht großzügig, sondern schlau. Ich habe immer schon gewusst, dass Männer Sex benutzen, um Frauen zu manipulieren, und jetzt sieht es ganz so aus, als benutzten die Trimarchis Sex, um auch Männer zu manipulieren.«

Bethany zuckte mit den Achseln. »Du nennst es vielleicht Manipulation, aber ich finde, dass die Atmosphäre hier echt toll ist. Alle sehen glücklich aus und …«

»Das sind doch Verbrecher!«, rief Fiona, worauf Bethany

erschrocken wirkte. »Alessandro und sein Bruder sind nichts als Betrüger und scharen eine Gang von Schlägern um sich, damit sie sich noch rechtzeitig aus der Geschäftswelt zurückziehen können, wenn es ihnen zu heiß in London wird. Bist du vollkommen verrückt, dass du die auch noch verteidigst? Wir sind deren Gefangene, und mir ist nicht aufgefallen, dass einer der Kerle während der Entführung zimperlich mit uns umgesprungen ist. Ich hoffe, sie enden alle im Knast. Wenn es nach mir ginge, landeten sie da jedenfalls.«

Bethany beendete ihr Frühstück und stellte das Tablett auf den Boden. »Jetzt spielst du schon wieder Miss Prüde. Ich weiß wirklich nicht, warum Alessandro so spitz auf dich ist. Duncan hatte, glaube ich, recht: Man vergeudet nur seine Zeit mit dir. Und wenn du noch so viel Lust bei dem Sex hier verspüren würdest, du würdest es nie zugeben, oder? Du regst dich dann lieber auf, dass es eben nicht richtig ist.«

»Entführung verstößt doch wohl gegen das Gesetz!«, antwortete Fiona und betonte jedes einzelne Wort. »Wenn Duncan klar im Kopf geblieben ist, dann hat er die Polizei benachrichtigt.«

Die Rothaarige starrte Fiona erstaunt an. »Lebst du in einer anderen Welt, Fiona? Duncan kann die Polizei nicht rufen. Er steckt doch selbst bis zum Hals im Dreck. Keine seiner finanziellen Transaktionen sind korrekt, einige sogar schlicht illegal. Der wird es nie zulassen, dass die Polizei die Nase in seine Geschäfte steckt. Und das wussten die Trimarchis, ehe sie uns entführten. Wenn du wirklich meinst, dass es Betrüger sind, dann denk noch mal drüber nach. Deine Treue Duncan gegenüber war noch unangebrachter als du dachtest, was?« Mit einem prustenden Lachen wandte sie sich wieder den Magazinen zu, die Georgina ihnen dagelassen hatte.

Während Fiona noch verarbeitete, was Bethany eben

gesagt hatte, kamen Craig und Amy ins Zimmer. Als Amy die Tabletts vom Boden nahm, konnte Fiona genau sehen, dass das Dienstmädchen nichts unter dem Rock trug. Craig packte Fiona am Arm. »Zeit, dass ich dich zum Boss bringe.«

Sie schüttelte seine Hand ab. »Lass mich los! Ohne Klamotten werde ich wohl kaum weglaufen, oder?«

Craig ließ sie zwar los, behielt sie aber im Auge. Sollte ihr irgendwie die Flucht gelingen, ginge es jemandem an den Kragen, und derjenige wollte Craig nicht sein.

»Erster Stock?«, fragte Fiona. Als er nickte, ging sie voraus und nahm die Treppe, die von der Dachkammer nach unten führte. Wie sie erwartet hatte, saß Alessandro bereits in dem Schlafzimmer, in dem sie tags zuvor ihm und Georgina zugeschaut hatte, doch diesmal war er allein.

Fiona betrat den Raum mit Bedacht. Eins der Fenster war geöffnet, und der schwere Brokatvorhang, der ein wenig zur Seite gezogen worden war, um das Licht der frühen Sonne hereinzulassen, bauschte sich leicht in der Brise. Fiona atmete tief ein. Seit ihrer Gefangennahme war dies das erste Mal, dass sie bewusst frische Luft einatmete.

Für einen Moment beobachtete Alessandro, wie Fiona mit geschlossenen Augen dastand, die Luft genoss und sich ihre Brust bei jedem Atemzug hob und senkte. Und in diesem Augenblick wünschte er, seine Geisel wäre aus freien Stücken bei ihm und nicht gegen ihren Willen. Dieser Wunsch überraschte ihn seltsamerweise.

»Fiona!« Es lag an seinem Erstaunen, dass seine Stimme ein wenig barsch klang. Fiona riss die Augen auf und drehte ihm unsicher den Kopf zu. Jetzt sprach er bewusst freundlicher. »Es ist an der Zeit, dass du mir zeigst, ob du die gestrige Stunde verinnerlicht hast.«

Fiona bekam einen ganz trockenen Mund, ihr Herz begann

lauter zu pochen. Sie schaute auf Alessandros nackten Leib, sah die glatte, olivenfarbene Haut und die wohl proportionierten Muskelpartien an den Schultern und der Brust, doch sie weigerte sich, mit den Augen weiter nach unten zu wandern, wo seine Männlichkeit auf Aufmerksamkeit wartete.

Alessandro führte sie zu dem großen Bett. Dort setzte er sich auf die Kante und zog Fiona zwischen seine Knie, strich mit den Händen über ihre Flanken und über ihre langen Beine. Er spürte, wie sie unter seinen Berührungen zitterte. Vorsichtig rutschte er weiter auf dem Bett zurück, bis er seine Beine auf der Matratze ausstrecken konnte. Dann bedeutete er Fiona, dass sie sich zwischen seine Schenkel knien sollte. Widerwillig kam sie der Aufforderung nach und stützte sich mit dem Po auf den Fersen ab.

»Mal sehen, was du noch behalten hast«, sagte er leise.

Jetzt war Fiona gezwungen, auf seinen Penis zu schauen. Er war noch nicht groß und offensichtlich unbeeindruckt von Fionas Blöße und der körperlichen Nähe.

Fiona schluckte schwer und streckte dann die Hand aus, um den Schaft anzuheben, damit sie ihn lecken konnte. Doch Alessandro hielt sie auf. »Nein! Erst der Bauch, schon vergessen?«

Sie wusste eigentlich gar nichts mehr. Sie wusste bloß, dass sie es mit einem noch schlaffen Penis zu tun hatte und jetzt den Mund, die Lippen und die Zunge einsetzen sollte, um eine Erektion zustande zu bringen. Bei Duncan war es immer ziemlich hoffnungslos gewesen, es sei denn, er war bereits erregt.

Sie hörte Alessandro seufzen und versuchte, sich Szenen mit Georgina ins Gedächtnis zu rufen. Und das gelang ihr leichter als sie gedacht hatte. Scharf umrissene, lebhafte Bilder stellten sich bei ihr ein, wie Dias auf einer Leinwand, und schließlich begann sie, Alessandros Bauch mit zarten Küssen zu bedecken.

Alessandro spürte ihre zarten Lippen auf seiner Haut, und sofort begann sich sein Penis zu regen. Zu seinem Erstaunen kümmerte Fiona sich nicht sofort um die wachsende Erektion, sondern widmete sich dem Bauch und küsste Alessandro auf den Rand des Nabels. Und als sie ihre Zunge in die leichte Vertiefung schnellen ließ, hielt er vor Überraschung den Atem an.

Aufgeregt und ermutigt durch diese Reaktion, beugte Fiona sich tiefer herab und strich mit ihrem Haar über Alessandros Oberschenkel. Er wühlte seine Hände in ihr Haar und genoss es, ihre langen dichten Locken zwischen den Fingern zu spüren. An Georginas Kurzhaarfrisur hatte er sich gewöhnt, aber im Grunde sollten Frauen ihr Haar lang tragen.

Da er so offenkundig auf ihren Versuch ansprach, fiel ihr die Aufgabe viel leichter als sie gedacht hatte. Sein schnell hart werdender Schwanz stellte keine Bedrohung mehr für sie dar. Stattdessen bekam sie Lust, ihn weiter zu erregen, so wie Alessandro es auch bei ihr getan hatte. Die Zunge ließ sie jetzt abwechselnd um seine Hoden kreisen, orientierte sich dann weiter nach unten und übte leichten Druck auf den Damm aus und war zufrieden, als sie merkte, dass die Hoden anschwollen und sich spannten.

Alessandro schloss die Augen, und als die Empfindungen zu intensiv wurden, zog er leicht an Fionas Haar, damit sie sich seinem Steifen widmete. Etwas unsicher leckte sie nun über die Haut des Schafts.

»Das kannst du noch fester«, flüsterte er.

Fiona gab sich Mühe und erinnerte sich dann, dass Georgina die straffe Haut abwechselnd geküsst und daran gesogen hatte. Als Alessandro ihre Lippen spürte, verspannten sich seine Bauchmuskeln; jetzt hatte er die erregende Gewissheit, dass Fiona endlich das machte, was er sich bereits während der letzten vierundzwanzig Stunden vorgestellt hatte.

Nach einer Weile wusste Fiona, dass sie weiter nach oben wandern musste, um die dunkelrote Eichel ganz in den Mund zu nehmen, doch jetzt nahm ihre eigene Begeisterung ein wenig ab. Hatte sie doch Angst, er würde in ihrem Mund kommen und sich tief in sie stoßen, wie Duncan es immer getan hatte. Das hasste sie.

Alessandro spürte ihre Bedenken. Er hob den Kopf leicht an und schaute sie an. »Ist schon gut, ich werde nicht einfach so kommen. Du kannst ruhig weitermachen. Eines Tages wirst du mich ganz schmecken wollen, und dann wird es anders sein. Heute halte ich mich zurück, weil ich noch anderes vorhabe.«

Fiona glaubte ihm und war nun nicht mehr so zurückhaltend. Mit den Lippen und der Zunge eroberte sie seine pralle Spitze und glitt sogar in den kleinen Schlitz, um die klare Flüssigkeit aufzulecken, die sich dort gebildet hatte.

Alessandro hatte das Gefühl, noch nie so hart geworden zu sein. Fiona war weiter aktiv, bis sie mutig genug war, seine Spitze ganz in den Mund zu nehmen und rhythmisch den Kopf vor- und zurückzubewegen. Gleichzeitig drückte sie mit den Fingern fest gegen den Schaft des Penis.

Derweil hatte Alessandro alle Mühe, sich zu beherrschen. Fionas heißer Mund, der Druck ihrer Finger und der Anblick ihres kastanienbraunen Haars, das sich fächerförmig über den Bauch ergoss ... all das zusammen rüttelte an seiner Selbstkontrolle. Einige Augenblicke lang gönnte er sich noch das Bad in diesen Gefühlen, doch dann erinnerte er sich an sein Versprechen und gab Fiona zu verstehen, die Fellatio zu stoppen.

»Das reicht!« Seine Stimme war heiser vor Verlangen. Er sehnte sich nach einem pulsierenden Orgasmus in ihrem weichen Mund, aber Fiona glaubte, sie habe irgendetwas falsch gemacht.

»Das hast du gut gemacht«, versicherte er ihr und streichelte ihr über den Kopf. »Selbst Georgina kann das nicht besser. Du lernst sehr schnell!«

Langsam – und zu ihrem Erstaunen auch widerwillig – ließ sie seinen Penis aus dem Mund gleiten und strich mit den Zähnen leicht über die Haut unter der Eichel, was bei Alessandro fast noch den schmerzhaft zurückgehaltenen Höhepunkt ausgelöst hätte.

Seine Beine verspannten sich, und er atmete tief durch den Mund, um sich zu beruhigen, während er Fiona auf seinen Körper zog. Dann drehte er sie auf den Rücken, sodass sie einander in die Augen sehen konnten. Ihm fielen die grünen Flecken der Erregung in ihrer Iris auf.

»War doch gar nicht so schlimm, oder? Ich sagte ja, dass es nicht nur erregend ist, wenn man selbst Lust empfindet, sondern auch wenn man dem anderen Lust verschafft.«

Sie nickte stumm, da sie im Augenblick keine Worte fand. Es verblüffte sie, dass er doch recht behalten hatte, und sie versuchte sich zu erklären, warum sie ein Kribbeln in ihrem Körper verspürte und wieso sie zwischen den Schenkeln so feucht geworden war.

»Jetzt zu deiner Belohnung«, sagte Alessandro leise und küsste sie einen Moment lang auf den Mund, suchte mit der Zunge ihre Zunge. Bei diesem leidenschaftlichen Kuss schmiegte sich Fiona unwillkürlich in seine Umarmung.

Dann wanderte Alessandro mit dem Kopf nach unten, spreizte ihre Beine und sah, dass ihre äußeren Lippen bereits offen waren. Ihr Eingang glänzte vor Feuchtigkeit.

Er befeuchtete den Mittelfinger und führte ihn direkt zu dem Bereich rund um Fionas Ausgang der Harnröhre. Er hörte Fiona keuchen und sah, dass ihre Vaginaöffnung sich schloss, während die übrigen Bereiche sich ihm weiter öffneten und ihre Feuchtigkeit noch üppiger floss. Da wusste er, dass sie kurz vor ihrem Orgasmus war.

Schnell ließ er den Finger genau an der Stelle kreisen, von der kaum eine Frau wusste, wie stimulierend die Berührungen dort waren. Fiona wusste nicht, was er genau machte, sie merkte lediglich, dass die Erregung, die sich in ihr aufgebaut hatte, plötzlich mit unglaublicher Wucht in ihr anwuchs. Sie spürte, wie die Innenseiten ihrer Schenkel warm wurden und zu pochen begannen, bis Fiona lustvoll die Hüften hin und her bewegte.

Alessandro war begeistert von ihrer Reaktion. Als sie beim herannahenden Orgasmus den Rücken durchbog, stimulierte Alessandro sie weiter an der speziellen Stelle, während er mit einem Finger der anderen Hand leicht in ihre Vagina drang und dort gegen beide Seiten drückte.

Diese Kombination löste eine unglaubliche Explosion in Fiona aus, und so schoss sie in einen der heftigsten Höhepunkte, den sie je hatte. Sie hatte das Gefühl, dass jede Nervenfaser in ihrer Vulva zum Siedepunkt erregt worden war und im selben Moment explodierte. Ohne darüber nachzudenken, schrie sie: »Ja! Ja!«, als ihr Körper in tausend Stücke zu zerplatzen drohte.

Alessandro hielt inne. Nach einem so heftigen Orgasmus würde sie keine weitere intime Stimulierung wollen, aber er war äußerst zufrieden mit der Art und Weise wie Fiona reagierte. Wenn er daran dachte, was er noch mit seiner Geisel vorhatte, waren die Aussichten ermutigend.

Jetzt ließ er sie auf dem Bett liegen und telefonierte vom anderen Ende des Zimmers. Es ging wieder um Geschäftliches, bei einigen Telefonaten natürlich auch um Duncan, aber Fiona hörte von alledem nichts. Sie lag erschöpft und mit geschlossenen Augen auf dem Bett und war noch ganz gefangen in der neuen Welt der sexuellen Möglichkeiten, die Alessandro ihr eröffnete.

Knapp eine Stunde später setzte sie sich auf, reckte sich und merkte, dass der Italiener immer noch im Zimmer war. So lebhaft war noch die Erinnerung an die Momente der Lust, dass Fiona Alessandro fast ein Lächeln geschenkt hätte, ehe sie sich bewusst machte, dass er ja kein Recht hatte, sie hier festzuhalten, ganz gleich, wie sehr er sie sexuell erregt hatte. Schnell erstarb ihr Lächeln auf ihren Lippen.

Mit leicht belustigtem Blick nahm Alessandro wahr, wie befriedigt Fiona aussah, aber er sprach bewusst nüchtern, weil er im Begriff war, Fiona in die Sphäre der extremeren Freuden einzuführen. Natürlich rechnete er mit größerem Widerstand ihrerseits und musste ihr daher begreiflich machen, dass ihr auch diese neuen Erfahrungen ungeahnte sexuelle Befriedigung verschaffen würden.

»Ich hoffe, du hast dich ausruhen können?«, erkundigte er sich höflich.

Fiona nickte und schwenkte die Beine über die Bettkante.

»Bleib dort«, sagte er. »Georgina kommt gleich zu uns. Wir kommen nun zu deiner nächsten Unterrichtsstunde. Und da du eine so gelehrige Schülerin bist, dürftest du keine Schwierigkeiten haben«, fügte er hinzu.

Aber Fiona wollte von weiteren Stunden nichts wissen. Sie hatte das Gefühl, dass ihr Körper genug Stimulierungen bekommen hatte, und außerdem hasste sie es, Georgina und Alessandro zusehen zu müssen. Als er sie geküsst hatte, war sie ihm nicht nur physisch, sondern auch auf mentaler Ebene näher gewesen ... so nah hatte sie sich Duncan nie gefühlt. Und obwohl sie wusste, dass solche Gefühle ihrem Entführer gegenüber nicht richtig waren, konnte sie sich nicht dagegen wehren. Sie spürte, dass sie Georgina noch stärker ablehnte, da ihre Gefühle unangemessen und einseitig waren.

Bevor Fiona protestieren konnte, kam Georgina aus dem Ankleidezimmer. Sie warf einen kurzen Blick auf die Geisel, sah Fionas zerzaustes Haar und den von sexueller Erfüllung verträumten Blick und hasste einen Moment lang die Frau, die Alessandro seine Gefangene nannte. Insgeheim freute Georgina sich auf die bevorstehende halbe Stunde, ging sie doch davon aus, dass die Geisel den nächsten Unterrichtsstoff nicht mögen würde.

Jetzt schaute sie ihren Lover an und lächelte; er erwiderte das Lächeln. Ihm war nicht entgangen, dass es da unterschwellige Spannungen zwischen Georgina und Duncans Frau gab, und vermutete, dass Fionas Gefühle ihm gegenüber vielschichtiger wurden. Doch das mochte an dem Reiz der neuen Situation liegen, und das stellte ihn zufrieden.

»Soll ich Bethany holen?«, fragte Georgina. »Sie ist draußen mit Edmund.«

Er nickte, worauf Fiona als Zeichen des Protests die Knie bis unter ihr Kinn zog. Denn sie wollte nicht, dass Bethany sie jetzt so sah nach dem Sex, so befriedigt von jenem Mann, der sie als Waffe gegen ihren Ehemann benutzte.

Doch die Sorgen waren unbegründet. Bethany schaute überhaupt nicht in Fionas Richtung. Sie schien sich absolut elend zu fühlen, und diesmal ragten ihre Brüste nicht so strotzend aus dem Kostüm, das sie sich am Morgen hatte anziehen müssen.

»Bethany meint, sie braucht diese Art Lehrstunde nicht«, sagte Edmund zu seinem älteren Bruder. »Jetzt schmollt sie, seit wir ihr den Vorschlag machten.«

Alessandro bedachte die rothaarige Geisel mit einem kalten Blick. »Wie mir scheint, bist du ganz schön verzogen, Bethany«, meinte er und schnippte mit seinen langen Fingern über die Brustspitzen. »Duncan ließ bei dir wohl mehr durchgehen als bei seiner Frau und scheint dich ja verwöhnt zu haben.«

»Wir haben eben beide dieselben Vorlieben«, murmelte Bethany.

»Fiona und Duncan wohl leider nicht«, erwiderte Alessandro.

»Sie wollte ja nie experimentieren«, fügte die Rothaarige hinzu.

»Aber dich können wir wohl zum Experimentieren überreden, wenn du auch im Augenblick nicht dazu aufgelegt zu sein scheinst. Du unterscheidest dich ja gar nicht mehr von Fiona, die den Wünschen ihres Mannes nicht aufgeschlossen war.«

»Ich muss nicht immer das machen, was Edmund will. Ich bin ...«

»Es interessiert mich nicht, was du willst. Fiona erging es bei ihrem Mann nicht anders. Wenn du uns wieder verlässt, Bethany, wirst du vielleicht ein wenig mehr Verständnis für die Situation haben, in der Fiona sich befand. Allerdings bezweifle ich das, denn im Grunde gibt es nichts, was du nicht tun würdest. Ich schätze, dass du sogar die Grenzen überschreiten würdest, die wir uns in diesem Haus gesetzt haben.«

Bethany schaute ihn an, und für einen Moment sah er ihr tief in die Seele. Was er dort entdeckte, bestätigte ihn in seiner Vermutung. »Woher soll ich das wissen?«, fragte sie, aber eigentlich war diese Frage überflüssig. Alessandro hatte keine Gewissensbisse, sie in eine Rolle zu drängen, um Fiona weitere Dinge beizubringen. Diese Rothaarige würde nichts ablehnen, sie mochte es nur nicht, wenn sie nicht die Kontrolle hatte.

»Setz dich ans Fußende des Betts«, sagte er zu Fiona. »Schau genau hin und hör zu, was wir sagen, aber du darfst nicht sprechen. Fragen kannst du stellen, sobald wir mit deiner Freundin fertig sind.«

Fiona gehorchte. Ihr Blick ruhte auf Bethany. Georgina löste nun die Lederriemen, die gegen die Sexlippen und Pobacken der Rothaarigen gedrückt hatten, und schob ihr das Kostüm bis über die Hüften. Dann wurde Bethany so gedreht, dass sie mit dem Hinterteil zu Fiona stand.

»Bück dich und berühre deine Zehen«, sagte Alessandro. Als Bethany sich bückte, spreizte Edmund ihre Pobacken vorsichtig auseinander, sodass Fiona das runde weiße Stück Plastik sehen konnte. Es sah aus wie der Rand eines Babyschnullers.

Georgina umfasste den Ring und drehte ihn langsam, worauf Bethany zu stöhnen begann. »In ihrem Rektum befindet sich ein kurzer dicker Plug, der mit dem Ring befestigt ist«, erklärte Alessandro in fast nüchternem Ton. »Den trägt sie schon den ganzen Morgen. Ihr wurde gesagt, die Muskeln immer wieder anzuspannen, um sie zu trainieren, denn wenn Edmund sie dort penetriert, wird sie ihre Muskeln eng um ihn schließen können. Und wenn sie das richtig macht, dann wird sie selbst jede Menge Spaß haben, weil die Nervenenden dort sehr nah an der Oberfläche liegen und schnell einen Orgasmus auslösen können.«

Fiona bekam ganz große Augen und begann zu zittern. Sie spürte, dass sie nichts über diese Dinge lernen wollte. Immer wenn Duncan sie doch zu Analsex überredet hatte, waren Schmerzen im Vordergrund gewesen; Befriedigung hatte sie da keine gefunden. Also glaubte sie Alessandro kein Wort.

Inzwischen bewegte Georgina den Plug in Bethanys Anus vor und zurück, zog ihn aber nie ganz heraus, sondern immer nur so weit, dass der Ringmuskel schön stimuliert wurde. Bethany stöhnte erneut, und Augenblicke später drückte Georgina den Plug wieder hinein. Dann schob Edmund einen Stuhl in die Mitte des Raums und drückte Bethanys Oberkörper über die Lehnen, sodass sie den Boden gerade noch mit den Füßen berührte. Ihr Kopf hing nun weit über eine Lehne, während ihr Bauch zwischen den Lehnen hing.

Alessandro zog sich einen Samthandschuh über die Rechte, führte die Hand zu Bethanys Bauch und fuhr langsam zwischen ihre Brüste. Als ihre Bauchmuskeln bei der sinnlichen Berührung zuckten, klemmte Bethany auch die Pobacken zusammen. Dadurch spürte sie, wie der Plug gegen die empfindlichen Wände des Rektums drückten.

»Nein, nicht«, keuchte sie.

Alessandro überhörte das und strich weiter mit der Hand über ihren Bauch, wobei er sich besonders ihren Hüften und dem Bereich oberhalb des Schambeins widmete. Dort massierte er sie eine Weile, und die ganze Zeit beobachtete Fiona, wie sich Bethanys Pobacken spannten, bis ein dünner Schweißfilm auf dem Hinterteil und am unteren Rücken der Rothaarigen sichtbar wurde.

Auch Georgina und Edmund schauten aufmerksam zu und versuchten, die Reaktionen der Geisel richtig einzuschätzen. Als Georgina ihrem Lover schließlich etwas ins Ohr flüsterte, hörte Alessandro mit dem Streicheln auf, zog

Bethany von dem Stuhl hoch und drückte sie zu seinen Füßen auf den Boden.

»Auf deine Hände und Knie«, sagte er leise. Bethany blieb aber flach am Boden liegen. Sofort zwängte Georgina wieder die Pobacken der Geisel auseinander und drehte den Plug, der die überreizten Nervenenden des Rektums in Flammen setzte. Jetzt konnte Bethany gar nicht schnell genug auf Knie und Hände kommen und merkte, dass es besser war, den Befehlen zu gehorchen, wenn sie nicht vollkommen die Kontrolle verlieren wollte.

Mit Duncan hatte sie Analverkehr immer toll gefunden, aber da hatte sie auch alles unter Kontrolle gehabt und ihrem Lover praktisch jeden Schritt vorgesagt. Diesmal war es völlig anders, und sie genoss den Sex nicht so wie sonst, obwohl die Empfindungen beinahe noch intensiver waren.

Edmund griff nach dem Ring des Plugs und zog fest daran. Der Plug flutschte so schnell aus ihrem Körper, dass Bethany einen Moment lang meinte, ihr Gedärm würde mit herausgerissen, so stark war der Sog an ihren Muskeln.

Fiona schaute weiterhin zu, als Edmund seinen harten Schwanz gründlich befeuchtete und sich hinter Bethany stellte, während Georgina die hellen Gesäßhälften der Rothaarigen für ihn auseinanderschob. Edmund drückte mit der prallen Eichel gegen die Öffnung, und Bethany verspannte sich, wartete sie doch auf den schnellen Stoß, den sie von Duncan gewohnt war. Edmund drückte jedoch zunächst weiter gegen ihren Hintereingang, schob nur die Penisspitze hinein, bewegte die Hüften hin und her und zog sich wieder zurück.

Blitze der Lust zuckten durch Bethanys Körper, schnellten bis zu ihrem Bauch und ließen die Säfte ihrer Vagina fließen. Jetzt, da der Plug nicht mehr in ihr steckte, merkte sie erst, wie viel Vorarbeit das kleine Hilfsmittel geleistet hatte, weil ihre Muskeln sich um etwas schließen wollten. Daher sehnte sie die Penetration herbei, denn sie wollte seinen Schwanz einengen und Edmund allein durch die Kontraktionen zur Ejakulation bringen.

Sie presste sich gegen ihn, sodass seine Eichel tiefer in den Anus glitt, als Edmund beabsichtigt hatte. Sofort zog er sich wieder zurück. Gleichzeitig zog er ihr die Beine weg, sodass sie mit der unteren Körperhälfte den Teppich berührte; nur noch auf die Ellenbogen gestützt lag sie da.

Alessandro schaute dabei zu, stellte sich schließlich vor Bethany und hob ihren Kopf an, damit sie ihn auch ansah. »Ich werde mich jetzt zwischen deine Arme legen, Bethany, und du senkst dich erst auf mich, wenn ich es dir sage, ist das klar?«

Bethany nickte. Sie war verrückt nach neuer Stimulierung. Der Plug saß nicht mehr, Edmund hatte sich zurückgezogen, und doch stand ihr ganzer Körper in Flammen. Während Alessandro auf dem Rücken lag und unter Bethany rutschte, merkte sie, wie sehr ihr die Arme wehtaten; sie wusste nicht, wie lange sie sich noch würde abstützen können. Aber weil sie den Freuden entgegenfieberte, gehorchte sie, biss die Zähne zusammen und wartete, bis sie sich auf ihn legen durfte.

Schließlich fand Alessandro die richtige Stellung. Georgina hob Bethanys Hüften an und drückte auf ihre Schenkel, bis Alessandro seine Erektion in Bethanys vordere Öffnung schieben konnte. Als er ganz in ihr war, erlaubte er ihr, die Arme zu entspannen, bis sie sich auf die Unterarme stützte. Ihre Brüste pendelten nun über Alessandros Mund.

Langsam begann Alessandro, an einer Spitze zu saugen, verhielt sich aber ansonsten ruhig, weil es ihm vorerst genügte, Bethany auszufüllen, während Edmund schließlich ihre Pobacken weit auseinander zwängte und sich in Bethanys zweite Öffnung stieß. Sein Schwanz war dick und lang, und Bethany hatte das Gefühl, noch nie so ausgefüllt worden zu sein.

Edmund stieß nun heftig die Hüften vor und zurück, sodass die Rothaarige auf Alessandro auf und ab wippte. Sie schrie jetzt vor Erregung, worauf Georgina einen Blick auf die zweite Geisel warf. Kleine Schweißperlen hatten sich auf Fionas Oberlippe gebildet. Sie war nicht in der Lage, den Blick von der Szene zu wenden, die sich vor ihr abspielte, aber in ihrem Blick lag nicht nur Furcht, sondern auch Erregung. Georgina gönnte sich ein zufriedenes Lächeln.

»Benutz deine Muskeln«, befahl sie der Rothaarigen. »Umklammere Edmund wie du es mit dem Plug getan hast. Zeig uns, dass du die Lehrstunde verstanden hast.«

Bethany kam der Aufforderung der anderen Frau nur zu gern nach. Sie spannte die Muskeln des Rektums an und hörte, dass Edmund scharf die Luft einsog, da sie ihn einige Sekunden lang quetschte, kurz losließ und wieder Druck ausübte.

Die Muskeln ihres hinteren Kanals lösten ähnliche Reaktionen in den Wänden der Vagina aus, und Alessandro spürte, wie sein Schwanz eingeengt wurde. Mit den Lippen umschloss er ihre Spitze fester und als er auch die Zähne einsetzte, gab Bethany einen Laut des Protests von sich, da jetzt zu viele Reize auf sie einstürmten. Sie verlor langsam, aber sicher die Kontrolle.

Alessandro ignorierte ihren Protest. Die Geisel hatte hier gar nichts zu melden, und als er merkte, dass Edmund sich weiter mit harten Stößen von hinten in sie trieb und Bethany ihrem Höhepunkt näherbrachte, glitt er mit einem Finger zwischen ihre inneren Sexlippen und stimulierte die Klitoris.

Bethany wand sich von links nach rechts. Sie war so erregt, sie wollte nicht, dass auch noch ihr Kitzler stimuliert wurde, denn es wurde ihr bald alles zu viel. Doch Alessandro war es egal, was die Geisel wollte oder nicht wollte. Sie war schon nass vor Lust, überall stimuliert und hatte jetzt die Mischung aus intensivem Vergnügen und Schmerz, die sie brauchte. Und jetzt wäre er derjenige, der sie in die Tiefen der dunklen Befriedigung stoßen würde, in der sie sich am wohlsten fühlte.

Bethany spürte, dass Alessandros Finger an ihrer Perle spielte, konnte aber daran nichts ändern. Währenddessen nahm Edmund sie so heftig von hinten, dass die sengende Lust ihren Körper fast zum Schmelzen brachte. Sie warf den Kopf in den Nacken und rang nach Luft.

Als sie den Kopf wieder nach vorn nahm, strich Alessandro ihr gnadenlos über die freiliegende Klitoris. Jeder Muskel ihres Körpers verspannte sich, als sie die harten Schwänze der beiden Brüder krampfhaft umschloss. Gleichzeitig pumpten sie ihr Sperma in Bethanys Tunnel und erschauerten mit Bethany unter der Wucht der Entladung. Alessandro nagte an Bethanys großem Nippel und stimulierte weiter die Nervenenden an ihrem ungeschützten Sexknopf.

Fiona verfolgte den ekstatischen Dreier, hörte das lustvolle Stöhnen und ahnte, dass sie bald an Bethanys Stelle treten müsste. In ihrem ganzen Leben hatte sie noch keine Szene wie diese gesehen, und obwohl sie Angst hatte, selbst daran teilzunehmen, überwog doch ihr Staunen über die erotische Anziehungskraft des Akts.

Schließlich war es vorbei. Die Männer zogen sich zurück. Bethany sackte mit dem Gesicht nach unten auf den Teppich, während die beiden Brüder sich erschöpft aufs Bett setzten, zu beiden Seiten von Fiona. Die wich zurück, doch Alessandro packte ihr linkes Handgelenk.

»Warte hier. Gleich wird Georgina bei dir einen Plug einführen. Der bleibt bis heute Abend. Dann schauen wir, was du gelernt hast.«

»Nein, ich will das nicht. Ich mag das nicht«, protestierte sie.

»Woher weißt du das? Du hast es doch nie ausprobiert!«, sagte Alessandro nachsichtig und musste seinen Atem noch von dem Akt mit Bethany unter Kontrolle bringen. »Wenn du es nicht magst, nachdem du es probiert hast, ist es was anderes. Aber ich stehe auf so etwas, also musst du es zumindest testen, für mich.«

»Wann zahlt Duncan endlich das Lösegeld?«, flüsterte sie.

Die Brüder gingen auf die Frage nicht ein, und Georgina zuckte mit den Schultern. »Wer weiß das schon? Nächste Woche, nächsten Monat. Er ist dabei, einen Teil des Geldes zusammenzukratzen, das wissen wir. Du solltest das Beste aus der Zeit machen, die du noch hier bei uns verbringst. Nicht viele Leute können dir so viel beibringen wie wir!«

Fiona hörte nicht hin. Sie war Alessandro ausgeliefert, der immer noch ihr Handgelenk festhielt. Inzwischen brachte Edmund Bethany aus dem Zimmer; sie hatte die Augen zu und schwelgte noch in der Ekstase der letzten halben Stunde. Schließlich war Fiona mit Georgina und dem Italiener allein.

»Leg dich über meine Knie«, sagte er und stellte beide Füße fest auf den Boden.

Fiona holte hörbar Luft und gehorchte. Sie spürte seine Oberschenkel an ihren empfindlichen Brüsten, bis sie so weit geschoben wurde, dass ihre Taille auf seinen Beinen ruhte. Ihr Kopf hing nun fast bis zum Boden herunter.

»Entspanne deinen Schließmuskel«, sagte er freundlich. »Atme durch den Mund ein und bleib unten, nur so öffnest du dich ganz. Der Plug lässt sich dann problemlos einführen. Georgina wird viel Gleitmittel benutzen.«

Er spürte Fionas zittrigen Körper, aber er hatte beschlossen, seine Geisel zu den neuen Erfahrungen zu zwingen. Denn er war zuversichtlich, dass Fiona es genauso genießen würde wie er und seine anderen Frauen. Er hielt ihre Pobacken auseinander, und als Georgina einen neuen Plastikplug eingeschmiert hatte, hielt sie die Gesäßhälften auseinander, während Alessandro die Spitze vorsichtig in Fionas enges, hinteres Loch führte.

»Unten bleiben, gleichmäßig atmen«, sagte er geduldig. »Dann dehnt es sich besser.«

Fiona spürte heiße Tränen der Erniedrigung hinter ihren geschlossenen Lidern, machte aber schließlich das, was er sagte. Zu ihrer Überraschung fühlte sich der Plug bloß kühl an; sie merkte, dass sie ausgefüllt war, doch es war keineswegs schmerzhaft. Unwillkürlich spannte sie die Muskeln ihres Rektums gegen den Eindringling an und war erstaunt, als sie glaubte, kleine Stromstöße würden durch ihren Körper schießen.

Alessandro half ihr beim Aufstehen. »So, sitzt. Und denk dran, immer schön die Muskeln anspannen. Wir überprüfen dann, wie er sitzt. Georgina wird dich in das Kostüm stecken, weil nur so der richtige Druck auf den Plug wirkt.«

Georgina nahm sie dann in das Ankleidezimmer nebenan mit. Dort blieb Fiona artig stehen, während sie sich das Kostüm anlegen ließ. Sie protestierte nur, als Georgina über ihre Brüste strich, damit sie sich spannten, da die Ringe noch befestigt werden sollten. Georgina lächelte. »Sei nicht albern, Frauen sind bei so was besser als die Männer. Wir wissen eben, was sich gut anfühlt.«

Mit den Händen manipulierte sie die Brüste so lange, bis

sie sich der Enge der Metallringe anpassten. Dann leckte sie zweimal über die Vorhöfe, damit der Speichel Kühlung brachte, und beobachtete, wie Fionas Nippel hart wurden.

»Siehst du! Ich hatte recht. Deine Brüste sehen toll aus. Jetzt befestige ich die Riemen und dann kannst du auf dein Zimmer gehen. Das Essen bringt dir jemand.«

Die Riemen wurden festgezogen, der Druck auf den Plug verstärkte das Lustempfinden, das Fiona bereits verspürte. Man brachte sie zurück zu ihrem Zimmer und versuchte, eine möglichst angenehme Sitzposition zu finden, als der Plug sich tiefer in sie bohrte.

Sie saß still da, bis Georgina ging, aber selbst als Bethany hereinkam, rührte sie sich nicht von der Stelle. Sie hatte jetzt nur einen Gedanken: Flucht. Sie musste fort von hier, ehe sie so abhängig von den Freuden des Fleisches wurde wie alle anderen in diesem Haus.

Kapitel neun

Die Gelegenheit zur Flucht ergab sich für Fiona am späten Nachmittag, als man sie und Bethany in lange Kaftans steckte und Sandalen reichte. Man gestattete den beiden Geiseln, für eine Viertelstunde im Garten spazieren zu gehen. Allerdings sollten Craig und Marcus sie begleiten.

Bethany war bester Laune. Sie hatte sich von der morgendlichen Übung erholt und hoffte insgeheim, vor ihrer Freilassung noch ein Sexabenteuer mit den Trimarchi-Brüdern veranstalten zu können. Schamlos flirtete sie mit den Bodyguards, erzählte ihnen von der heißen Nummer und gab den Männern unmissverständlich zu verstehen, dass es ihr noch besser gefallen hätte, wenn sie mit ihnen zusammen gewesen wäre.

Normalerweise wäre Fiona von Bethanys Verhalten angewidert gewesen, doch diesmal war sie extrem dankbar, weil ihre Freundin die Aufmerksamkeit der Männer auf sich lenkte. Ein paar Mal versuchte Craig, Fiona in ein Gespräch zu verwickeln, aber da ihre Antworten immer einsilbig blieben, gab er es schließlich auf und genoss stattdessen das hemmungslose Flirten mit der Rothaarigen.

Das Anwesen war so weitläufig, dass es nicht allein von den Männern bewacht werden konnte. Alessandro verließ sich daher auf seine Hunde, und ehe die beiden jungen Frauen das Haus verließen, ordnete er an, die japanischen Tosas freizulassen. Die Hunde stellten keine Bedrohung dar, solange Craig, Marcus und die Frauen auf den vorgeschriebenen Wegen blieben. Sollte allerdings einer auf eigene Faust durch den Garten streifen, sah das Ganze schon anders aus.

Es war noch recht warm, und angesichts der Gefahr brach Fiona unter der kühlen Seide des Kaftans in leichten Schweiß aus. Ihr fiel auf, dass die Bodyguards einen der Hauptwege eingeschlagen hatten, der in einem weiten Bogen durch das Anwesen verlief und an einem herrlichen Rosengarten vorbeiführte. Fiona sah aber noch andere Wege, und einer davon schlängelte sich in ein dichteres Gehölz. Dort, so glaubte sie, könnte sie sich im Schutz der Bäume bis zur Außenmauer durchschlagen.

Craig hatte nun einen Arm um Bethany gelegt und umfasste eine ihrer Brüste mit seiner großen Hand. Er fühlte, wie die Knospe unter seiner Berührung wuchs und sich sein Penis regte. Die Rothaarige war genau sein Typ.

Marcus, dem Craigs offenkundiges Interesse an Bethany nicht entging, behielt derweil Fiona im Blick, doch die starrte die meiste Zeit über zu Boden. Da er wusste, dass sie am Morgen noch mit Alessandro zusammen gewesen war, vermutete er, dass sie nicht mehr viel Energie für andere Dinge hatte.

Obwohl er davon ausging, dass Fiona keinen Fluchtversuch unternehmen würde, wollte er ihr dennoch keine Gelegenheit bieten. Doch dann merkte er, dass die Schnürsenkel an seinem Turnschuh aufgegangen waren. Da er Bedenken hatte, im Ernstfall ins Stolpern zu geraten, bückte er sich, um den Schuh wieder zuzubinden. Fiona schaute verstohlen zu Bethany und Craig, die wenige Schritte vor ihr gingen und sich unterhielten. Als sie dann sah, dass der Weg, den sie nehmen wollte, direkt zu ihrer Linken lag, rannte sie los, der Freiheit entgegen.

Nach wenigen Metern spürte sie bereits die Zweige der Bäume über sich; in dem Waldstück war es ohne die wärmende Kraft der Sonne gleich ein wenig kühler. Hinter sich hörte Fiona noch einen Ruf, aber das spornte sie in ihrer Flucht nur an. Adrenalin floss durch ihre Adern, als sie schneller als je zuvor in ihrem Leben rannte, und doch glaubte sie, jeden Augenblick Schritte hinter sich zu hören. Aber bislang wurde sie nicht verfolgt. Daher rannte sie unbeirrt weiter.

Bethany sah, wie Fiona zu dem dichten Baumbestand lief, und hörte Craig rufen: »Die Hunde!« Marcus, der schon losgestürmt war, blieb plötzlich stehen und schaute zurück zu seinem Kollegen.

»Die werden sie in Stücke reißen!«, rief er. Craig war blass geworden und sah ganz krank aus.

»Was denn für Hunde?«, erkundigte sich Bethany erschrocken und vergaß ihr Flirtgehabe.

»Die Trimarchis halten japanische Tosas, obwohl diese Rasse vor Kurzem verboten wurde. Die Hunde sind riesig, greifen ohne Vorwarnung an und sind aufs Töten spezialisiert«, erklärte er.

Bethany begann zu zittern und rief Fionas Namen, aber ihr Ruf verhallte.

Inzwischen sah Fiona bereits die rettende Backsteinmauer und entdeckte einen Baum, der in unmittelbarer Nähe der Mauer wuchs. Mit neuem Mut hielt sie auf den Baum zu und nahm aus den Augenwinkeln ein helles Tier wahr, das sie von der Gestalt her an einen großen Hirtenhund erinnerte. Doch sie machte sich keine weiteren Gedanken. Ihrer Meinung nach waren Rottweiler und Dobermänner die klassischen Wachhunde, nicht aber große, flauschige helle Tiere wie das, was sie gesehen hatte.

Dem japanischen Tosa sah man nicht an, wenn er aggressiv

war. Weder legte er die Ohren an, noch knurrte er oder zog die Lefzen hoch. Er stand einfach nur da und beobachtete aufmerksam die rennende Frau, ehe er losschoss wie eine Kugel aus einem Gewehrlauf.

Alessandro hatte schon damit gerechnet, dass Fiona einen Fluchtversuch unternehmen würde, aber selbst er hatte nicht erwartet, dass sie diesen Weg einschlagen würde. Zwar hatte er gleich nachdem seine Überwachungskameras zeigten, was geschehen war, eine Abkürzung genommen, aber er war sich nicht sicher, ob er es noch rechtzeitig schaffen würde, die Hunde zurückzuhalten. Sein Herz pochte wie verrückt, als er sich seinen Weg durch das Dickicht bahnte.

Der Tosa mochte noch gut zehn Meter von Fiona entfernt sein, als Alessandro aus dem Gebüsch ins Freie lief. Zweimal stieß er einen schrillen Pfiff aus, worauf das Tier sofort stehen blieb, sich hinlegte und auf sein Herrchen wartete.

Fiona hörte die Pfiffe, blieb kurz stehen und warf einen Blick über ihre Schulter. Als sie sah, wie nah ihr der große Hund bereits gekommen war, schrie sie auf, doch genau das veranlasste den Tosa, wieder aufzuspringen.

»Down!«, befahl Alessandro. Langsam gehorchte der Hund, wendete den Blick jedoch nicht von seiner Beute. »Nicht bewegen«, fuhr Alessandro fort, als ihm klar wurde, dass sie immer noch versuchen könnte, die Mauer zu erreichen. »Wenn du die Mauer anfasst, kann ich ihn nicht mehr zurückhalten. Er ist trainiert, jeden aufzuhalten, der auf diesem Weg zu fliehen versucht.«

Sie wusste, dass der Italiener nicht log. Das sah sie in den Augen des Hundes, und als sie jetzt erkannte, was ihr widerfahren wäre, begann sie zu schluchzen ... teils aus Frust, teils aus Todesangst.

Kurz darauf tauchte einer der Hundetrainer auf. Mit

undurchdringlicher Miene legte er das Tier an die Leine und nahm es mit, ohne die Frau vor der Mauer auch nur eines Blickes zu würdigen.

»Das war dumm von dir«, sagte Alessandro dann. »Hast du wirklich geglaubt, du könntest mir entkommen?«

Fiona starrte ihn jetzt wütend an. »Ich musste es versuchen. Ich konnte nicht länger hierbleiben und zulassen, dass du nach Belieben mit mir umspringst. Nach heute Morgen hatte ich einfach zu viel Angst, weiterzumachen.«

Seine dunklen Augen bohrten sich in sie, als er so nah vor Fiona trat, bis ihre Körper sich berührten. »Angst vor was?«

»Vor dir natürlich. Vor dir und allen anderen in diesem Haus.«

»Wir haben dir nicht wehgetan. Ich habe gesehen, wie du dich vor Leidenschaft in den Laken gewunden und vor Ekstase geschrien hast, nicht vor Schmerzen. Wie kannst du dann behaupten, wir würden dir Angst einjagen? Die Wahrheit ist doch, dass du Angst davor hast, was ich dir über dich selbst beibringe.«

Fiona hob trotzig den Kopf. »Was ist daran so falsch? Kann ich nicht selbst entscheiden, wer mir was beibringt?«

»Niemand hätte dir diese Dinge gezeigt, wenn du nicht entführt worden wärst. Deinem Mann wärst du doch vollkommen egal gewesen, und ich glaube, dass du ihn nie verlassen hättest, weil du dich von deinem Pflichtbewusstsein leiten lässt. Willst du mir etwa weismachen, dass du lieber nichts über deine eigene Sexualität gelernt hättest? Ziehst du dein Leben mit Duncan dem Leben hier vor?«

»Natürlich!«

»Aha. Aber als ich dich auf der Dinnerparty sah, machtest du keinen besonders glücklichen Eindruck. Außerdem weiß ich, dass du später am Abend gezwungen wurdest, bei dem Dreier mit deinem Mann und Bethany mitzumachen, nachdem du versagt hattest, mich zu verführen! Was soll an deinem Leben mit Duncan dann so toll gewesen sein?«

Fiona zögerte ihre Antwort hinaus. »Ich sage ja nicht, dass mein Leben mit Duncan toll war. Ich sage nur, dass du kein Recht hast, mich so zu benutzen. Reicht es dir denn nicht, dass ich deine Gefangene bin?«

Alessandro schüttelte den Kopf. »Nein, das reicht nicht. Ich mag sinnliche Frauen. Schon als ich dich zum ersten Mal sah, wusste ich, dass du mein Typ bist. Und jetzt habe ich die Gelegenheit, mir selbst zu beweisen, dass ich richtig lag.«

»Ich hasse dich!«, rief Fiona.

Er legte ihr einen Arm um die Schulter und zog Fiona an sich. »Nein, das tust du nicht. Du hasst Duncan und vielleicht auch Bethany, aber mich hasst du nicht. Wenn das stimmte, würde dein Körper nicht so auf das ansprechen, was wir hier machen. Du magst mich, Fiona, und eines Tages wirst du es zugeben.«

»Ich kann es gar nicht abwarten, von hier wegzukommen und dich zu vergessen«, entgegnete sie, ahnte jedoch, dass er womöglich die Wahrheit sagte. Sie wünschte, sie würde es nicht mögen, wie seine Hände über ihren Körper streichelten. So gern hätte sie ihren Kopf an seine Schulter gelehnt und sich in eine tröstende Umarmung geflüchtet, die sie schon seit Jahren nicht mehr erlebt hatte. Doch stattdessen versuchte sie, sich von ihm loszureißen.

»Selbst wenn du gingest, würdest du mich nicht vergessen«, flüsterte er. Dann spielte er mit seiner Zungenspitze in ihrer Ohrmuschel, und als Fiona unwillkürlich zusammenzuckte, lachte er leise, ehe er sie sanft auf Armeslänge von sich hielt.

»Siehst du! Allerdings werden wir jetzt andere Saiten aufziehen, weil du fliehen wolltest. Niemand lässt mich wie einen Trottel dastehen, und du hättest es heute beinahe geschafft. Wie hätte ich mein Geld von Duncan zurückbekommen sollen, wenn seine Frau von einem meiner Wachhunde zerfleischt worden wäre? Mein Ehrgefühl hätte mich gezwungen, ihn vom Haken zu lassen, und dadurch hätte ich mein Gesicht verloren.«

»Was wirst du jetzt mit mir machen?«, fragte sie mit wachsender Unruhe.

»Nichts wirklich Schreckliches, aber du sollst lernen, dass man mir gehorcht. Für die nächsten Tage wirst du abwechselnd der persönliche Sklave für die Mitglieder meines Haushalts sein. Sie haben alle unterschiedliche Vorlieben und Wünsche, und du wirst dadurch wahrscheinlich mehr sexuelle Erfahrungen machen als es sonst der Fall gewesen wäre!«

Sie starrte ihn mit halb offenem Mund an. »Wie meinst du das mit Sklave sein?«

»Von sechs in der Frühe bis sechs Uhr abends wirst du ihren Befehlen gehorchen. Danach gehört der Rest des Tages dir, obwohl wir genau in diesen restlichen Stunden des Abends fortfahren könnten, uns gegenseitig Vergnügen zu verschaffen.«

»Aber …«

Alessandro hielt warnend eine Hand hoch. »Dazu gibt es nichts mehr zu sagen. Ich bringe dich jetzt zurück zum Haus und treffe die nötigen Vorbereitungen. Morgen beginnt die Strafe. Wenn du in der Nacht wachliegst, kannst du dir ja schon mal Gedanken über deinen morgigen Tag machen!«

Im Schlafzimmer unterm Dach hatte Bethany es sich im Bett gemütlich gemacht und lehnte mit dem Rücken an einem Berg von Kissen. Wie bereits in der ersten Nacht hatte man sie wieder mit den Lederarmbändern und Ketten gefesselt. Fast ehrfürchtig starrte sie Fiona an. »Ich hätte nicht gedacht, dass du den Mut aufbringst, von hier zu fliehen!«, rief sie. »Craig und Marcus hatten richtig Panik. Mich haben sie hastig zurück ins Haus gebracht. Was ist denn passiert? Hat einer der Wächter dich geschnappt?«

Fiona sank auf ihr Bett. Nach diesem erfolglosen Fluchtversuch war ihr Widerstand erloschen. »Einer der Wachhunde verfolgte mich und dann tauchte Alessandro auf. Wäre er nicht gekommen, hätte der Hund mich wahrscheinlich zum Abendessen verspeist.«

Bethany war wirklich verblüfft. »Was ist nur in dich gefahren, Fiona? Duncan wird uns doch sowieso freikaufen. Jeder Idiot hätte gewusst, dass hier jegliche Flucht unmöglich ist. Und außerdem, wieso das Ganze? Es ist doch nicht so, dass wir hier schlecht behandelt werden.«

Fiona musste an den Anblick denken, als die beiden Trimarchi-Brüder Bethany gleichzeitig penetriert hatten. Lebhaft vor Augen hatte sie auch noch den Analplug, der aus Bethanys hinterstem Loch lugte, und wusste nun inzwischen selbst, wie sich so ein Sexspielzeug im Rektum anfühlte. »Du meinst also, wir würden hier nicht schlecht behandelt? Und die Szene heute Morgen hat dir nichts ausgemacht?«

Bethany erschauerte. »Heute Morgen war einfach unbeschreiblich! Total unvorstellbar. Ich hoffe ja, dass Duncan mich erst dann befreit, wenn ich noch eine weitere Session mit den Brüdern hinter mir habe.«

»Dann ist es wohl sinnlos, dir zu erklären, warum ich fliehen wollte. Wir beide ticken vollkommen unterschiedlich, Bethany. Du hast völlig andere Vorstellungen von Sex.«

»Das weiß ich. Ich genieße es und gebe es auch offen zu. Und du genießt es ebenfalls, tust aber so, als fändest du es schrecklich! Aber lass uns nicht streiten, das bringt nichts. Was hat Alessandro denn zu dir gesagt, als er dich schnappte?«

»Nicht viel«, erwiderte Fiona und beschloss, die Unterredung für sich zu behalten, denn einige Bemerkungen von Alessandro hätten auch von Bethany stammen können. »Aber er war alles andere als zufrieden, um es milde auszudrücken.«

»Und was geschieht nun mit uns?«, wollte Bethany wissen.

»Für dich wird sich wohl kaum was ändern. Aber ich soll abwechselnd allen hier im Haus dienen. Wenn ich den Boss richtig verstanden habe, bezieht sich das nur auf die Stunden am Tag, aber das ist auch kein Trost, weil hier den ganzen Tag Sex stattfindet.«

Bethany hatte ganz große Augen bekommen. Ihre Stimme bebte leicht vor kaum verhohlener Aufregung. »Heißt das, sie können mit dir machen, was sie wollen? Edmund, Georgina und all die anderen?«

»Ja. Aber wenn du nichts dagegen hast, möchte ich jetzt nicht mehr darüber sprechen. Mir ist klar, dass diese Strafe eine Belohnung für dich wäre, aber für mich ist es im Augenblick mehr als ich ertragen kann.«

Bethany presste die Schenkel zusammen und spürte, wie ihr vor Aufregung ein Zittern durch den Leib fuhr. Fiona, die an Duncans Seite immer so kühl und selbstbeherrscht gewesen war, wäre jetzt abwechselnd den Leuten in diesem Haus ausgeliefert. Bethany ärgerte sich, dass sie nicht selbst auf die Idee gekommen war, die Flucht zu ergreifen.

Fiona wurde am nächsten Morgen um sechs Uhr geweckt. Bethany durfte weiterschlafen. Da Fiona die ganze Nacht über kaum zur Ruhe gekommen war, konnte sie jetzt fast nicht die Augen öffnen.

Tanya stand vor ihrem Bett. »Los, heute gehörst du mir. Ich möchte dich selbst waschen und anziehen. So etwas Aufregendes hat Alessandro mich noch nie machen lassen«, teilte sie ihr vertraulich mit. »Die ganze Zeit hatte ich mir schon gewünscht, mehr Zeit mit dir verbringen zu können!«

Fiona machte sich bewusst, dass ihr erster Tag auch schlimmer hätte beginnen können. Denn sie hätte auch in die Fänge von Edmund, Marcus oder Georgina geraten können, aber Tanyas fieberhafte Aufregung war auch wieder nicht besonders ermutigend. Daher versuchte Fiona, beim Aufstehen ihre Brüste und ihre Scham zu bedecken.

Tanya schlug ihr auf die Finger. »Hör auf mit dem Quatsch! Inzwischen müsstest du dich doch daran gewöhnt haben, nackt herumzulaufen. Und ich möchte nicht, dass du dich in irgendeiner Weise bedeckst, ist das klar?«

Fiona nickte stumm, denn ihr blieb keine andere Wahl, als sich mit der Realität abzufinden.

»Schon besser!« Jetzt klang Tanyas Stimme wieder freundlicher. »Gehen wir nach oben. Wir fangen im Bad an.«

Zum zweiten Mal seit der Geiselnahme fand Fiona sich in dem großzügigen Badezimmer wieder. Sie rechnete damit, wieder in den Whirlpool steigen zu müssen, aber Tanya brachte sie zu der Duschkabine, zog sich vor der Schiebetür die Bluse und die kurze Hose aus und schob Fiona dann vor sich in die Dusche.

Jetzt standen die beiden Frauen in der Enge der Kabine, und Fiona kreischte, als das blonde Model einfach den kalten Duschstrahl anstellte. »Es dauert einen Moment, bis es warm wird«, erklärte sie. »Übrigens ist es so sehr erfrischend und belebend, besonders wenn du einen Kater hast.«

Fiona fand es überhaupt nicht belebend, aber in dem kalten Schauer wurden ihre Nippel sofort hart, worauf Tanya mit den Händen darüber strich. »Ich bewundere deine Brüste, sie haben genau die richtige Größe. Meine sind viel zu klein, aber bei meiner Arbeit ist das okay, und Bethanys sind für meinen Geschmack zu groß. Ich denke, ich werde mich eine Weile mit deinen Brüsten beschäftigen.«

Fiona versuchte, sich abzuwenden. »Ich dachte, du bist in Edmund verliebt«, sagte sie nervös.

Tanya strahlte. »Bin ich auch. Er ist der tollste Mann, den man sich vorstellen kann, aber das heißt ja nicht, dass ich nicht auch weibliche Vorzüge schätze. Ist ja nur zum Spaß, aber Frauen verstehen ihre Körper besser, findest du nicht?«

Fiona wusste nicht, was sie darauf erwidern sollte und schluckte schwer; sie konnte nur abwarten, was als Nächstes geschehen würde. Allmählich wurde das Wasser wärmer, und inzwischen verwöhnte Tanya ihren und Fionas Körper mit nach Jasmin duftendem Duschgel. »Also los, Fiona, du bist die Sklavin! Wasch mich!« In ihren Augen lag ein amüsiertes Glitzern.

Zögerlich begann Fiona, etwas von dem Schaum auf Tanyas Nacken und Schultern zu verteilen, aber Tanya streckte demonstrativ ihre kleinen Brüste vor. »Hier spielt die Musik«, forderte sie Fiona auf. »Kleine, kreisende Bewegungen, und arbeite dich von unten nach oben vor.«

Fiona gehorchte. Mit den Fingern glitt sie über die feuchte, cremige Haut des blonden Models und spürte, wie die Nippel anwuchsen. »Sehr gut«, hörte sie Tanya zufrieden seufzen. »Und jetzt meinen Bauch und meine Beine.«

Fiona merkte, dass ihre Hände aus einer Mischung aus

Demütigung und Erregung zitterten, als sie fühlte, wie die andere Frau auf die streichelnden Hände ansprach. Langsam schäumte sie Tanyas flachen Bauch und die Oberschenkel ein. Zunächst blieb sie absichtlich nur an den Außenseiten, musste sich dann aber auf einen Unmutslaut von Tanya hin auch den Innenseiten der Schenkel widmen. Tanya spreizte die Beine, damit ihre Sklavin genügend Spielraum hatte.

Standhaft mied Fiona das helle Schamhaar und die gewölbten äußeren Lippen des Models, bis Tanya plötzlich kräftig an Fionas langen Haaren zog. »Wasch mich richtig!«, befahl sie und füllte mit Begeisterung die Rolle aus, die sie für diesen einen Tag spielen durfte. »Ich muss überall sauber sein.«

Tränen brannten in Fionas Augen, weil das Model so unerbittlich an ihren Haaren zog. Vorsichtig seifte sie Tanyas Vulva ein, und als sie mit ihren Fingern in die Falten beidseits der inneren Lippen glitt, zuckte Tanya vor Begeisterung mit den Hüften. Dann verteilte Fiona den Schaum und zog eine Spur über den Damm bis hin zu Tanyas Rektum. Das Model gab wohlige Laute von sich, und als Fiona mit beiden Händen über Tanyas fast jungenhaft schmale Pobacken strich, schloss Tanya beseelt die Augen.

Schließlich hatte Fiona ihre Herrin überall eingeseift. Tanya bedeutete ihr aufzuhören, stellte sich dann wieder unter den sprühenden Wasserstrahl und wusch sich das Gel vom Körper. »Und jetzt wasche ich dich«, sagte sie mit neuer Energie. »Heb die Arme über den Kopf.«

Da die Kabine eng war, konnte Fiona nicht sofort den Befehl ausführen, hob die Arme an, streckte sie aber nicht ganz durch. Tanya lächelte. »Gut. Jetzt muss ich schauen, ob du auch wirklich blitzsauber für mich bist. Ich möchte von deinem Körper essen können!«

Tanya verteilte das Duschgel in Fionas Achselhöhlen und streichelte über die empfindliche Haut unterhalb der Brustansätze. Fionas Spitzen wurden noch härter, und als Tanya sich sorgfältig um die Vorhöfe kümmerte, hatte Fiona das Gefühl, dass ihre Nippel platzten.

»Wusste ich doch, dass du da empfindlich bist!«, sagte Tanya triumphierend. »Heute wird's spaßig. Aber ich mach jetzt weiter.« Mit den Händen strich sie über Fionas Leib, schob ihr dann eine Hand zwischen die Schenkel und spreizte Fionas äußere Lippen. »Halte sie selber auf«, sagte das Model mit belegter Stimme. »Ich will nicht, dass irgendwo Seife fehlt.«

Fiona führte ihre Hände an ihre Vulva; sie hasste es, sich zu entblößen, war aber froh, dass sie sich nicht vor einem der Bodyguards demütigen musste. Tanya nahm nun den Duschkopf aus der Halterung. Langsam ließ sie den Strahl über Fionas Körper wandern, bis sie auf Bauchhöhe innehielt. Dann sah sie ihrer Sklavin tief in die Augen. »Ich werde dir das Wasser jetzt zwischen die Schenkel spritzen. Du lehnst dich mit dem Rücken gegen die Duschwand, gehst ein bisschen in die Knie und bewegst dich nicht, bis du zum Orgasmus kommst, ist das klar?«

Fiona erwiderte den Blick des Models und verspürte ein Zittern in den Beinen, weil die direkte Sprache der Blondine sie einen Moment schockierte. Aber sie registrierte auch ein neues Level der Aufregung. »Ach, eins noch«, fuhr Tanya nüchtern fort, »du kommst erst, wenn ich es sage. Kommst du doch früher, dann hole ich Craig und Amy. Die halten dich so lange im Whirlpool, bis du nach deinen Höhepunkten nicht mehr aus eigener Kraft aus dem Becken steigen kannst.«

Tanya setzte auf die Mischung aus Einschüchterung und Aussicht auf Erregung, denn sie wusste, dass Fiona insgeheim zum Höhepunkt kommen wollte. Wenn Tanya ihr jetzt noch ein bisschen Angst machte, würde das sämtliche Empfindungen verstärken. Fiona nickte nur, worauf ihre Herrin zufrieden lächelte und den Wasserstrahl zwischen die Schenkel ihrer Sklavin lenkte.

Fiona keuchte vor Schreck, als der Strahl sie dort massierte. Tanya bewegte den Duschkopf ganz leicht hin und her, damit die Empfindungen sich nicht auf eine Stelle konzentrierten und Fionas Erregung auf einem Level blieb.

Das Wasser war herrlich angenehm, und schon bald fühlte Fiona, wie sich in ihrem Beckenbereich eine kribbelnde Wärme ausbreitete. Unter dem ständigen Reiz der Wasserstrahlen schwoll ihre Klitoris an. Mit der freien Hand drückte Tanya nun auf Fionas Schambein, stimulierte dadurch die Nervenenden der Blase und erhöhte die sexuelle Erregung noch.

Fionas Atem ging schneller, als sich die ersten Stufen ihres Orgasmus tief in ihrem Innern ankündigten. Tanya entging nicht, dass sich Fionas Bauchdecke verspannte, und änderte den Winkel des Duschstrahls ein wenig, damit sie die Sexlippen ihrer Sklavin besser sehen konnte. Wusste sie doch sehr genau, dass Fiona kurz vor ihrem Orgasmus stand.

»Noch nicht, Fiona«, säuselte sie. »Hast du vergessen, was ich dir gesagt habe? Ich will nicht, dass du jetzt schon kommst.«

Verzweifelt kämpfte Fiona gegen das Verlangen ihres Körpers an. Sie wollte kommen, brauchte die Erlösung von der Anspannung, die ihre inneren Muskeln versteifte und diesen Druck hinter ihrer Klitoris erzeugte. Doch sie wusste, dass sie nicht zusammen mit Craig und seiner Frau im Whirlpool sitzen wollte. Deshalb kaute sie bewusst auf ihrer Unterlippe, um sich von der anwachsenden Lust abzulenken.

Tanya bewegte den Duschkopf leicht von links nach rechts, damit die Strahlen nicht direkt den Kitzler stimulierten. Dadurch verschaffte sie Fiona eine Atempause von dem herrlichen, aber noch verbotenen Pulsieren, das ihren Orgasmus ankündigte. Erleichtert atmete Fiona durch.

Mit einem Blick auf Fionas Brüste, die sich rasch hoben und senkten, wusste Tanya genau, was ihre Sklavin jetzt durchmachte. Dieses Spielchen des Hinhaltens trieb Edmund oft mit ihr, brachte sie fast bis zum Höhepunkt, um dann die Taktik zu ändern und Tanyas Erlösung qualvoll lange hinauszuzögern. Doch Tanya stand auf so etwas, weil der Höhepunkt letzten Endes umso gewaltiger war.

Aber Fiona mochte das nicht. Nach der kurzen Verschnaufpause spürte sie das Wasser wieder an ihrem Kitzler; ihre Vaginalmuskeln begannen sich langsam zusammenzuziehen, was Fiona hilflos in Richtung Orgasmus spülte. »Nein!«, sagte Tanya streng. Da Fiona merkte, dass sie sich nicht mehr unter Kontrolle hatte, wenn das Wasser sie noch länger stimulierte, nahm sie die Hand von ihren äußeren Lippen.

Tanya schlug mit der flachen Hand gegen die Brüste ihrer Sklavin, drehte den Wasserhahn auf kalt und spritzte Fiona am ganzen Körper ab. »Das war gegen die Regel! Ich sollte dich bestrafen, aber weil du dich bemüht hast, drücke ich noch mal ein Auge zu«, fügte sie freundlicher hinzu. Das kalte Wasser war wie ein Schock für Fiona, ihre aufgestaute Erregung ebbte wieder leicht ab.

»Umdrehen«, kam es von Tanya. »Mit dem Gesicht zur Duschwand.«

Fiona drehte sich um und spürte nun das eiskalte Wasser an ihrer Wirbelsäule, bis ihre Haut zu brennen begann. »Halte deine Pobacken auseinander«, fuhr Tanya fort. Als ihre Sklavin widerwillig gehorchte, richtete Tanya den Strahl in die Rille und lachte, als Fiona vor Schreck mit den Hüften gegen die Duschwand zuckte.

Ein Strudel von Empfindungen erfasste Fiona, während sie abwechselnd von warmen und kalten Strahlen abgespritzt wurde. Schließlich sollte sie wieder ihre ursprüngliche Position einnehmen und musste ihre Sexlippen aufhalten, sodass das warme Wasser erneut die empfindlichsten Stellen stimulieren konnte.

Diesmal schien ihr Höhepunkt noch schneller Fahrt aufzunehmen. Ihre Beine begannen wegen der aufgestauten Lust wie verrückt zu zittern. Tanya sah, wie sich Fionas Augen bei dem Versuch der Selbstbeherrschung weiteten, und presste mit einer Hand gegen Fionas angespannten Bauch.

Fionas Bauchdecke zuckte unter Tanyas Hand, ihre Vaginaöffnung schloss sich ein Stückchen. Das Model hörte den angestrengten Atem ihrer Sklavin, ermahnte sie aber erneut. »Warte noch einen Moment, Fiona. Gleich kannst du kommen, nur noch ein paar Sekunden.«

Fiona war kurz davor, laut aus Frust zu schreien. Ihr Körper lechzte nach Erlösung, und Tanyas Hand auf ihrem Bauch hatte alles nur noch schlimmer gemacht. Noch stemmte sie sich gegen das Pulsieren ihres Fleisches, aber als Tanya dann sah, dass Fionas Kitzler unter das Häutchen rutschte, wusste sie, dass es Zeit war, ihrer Sklavin die Erlösung zu gönnen. Sanft zog sie die Haut fort von Fionas Knopf und hörte wieder ihr Stöhnen, weil sie nun dem Wasser ausgeliefert war und glaubte, unter dem Druck ihres Verlangens zu zerspringen.

»Jetzt kannst du kommen«, flüsterte Tanya. Als die Wasserstrahlen erneut auf der entblößten Klitoris spielten, schienen sich sämtliche Empfindungen in Fiona zu bündeln: Jeder Muskel in ihrem Körper zog sich zusammen, und sie stellte sich auf die Zehenspitzen, als sie die lange hinausgezögerten

Freuden ihres Höhepunkts endlich voll auskosten durfte. Sie hörte sich selbst vor Lust schreien.

Als die Kontraktionen schließlich abebbten, hängte Tanya den Duschkopf in die Halterung und stieg aus der Kabine. »Okay, ich denke, du bist jetzt sauber«, sagte sie nüchtern. »Ich zeige dir, was du heute anziehen sollst, und dann kannst du mir mein Frühstück bringen.«

Auf zittrigen Beinen folgte Fiona ihrer Herrin aus der Dusche. Aus einer Kommode holte Tanya ein zweiteiliges Kostüm, das sie ihrer Sklavin reichte. »Ich will, dass du das hier anziehst, sonst nichts. Das Top wird vorn mit Knöpfen und Schlaufen zugeknöpft, die kurze Hose knöpft man im Schritt zu. Schick, findest du nicht?«

Fiona schlüpfte in das elfenbeinfarbene Top aus Satin. Es war verstärkt und hatte ein enges Mieder, aber ungewöhnlich war nicht das halb durchsichtige Blattmuster oder die umgekehrten V-Formen auf Taillenhöhe, sondern die Knopfleisten beidseits des Brustbeins auf Höhe der Brustspitzen. Fiona war klar, dass Tanya jederzeit eine Brust aus der Enge des Mieders holen konnte. Die kurze Hose ähnelte der unteren Hälfte eines modernen Badeanzugs: Hoch ausgeschnitten an den Hüften und eng im Schritt, sodass der Stoff ständig gegen die Lippen drückte.

Tanya betrachtete ihre Sklavin begeistert. »So habe ich mir das vorgestellt. Unschuldig und verführerisch! Komm, gehen wir runter in die Küche.«

Fiona erkannte schnell, dass offenbar jeder im Haus Bescheid wusste, wo Tanya und ihre Sklavin sich aufhalten würden, denn sie hatten die Küche für sich allein. Von den anderen keine Spur. Tanya warf einen Blick in die Regale und den Kühlschrank und schien zu überlegen, was sie zum Frühstück haben wollte. »Ich weiß!«, rief sie dann. »Ich nehme gefrorenen Joghurt. Er ist dort in der Truhe. Erdbeergeschmack für mich.«

Fiona holte die runde Verpackung mit dem rosafarbenen Deckel und stellte sie auf den Tisch aus Kiefernholz. Tanya schaute Fiona an. »Streif dir die Träger über die Schultern und leg dich mit dem Rücken auf den Tisch. Ich glaube, ich esse nicht vom Teller.«

Etwas unbeholfen rutschte Fiona über die Tischplatte und streifte sich die Träger ihres Tops über die Schultern. Tanya zog Fiona bis zur Tischkante und befreite die Brüste der Geisel aus dem Mieder. »Ich werde von deinen Brüsten essen!«, sagte sie fröhlich. »Wenn ich fertig bin, lecke ich dich schön sauber.«

Fiona begann zu zittern, als sie sah, dass Tanya einen Löffel mit dem gefrorenen Joghurt über ihrer Brust schweben ließ. »Ich weiß«, meinte Tanya plötzlich. »Ich werde dir erst die Augen verbinden. Dann kannst du dich auf die Empfindungen konzentrieren und wirst nicht abgelenkt.«

Aber Fiona wollte nicht, dass Tanya ihr ein Tuch um die Augen band. Doch wieder musste sie sich den Wünschen der Blondine beugen und ließ sich eine samtene Maske um den Kopf binden. Sie bedeckte nur ihre Augenpartie, aber Fiona fühlte sich verletzlich und einsam in der Dunkelheit.

Tanya konnte sich jetzt Zeit lassen und betrachtete Fionas bebende Brüste, die jeden Augenblick mit den ersten kalten Joghurttropfen rechneten. Tanya ließ ihre Sklavin schmoren, plauderte von ihrer Arbeit und erzählte, sie müsse am kommenden Tag nach Griechenland fliegen, um an einem Shooting für Wintermäntel teilzunehmen. »Wir müssen immer die falschen Sachen in den Jahreszeiten tragen. Dann schwitzen wir in den Mänteln im Sommer und bibbern im Winter in Badeanzügen. Es ist wirklich ein lächerliches Leben!«

Fiona hörte zwar, was Tanya sagte, wartete aber die ganze Zeit darauf, dass die kalte Nachspeise ihre bloßen Brüste berühren würde. Tanya erzählte immer noch weiter, bis sie endlich den ersten Löffel Joghurt auf Fionas linke Brust träufelte. Fiona schrie erschrocken auf. »Du solltest lieber leise sein«, ermahnte Tanya sie. »Ab jetzt keinen Mucks mehr, verstanden?«

Fiona spürte, wie der Joghurt schmolz und langsam seitlich die Brust herunterlief. Tanya nahm die Spitze von Fionas Brust in den warmen Mund und leckte die nach Erdbeere schmeckenden Tropfen ab. Die Kombination aus kaltem Joghurt und Tanyas warmer Zunge war anregend. Fionas Brust spannte sich, und beide Nippel wurden hart. Sacht knabberte Tanya an der linken Spitze, und der Schmerz war so angenehm, dass Fiona nur unter Mühe ein Stöhnen unterbinden konnte. Sie wusste, dass das Model die Lustempfindungen ihrer Sklavin spürte, denn Sekunden später wiederholte sie die Prozedur an der anderen Brust. Unwillkürlich bog Fiona den Rücken durch.

Tanya ließ den nächsten Löffel Joghurt auf Fionas rechte Brust tropfen, wartete, bis die Masse schmolz und leckte über die empfindlichen Unterseiten von Fionas Brüsten.

Fiona, deren Wahrnehmung sich nur auf die Empfindungen an ihren Brüsten konzentrierte, ließ sich schließlich ganz auf Tanyas geschickte und erregende Zuwendung ein. Jetzt kämpfte sie nicht länger gegen diese Empfindungen an, sondern ließ sich von ihnen umspülen, und jedes Mal wenn Tanya mit den Zähnen über eine der harten Knospen strich, musste Fiona ihr lustvolles Seufzen unterdrücken. Zu ihrem Schreck ertappte Fiona sich bei dem Wunsch, das Model möge sie noch stundenlang in dieser Weise verwöhnen, doch Tanya hatte andere Pläne.

Als sie den Joghurt ganz von Fionas Brüsten geleckt hatte, holte sie zwei kleine Metallringe aus einer der Küchenschubladen und näherte sich Fiona, die ja nichts sah und ahnungslos war, dann leise von hinten und griff über ihre Schultern.

Fiona spürte, wie Tanyas Finger wieder zu ihren Nippeln wanderten, und ohne es zu wollen, reckte sie ihre Brüste dem Model entgegen. Doch zu ihrer Überraschung fühlte sie kalte Metallringe, die über ihre gespannten Spitzen gelegt wurden und ein Kneifen hervorriefen. Und als Tanya die Hände zurückzog, blieben die Ringe, engten Fionas erregten Nippel ein und ließen sie noch stärker abstehen. Unvermutet nahm Tanya ihr die Maske ab. »Schau dir deine Nippelringe an! Sehen sie nicht fantastisch aus?«

Fiona richtete sich ein wenig auf und starrte auf ihre rot geschwollenen Spitzen, die jetzt durch die kleinen goldenen Ringe ragten. »Die kneifen«, protestierte sie.

»Nur am Anfang. Du wirst das Gefühl mögen. Ich muss deine Nippel von jetzt an auf dieser Größe halten, denn sonst könnten die Ringe abfallen. Aber das dürfte kein Problem sein. Du darfst jetzt frühstücken, aber erst, wenn ich dich wieder angezogen habe.«

Sowie Tanya ihr die Träger des Tops wieder über die Schultern gelegt hatte, drückte das Mieder gegen die kleinen Goldringe. Bei jeder Bewegung wurden die Brustspitzen nun stimuliert, wenn der Stoff über das Metall strich.

»Siehst du! So bleiben sie hart!«, meinte Tanya mit einem Lachen. »Und wenn du gegessen hast, zeige ich dir, wie man gut massiert.«

Der Rest des Tages war angefüllt mit einem Reigen aus sinnlichen Erfahrungen. Tanya brachte ihrer Sklavin bei, wie sie massiert werden wollte und massierte schließlich Fiona. Die ganze Zeit über musste Fiona die enge Hose tragen, sodass sie immer stimuliert wurde und somit die Nippelringe an Ort und Stelle blieben.

Später musste Fiona sich auf Tanyas Bett legen, während das Model sich mit der Zunge zwischen den Schenkeln ihrer Geisel zu schaffen machte und mit der Zungenspitze den Ausgang der Harnröhre berührte. Fiona erlebte einen fast schmerzhaft intensiven Höhepunkt, der unerwartet kam und der ihr eigentlich nicht gestattet war. Daraufhin wiederholte Tanya das Ganze später noch einmal, drohte der Sklavin aber mit Strafen, wenn sie unerlaubterweise kam. Fiona hatte noch nie so hart an ihrer Selbstbeherrschung arbeiten müssen, da ihr Körper vollkommen überreizt war, doch sie schaffte es, bis sie kurz darauf von einem heiß prickelnden Orgasmus erfasst wurde, als Tanya mit der Zunge in Fionas Vagina drang und mit schnellen Bewegungen den G-Punkt stimulierte.

Später benutzten beide Frauen den Whirlpool, und diesmal versuchte Tanya, ihre Sklavin dreimal in einer halben Stunde zum Orgasmus zu bringen. Sie schaffte allerdings nur zwei, aber wie Tanya gehofft hatte, fielen die Nippelringe nicht ab, weil Fiona ohne Unterbrechung erregt war.

Um fünf Uhr aß Tanya zum Tee von Fionas Körper. Diesmal schüttete sie Wein über die Brüste ihrer Sklavin und leckte ihn ab, führte dann eine kleine, abgepellte Banane in Fionas Vagina und knabberte daran, wobei sie über die Sexlippen leckte und das Zittern in den Beinen von Fiona genoss. Unbeirrt verspeiste Tanya die Banane weiter und sah, dass Fionas Vulva sich weitete, je näher Tanya sich dem Zentrum ihrer Lust näherte.

Als sie schließlich die Öffnung ihrer Vagina erreichte, ließ Tanya ihre Sklavin wissen, dass sie jetzt ihren letzten Orgasmus haben dürfe. Genüsslich leckte sie über das rosafarbene, geschwollene Fleisch, bis sie merkte, dass Fiona von den Schüben des Höhepunkts geschüttelt wurde und in ihrer Ekstase die Schenkel gegen Tanyas Ohren presste.

Eine Minute vor sechs zog Tanya das letzte Stück der Banane heraus, nahm Fiona die Nippelringe ab und brachte die Geisel zurück auf ihr Zimmer. »Dann viel Spaß morgen!«, lachte sie, als Fiona vollkommen erschöpft auf dem Bett zusammensackte.

Kapitel zehn

Man ließ Fiona mehrere Stunden allein im Zimmer. Sie wunderte sich, warum Bethany nicht da war. Gegen neun Uhr abends kehrte Alessandro von einem Termin bei seinem Finanzberater zurück und ging, nachdem er sich kurz mit Tanya unterhalten hatte, auf direktem Weg zu Fiona. Das Tablett mit Abendessen brachte er gleich mit.

Sie lag mit geschlossenen Augen auf der Seite. Alessandro verspürte den Wunsch, seine Geisel in den Arm zu nehmen und langsam und zärtlich mit ihr zu schlafen, bis sie mit dem Feuer auf ihn ansprechen würde, zu dem sie fähig war, aber er tat es nicht. Das würde er später machen, wenn er sich bei ihr absolut sicher war. Bis dahin hielt er es für besser, wenn die anderen im Haus Fionas sexuellen Horizont erweiterten, bis sie ihre sexuellen Fähigkeiten voll entfaltete. Erst dann würde er entscheiden, wie sie in seine zukünftigen Pläne passte.

»Ich habe dir etwas zu essen mitgebracht«, sagte er leise.

Fiona öffnete die Augen und sah ihn an. »Ich habe keinen Hunger.«

Er lächelte aufmunternd. »Du wirst doch noch etwas essen können. Tanya hat mir erzählt, dass sie heute gut gespeist hat!«

Fiona spürte, dass sie errötete, und setzte sich im Bett auf. Sie wünschte, sie hätte sich mit einem Laken bedecken können. »Dann hat sie dir ja bestimmt jedes Detail brühwarm erzählt!«, rief sie.

»Was blieb ihr anderes übrig? Sie musste mir alles erzählen. Und wie es aussieht, hattet ihr beide einen schönen Tag.«

Fiona lachte bitter auf. »Hat sie das gesagt? Sie hat gelogen.«

Doch Alessandro lächelte. »Warum sollte sie? Du bist mal wieder diejenige, die lügt. Du belügst dich selbst. Wie dem auch sei, wenn es dir keinen Spaß gemacht hat, einer Frau zu dienen, dann dürfte der morgige Tag für dich interessanter werden. Denn dann wird Edmund dein Herr und Gebieter sein. Die Frauen sagen, dass er ein sehr einfallsreicher Liebhaber ist, aber wie er sich als Sklavenhalter benimmt, kann ich dir leider nicht sagen!«

»Hast du schon was von Duncan gehört?«, fragte sie hilflos.

Sein Lächeln schwand. »Wir haben heute telefoniert. Offenbar hat er bald die Hälfte des Geldes zusammen. Sobald ich die Summe habe, wird deine Freundin frei sein.«

»Aber sie würde ja viel lieber bleiben!«, rief Fiona. »Es ist nicht fair, dass ich hier festgehalten werde und sie gehen darf.«

»Das hat dein Mann so bestimmt«, rief Alessandro ihr in Erinnerung und beobachtete erneut, wie sehr Duncans Verrat Fiona ins Herz schnitt. Der Italiener stellte nun das Tablett auf dem Boden ab und setzte sich zu Fiona aufs Bett. »Er ist es nicht wert, dass du dich über ihn aufregst«, flüsterte er, streichelte ihr über den Arm und die Handinnenfläche, bis Fiona reflexartig die Finger um seine schloss. »Schon bald gehörst du einen Tag mir, und dann wirst du sehen, dass ich recht habe. Duncan könnte dich nie so befriedigen wie ich.«

»Wenn du dir so sicher bist, dass das stimmt, dann lass mir

die Wahl!«, platzte es aus ihr heraus. »Schenk mir die Freiheit und schau, ob ich mich zum Bleiben entschließe.«

Alessandro schüttelte den Kopf. »Das kann ich nicht. Duncan hat sich für Bethany entschieden. Außerdem weiß ich noch nicht, ob du bleiben würdest, aber wenn dein Aufenthalt hier vorüber ist, dann möchtest du bestimmt bleiben und nicht mehr fort von hier.«

Als sie merkte, dass sie immer noch seine Hand festhielt, entspannte sie ihre Finger und wandte sich halb von Alessandros anziehender Gestalt ab. »Vielleicht kann ich doch etwas essen«, sagte sie schnell und versuchte zu überspielen, wie aufgeregt sie in Wirklichkeit in seiner Nähe war.

Sofort hob er das Tablett vom Boden auf, stellte es ihr auf den Schoß und verließ den Raum. Er sah, dass sie sich von Tag zu Tag veränderte. Ihr Körper wirkte bereits anders: Von ihr ging mehr Sinnlichkeit aus, sie war sich immer mehr ihrer Ausstrahlung bewusst und hatte mehr Vertrauen, dass ihr Körper in der Lage war, ihr sexuelle Lust zu verschaffen. Er war zuversichtlich, dass sein Bruder ihr bei ihrem Fortschritt behilflich sein würde, und freute sich schon auf den Tag, wenn er an der Reihe wäre.

Nachdem sie alles von dem Teller gegessen und den köstlichen Saft getrunken hatte, merkte sie plötzlich, dass ihr die Lider ganz schwer wurden. Und noch bevor Bethany von ihrem Tag zurückkehrte, den sie und Georgina gleichermaßen befriedigend erlebt hatten, schlief Duncans Frau tief und fest, betäubt von dem Schlafmittel im Saft. Alessandro hatte vorgesorgt, wusste er doch, dass die Geisel Schlaf benötigte, ehe sie sich der Aufmerksamkeit seines Bruders erfreute.

Wie am Vortag wurde Fiona um sechs in der Frühe geweckt. Edmund, der nur eine eng anliegende Jeans trug, sonst aber mit bloßem, gebräunten Oberkörper rumlief, nahm

Fiona mit, obwohl die Nachwirkungen des Schlafmittels noch nicht ganz verschwunden waren. Hastig trieb er sie in das Schlafzimmer, das er für gewöhnlich mit Tanya teilte, doch seine Freundin war nach Griechenland geflogen. Edmund konnte es kaum abwarten, Fionas Zwangslage auszunutzen und seine Fantasien auszuleben.

Sie starrte auf die schweren, roten Samtvorhänge an den Fenstern und das große Himmelbett, dessen Vorhänge farblich auf das Interieur abgestimmt waren. »Das Bett benutzen wir später«, stellte er ihr in Aussicht und drängte sie weiter durch die nächste Tür in sein privates Bad. Dort zog er sie schnell in das Jacuzzi und drückte auf den Knopf an der Seite, sodass das Wasser in Bewegung geriet und die noch vom Schlaf benommene Fiona schlagartig wach machte.

Edmund drehte sie so, dass sie auf seinen Knien saß und ihn ansah. »Verschaff mir Lust mit der Hand«, befahl er ihr und schaute sie aus seinen haselnussbraunen Augen an. »Nicht zu viel, aber so, dass ich das machen kann, was ich vorhabe.«

»Und das wäre?«, fragte sie zögerlich nach.

Edmund setzte ein jungenhaftes Lächeln auf. »Das wirst du dann sehen. Und jetzt los.«

Sie tauchte mit der Hand in das bereits blubbernde Wasser und schloss ihre Finger um seinen steif werdenden Schwanz. Langsam massierte sie seinen Schaft und sah, dass Edmund den Kopf leicht in den Nacken legte und mit halb geöffnetem Mund seufzte, als seine Erregung zunahm.

»Reicht«, meinte er dann, als das Kribbeln in seiner Eichel zu intensiv wurde. »Jetzt dreh dich um.« Fiona rutschte auf den Knien und spürte umso deutlicher, wie die warmen Blasen sanft zwischen ihren Schenkeln aufstiegen. »Halte deine Brüste so, dass die Spitzen ins Wasser ragen«, erklärte er weiter. Sowie das geschehen war, hatte Edmund besseren Zugang zu ihrem hinteren Loch und drückte mit der Kuppe seines Penis gegen ihre enge Öffnung. Als sie sich instinktiv verspannte und sich gegen den leichten Druck wehrte, lächelte er in sich hinein.

»Du kannst mich nicht aufhalten, ganz gleich, was ich vorhabe«, rief er ihr in Erinnerung und langte nicht sehr sanft nach ihren im Wasser hängenden Brüsten. Ihre Nippel und Vorhöfe schmerzten noch von Tanyas Maßnahmen vom Vortag, daher schrie sie fast auf, als sie Edmunds Hände spürte. Doch schließlich ließ er von ihren Brüsten ab, zog sich von ihrem hinteren Loch zurück und gab ihr deutlich zu verstehen, seinen Schoß zu verlassen.

»Raus mit dir. Und hol mir ein Handtuch von der Heizung. Dann kannst du mich abtrocknen.« Gehorsam holte sie das große weiße Handtuch, schlang es ihm um den Leib und tupfte seine erstaunlich weiche Haut trocken.

Edmund stand seelenruhig da, ließ sich abtrocknen und sorgte dafür, dass Fiona auch keinen Zentimeter seiner Haut vergaß. Daher spreizte er die Beine, damit seine Sklavin ihn zwischen den Schenkeln abtrocknen konnte. Sie musste auch seine immer noch große Erektion abtupfen, ehe sie sich seinen Füßen und den Zehenzwischenräumen zuwandte.

Dann schaute er Fiona an, die noch nackt und nass vor ihm stand, und griff nach einem zweiten Handtuch. »Es wird Zeit, dass ich dich abtrockne.« Er breitete das Handtuch auf dem Boden aus, gab Fiona zu verstehen, sie solle sich auf den Rücken legen, nahm dann ein anderes Handtuch, beugte sich über Fiona und begann, sie abzutupfen. »Strecke die Arme über den Kopf, wenn sie trocken sind, und spreiz deine Beine«, murmelte er. »Ich möchte, dass du ganz trocken bist ... was das Wasser betrifft!«

Quälend langsam fuhr er mit dem Handtuch über ihren Körper. Er kümmerte sich um ihren Hals, ihre Schultern, strich dann über ihre Arme, die sie nun über den Kopf streckte. Dadurch kamen ihre Brüste besser zur Geltung, und als er ihre beiden Wölbungen besonders intensiv abtrocknete, wuchsen ihre Nippel wieder an.

Nachdem er sich den Unterseiten der Brüste gewidmet hatte, wandte er sich der empfindlichen Haut der Unterarme zu und tupfte Fiona dort so leicht ab, dass ein Zucken durch ihre Arme lief. Als er schließlich von links nach rechts über ihren Oberkörper rieb, verspannten sich ihre Bauchmuskeln und ein Zittern lief durch ihre Beine.

Zwischen ihren Schenkel war er besonders aufmerksam und streichelte leicht mit dem Stoff über ihren Venushügel und entlang der Vulva. Obwohl er ihre äußeren Lippen nicht direkt berührte, verspürte Fiona ein Kribbeln und sehnte sich nach intimeren Streicheleinheiten. Sie schämte sich schon, dass sie nach einer so kurzen Pause schon wieder nach sexueller Befriedigung verlangte.

Edmund nahm die Reaktionen von Fiona wahr und vermutete, dass Tanya am Vortag ganze Arbeit geleistet hatte. Denn Fiona war mehr als bereit für sexuelle Genüsse. Ihr Körper verlangte danach, aber da Edmund nun ihr Herr und Gebieter war, konnte *er* bestimmen, ob und wann seine Sklavin Befriedigung erfuhr. Ein Gedanke, der ihm besonders gut gefiel.

Nachdem er ihre Beine abgetrocknet hatte, strich er mit dem Tuch über die Innenseiten ihrer Schenkel, bis er ihr krauses Delta erreichte. Deutlich hörte er, wie sie die Luft einsog, und beschloss, dass er nur ihr Schamhaar und die äußeren Sexlippen abtupfen würde.

Fiona spürte, dass sich tief in ihr eine schwelende Hitze bildete, doch als Edmund sich weigerte, sie an ihren intimsten Stellen zu berühren, erlebte sie neue Qualen. Aber sie blieb ruhig liegen, weil sie wusste, dass sie ihre eigenen Bedürfnisse nicht einfordern durfte.

»So, fertig«, sagte er leise. »Hier, zieh das an.« Während er sich die Jeans anzog, reichte er ihr ein kurzes Kleidungsstück. Es bestand aus reiner weißer Seide und war einer römischen Toga nachempfunden, besaß aber einen tiefen Ausschnitt und eine geraffte Taille. Die Armlöcher waren extra weit geschnitten, sodass man leicht mit den Händen hineingreifen und die Haut verwöhnen konnte.

Von der Länge her entsprach es allerdings nicht den alten römischen Gewändern. Vorn reichte der Stoff Fiona gerade einmal bis zu den Oberschenkeln, sodass sie sich mit dem kurzen Kleidungsstück fast nackter vorkam als ohne. Schließlich reichte Edmund ihr ein Paar weiße Stilettos. »Perfekt, so stelle ich mir eine Sklavin vor!«

Unter dem knappen Togastoff trug Fiona nichts, und damit man nichts sah, ging sie so aufrecht wie möglich. Als sie wieder im Schlafzimmer waren, hielt Edmund direkt auf das breite Bett zu und zog die Vorhänge zur Seite. »Leg dich mit dem Gesicht nach unten aufs Bett«, befahl er, ging dann noch einmal zur Tür und rief nach Marcus.

Fiona legte sich auf die mit Gänsefedern gefüllte Decke, hatte die Schuhe noch an und wusste, dass Edmund nun ihren Po sehen konnte. Jetzt wartete sie auf den zweiten Mann und verspürte zu ihrem Schrecken mehr Aufregung als Angst.

Als Marcus ins Zimmer kam, stieg auch er in das Bett. Beide Männer knieten nun neben Fiona, die den Kopf zu ihrem Herrn gedreht hatte.

»Ist sie nicht herrlich?«, fragte er Marcus, der nur nickte

und gespannt wartete, welche Aufgabe Edmund ihm zugedacht hatte. »Zunächst möchte ich, dass du heute Abend genauso befriedigt bist wie gestern Abend«, sagte Edmund zu Fiona und amüsierte sich. »Ich glaube, deine Brüste hatten eine Menge Aufmerksamkeit bekommen, und daher werde ich mich heute anderen intimen Bereichen zuwenden.«

Während er sprach, träufelte er sich eine Flüssigkeit in seine rechte Hand und verteilte das zähe Öl auf den Fingern. Dann massierte er Fionas Waden und arbeitete sich langsam nach oben bis zu der Falte unter ihrem Gesäß.

Wieder spürte er, dass sie sich verspannte, als er sich ihrer verkrampften Öffnung näherte. Leicht schlug er ihr auf die Pobacke. »Kein Widerstand, Fiona. Das ist nicht erlaubt.« Sie schloss die Augen und spürte, wie sein glitschiger Finger in ihre enge Öffnung glitt und sie langsam dehnte, bis auch sein zweiter Finger Platz hatte. Inzwischen hatte Marcus sich so positioniert, dass er mit einem Arm in Fionas weiten Ärmel greifen und ihre Brüste kneten konnte. Seine leicht aufgerauten Finger bildeten einen starken Kontrast zu Tanyas zarten Händen, waren dadurch aber umso anregender.

Fiona schmiegte sich mit ihrer Brust in Marcus' Handfläche und rieb sich mit dem Nippel an seinen schwieligen Fingern. Edmund war mit Marcus' Performance zufrieden und nutzte die Gelegenheit, indem er zwei Liebesbälle hervorholte, die mit einer seidenen Schnur verbunden waren. Kaum hatte er seine Finger aus Fionas Hintereingang gezogen, als er auch schon die erste der beiden Kugeln hineinschob, ehe das Rektum sich wieder schloss.

Fiona spürte den schweren Eindringling und stieß einen kurzen Schrei aus. Doch Marcus stimulierte weiter ihre Brust, während Edmund die kleine Vertiefung oberhalb von Fionas Po küsste und die Haut dort genüsslich in den Mund sog. Prickelnde Erregung zuckte durch ihren Körper, und als die Sklavin sich bei diesem Vergnügen sichtlich entspannte, drückte Edmund ihr den zweiten Liebesball in den Anus, bis das Ende der Seidenschnur aus der sich rasch schließenden Öffnung lugte.

Da jetzt beide Kugeln eingeführt waren, konnte Fiona nicht mehr länger ignorieren, wie ausgefüllt sie sich fühlte; ihr Darm begann sich zu regen. Edmund bedeutete seinem Kollegen, mit dem Streicheln aufzuhören, und drehte Fiona auf den Rücken. Durch die Bewegung veränderte sich die Position der Bälle, die nun gegen die inneren Wände von Fionas Rektum drückten und die Nervenenden reizten.

»Ich kann sie nicht mehr halten!«, keuchte Fiona. »Bitte, es fühlt sich schrecklich an.«

»Quatsch, das fühlt sich toll an, wenn du dich erst daran gewöhnt hast. Jedes Mal, wenn du einen Orgasmus erlebst, spannst du auch die hinteren Muskeln an und verdoppelst dadurch dein Lustempfinden. Außerdem, was hast du schon für eine Wahl? Jetzt steh auf und geh ein bisschen im Zimmer auf und ab. Ich möchte sehen, wie du damit läufst.«

Fiona schwenkte die Beine über die Bettkante und schob die Vorhänge zur Seite, hinter denen sie sich mit den beiden Männern ziemlich eingeengt gefühlt hatte. Dann versuchte sie, das Gleichgewicht auf den hohen Absätzen zu halten und schritt über den flauschigen Teppich, wobei sie Mühe hatte, das leichte Pochen ihrer beginnenden Erregung zu ignorieren, das in ihrem Rektum begann.

Edmund lachte. »Sensationell! Marcus, geh auf alle viere, sodass Fiona sich über dich lehnen kann. Ich möchte, dass ihr Po gegen deinen Körper drückt, damit ich ihre Vulva besser sehen kann.«

Schnell ging Marcus auf Hände und Knie, worauf Edmund

Fiona half, sich rücklings auf Marcus zu legen ... die Knie angewinkelt, die Füße auf dem Boden. Indem Edmund nun ihre Knie weiter spreizte und ihre Füße leicht zurückschob, hatte er den gewünschten Zugang zu ihrer Vagina. Auf ein Klingelzeichen hin betrat Chrissie den Raum. Sie brachte Trauben mit, hielt in Edmunds Beisein Fionas Sexlippen auseinander und schob die Früchte in die Vagina der Sklavin. Währenddessen ließ Edmund seinen Daumen leicht auf Fionas Kitzler kreisen, sodass ihre Säfte flossen und die Trauben problemlos verschwanden.

Fiona hatte derweil das Gefühl, an jeder nur erdenklichen Stelle stimuliert zu werden. Die Liebesbälle wurden fest gegen die Wände ihres hinteren Tunnels gedrückt, da Fiona auf Marcus' Wirbelsäule lag. Ihre vergrößerten Brüste wurden durch den Seidenstoff der Tunika gereizt, und zwischen ihren Schenkeln sorgte Edmund für heiß pulsierende Lustschübe.

Chrissie führte so lange Trauben ein, bis die letzte sichtbar war, und verließ den Raum wieder. Aber sie wünschte sich, sie könne noch mitmachen. »Jetzt esse ich jede einzelne Traube, die in dir steckt«, flüsterte Edmund. »Ich werde nur meinen Mund und meine Zunge benutzen. Es könnte also ein bisschen dauern, aber auf deinen Orgasmus musst du warten, bis die Trauben weg sind.«

Fiona schob die Hüften vor, ihr ganzer Leib war von einem dünnen Schweißfilm überzogen. »Ich kann es nicht abwarten«, rief sie. »Du hast mich schon überreizt.«

»Ich möchte ungern böse werden«, mahnte Edmund und sog die Haut an ihrem Bauch fest zwischen die Zähne. Ein ziehender Schmerz war Fiona Warnung genug, doch dann verwandelte sich das Ziehen in ein tolles Gefühl, sodass Fiona laut stöhnte und sich nach Erlösung sehnte.

»Tanya kann das«, ließ er sie wissen. »Du wirst doch wohl genauso viel Selbstbeherrschung haben wie sie, oder?«

Inzwischen begann auch Marcus unter der Anstrengung zu zittern. Er ahnte, dass Fiona sich nicht würde beherrschen können und wusste, was passieren würde, wenn sie versagte.

Langsam sog Edmund am Eingang von Fionas Vagina, bis die erste Traube leicht in seinen Mund glitt. Fiona spürte, wie die Frucht ihren Körper verließ, und da Edmund die Traube zwischen die Zähne sog, reizte er auch die inneren Lippen so stark, dass Fiona beinahe gekommen wäre. Nur unter Aufbietung ihrer ganzen Willenskraft gelang es ihr, ihr pochendes Fleisch unter Kontrolle zu halten.

Edmund biss in die Traube und schluckte sie runter, steckte den Kopf wieder zwischen Fionas Schenkel und schob seine Zunge in die Öffnung, um die nächste grüne Frucht herauszuholen. Seine weiche Zunge und die Bewegung der Trauben waren schon erregend genug, aber zu Fionas Schrecken strich Edmund wieder geschickt mit dem Daumen an ihrer Klitoris vorbei. Obwohl Fiona sich anstrengte, die Kontrolle nicht zu verlieren, waren die Reize zu viel für die Nervenenden. Edmund spürte, wie sein Kopf zwischen Fionas Schenkeln eingeklemmt wurde, als ihr ganzer Körper sich versteifte; mit den Händen fuhr sie Edmund ins Haar, als der befreiende Höhepunkt sie voll erfasste. In ihrem hinteren Tunnel verstärkten die Liebesbälle den Orgasmus noch, verlängerten die Kontraktionen aber, sodass die Empfindungen für Fiona fast nicht mehr erträglich waren.

Edmund zog seine Sklavin bereits wieder auf die Füße, ehe die letzten Kontraktionen vorüber waren. »Du hast mir nicht gehorcht«, sagte er mit einem dünnen Lächeln. »Ich werde daher dafür sorgen, dass noch andere an dem Fest zwischen deinen Schenkeln teilnehmen.«

Fiona, noch benommen von der Wucht des Orgasmus, schüttelte den Kopf. »Nein!«

Edmund erwiderte darauf nichts und drängte sie zum Bett, wo sie auf mehrere Kissen gelegt wurde. Die Männer drückten Fionas Beine nach oben, als Chrissie wieder hereinkam.

Chrissie gelang es, drei Trauben herauszuholen, ehe Fiona unter dem nächsten Orgasmus erbebte. Schließlich wurden die Vorhänge aufgezogen. Chrissie musste das Bett verlassen und Craig Platz machen, der den Vorhangstoff wieder zuzog und den Kopf zwischen Fionas feuchte Schenkel steckte. Diesmal kam die Sklavin noch schneller, und Edmund merkte, dass sie inzwischen ein Level erreicht hatte, bei dem sie mehrere Höhepunkte in rascher Folge erlebte. Er war schlichtweg begeistert.

Fiona lag weiterhin auf den Kissen. Während Marcus ihre Brüste mit seinen Händen stimulierte, kamen mehrere Mitglieder der Hausgemeinschaft und sogen Trauben aus Fionas zunehmend empfindlicheren Öffnung. Derweil ließ Edmund seinen diabolischen Daumen über die inneren Sexlippen seiner Sklavin gleiten und stellte sicher, dass Fiona jeden Orgasmus noch intensiver spürte als den jeweils vorigen.

Als auch die letzte Traube heraus war, setzte Edmund sich aufs Bett, zog die matte Fiona auf seinen Schoß und positionierte sie über seiner Erektion, ehe er Fiona hinabsinken ließ. Er bewegte sie rhythmisch auf sich, bis er selbst zum Orgasmus kam. Fiona spürte, wie sein warmer Saft sich mit ihrer cremigen Feuchtigkeit vermischte.

Diesmal gab es allerdings keinen Höhepunkt mehr für Fiona. Ihr Körper war ausgelaugt, und als Edmund fertig war, hoffte sie nur, er würde sie nicht noch Marcus ausliefern. Was er nicht tat. »Wird Zeit, dass du dich ein wenig ausruhst«, sagte er schwer atmend und fuhr ihr mit einer Hand unter dem Togastoff über den Rücken. »Wenn wir gegessen und etwas neue Kraft getankt haben, können uns ja Craig und Amy Gesellschaft leisten. Amys Berührungen sind federleicht!«, fügte er lachend hinzu, und Marcus stimmte in das Lachen mit ein.

Zwei Stunden später wurde Fiona in den Garten gebracht, zum zweiten Mal seit ihrer Entführung. Sie trug noch immer ihre Seidentoga ohne etwas darunter und die weißen High Heels, die Edmund so sexy fand.

Diesmal führte man sie zu einer abgeschiedenen Rasenfläche, die ringsum von hohen Hecken gesäumt war. Edmund trug nun hellblaue Shorts. Obwohl er genauso sonnengebräunt und muskulös wie Alessandro war, fand Fiona ihn nicht einmal halb so attraktiv wie den älteren Bruder. Edmund fehlte die Aura, die Alessandro umgab und ihn so anziehend für Fiona machte, und trotz seines Enthusiasmus für all die sexuellen Aktivitäten, spürte Fiona, dass der jüngere der beiden Italiener zu keinen tiefen Gefühlen fähig war. Manchmal war sie sich sicher, dass Alessandro sie besser kannte als jeder andere Mann zuvor. Edmund hingegen sah nur ihren Körper und war an nichts anderem interessiert als an der Lust, die sie sich gegenseitig verschaffen konnten.

Während Fiona wartend neben Edmund stand, schlenderten Marcus und Grant – ein Bodyguard, den sie bisher selten zu Gesicht bekommen hatte – über den Weg. Beide trugen jeweils einen großen Pfahl, die sie in zwei dafür vorgesehene Löcher im Boden steckten. Dann machten sich die Bodyguards auch schon wieder auf den Rückweg.

Edmund schaute zurück zum Haus und wirkte ein wenig ungeduldig. »Wo steckt Amy bloß?«, sagte er halblaut für sich. Kaum hatte er die Frage ausgesprochen, als Craig und

Amy aus Richtung des Hauses kamen. Fiona sah gleich, dass die dritte Person, die sie mitbrachten, nur Bethany sein konnte.

Amy trug einen mit roten und gelben Blumen verzierten Bikini, wobei das knappe Oberteil kaum ihre Brüste verbarg und das Höschen den Blick auf den Ansatz des Schamhaars freigab. Craig hatte eine kurze Hose an, während Bethany vollkommen nackt war.

Zum ersten Mal seit ihrer Ankunft in Norfolk sah die Rothaarige alles andere als gut gelaunt aus. Sie warf einen schmollenden Blick in Fionas Richtung, und dann drängte Amy sie sanft zu einem der Pfähle. Erst jetzt sah Fiona, dass ihre Freundin an den Händen gefesselt war. Bethany musste sich nun mit dem Rücken an einen der Pfähle stellen und wurde dort mit einer schmalen, silbernen Kette angebunden, die Craig ihr um die Taille legte. Als die Silberkette saß, löste Craig Bethanys Handfesseln, streckte ihre Arme über ihren Kopf und spannte ihre Handgelenke in zwei Ringe. Ihre vollen Brüste hingen ihr nun schwer auf den Brustkorb, und das rote Haar fiel ihr ins Gesicht, das sie zu Boden senkte.

»Bethany hat sich beklagt, dass Craig heute Morgen zu grob mit ihr umgegangen sei«, erklärte Edmund mit seinem charmantesten Lächeln. »Daher haben wir beschlossen, es wiedergutzumachen. Und da du meine Sklavin bist, kannst du mir helfen.«

Fiona schwieg. Mit Spannung und auch einem Anflug von Angst wartete sie auf das, was die anderen sich wieder an durchtriebenen, erotischen Spielchen für Bethany und sie ausgedacht hatten. Sie brauchte nicht lange zu warten. Zu ihrer Überraschung wurde Craig nun an den anderen Pfahl gebunden, aber die Kette um seine Taille war locker, sodass er sich ein paar Schritte von dem Pfahl entfernen konnte, und zwar so weit, dass er Bethanys Körper mit seinem berühren konnte. Nachdem er getestet hatte, wie weit er kam, stellte Craig sich wieder an den Pfahl.

Amy, die derweil zurück zum Haus gegangen war, kehrte nun mit Gerätschaften zurück, die wie Staubwedel aussahen. Doch als Amy die vermeintlichen Wedel vor Fiona auf den Boden legte, sah Fiona, dass es sich in Wirklichkeit um echte Straußenfedern handelte, die an dünnen Bambusstöcken befestigt waren. Zusätzlich lagen spitz zulaufende Gänsefedern bereit.

»Nimm eine der Federn«, befahl Edmund seiner Sklavin. Sie bückte sich und spürte gleich Edmunds Hand an ihrem Po. Er drückte ihre Backen zusammen, sodass sie die Liebesbälle spürte, die immer noch in ihrem Rektum steckten und wieder gegen die Wände ihres Tunnels drückten. Sie hielt die Luft an, und Edmund lachte und ließ ihren Po los. »Prima, wie ich sehe, bist du immer noch leicht zu erregen.«

Amy stellte sich neben Fiona. »Mit leichten, gleichmäßigen Bewegungen musst du jetzt mit den Federn von Kopf bis Fuß über den Körper deiner Freundin streichen, bis Edmund dir sagt, dass du aufhören sollst. Du darfst nicht den Druck verändern, immer schön über ihre Haut streichen.«

Fiona zögerte, woraufhin Edmund ihr einen Stups gegen den unteren Rücken gab. »Das ist, was ich von dir verlange, Fiona. Und jetzt los. Bethany soll sich nicht wieder beklagen. Die Federn sind extrem weich.«

»Heb den Kopf an, Bethany«, rief Craig von dem anderen Pfahl aus. Sobald die Rothaarige ihr Kinn vorreckte, begann Fiona, mit den weichen Federn über die weiße Haut ihrer ehemaligen Freundin zu fahren. Die Federn strichen über die Brüste der Rothaarigen, über ihren Bauch, weiter hinab über die Oberschenkel bis hinunter zu den Fußknöcheln. Dann wanderte Fiona wieder mit den Federn in die entgegengesetzte Richtung und sah, dass einige der Federn zwischen Bethanys Schenkel rutschten und über die Vulva strichen, ehe sie wieder den Bauch erreichten.

Gute fünf Minuten führte Fiona diese Bewegungen aus und registrierte, dass Bethanys Körper sich verspannte und sich den Federn regelrecht entgegenwölbte. Ihre Brüste spannten sich, ihre Bauchdecke verhärtete sich, während ihre Oberschenkel schlaffer wirkten. Bei jedem Federstrich versuchte Bethany, sich gegen die verführerischen Streicheleinheiten zu wappnen.

»Und jetzt streich über ihre Achselhöhlen«, sagte Amy. Nachdem Fiona diese empfindlichen Stellen in ihr Repertoire mit aufgenommen hatte, wurde Bethanys Atem schneller. Sie stieß ein leises, lustvolles Stöhnen aus, das von Lauten des Unmuts unterbrochen wurde, da die Federn immer nur wenige Sekunden an ein und derselben Stelle blieben.

Nach weiteren Minuten, angefüllt mit diesen zarten Stimulierungen, warf Bethany den anderen flehende Blicke zu; ihr ganzer Körper begehrte gegen die Silberkette an ihrer Taille auf, die Fiona bei jeder Aufwärts- und Abwärtsbewegung der Federn mit einbezog.

Für Bethany waren diese Empfindungen eine herrliche Tortur. Wann immer die Federn über eine der unzähligen erogenen Zonen fuhren, zuckte Bethanys Haut vor Begierde, aber dieses Verlangen konnte sich nie an einer Stelle bilden. Allmählich jedoch verzehrte das Vergnügen sie; das Blut pochte in ihren Ohren, als der Druck sich verstärkte.

»Okay, aufhören«, sagte Edmund plötzlich. Fiona ließ schnell die Federn fallen und schaute Bethany an. Das gerötete Gesicht und der halb geöffnete Mund der Rothaarigen verrieten, wie erregt Bethany bereits war. Natürlich wollte

Bethany ihre Lust nun weiter ausleben, und für einen Moment wünschte Fiona, sie könnte diese weiße Haut weiter mit Federstrichen stimulieren.

Amy schaute ihren Mann an. Seine Züge waren verzerrt, da sein erigierter Penis in der Enge der Hose eingezwängt war, aber als Amy auf ein Zeichen von Edmund hin zu Craig ging, lächelte das Paar sich an und küsste sich.

»Fiona, zieh Craig die enge Hose runter«, befahl Edmund seiner Sklavin. Sie musste sich neben das sich umarmende Paar knien und die Hose langsam herunterziehen, bis der harte Penis befreit auf und ab wippte. Auch Bethany schaute zu, und zwischen ihren Beinen bildete sich ein feuchter Film, da sie in ihren intimsten Stellen einen Sexhunger verspürte, den sie gestillt wissen wollte.

Edmund musste lachen. »Ich hoffe, dass dies jetzt sanft genug für dich ist, Bethany! Fiona, nimm die kleine Bürste da und das Glas mit Honig. Ich möchte, dass du den Honig auf Bethanys Nippeln verteilst und auch die inneren Sexlippen einschmierst. Dann wollen wir schauen, ob Craig nah genug herankommt, um den Honig abzulecken.«

Fiona musste sich eingestehen, wie sehr es sie selbst erregt hatte, Bethany mit den Federn zu stimulieren. Ihre ehemalige Freundin war inzwischen so voller Lust, dass sie fast vor Verlangen platzte. Zum ersten Mal seit sie von Bethanys Verrat erfahren hatte, war Fiona jetzt in einer Position, um sich für die Demütigungen zu rächen … und zu ihrer eigenen Schande genoss Fiona diesen Augenblick. Als sie die kleine Bürste in das Honigglas tauchte, murmelte Bethany: »Nicht, Fiona, sonst explodiere ich gleich.«

»Ich bin eine Sklavin, ich muss gehorchen«, erwiderte Fiona, stellte sich wieder aufrecht hin und begann, die klare Honigflüssigkeit auf den großen Nippeln der Rothaarigen zu verteilen. Unter den feinen Borsten wurden die Spitzen sogar noch härter. Bethany schloss die Augen und versuchte zum Orgasmus zu kommen, indem sie sich vorstellte, einer der Trimarchi-Brüder berührte sie so geschickt.

»Augen auf, Bethany!«, befahl Edmund streng. »Du musst Fiona anschauen.«

Ohne dass es ihr jemand vorsagte, beschloss Fiona, etwas von dem Honig in Bethanys Bauchnabel zu verteilen, ehe die zähflüssige Masse auf den Beinen verlaufen sollte. Ein Zucken lief durch Bethanys Körper, als Fiona diesen kleinen Umweg mit der Bürste machte. Bethanys mit Honig überzogene Knospen glänzten im Sonnenlicht und sehnten sich nach weiteren Stimulierungen.

Edmund beobachtete, was Fiona gemacht hatte, und lächelte. »Wie schnell du lernst!«, lobte er seine Sklavin, trat einen Schritt auf sie zu, schlüpfte mit einer Hand in die weite Öffnung ihres Ärmels und umschloss eine Brust, wobei er den Nippel zwischen zwei Fingern knetete. Bethanys Reaktionen steigerten Fionas eigene Erregung, und als sie Edmunds Hand spürte, schloss sie die Augen und ließ sich sanft massieren. Sie genoss das Gefühl, wie ihre Brust in seiner Hand anschwoll, während Bethany zusehen musste und sich nach neuer Stimulierung für ihre honigglänzenden Brüste sehnte.

Schließlich ließ Edmund Fionas Brust los und schob Bethanys Füße auseinander. Amy trat vor und spreizte Bethanys äußere Sexlippen mit ihren kleinen Fingern, sodass Bethany fest damit rechnete, endlich die rettende Erlösung zu finden. Aber Amy war viel zu geschickt. Sie berührte die Rothaarige absichtlich nur leicht und ließ sie nicht zum Höhepunkt kommen.

»Schön vorsichtig einreiben«, sagte Edmund. »Nicht die Klitoris berühren, denn sonst kommt unsere Gefangene zum

Orgasmus. Nur den Honig auf den inneren Lippen verteilen, damit Craig alles ablecken kann.«

Vorsichtig und äußerst konzentriert kam Fiona der Aufforderung nach. Sie sah, wie Bethanys weiche rosafarbene Haut vor Verlangen pulsierte, und achtete darauf, die kleine Bürste möglichst zart über die Labien zu ziehen. Bethanys Vulva schwoll weiter an, und die Säfte flossen aus ihrer Öffnung, doch die endgültige Befriedigung wurde ihr immer noch vorenthalten.

Als Fiona fertig war, schob Edmund Bethanys Füße wieder weiter zusammen; ihre Sexlippen klebten nun aneinander. Sie keuchte frustriert, hatte sie doch damit gerechnet, Craig – dessen Erektion sie allzu deutlich sah – würde sofort damit beginnen, den süßen Honig von ihren Labien zu lecken.

Doch es sollte noch nicht sofort losgehen. Stattdessen reichte Edmund Fiona eine der langen, spitz zulaufenden Gänsefedern. »Streichle Bethany damit. Mach, was du möchtest, aber du darfst sie nicht zum Höhepunkt kommen lassen. Sonst wirst du bestraft.«

Die letzten Worte hörte Fiona kaum. Sie nahm die Feder nur zu gern, und zum ersten Mal bereute Bethany, dass sie mit Duncan geschlafen hatte.

Fiona stand vor Bethany und lächelte. »Duncan und du, habt ihr so etwas auch gemacht?«, fragte sie leise, strich ihr mit der Feder über das Ohrläppchen und kitzelte sie dann ein wenig im Ohr. Die sanften Berührungen brachten die Rothaarige in ihrem wachsenden Verlangen fast um den Verstand.

Sie stöhnte, worauf Fiona erneut lächelte. »Ich schätze, Duncan mochte es, dich vor Lust stöhnen zu hören. Mich hat er nie in diese Höhen mitgenommen, aber das war wohl nicht dein Fehler. Dennoch kann ich dich nicht ganz von Schuld freisprechen.« Mit diesen Worten zog sie mit der Feder eine Spur über Bethanys Flanke und zeichnete den Schwung der Taille und der Hüfte nach, ehe sie die Feder über Bethanys Bauch zog.

»Sei vorsichtig!«, mahnte Edmund, während Craig sich mit prallem Schwanz ein Stück weit von dem Pfahl wegbewegte. Amy kitzelte ihn sanft mit den Federn am Rücken und an den Schultern, damit ihr Mann für Bethany bereit war, wenn Fiona nicht mehr weitermachen durfte.

Fiona achtete auf Edmunds Warnung und beschloss, den Bereich zwischen Bethanys Schenkeln auszulassen. Stattdessen ging sie auf die Knie und ließ die Federspitze in der Kniekehle der Rothaarigen kreisen. Blitze der Lust zuckten durch Bethanys Körper, und sie spürte, wie ihre Säfte sich mit dem zähen Honig vermischten, der ihre Sexlippen noch zusammenhielt. Erste Schweißtropfen liefen ihr über die mit Honig verwöhnten Brüste.

Zuletzt konzentrierte Fiona sich auf Bethanys Füße und strich schnell in die Zwischenräume zwischen den Zehen, ehe sie sich jedem einzelnen Zeh widmete.

»Das reicht!«, rief Edmund. Eher widerwillig beendete Fiona ihr Federspiel. Gehorsam legte sie die Feder auf den Boden und trat dann neben ihren Herrn und Gebieter. Edmund stellte sich vor sie, schlüpfte mit beiden Händen in ihre Toga, strich Fiona mit gespreizten Händen über den Rippenbogen und legte ihr die flachen Hände schließlich auf den straffen Bauch. Fiona beobachtete nun, wie Craig sich langsam der gefesselten Bethany näherte, und spürte Edmunds leicht kreisenden Hände auf ihrem Bauch.

In ihrer Erregung versuchte die Rothaarige, Craig ein wenig entgegenzukommen, doch das ließ die gespannte Kette nicht zu. Aber Craig kam auch so nah genug heran und begann sofort, den Honig von ihren heißen Brüsten zu lecken. Bethanys Körper verspannte sich, als Craig ihre Spitzen in den Mund sog.

Gierig leckte er den letzten Tropfen Honig von ihrer Haut, stützte sich dann auf einem Knie ab und war auf der Höhe von Bethanys Bauchnabel. Für einen Moment lief ein Zucken durch ihren Bauch. Denn dieser Bereich war nicht immer der Auslöser für Lust. Manchmal verspürte sie bei den Stimulierungen rund um den Nabel das Bedürfnis, rasch das Bad aufzusuchen, wenn der Druck auf ihre Blase zu groß wurde. Aber sie konnte Craig jetzt nicht aufhalten, und als sie seine Zunge in ihrem Nabel spürte, meldete sich sofort ihre Blase. Hilflos wackelte sie mit den Hüften hin und her.

Craig ahnte, was Bethany durchmachte, doch er steigerte ihre Qualen noch, indem er mit den Lippen weiter nach unten wanderte und mit dem Kopf Druck oberhalb des Schambeins ausübte, wodurch die Blase noch stärker gereizt wurde. All dies sollte Bethanys Höhepunkt noch steigern, aber für einen kurzen Moment spürte sie nur ein unangenehmes Ziehen und versuchte, mit weiteren Hüftbewegungen die Blase zu entlasten.

»Bleib stehen!«, sagte Edmund. »Denn sonst bekommt Duncan dich vielleicht nicht zurück, wenn er das Geld zahlt.«

Bethany verhielt sich sofort ruhig und merkte erleichtert, dass der Druck auf ihre Blase erträglicher wurde, da Craig mit dem Mund über ihr Schamdelta strich. Aber als er versuchte, Bethany zwischen den Beinen zu lecken, klebten ihre Sexlippen wegen des Honigs immer noch fest zusammen, und seine Kette ließ ihm zu wenig Spielraum. Denn er hatte ja nur den Mund zur Verfügung, weil Amy ihm die Hände auf den Rücken gebunden hatte.

Einen fürchterlichen Moment lang glaubte Bethany, dass Craig ihr sehnsüchtig pochendes Fleisch nicht erreichen würde, aber da Craig sich von seiner Lust treiben ließ, fand er eine Lösung und zwängte Bethanys Sexlippen mit seinem Nasenrücken auseinander. Erst dann war er endlich in der Lage, den Honig zu schlecken, der sich inzwischen mit Bethanys Säften vermischt hatte. Während er auch die letzten Tropfen des Nektars in den Mund sog, konnte die Rothaarige es vor Erregung kaum noch aushalten.

Plötzlich stieß Amy ihren Mann zur Seite, hielt Bethanys äußere Lippen mit einer Hand gespreizt und strich mit einer Feder über das überreizte rosafarbene Fleisch der inneren Labien, bis die Federspitze die Klitoris erreichte, die wieder ein wenig geschrumpft war.

Als Amy abrupt aufhörte, hielt Bethany voller Erwartung den Atem an. Doch Amy zögerte den quälenden Moment hinaus, und Bethany unterdrückte ein Stöhnen, da sie ahnte, dass Amy die Qualen in die Länge ziehen würde, wenn ihr Opfer sich zu sehr gehen ließ. Schließlich, während Edmund Fiona mit den Fingern über den Venushügel strich und mit einer Fingerkuppe das Häutchen des Kitzlers bewegte, machte Amy es Edmund nach: Mit geschickten Fingern legte sie Bethanys Klitoris frei und streichelte dann bewusst langsam mit der Feder über die Perle.

Augenblicklich katapultierte diese letzte Berührung Bethany in einen unglaublichen Orgasmus. In ihrer Ekstase stieß sie stöhnend die Hüften vor und zurück und spürte, dass sich ihre krampfenden inneren Muskeln nach einem harten Schwanz sehnten. Erst da begriff Fiona, was Edmund in seiner Gerissenheit beabsichtigt hatte. Craig konnte nämlich Bethanys Eingang nur mit der Spitze seiner Erregung erreichen, mehr war nicht drin. Ganz gleich, wie sehr er sich auch anstrengte oder wie stark Bethany sich abmühte, er konnte ihre Öffnung nicht ausfüllen. Bethany schrie unter der Intensität ihres Orgasmus und dem Frust, Craigs Schwanz nicht in sich spüren zu dürfen.

Fiona sah zu, wie Bethanys Körper während der sexuellen Erlösung erschauerte, und wurde ihrerseits feucht zwischen den Schenkeln. Edmunds Finger rieben seitlich über ihre Klitoris, sodass Fiona trotz der Erschöpfung zu einem extrem heftigen Höhepunkt kam und sich über die Wucht dieser Empfindungen wunderte.

Als sie schließlich zu Boden sank, immer noch in Edmunds Arm, löste Amy Craigs Fesseln, der seine Frau schnell zu Boden drückte und sofort bestieg. Wie wild senkte er sich tief in ihre Öffnung, während Amy die Beine um Craigs Taille schlang. Als Craig seine Lust hinausschrie, starrte Bethany das Paar stumm an, matt und mit leicht glasigem Blick. Obwohl sie Befriedigung gefunden hatte, fühlte sie sich um Craigs steifen Schwanz betrogen und hasste die anderen dafür, dass man ihr den Höhepunkt nicht mit allen Freuden gegönnt hatte.

Als Craig sich wieder von Amy löste, schaute Edmund auf seine Armbanduhr. »Oh, schon fast sechs. Wir sollten dich jetzt von den Liebesbällen befreien, Fiona. Du kannst dann duschen gehen und dich in deinem Zimmer ausruhen. Heute hast du dich bewährt, und ich werde Alessandro sagen, wie sehr ich mit dir zufrieden bin. Ich hoffe doch, dass du auch deinen Spaß hattest?«

Zitternd kam Fiona wieder auf die Beine. Sie wusste, dass den anderen sehr wohl klar war, wie sehr sie die Dinge genossen hatte, die man ihr aufgetragen hatte. Und sie schämte sich: Zum einen weil sie ihre Erregung verspürt hatte, zum anderen weil ihr Verlangen nach dieser Art von sexueller Stimulierung zunahm. Zwar war sie Edmunds Sklavin gewesen, aber er hatte sie nicht gezwungen, das Vergnügen und die Erregung zu verspüren, die sie aus diesem Spielchen im Garten gewonnen hatte. Denn eins war ihr klar geworden: Sie war überhaupt nicht die Person, für die sie sich einst gehalten hatte.

Kapitel elf

Nachdem Bethany und Fiona wieder auf ihr Zimmer gebracht worden waren, fühlte Fiona sich ziemlich unwohl. Ahnte sie doch, dass ihre ehemalige Freundin gespürt hatte, wie sehr Fiona die Performance am Nachmittag genossen hatte. Da Fiona nicht wusste, wie sie sich für ihr Benehmen rechtfertigen sollte, schwieg sie. Im Gegensatz zu Bethany.

»Was bist du doch für ein Unschuldslamm«, höhnte sie. »Ich weiß noch genau, wie du dich geziert hast, als Duncan dich mit in mein Schlafzimmer zerrte. Geflennt hast du, als wäre meine Anwesenheit zu viel für deine ach so prüde Seele, aber heute hast du dir insgeheim gewünscht, die anderen hätten dir freie Hand gelassen. Denn dann hättest du mich so lange traktiert, bis ich um Gnade gewinselt hätte, nicht wahr?«

»Halt den Mund!«, rief Fiona. »Gerade vor dir brauche ich mich ja wohl nicht zu rechtfertigen.«

»Warte, bis Duncan von deiner neuen Seite hört«, fuhr Bethany fort und ignorierte Fionas Einwurf. »Wahrscheinlich ist er dann doch scharf darauf, dich zurückzubekommen, weil du nicht mehr so prüde bist. Vielleicht lädt er noch ein paar seiner erlesenen Freunde ein, die sich dann zu uns beiden gesellen. Wieso auch nicht? Wie es aussieht, machst du ja jetzt alles mit. Oder interessieren dich nur die Trimarchi-Brüder?«

»Wann gehst du?«, kam es kurz angebunden von Fiona.

Bethany grinste. »Heute Abend, wenn Duncan rechtzeitig zahlt. Craig meinte, dein Mann schickt einen Spezialboten. Noch vor morgen Früh werde ich sicher in Duncans Armen liegen!«

»Sehr gut, denn dann brauche ich mir dein Gerede nicht mehr anzuhören«, erwiderte Fiona.

»Klar, und du hast Alessandro dann für dich allein. Das ist es doch, was du willst, oder? Aber dann ist da ja noch Georgina. Sie meinte neulich schon, du seist ihr im Weg. Rechne also nicht mit zu viel Rücksichtnahme, wenn sie dich einen Tag lang als Sklaven hält.«

Fiona betrachtete Bethany mit wachem Blick. »Es macht dir wohl Spaß, mir Angst einzujagen, wie? Erst habt ihr beide, du und Duncan, dieses Spielchen mit mir gespielt, jetzt machst du allein weiter. Aber ich lasse mich nicht mehr so schnell einschüchtern, und egal was Georgina denkt, sie hat sich immer noch vor Alessandro zu verantworten.«

»Der dafür sorgen wird, dass dir kein Leid geschieht? Willst du das damit sagen? Wie rührend?«, spöttelte sie.

»Mich baut es jedenfalls auf.«

Bethany zuckte mit den Schultern. »Glaub doch, was du willst. Letzten Endes wird auch Alessandro nicht groß anders sein als Duncan.«

»Er ist überhaupt nicht so wie Duncan!«, protestierte Fiona.

Bethany horchte auf. »Du hast dich ja wohl nicht in ihn verliebt, oder? Jetzt mal ehrlich, Fiona, hast du den Verstand verloren? Ein Alessandro Trimarchi verliebt sich nicht, er genießt die Frauen, mehr nicht. Er hat eine nach der anderen, in allen Farben und Größen. Ich gebe ja zu, dass er von dir fasziniert zu sein scheint, aber auch nur, weil du anders bist als die meisten Frauen. Sobald er dich in sein Gefolge aufgenommen hat, wird er das Interesse an dir verlieren. Womit hast du denn gerechnet? Dass nach deiner Scheidung gleich wieder die Hochzeitsglocken läuten?« Sie brach in lautes Lachen aus, aber ehe Fiona etwas erwidern konnte, ging die Tür auf und Alessandro betrat den Raum. Er hatte einen kleinen Koffer in der Hand, den er jetzt neben Bethany aufs Bett stellte. »Zieh dich an«, befahl er. »Wir haben die Hälfte des Geldes. Es ist Zeit für dich zu gehen.«

Fiona war erstaunt, dass sie bei diesen Worten am liebsten in Tränen ausgebrochen wäre. Nicht dass sie ein Verlangen spürte, Duncan wiederzusehen, aber von jetzt an wäre sie den Leuten in diesem Haus allein ausgeliefert, und eigentlich kümmerte es keinen wirklich, was nun aus ihr würde. Sie schätzte, dass Duncan den Rest der Summe dann doch noch aufbringen würde, aber ihre Ehe wäre definitiv zu Ende, denn er hatte sich ja deutlich genug für Bethany entschieden. Doch Fiona wusste nicht, was sie nach ihrer Freilassung machen sollte.

Alessandro beobachtete sie aus den Augenwinkeln. Ihm war bewusst, wie Fiona sich jetzt fühlte, und setzte nun alles daran, Duncans Geliebte so schnell wie möglich loszuwerden.

Während Bethany in das Kleid schlüpfte, das Alessandro hatte kommen lassen, setzte der Italiener sich so neben Fiona, dass die Rothaarige ihre ehemalige Freundin nicht sehen konnte. »Edmund hat mir erzählt, dass du einen tollen Tag mit ihm verbracht hast. Stimmt das?«

Fiona blinzelte die verräterischen Tränen fort und spürte die tröstende Wärme seiner Finger, als er ihre Hand in seine nahm. »Einiges hat Spaß gemacht«, gab sie zu.

»Sie hat es doch voll ausgekostet!«, mischte Bethany sich ein und setzte sich auf die Bettkante, um die Seidenstrümpfe anzuziehen.

»Halt den Mund!«, wies Alessandro sie zurecht. »Wenn du nicht in zwei Minuten angezogen bist, kannst du nackt ins Auto steigen.«

Fiona sah ihm in die Augen. »Wird er die restliche Summe je bezahlen?«, flüsterte sie.

Er nickte. »Natürlich! In zehn Tagen müsste er alles zusammen haben.«

»Er lügt doch«, meinte Bethany und ging zur Tür. »Duncan wird das Geld nie aufbringen, und die Trimarchis planen doch sowieso, seine Firmen zu übernehmen. Ich weiß es, weil Craig es mir erzählt hat.«

Während Fiona ihre ehemalige Freundin erschrocken anstarrte, erhob Alessandro sich. »Craig ist hier nur ein bezahlter Bodyguard, der keinen Grips hat. Nie würde ich mit ihm über meine Geschäfte sprechen. Genauso wenig würde ich meinen Buchhalter um Rat fragen, wenn ich Skifahren möchte. Und jetzt raus mit dir. Duncan Sheldon wartet bestimmt schon auf dich.«

Auf dem Flur wartete Craig bereits, um Bethany zum Auto zu bringen. Als die Schritte verhallten, saß Fiona immer noch auf dem Bett und blickte gedankenverloren aus dem kleinen Fenster am Ende des Zimmers.

Alessandro überlegte, wie er sie aufmuntern könnte, doch sein sonst so erfinderischer Geist ließ ihn diesmal im Stich. Denn wie sollte man auch so einfach den Schmerz lindern, den eine Frau verspürte, weil sie gleich doppelt verraten worden war? Er wusste, dass Fiona nichts anderes übrig blieb, als sich mit dieser Situation abzufinden, aber es wäre jetzt taktlos, sie mit irgendwelchen Plattitüden in ihrem Kummer trösten zu wollen.

»Warum hast du ihn überhaupt geheiratet?«, fragte er unvermutet.

Fiona ging in ihrer Erinnerung zurück zu jenen Tagen, als Duncan zum ersten Mal mit ihr ausgegangen war. »Er gab mir Sicherheit«, erklärte sie langsam. »Mein Vater hatte all sein Geld verloren. Duncan war reich, und ich glaubte, er wäre freundlich. Außerdem behauptete er, er sei unsterblich in mich verliebt.«

»Warst du auch in ihn verliebt?«, wollte er wissen.

»Nein, eigentlich nicht, aber ich mochte ihn, und als er sagte, er werde meinem Vater wieder eine Anstellung verschaffen und ihn in den Vorstand zwei seiner Firmen berufen, um ihm seine Selbstachtung zurückzugeben, da glaubte ich, es wäre die Rettung für meine Eltern.«

»Aber an dieses Angebot war die Bedingung geknüpft, dass du ihn heiraten musstest, oder?«

Sie nickte. »Er ließ es nicht so klingen, als würde er mich kaufen, sondern meinte nur, er könne seinem zukünftigen Schwiegervater eine gehobene Position verschaffen, sobald wir verheiratet wären. So kam eins zum anderen. Ich wusste, dass meine Mutter wieder glücklich sein würde. Und ich dachte, Duncan und ich würden ein gutes Paar abgeben.«

»Und wie war es im Bett? Hat er dich da je befriedigt?«, wollte Alessandro wissen.

Fiona nickte wieder. »Vor unserer Hochzeit gab er sich richtig Mühe, aber er kam mir nie besonders leidenschaftlich vor. Es war nicht so, dass ich dauernd mit ihm im Bett landete. Dazu kam es vielleicht alle paar Wochen einmal. Später fand ich dann heraus, dass er sehr von einer langjährigen Geliebten in Anspruch genommen wurde, aber damals dachte ich einfach, dass das eben Duncans Art war.«

Alessandro nickte. »Und dieser Mangel an Leidenschaft hat dir also nichts ausgemacht?«

Fiona schaute zu ihm auf. »Natürlich nicht! Ich dachte ja, ich wäre nicht viel anders als er.«

»Und wie siehst du dich jetzt?«

Sie senkte den Blick. »Ich weiß, dass ich auch anders sein kann.«

»Gefällt dir dieser Gedanke?«

Sie schüttelte den Kopf. »Überhaupt nicht, weil mir das herzlich wenig nützen wird, wenn ich freigelassen werde. Zu Duncan werde ich wohl kaum zurückkehren, aber ich kann mir nicht vorstellen, dass ich plötzlich so hemmungslos bin und überall in London per Anzeige nach einem *gleichgesinnten Mann* suche, wie es in den Annoncen immer heißt.«

Seine eben noch harte Miene wurde weicher, als er lächelte. »Das kann ich mir zwar auch nicht vorstellen, aber vielleicht findet sich eine Lösung. So ist es oft im Leben, wie ich festgestellt habe.«

»Vielleicht in deinem Leben, aber nicht in meinem.«

»Morgen kann ich einen ganzen Tag hier sein, was bedeutet, dass ich die Rolle des Gebieters übernehmen werde. Ich freue mich schon sehr darauf und hoffe, dass du nicht abgeneigt bist.«

Fiona hatte dazu noch keine rechte Meinung, war jedoch froh, dass es Alessandro immerhin gelungen war, sie auf andere Gedanken zu bringen. Inzwischen war es ihr egal, dass Bethany nicht mehr da war, und in dieser Nacht schlief sie erstaunlich gut.

Alessandro weckte sie pünktlich um sechs. Schläfrig räkelte sie sich im Bett und spürte seine Hand zwischen ihren Schulterblättern. »Komm schon, Fiona, es ist Zeit, dass wir uns amüsieren! Zieh dir den Morgenmantel über. Ich möchte den Tag damit beginnen, dass du mich badest.«

Alessandros Badezimmer war im römischen Stil gekachelt

und wies am Boden und an den Wänden mosaikartige Muster auf. Die Badewanne war lang und tief eingelassen, und als Fiona den Hahn aufdrehte, schoss das Wasser nur so aus der Leitung. Sie achtete darauf, dass die Badetemperatur angenehm war, und goss dann etwas Flüssigkeit aus einer Flasche, die Alessandro ihr gereicht hatte.

Als der Italiener schließlich hereinkam, war die Wanne schon voller Schaum; Pinienduft erfüllte das Bad. Genüsslich sog Alessandro die Luft ein und ließ sich in die Wanne sinken. »Ein perfekter Start in den Tag! Du kannst mir mit diesem Handschuh da den Rücken massieren.«

Fiona streifte schnell den Handschuh über, verteilte den Schaum auf Alessandros golden-brauner Haut und rieb mit der rauen Oberfläche über seinen Rücken, bis die Haut sich rötete. Dann wendete sie den Handschuh und benutzte die weiche Seite, um den Schaum mit dem warmen Wasser abzuspülen.

Danach hob er abwechselnd die Beine, und diesmal ließ Fiona ihre Hände über seine langen Schenkel gleiten und säuberte auch die Zwischenräume seiner Zehen. Schließlich waren seine Brust, die Arme und der Hals an der Reihe, ehe er aufstand und die Beine für sie spreizte.

Seine Männlichkeit hing noch schlaff herab, die Haut seines Hodensacks war schrumpelig. Sehr vorsichtig seifte Fiona abwechselnd seine Bälle ein und strich über die empfindliche Haut. Als die Hoden leicht anschwollen, spannte sich auch die Haut.

Alessandros Erektion wuchs langsam, und Fiona berührte sie zunächst zurückhaltend, dann jedoch fester und ließ die Hand mit Hilfe des Schaums über den langen Schaft gleiten, bis der Penis ganz steif war. Augenblicklich stieß der Italiener ihre Hand fort, setzte sich wieder in die Wanne und ließ den Schaum im Wasser aufgehen.

»Ich trockne mich allein ab«, sagte er und war überrascht, wie schwer es ihm fiel, nicht die Kontrolle zu verlieren. »Im Schlafzimmer sind Obst und Joghurt. Wir können zusammen frühstücken, wenn ich hier fertig bin.«

Nachdem sie gegessen hatten, goss Fiona aus einer silbernen Kanne dampfenden Kaffee in Tassen und hatte zum ersten Mal seit Tagen das Gefühl, dass sie sich entspannte. Die Räume, in denen sie sich aufhielt, waren luxuriös, und sie war mit einem Mann zusammen, den sie attraktiver fand als alle Männer, die sie bislang kennengelernt hatte. Nur die Umstände ihres Aufenthalts in diesem Haus vermiesten ihr die Laune ein wenig, doch diesen Gedanken schob sie beiseite.

Alessandro trank seinen Kaffee aus, legte dann den Bademantel ab, den er sich übergezogen hatte, und machte es sich auf seinem Bett bequem, wobei er Fiona mit sich zog. Als sie neben ihm lag, schob er ihr die Baderobe über die Schultern und streichelte Fiona zärtlich.

»Hatten deine Eltern überhaupt eine Ahnung davon, wie Duncan wirklich war?«, fragte er und knabberte leicht an der empfindlichen Stelle unterhalb ihres Ohrs.

Fiona erzitterte unter der Berührung seiner Lippen und registrierte mit Verzögerung, dass sie Alessandro mit einer Hand über die Hüfte strich. »Nein«, murmelte sie. »Ich konnte es ihnen unmöglich erzählen, weil es ihnen wieder so gut ging. Außerdem schämte ich mich, als sich alles so unglücklich entwickelte. Ich dachte, es wäre meine Schuld, dass ich Duncan nicht normal befriedigen konnte und dass er mich deshalb demütigen musste, um überhaupt Befriedigung zu finden.«

»So, wie wir dich gedemütigt haben«, sagte er nachdenklich und leckte mit der Zungenspitze über die Vertiefung an ihrem Hals.

»Nein!«, widersprach Fiona sofort. »Das war anders. Duncan hat mir wirklich wehgetan. Ich musste ständig versuchen, die Prellungen zu verbergen, die er mir zufügte, und einmal musste ich zum Gynäkologen, weil mein Mann mich verletzt hatte.«

Alessandro sog geräuschvoll die Luft ein. »Geschieht ihm recht, was ihm zurzeit widerfährt.«

Jetzt leckte er erst an der einen, dann an der anderen Brust und ließ es dabei so langsam angehen, dass Fiona ihm schon sagen wollte, er solle schneller machen. Wäre es nach ihr gegangen, hätte sie diese Liebkosungen stundenlang genießen können. Dann zog er sie an sich und zwängte sein Knie zwischen ihre Schenkel, sodass sein Oberschenkel gegen ihre Vulva drückte. Jetzt konnte Fiona sich selbst stimulieren, wenn sie es wollte. Zu seiner Freude kam sie der stummen Aufforderung nach, und kurz darauf spürte er, wie die Feuchtigkeit ihrer Spalte seine Haut benetzte.

»Wo wohnen sie?«, wisperte er, als Fiona ihren eigenen Rhythmus fand.

Zunächst wusste sie seine Frage gar nicht einzuordnen, so erregt war sie bereits von diesem zärtlichen Liebesspiel. Doch schließlich wurde ihr klar, dass er gedanklich immer noch bei ihren Eltern war. »Cornwall«, keuchte sie, als die Hitze zwischen ihren Schenkeln zunahm.

Alessandro speicherte diese Information ab, ehe er sich ganz in das Liebesspiel fallen ließ. Abwechselnd leckte er über ihren Bauch und ihre Hüften, bis er Fiona auf den Bauch drehte. Beginnend am Nacken, sog er an jedem Wirbel und wanderte langsam mit dem Mund hinab zu der Spalte ihrer Pobacken.

Genau dort ließ er seine Zunge kreisen und sah, dass Fiona sich ihm in ihrer Freude entgegenhob. Vorsichtig drückte er sie wieder auf die Matratze und massierte mit einer Hand ihre Kopfhaut durch das dichte Haar, um Fiona zu verstehen zu geben, dass er sie nicht mit Gewalt zurückdrückte.

Überall dort, wo sein Mund war, blieb ihre Haut warm und feucht, und als die Luft diese Stellen trocknete, spürte Fiona eine Kühle auf der Haut; das Wechselspiel aus warmen und kühlen Hautpartien war wie ein Muster, das er mit seinen Lippen auf ihren Körper tätowierte, bis Fiona am ganzen Leib zitterte.

Als er bei ihren Füßen ankam, musste sie sich wieder auf den Rücken drehen. Dann nahm er einen Fuß in die Hand und begann, sich ihren Zehen zuzuwenden.

Zart leckte er über die Zehenspitzen, ließ auch die empfindliche Haut der Zwischenräume nicht aus und widmete sich dem jeweils nächsten Zeh. Schließlich, als Fiona sich in ihrer prickelnden Freude unruhig auf dem Laken wand, nahm er die Spitze ihres kleinen Zehs in den Mund und sog genüsslich daran.

Alessandro hatte zwar nur ihren Zeh im Mund, aber Fiona wunderte sich, dass so eine kleine Stimulierung derart intensive Kontraktionen tief in ihrem Bauch hervorrief. Sie merkte selbst nicht, was sie tat, als sie mit beiden Händen ihre Brüste berührte und dort die hervorstehenden Nippel zwischen Daumen und Zeigefinger knetete. Ein erregendes Kribbeln breitete sich bis in ihre Zehen aus.

Alessandro ließ sich nicht drängen. Langsam wandte er sich jedem einzelnen Zeh zu, gab den einen Fuß frei und widmete sich in derselben Weise dem anderen Fuß, während Fiona sich ungeduldig im Bett hin und her warf. In ihren weit geöffneten, grün gesprenkelten Augen spiegelte sich ihr Verlangen, und immer fester massierte sie ihre Brüste.

Als Alessandro meinte, den Füßen genug Aufmerksamkeit geschenkt zu haben, ließ er Fionas Bein los und legte sich auf sie, wobei er sich auf die Ellenbogen stützte und mit seinem ganzen Körper über Fionas Körper strich. Und die ganze Zeit berührte sein Schambein bei jeder Bewegung Fionas Kitzler.

Fiona spürte diese neuartige Stimulierung und stieß einen lustvollen Schrei aus. Ihr Leib verspannte sich nun, und hinter ihrer Klitoris fühlte sie ein Pulsieren, das ihren Orgasmus ankündigte.

»Bist du kurz davor?«, flüsterte Alessandro.

»Ja, ja!«, rief sie außer Atem und rieb sich noch fester an ihm.

Alessandro hielt nun in seinen Bewegungen inne und schob stattdessen seine Hand zwischen ihre Schenkel. Mit zwei Fingern glitt er in sie und drehte einen Finger so, dass der G-Punkt stimuliert wurde.

Einen Moment lang glaubte Fiona, diese Berührung würde sie zum Höhepunkt bringen, aber obwohl die Empfindungen überwältigend stark wurden, schaffte sie noch nicht den Sprung in die Erlösung. Wie verrückt bewegte sie die Hüften, während ihr Körper auf der Suche nach dem befreienden Moment war.

Alessandro zog die Finger zurück und strich Fiona nun mit den Kuppen, feucht von ihren Säften, über die inneren Labien und die Stelle unterhalb der Harnröhre, wo Fiona sehr empfindlich war. Dort hielten seine Finger inne, und einen Moment lang starrte Fiona in seine Augen, wartete sie doch auf die letzte Stimulierung, die ihr Erfüllung bringen würde. Alessandro ließ sie nicht lange warten und senkte seinen Blick tief in ihre Augen, während er mit den Fingerspitzen über das dünne Häutchen an Fionas Kitzler rieb. Ihr Oberkörper schnellte von der Matratze hoch, als hätte Fiona einen Elektroschock erhalten.

Sie schrie vor Lust und genoss das Gefühl, wie zärtlich und wie leicht Alessandro sie zum Höhepunkt gebracht hatte. Als sie unter ihm erschauerte, senkte er sich endlich tief in sie. Ihre Sexmuskeln bewegten sich noch unter den letzten Schüben des Orgasmus und spannten sich fester um seinen Schwanz, als Alessandro es für möglich gehalten hatte.

Der Italiener hatte diesen Augenblick herbeigesehnt und sich vorgenommen, sich möglichst lange rhythmisch in ihrem herrlichen Körper zu verlieren, doch inzwischen war auch er so erregt, dass er bloß viermal leicht in sie stieß und schon seinen Höhepunkt erreichte, der ihm den Atem raubte.

Fiona sah, wie er die Augen schloss und die Zähne zusammenbiss, als er den Gipfelpunkt seines Orgasmus erlebte. Deutlich sichtbar schoss ihm die Röte der Erregung in die Wangen und den Hals, und Fiona kostete diesen Moment der Macht aus, weil ihr klar wurde, dass sie Alessandro mit ihrem Körper zum Orgasmus gebracht hatte. Noch überraschter war sie, als sie selbst zum zweiten Mal zum Höhepunkt kam, und zwar so kurz nach den ersten erlösenden Schüben, dass es sich fast wie ein einziges Lusterlebnis anfühlte. Fiona schrie in ihrer Ekstase, als der neue Höhepunkt ihren Körper schüttelte.

Alessandro spürte, wie sie sich erneut verspannte, und erlebte einen Moment der Befriedigung über das, was er erreicht hatte. Unter halb gesenkten Lidern beobachtete er Fiona, die den Kopf von einer Seite auf die andere warf und sich in ihrer Lust so verspannte, dass die Sehnen an beiden Seiten ihres Halses hervortraten.

Als sie zur Ruhe gekommen war, sank Alessandro auf sie, streichelte Fiona und gab ihr mit diesen Zärtlichkeiten das Gefühl, dass sie für die kommenden Tage seine erste Wahl war. Sein Körper ruhte schwer auf ihrem, doch das machte ihr nichts aus. Sie mochte es, seinen muskulösen Körper zu spüren. Duncan hatte sich immer sofort von ihr abgewandt, wenn er gekommen war, und daher empfand sie die Nähe zu Alessandro nun als sehr viel angenehmer.

Als er sich schließlich langsam von ihr rollte, verließ er nicht gleich das Bett, sondern zog Fiona in seine Arme. »Ich wollte eigentlich, dass es länger dauert«, bekannte er. »Wir müssen wohl mehr üben!«

»Ich dachte, es würde gar nicht enden«, erwiderte sie leise und fast ein bisschen schüchtern.

Er strich ihr das feuchte Haar aus der Stirn. »Ruh dich aus«, murmelte er. »Edmund kann noch warten.«

Fionas Augen weiteten sich. »Edmund?« Sie war im Begriff, sich aufzurichten, doch er gab sie nicht frei.

»Er ist mein Bruder. Ich denke, es ist nur fair, dass er dich auch ein wenig genießen kann.«

»Aber ich war doch schon seine Sklavin!«, protestierte sie und fragte sich, ob das Gefühl von Nähe nur eine Illusion gewesen war.

»Verstehst du denn nicht, wie ich das meine?«, fragte er. »Zu zweit können wir dich doppelt glücklich machen.«

»Aber bei ihm ist es anders«, versuchte sie ihm zu erklären. »Er ist nur ...«

Alessandro legte ihr einen Finger auf den Mund. »Du gehörst mir, schon vergessen? Ich sage ja nicht, dass es mit ihm genauso ist. Aber es gefällt mir, wenn er eine Weile mit mir hier bei dir ist. Und ich verspreche dir, du wirst es genießen.«

Das bezweifelte Fiona nicht, aber der kurze zauberhafte Augenblick mit Alessandro war längst verflogen. Jetzt fragte sie sich natürlich, ob der Italiener diesen Zauber absichtlich gebrochen hatte, weil er sich vor der tiefen Zuneigung Fiona gegenüber fürchtete.

Eine halbe Stunde später reichte Alessandro ihr einen pfirsichfarbenen Satin-Body, und sobald sie ihn angezogen hatte, gab er ihr die weißen High Heels, die Edmund so gern an ihr sah. Während er sich anzog, musste Fiona ein paar Mal mit den Stilettos im Zimmer herumstolzieren. Ehe sie das Schlafzimmer verließen, legte er Fiona eine Perlenkette um den Hals. Die unterste Perle verschwand in der Vertiefung zwischen Fionas Brüsten.

»Jetzt siehst du so aus, wie Edmund sich dich wünscht!«, meinte er mit einem Lächeln.

»Und findest du mich auch sexy?«, wollte sie wissen.

Er schüttelte den Kopf. »Ich habe es lieber, wenn du in meinem Bett liegst, mit sehnsuchtsvollem Blick und matt vor Leidenschaft. Aber so kannst du natürlich schlecht im Haus herumlaufen!«

Fiona wurde warm, als sie sich bewusst machte, wie sie nach dem Liebesspiel ausgesehen haben musste. Doch dann führte Alessandro sie auch schon die Treppe nach unten, und Fiona war gedanklich auf die nächsten Ereignisse eingestellt. Ihr Puls beschleunigte sich, und sie wusste, dass dies an der Mischung aus Furcht und Aufregung lag.

Alessandro brachte sie in ein großes Wohnzimmer, das sie noch nicht gesehen hatte. Auch hier hingen schwere Vorhänge vor den Fenstern, diesmal dunkelblau, und der Boden war mit einem hellblauen Teppich ausgelegt. Das Mobiliar, ein Zweisitzer und drei große cremefarbene Ledersessel, hatte man aus der Mitte des Raums geschoben, sodass der Blick gleich auf eine aufblasbare Matratze von der Größe eines Doppelbetts fiel. Eine weiche Decke im ägyptischen Stil lag auf der Matratze, die in der Mitte eine Polsterung aufwies. Edmund erwartete die beiden bereits.

»Schön warm hier«, sagte Alessandro anerkennend. »Ich

glaube, du brauchst deine Kleidung nicht mehr zu tragen, Fiona. Aber vielleicht läufst du noch einmal für uns auf und ab, damit wir dich bewundern können. Und dann strippst du für uns, eine schön langsame Striptease-Nummer bitte. Und lass die Schuhe bis zuletzt an.«

Von plötzlicher Scheu erfasst, ging Fiona im Raum auf und ab, wobei sie darauf achtete, den Kopf gerade zu halten und die Schultern zu straffen, weil sie Alessandro keinen Anlass zur Klage geben wollte. So befangen sie sich auch fühlte, sie wollte nicht, dass die beiden Brüder es ihr anmerkten. Nachdem sie ihre erste Runde gedreht hatte, blieb sie am Fuß des aufblasbaren Doppelbetts stehen, streifte sich die Träger ihrer Unterwäsche über die Schultern und beugte sich dabei leicht vor, damit die Trimarchi-Brüder einen Blick auf die Wölbungen der Brüste erhaschen konnten.

Zu ihrem Erstaunen stellte sie fest, dass sie die Show plötzlich genoss. Es machte ihr einfach Spaß, als sie sah, dass zwei Paare dunkle Augen auf sie gerichtet waren, während sie sich langsam des Bodys entledigte – die absolute Stille in dem Raum verriet Fiona, dass sie die volle Aufmerksamkeit der beiden Männer hatte.

Jetzt spreizte sie die Beine ein wenig und strich sich mit der Hand über den von Satin bedeckten Bauch. Auf Höhe ihres Venushügels, der noch unter dem Stoff verborgen lag, ließ sie ihre Handfläche einen Moment lang ruhen, ehe sie mit den Fingern die Druckknöpfe zwischen ihren Schenkeln suchte.

Die Brüder konnten den Blick nicht von ihr wenden: Edmund sehnte sich schon danach, Fiona wieder anfassen zu dürfen, während Alessandro mit Genuss registrierte, wie sehr sich ihre Geisel bereits verändert hatte. Selbst er hätte nie für möglich gehalten, dass unter Fionas kühlem Gehabe so viel Leidenschaft siedete, und obwohl er sie noch vor Kurzem besessen hatte, wurde ihm bei dem Gedanken, sie wieder zu nehmen, der Mund ganz trocken.

Fiona hatte das Gefühl, in einer anderen Welt zu sein. Von Bedeutung war nur dieser Moment, sonst nichts, denn jetzt lenkte sie die Blicke zweier Männer mit jeder noch so kleinen Bewegung auf sich. Zart strich sie im Schritt über den dünnen Stoff des Bodys und spürte, wie ihr Körper auf diese Liebkosung ansprach. Schließlich öffnete sie einen der Druckknöpfe und hörte, wie Edmund ein leises Keuchen entfuhr.

Fiona hob den Kopf und schenkte dem jüngeren Bruder ein Lächeln, ehe sie die letzten drei Knöpfe öffnete und den Stofflatz anhob. Dann richtete sie sich in ihren High Heels auf und gönnte den Männern einen Blick auf ihr krauses Delta.

Alessandro war kurz davor, Fiona anzutreiben, aber er wusste, dass sie sich nur an seine Anweisung hielt und sich Zeit ließ, doch es erstaunte ihn, wie geschickt seine Geisel strippte. Sacht wiegte Fiona sich in den Hüften, schob den Stoff nach oben und spürte, wie das Material über die empfindlichen Unterseiten ihrer Brüste fuhr, bis sie schließlich die Arme über den Kopf streckte und den Body auszog. Nun trug sie nur noch die Perlenkette um den Hals und die Stilettos.

»Die Schuhe ziehe ich ihr aus!«, rief Edmund.

Alessandro bedachte ihn mit einem kalten Blick. »Du machst das, was ich dir zugestehe, mehr nicht!«

Edmund nagte an der Unterlippe. Für einen Moment, ganz verloren in dem Anblick von Fionas herrlichem Körper und ihrer unerwartet tollen Performance, hatte er vergessen, dass sie nicht mehr seine Sklavin war, sondern jetzt seinem Bruder gehörte. »Sorry«, nuschelte er.

»Setz dich ans Fußende des Betts, Fiona«, gab Alessandro vor.

Fiona gehorchte, setzte sich auf die Matratze, zog die Schultern weiterhin schön zurück und genoss die kühlen Perlen auf ihrer warmen Haut. Alessandro nickte seinem Bruder zu. »Jetzt kannst du ihr die Schuhe ausziehen.«

Schnell hob Edmund Fionas rechtes Bein an und wanderte mit dem Blick den Schenkel hinauf zu Fionas Vulva. Die äußeren Lippen waren noch geschlossen, sodass er sich die samtenen Stellen nur vorstellen konnte, als er ihr den Schuh auszog. Mit den Zähnen nagte er an ihrem großen Zeh. Fionas Bein verspannte sich, und mit der Hand strich er über ihre stramme Wade, ehe er ihren Fuß losließ und die Prozedur am linken Fuß wiederholte.

Sobald die Schuhe auf dem Boden lagen, wartete Fiona gespannt, was jetzt passieren würde. Alessandro ging zu einem Sideboard, öffnete eine Schublade, holte etwas heraus und brachte es zu Fiona. »Steh einen Moment auf«, sagte er. Sie erhob sich und kam sich mit einem Mal klein vor ohne die hohen Absätze. Alessandro legte ihr einen Ledergürtel um die Taille, einen Gürtel, an dem vorne und hinten zwei kurze Halterungen befestigt waren. Dann zog er an den elastischen Bändern, ehe er Edmund vortreten ließ, der Fiona etwas zwischen die Schenkel schob.

Zunächst sah der Gegenstand aus wie ein Plastikspielzeug, aber als er an den Halterungen befestigt wurde und die Bänder richtig gespannt waren, begriff Fiona, was sich die Brüder ausgedacht hatten, denn das Plastikteil passte sich der Vulva an. Kleine kreisrunde Erhebungen drückten nun gegen die äußeren Labien.

»Das ist ein Butterfly-Vibrator«, erklärte Alessandro ihr. »Wir können ihn in die Steckdose stecken. Hinten kommt das Kabel heraus. Leg dich auf die Polsterung hier in der Mitte der Matratze, und dann zeigen wir dir, wie er funktioniert.«

Fionas Selbstvertrauen bröckelte. Aus Spaß vor den Männern zu strippen, war eine Sache. Ihr wurde aber schnell klar, dass es etwas anderes war, wenn dieser Vibrator ihren Körper, der schon so viel Lust empfunden hatte, wieder in die Gefilde der Ekstase entführen würde, die sich Fionas Kontrolle entzog.

Daher zögerte sie. »Leg dich hin, Fiona«, sagte Alessandro mit Nachdruck. Langsam gehorchte sie. »Jetzt dreh dich so, dass deine Brüste auf der Polsterung liegen, und schling die Arme um das Polster. Wenn der Vibrator läuft, möchtest du dich vielleicht selbst ein bisschen stimulieren, indem du mit den Brüsten über die Polsterung reibst.«

Allein der Gedanke an diesen kleinen Schmetterling zwischen ihren Schenkeln verleitete Fiona zu erotischen Visionen, und sie spürte, wie ihre Nippel anschwollen. Dann, sie spürte es zunächst kaum, setzte der Vibrator sich langsam in Bewegung. Fiona hatte das Gefühl, dass eine seichte Strömung durch ihren Körper floss; ihre Labien öffneten sich bei der Stimulierung.

Alessandro und Edmund setzten sich zu beiden Seiten neben sie und sahen, wie sie sich fester an die Polsterung schmiegte. Zufrieden lächelten die Brüder einander an. Dann erhöhte Alessandro mit einem kleinen Regler die Frequenz des Vibrators. Ein Prickeln lief über ihre Vulva, und Fiona merkte, wie sich ihre Schamgegend mit Blut füllte.

Sie konnte es kaum verhindern, als ihre Hüften zu zucken begannen und ihre Beine sich bewegten. Edmund legte seine Hand auf die Rückseiten ihrer Schenkel und spürte, wie das Zittern durch ihren Körper lief und die Erregung sich langsam in ihr aufbaute.

Auch Alessandro entging das nicht. Er stellte den Vibrator langsamer. Als die herrlich stimulierenden Impulse an Intensität verloren, hätte Fiona am liebsten vor Enttäuschung aufbegehrt. Sie stieß die Hüften noch schneller vor und zurück und rieb sich an der Polsterung, um wieder das Level der Erregung zu erreichen. Aber ohne die richtige Stimulierung des kleinen Butterflys schaffte sie es nicht und musste sich mit den langsameren Bewegungen abfinden.

Alessandro griff jetzt zu einem kleinen Vibrator, der wie ein Stift geformt war, und setzte die Spitze an Fionas Hinterkopf an, genau am Haaransatz. Dort ließ er den Vibrator einen Moment lang und wanderte dann damit über Fionas Wirbelsäule.

Ihr Körper wurde nun von verschiedenen Empfindungen zugleich erfasst. Zwischen ihren Schenkeln pochte der Butterfly leicht und löste ein Kitzeln aus, das Fiona aber nicht über ein bestimmtes Level an Erregung hinausbrachte. Gleichzeitig verspürte sie an den Nervenenden der Wirbelsäule abertausend kribbelnde Reize, die bis in ihre Brüste blitzten.

Als Alessandro mit der Spitze des schmalen Vibrators an Fionas Po innehielt, war Fiona zunächst erleichtert, doch dann zog er eine neue Spur in die entgegengesetzte Richtung und erhöhte die Frequenz des Butterflys.

Jetzt hatte sie keine Kontrolle mehr über ihren Körper. Sie stöhnte, drückte ihre pochenden Brüste gegen das Polster und wünschte, einer der Männer würde ihre Titten massieren, aber Edmund war mehr an ihren runden Gesäßhälften interessiert und knetete sie dort.

Ihr Gesicht fühlte sich heiß an, und sie wusste, dass ihr Rücken feucht von kleinen Schweißperlen war. Unbedingt wollte sie zum Höhepunkt kommen, schaffte es aber nicht aus eigener Kraft, da Alessandro die Reize geschickt dosierte und ihr nicht die volle Lust gönnte.

Beide Brüder spürten, wie ihre Erektionen gegen ihre Jeans drückten, wussten aber, dass ihnen noch Zeit genug bliebe, ihre Lust auszuleben. Das sollte schließlich nur der Anfang sein. Gemeinsam blickten sie lächelnd auf Fiona, die auf der weichen Unterlage der Matratze lag, die Hüften vor- und zurückstieß und das Zittern in ihren Beinen nicht unterdrücken konnte.

Schließlich überließ Alessandro den kleinen Vibrator seinem Bruder, der das Gerät schnell in Gleitmittel tauchte, dann Fionas Pobacken spreizten durfte und die Spitze des Vibrators in den Anus einführte.

Fiona schrie, als ihr ohnehin schon überstrapazierter Körper wieder von einem neuen Reiz durchflutet wurde. Fest umklammerte sie die Polsterung und spürte bei dem unglaublichen Druck, der sich in ihrem Innern aufstaute, dass sie kurz vorm Kommen war. Ermuntert von Fionas Reaktion, ließ Edmund den Vibrator ein wenig tiefer in ihrem hintersten Loch verschwinden.

Dann nickte er seinem Bruder zu. Zum ersten Mal stellte Alessandro den Butterfly auf die höchste Stufe und löste dadurch augenblicklich Fionas Orgasmus aus. Sie spürte die überreizten Nervenenden zwischen ihren Beinen, ehe ihr Körper unter der vollen Wucht des Orgasmus schier explodierte, sodass Fiona zu keinem klaren Gedanken mehr fähig war. Sie konnte nur noch wie verrückt mit Armen und Beinen um sich schlagen, während die Kontraktionen ihrer Sexmuskeln sich auf die Vibrationen in ihrem Anus übertrugen. Dieses übersteigerte Lustempfinden verschaffte ihr so viel Vergnügen, dass sie vor Erleichterung laut aufstöhnte.

Sofort erschlaffte ihr zuvor angespannter Leib. Alessandro schaltete den Butterfly aus, und Edmund zog den kleineren Vibrator wieder raus. »Na also«, meinte Alessandro. »War doch ein toller Start unserer Zeit zu dritt!«

Kapitel zwölf

Einen Moment lang lag Fiona still und benommen da und spürte nach, wie ihr Körper nach den Höhen der Ekstase allmählich zur Ruhe kam und das Feuer in ihren Nervenenden wieder abflaute. Viel zu früh für ihr Empfinden zog Alessandro sie vom Bett, bis sie vor ihm stand.

»Nimm den Vibrator ab«, sagte er mit einem leisen Lächeln. »Ich weiß, dass du es genossen hast, aber Edmund und ich können dir genauso gut Vergnügen bereiten, wenn nicht gar noch besser!«

Sie nestelte an dem Ledergürtel herum, löste den Butterfly und legte ihn auf den Boden. Fast schämte sie sich, als sie sah, dass der Vibrator von ihren Säften getränkt war.

In der Zwischenzeit war Edmund in die Küche gegangen und kehrte mit drei Flaschen Champagner zurück. »Lasst uns feiern!«, rief er mit einem Lachen und reichte eine gekühlte Flasche Alessandro.

»Was feiern wir denn?«, fragte Fiona. »Hat Duncan etwa die zweite Hälfte seiner Schuld beglichen?«

Alessandro neigte den Kopf zur Seite. »Würdest du das wirklich feiern wollen, Fiona? Ich glaube, nein. Wir feiern, dass du dir endlich deiner Sexualität bewusst bist. Knie dich in die Mitte der Matratze. Da wir keine Gläser zur Hand haben, werden wir von *dir* trinken!«

Sie zitterte. Ihre Haut war noch erhitzt von der sexuellen Erregung, und daher verspannte Fiona sich bei dem Gedanken an den eisgekühlten Champagner. Doch sie gehorchte, da ihr ohnehin keine andere Wahl blieb. Als sie mit aufrechtem Oberkörper auf dem Bett kniete, positionierte Edmund sich hinter ihr, Alessandro aber vor ihr. Gleichzeitig ließen sie nun die Korken knallen und neigten die Flaschen so, dass der Schaumwein über Fionas Rücken und Brüste sprudelte.

Bei der kalten Flüssigkeit auf ihrer Haut keuchte Fiona und streckte Alessandro unbewusst die Brüste und den straffen Bauch entgegen, während Edmund den Schwung ihres durchgebogenen Rückens bewunderte.

Die Brüder umfassten Fionas Schultern und leckten jetzt den Champagner von ihrem Körper. Alessandro begann an der kleinen Mulde unterhalb ihres Halses und wanderte dann mit dem Mund zu ihren Brüsten. Er nahm die harten Nippel, die sich bei der kalten Flüssigkeit aufgerichtet hatten, in seinen warmen Mund und sog daran.

Während Alessandro ihre Brüste abschleckte, fuhr Edmund mit federleichten Zungenstrichen über Fionas Wirbelsäule und über ihre Schulterblätter. Sie hatte nicht gewusst, dass sie auch dort empfindlich war, aber als Fiona die Zungenspitze spürte, durchrieselte sie erneut eine kribbelnde Freude.

Inzwischen war Alessandro bei ihrem Nabel angekommen, während Edmund seine Zunge zwischen ihre Gesäßhälften schob. Ein perlendes Kribbeln lief ihr von der Wirbelsäule bis in den Bauch und strahlte tief in ihren Körper.

Dann ließ Edmund sie los und drückte sie mit dem Rücken flach auf die Matratze; die Polsterung wurde weggeschoben. Jetzt konnten die Brüder sich ganz dem Bauch und den Innenseiten der Schenkel widmen, wo der Champagner auch hingelaufen war.

Für Fiona war es ein unbeschreibliches Gefühl, zwei Zungen auf einmal zu spüren. Sie keuchte leise vor Aufregung, während die beiden sie ableckten. Alessandro ließ sich extra viel Zeit an ihrem Oberschenkel, und je länger seine Zunge dort in der kleinen Hautfalte spielte, desto sehnlicher wünschte Fiona sich, er würde sich auch ihren anschwellenden äußeren Lippen zuwenden und die Flüssigkeit auflecken, die sich dort gesammelt hatte. Doch Alessandro widerstand dem Verlangen.

Fiona krallte die Finger in das weiche Bettlaken und hatte das Gefühl, überall zugleich von etlichen Zungen verwöhnt zu werden. Erst nachdem die Brüder sämtliche Spuren des Champagners aufgeleckt hatten, schoben sie Fionas Beine auseinander. Edmund öffnete die dritte Flasche, und Fiona kreischte, als der sprudelnde Schaum direkt auf ihre Vulva spritzte. Etwas von der Flüssigkeit drang bis zu den inneren Labien und der Klitoris vor, der Rest lief ihr über die Hüften und tropfte aufs Bett.

Die Männer leckten den Champagner nun von Fionas geheimsten Stellen auf, ihre Zungen schienen ein eingespieltes Team zu sein. Eine Zunge spürte sie an ihren inneren Labien, die andere an der klebrigen, geschwollenen Klitoris, die so überreizt war, dass sie ihr Häutchen zurückgedrängt hatte.

Die Wogen der Lust schlugen unaufhörlich über Fiona zusammen. Ihr Körper bebte, krampfte unter den ständigen Zungenstrichen, doch diese Empfindungen waren so anders als die intensiven Höhepunkte, die sie zuvor erlebt hatte.

Halb benommen fragte sie sich, wie die beiden Brüder es nur schafften, sie so herrlich zu erregen. Sie begriff, dass man dafür Übung brauchte, wusste aber nicht, ob Georgina oder Tanya je diese Freuden hatten genießen dürfen. Vielleicht hatten die beiden Brüder sich noch andere Frauen geteilt, Frauen, die ihnen nicht so viel bedeuteten. Doch darüber zerbrach sie sich nicht den Kopf. Ihr genügte es, dass die Trimarchis ihr diese schwindelerregende Lust verschafften.

Als sie abrupt innehielten, fühlte sie sich unbefriedigt. Lieber hätte sie dieses Prickeln tief in ihrem Innern noch über Stunden genossen, aber die Brüder hatten offenbar andere Pläne. Jetzt gaben sie ihr auch etwas von dem Champagner und rieben sie mit weichen Tüchern ganz trocken.

Während sie lang ausgestreckt auf dem Bett lag, entledigten sich die beiden Brüder ihrer Jeanshosen. Ihre Erektionen kamen Fiona riesig vor, die Hoden waren gespannt, und an der Eichel hatten sich kleine Tropfen gebildet.

Edmund gab Fiona zu verstehen, dass sie aufstehen sollte. Derweil setzte sich Alessandro mit gespreizten Beinen auf die Matratze, worauf Fiona sich auf seine Oberschenkel sinken ließ – mit dem Gesicht zu Alessandro –, sodass Alessandro seinen harten Schwanz in ihre Vagina gleiten lassen konnte. Sobald die beiden vereinigt waren, zog Edmund Fionas Oberkörper so weit zurück, bis sie mit dem Hinterkopf die Matratze berührte. Alessandro hielt ihre Hände in seinen und lehnte sich nun ebenfalls zurück. Jetzt konnten sie einander nicht mehr sehen, und Fiona hätte beinahe vor Lust geschrien, so toll fand sie diese ausgefallene Stellung. Trotz des ungewöhnlichen Winkels füllte Alessandro sie ganz aus, und das Verlangen, das Fiona zuvor gespürt hatte, wurde nun ein wenig gestillt.

Als sie merkte, dass Alessandro sich nicht bewegen konnte, begann sie, rhythmisch auf seinem Schaft auf und ab zu gleiten und spannte ihre inneren Muskeln an. Seine schnelleren Atemzüge verrieten ihr, wie sehr ihn diese Stimulierung erregte.

Edmund wartete noch einen Augenblick, ehe er sich beiderseits von Fionas Kopf hinkniete und sich so positionierte, dass sein Schwanz ihren Mund berührte.

Fiona hatte die Augen geschlossen und sich ganz auf das Gefühl konzentriert, Alessandro in sich zu spüren, und riss nun verwundert die Augen auf. Doch sie wusste gleich, was von ihr erwartet wurde und öffnete den Mund. Edmund schob seine geschwollene Spitze in die feucht-samtene Höhle von Fionas Mund und wäre fast zu schnell gekommen, als Fiona an der Eichel zu saugen begann.

Sie konnte selbst kaum glauben, was sie da machte, aber ihr Körper schien die Kontrolle übernommen zu haben, und daher gehorchte sie fortan ihren Instinkten. Jetzt setzte sie das in die Tat um, was sie von Georgina gelernt hatte, stimulierte die empfindliche Stelle unterhalb der Eichel, ließ die Zunge über die Spitze gleiten und sog immer wieder daran, bis Edmund kurz vorm Kommen war. Doch sie hörte rechtzeitig auf und machte mit leichteren Stimulierungen weiter.

Gleichzeitig spürte sie Alessandros festen Penis in sich. Manchmal versuchte der Italiener mit den Händen, ihren Rhythmus zu bestimmen, aber Fiona ließ sich nicht beirren und war teilweise so schnell, dass Alessandro die Zähne zusammenbeißen musste, um nicht vorzeitig zu kommen.

Sie hatte keine Ahnung, wie lange sie inzwischen diese Dreier-Stellung auslebten, sie wusste bloß, dass sie es genoss, die Kontrolle zu haben. Jetzt begriff sie auch, warum die Trimarchis immer so viel Wert darauf legten, den Höhepunkt hinauszuzögern. Immer wieder brachte sie die beiden bis kurz vor den Orgasmus, schaltete aber rechtzeitig einen Gang zurück, um ihnen zu beweisen, wie viel sie schon gelernt hatte.

Letzten Endes war sie nicht mehr in der Lage, die beiden Männer zu halten. Edmund umfasste ihren Kopf mit beiden Händen und stieß sich in schnellen Zügen in Fionas Mund, während Alessandro ihre Handgelenke so fest umklammerte, dass Fiona sich seinen Wünschen anpassen musste, denn sonst hätte sie sich vielleicht sogar verletzt.

Weitere Sekunden vergingen, in denen die Trimarchis in die Öffnungen ihrer Geisel eindrangen, während Fiona dalag und ihre Erregung auskostete. Beide ejakulierten schließlich kurz hintereinander. Fiona spürte, wie Edmund sich verspannte und in ihrem Mund abspritzte. Ohne zu zögern schluckte sie seinen Nektar und sog an der Eichel, um auch den letzten Tropfen aus ihm herauszulocken.

Alessandro hatte sie derweil mit seinem heißen Saft gefüllt und stöhnte erleichtert, während er sich in kurzen Stößen in Fiona pumpte. Wieder spannte sie ihre Muskeln um seinen Schaft an und melkte Alessandro, bis er sich aus ihr zurückzog, weil die Reize unerträglich wurden.

Eine Weile lagen sie alle dicht beieinander erschöpft auf dem Bett, bis Alessandro meinte, es sei Zeit aufzubrechen. »Wir essen jetzt was«, sagte er. »Keiner von uns braucht sich anzuziehen, Fiona. Du kannst dir aussuchen, was du magst, und diesmal machen wir es nicht so wie Tanya, sondern essen von Tellern.«

In der Küche war es frischer, aber Fiona war sogar froh darüber, weil ihre überhitzte Haut endlich abkühlen konnte. Es machte Fiona auch längst nichts mehr aus, nackt im Haus herumzulaufen; ihre anfängliche Befangenheit war verflogen. Und schließlich wäre es auch albern gewesen, sich etwas überzuziehen, nach allem, was sie mit den Trimarchis ausprobiert hatte. Also stellte sie sich auf die Zehenspitzen, um oben in den Schrank schauen zu können, bückte sich, um hier und da etwas aus der Anrichte zu holen und genoss die Gewissheit, dass Edmund und Alessandro sie genau beobachteten und ihre Freude hatten, ihre Geisel ohne Kleidung in der Küche hantieren zu sehen.

Sie bereiteten sich Rührei und Räucherlachs zu und aßen Obst und Joghurt zum Nachtisch. Bei dem Anblick des Joghurts musste Fiona unweigerlich an Tanyas Vorliebe denken, die noch halb gefrorene Masse von Fionas Haut zu schlecken. Fiona glaubte, dass sie so etwas nun intensiver genießen würde, da sie ihre Hemmungen fast ganz abgelegt hatte. Zuletzt tranken sie starken Kaffee nach italienischer Art, bis Edmund seinen Bruder erwartungsvoll ansah. »Was jetzt?«

»Ich wollte Fiona fragen, ob sie mir etwas über die Firma ihres Mannes in Westminster erzählen kann«, erwiderte Alessandro im Geschäftston.

»Im Ernst?« Edmund blickte ungläubig drein.

»Ja, im Ernst. Wie es scheint, ist dies die Firma, die ihm am meisten am Herzen liegt. Weißt du, warum, Fiona?«

Fiona war genauso erschrocken wie Edmund, als Alessandro die sinnlichen Freuden des Tages mit dieser Frage nach Duncan Sheldons Geschäftsgebaren zunichtemachte. Verdutzt schüttelte sie den Kopf. »Ich habe keine Ahnung von seinen Geschäften. Mein Vater sitzt im Vorstand von Duncans Firmen in Kingston und in Cornwall. Einmal erzählte mein Vater mir, bei der Firma in Kingston handele es sich um ein Verlagshaus. Duncan hat mir nie etwas erzählt.«

Alessandro musterte sie neugierig. »Würde es dich überraschen, wenn ich dir sage, dass Duncan so sehr an seiner Firma in Westminster hängt, dass er mir sogar angeboten hat, dich zu opfern, damit er die Firma behalten kann, wenn er das restliche Geld nicht zusammenbekommt?«

»Wie meinst du das, er will mich opfern?«, fragte sie verwirrt nach.

»Er lässt dich fallen. Ich kann dich behalten oder sonst was mit dir machen, und er würde zu niemandem ein Wort darüber verlieren.«

Edmund wurde blass. »Alessandro, das solltest du ihr nicht sagen. Das ist nicht fair.«

Der Blick seines älteren Bruders verhärtete sich. »Es ist vielleicht nicht fair, aber wahr. Ich möchte, dass Fiona im Bilde ist, wie es um sie steht. Nur so kann sie ihre weiteren Entscheidungen treffen und braucht uns nichts zu verschweigen, wenn sie doch irgendetwas von Duncans Geschäften weiß.«

Zum ersten Mal seit der Entführung füllten sich ihre Augen mit Tränen. Daran sah Alessandro, dass sie die Wahrheit sagte, als sie schließlich die Sprache wiederfand. »Aber ich kann euch wirklich nichts sagen. Duncan hat mir nie etwas erzählt, geschweige denn mich ins Vertrauen gezogen, wenn es um Geschäftliches ging.«

Der Italiener beugte sich vor und wischte Fiona sanft mit einem Finger eine Träne aus dem Gesicht. »Vielleicht ist es auch besser, wenn du nichts weißt.«

»Und Duncan hat wirklich gesagt, dass es ihn nicht kümmert, wenn ich ermordet werde?«, fragte sie mit brüchiger Stimme.

»Ich kann mich nicht erinnern, dass das Wort Mord in unseren Gesprächen vorkam. Nein, Duncan denkt einfach, dass ich dich an meine Freunde weitergebe, wenn ich deiner überdrüssig bin. Trotzdem garantiere ich dir, dass er dich wiederhaben will, sobald er das Geld aufbringen kann.«

Edmund sah seinen Bruder immer noch erstaunt an. »Nach allem, was du ihr aufgetischt hast, wie soll sie da zu ihm zurückgehen?«

Alessandro lächelte. »Richtig!«

Fiona schüttelte den Kopf. »Was soll dann aus mir werden?«

»Wenn ich Bethany richtig verstanden habe, dann willst

du dein Leben nach deiner Freilassung selbst in die Hand nehmen. Und das kannst du ja immer noch tun. Duncan wird dich wohl kaum zwingen können, an seiner Seite zu bleiben. Aber genug von dem Geschäftlichen, wenden wir uns wieder dem Vergnügen zu. Edmund, wie wäre es mit ein paar Spielchen im Kinderzimmer?«

Fiona hörte kaum zu. Sie versuchte sich vorzustellen, wie ihr Leben in der Zeit nach der Gefangenschaft aussehen mochte. Wie sollte sie aber je ein normales Leben führen, nach allem, was die Trimarchi-Brüder mit ihr gemacht hatten. Die ausschweifende Sexualität, die die beiden in ihr geweckt hatten, würde gewiss nicht einfach so versiegen, nur weil Fiona keinen mehr um sich hätte, der ihre Lust befriedigte.

»Wird er das Geld je aufbringen?«, fragte sie plötzlich in die Stille hinein.

Alessandro drehte sich zu ihr. »Das bezweifle ich.«

»Und das heißt, dass du entscheidest, was mit mir geschieht?«

»Ja, aber wie du ja vielleicht schon gehört hast, langweile ich mich schnell. Im Augenblick finde ich dich faszinierend. In ein paar Wochen sieht das vermutlich schon anders aus.«

Fiona spürte, wie ihr die Zornesröte ins Gesicht schoss. »Mach dir darüber keine Sorgen. Ich habe nicht den Wunsch, für den Rest meines Lebens in diesem Haus zu bleiben. Ich wollte bloß wissen, was du mit mir vorhast. Wirst du mich freilassen?«

Der Blick aus seinen dunklen Augen streifte sie. »Vielleicht.«

»Ich werde mich immer um dich kümmern«, schaltete Edmund sich schnell ein.

»Ich glaube, ich hatte dich nicht nach deiner Meinung gefragt, Edmund«, fuhr Alessandro seinen jüngeren Bruder an. »Wenn du erfolgreicher gewesen wärst bei deinen Ermittlungen rund um die Westminster-Firma, dann wäre dieses Gespräch vielleicht gar nicht nötig gewesen.«

»Ich kam zu spät«, erklärte er. »Bethany wusste etwas, aber sie war längst fort, als ich davon erfuhr.«

»Soll das heißen, dass Duncan mit seiner Bethany über das Geschäft gesprochen hat?« Fiona konnte es nicht glauben.

»Ich würde das nicht als Beleidigung auffassen«, sagte er gedehnt. »Wahrscheinlich ist es so, dass er glaubt, Bethany würde viel schneller als du akzeptieren, was in dieser Firma läuft. Sollen wir jetzt ins Spielzimmer gehen?«

Fiona stand auf und folgte ihm zur Tür. »Ich verstehe dich nicht«, sagte sie, als sie ihn eingeholt hatte. »Manchmal bist du richtig nett und dann ...«

»Versuch nicht, mich zu verstehen«, unterbrach er sie. »Ich verstehe mich manchmal selbst nicht. Georgina weiß, dass es das Beste ist, mich einfach zu akzeptieren.«

Fiona hatte dafür nur ein Kopfschütteln übrig. »Das habe ich schon bei Duncan versucht. Noch einmal mache ich das nicht.«

»Solltest du noch einmal heiraten, bist du vielleicht ein bisschen vorsichtiger«, pflichtete er ihr im Hinausgehen bei.

Das Kinderspielzimmer lag im obersten Stockwerk, direkt neben dem Zimmer, in dem Bethany und Fiona nachts geschlafen hatten. Der Raum war groß, aber wegen der Dachschräge am anderen Ende fiel das Tageslicht nur durch ein kleines Fenster, das an einer Wand bis zum Boden reichte.

Überall lag Spielzeug herum, das jedoch eine abnorme Größe zu haben schien. Von einer Wand zur anderen, gehalten von schweren Ringen, spannte sich eine Hängematte durch den Raum. Fionas Blick fiel auf einen übergroßen Kinderbadezuber im viktorianischen Stil und ein riesiges

Schaukelpferd, mit Sattel und Zaumzeug. Die polierte Holzoberfläche schimmerte im schräg einfallenden Sonnenlicht.

In Regalen entlang der Wand standen Bücher, aber als Fiona eines herausnahm und aufschlug, sah sie nur erotische Bilder und Zeichnungen aus der orientalischen Welt. Schnell stellte sie das Buch zurück. Und als sie genauer hinsah, erkannte sie, dass es sich bei dem übrigen Spielzeug um Utensilien für Erwachsene handelte: Dildos, Vibratoren, Analplugs, Nippelringe und Lederriemen, daneben exotische Outfits aus Spitze und Leder.

»Hier kommen die Erwachsenen zum Spielen hin!«, lachte Alessandro. Die Anspannung, die Fiona noch in der Küche bei ihm wahrgenommen hatte, war nun verschwunden. Alessandro sah wieder glücklich und zufrieden aus. »Möchtest du das Schaukelpferd ausprobieren? Die Mädchen sagen, dass es schön ruhig und gleichmäßig wippt.«

Fiona betrachtete das Pferd und nickte. Sie glaubte, es würde Spaß machen, sich auf den breiten Rücken zu schwingen und die Bewegungen zu spüren. Alessandro nickte begeistert. »Prima! Aber erst müssen wir dich noch richtig fürs Reiten ausstaffieren. Edmund, bring uns die Reitausrüstung.«

Edmund öffnete eine Schranktür und holte ein Paar enge Lederstiefel hervor, danach etwas, das wie ein schwarzer Leder-BH aussah. In der Hand hielt er schließlich eine kleine Reitgerte.

»Bück dich und berühre deine Zehen«, sagte Alessandro leise und drückte mit der Hand gegen ihre Wirbelsäule. Fiona gehorchte, wollte sich ihm aber dann entziehen, als sie merkte, dass er ihre Pobacken auseinanderschob ... sie erinnerte sich, was Edmund mit ihr gemacht hatte, als sie noch seine Sklavin war.

Alessandro umfasste fest ihre Taille, Edmund rieb ihren

Anus mit Gleitmittel ein und schob ihr die bekannten Bälle ins Rektum, doch diesmal steckte er sie schnell rein, worauf ihre Muskeln reflexartig versuchten, den Eindringling zu vertreiben. »Muskeln anspannen«, befahl Alessandro in einem Ton, der keinen Widerspruch duldete. Fiona hatte damit zu kämpfen, die Liebesbälle nicht zu verlieren und wünschte, ihr Körper würde sich nicht immer gleich so verkrampfen. Als die Muskeln sich endlich entspannten, konnte Fiona auch wieder ruhiger atmen.

»Du wirst die Bälle beim Reiten aufregend finden«, versicherte Alessandro ihr. Fiona glaubte sofort, dass er die Wahrheit sagte. Dann zogen die Männer ihr die Stiefel an. Sie bestanden aus Leder und wurden bis weit hinauf zu den Oberschenkeln eng geschnürt. Noch nie hatte sie so hohe Stiefel getragen und fand es zunächst seltsam, weil sie ja ansonsten nackt war.

Den Trimarchis schien es zu gefallen, denn als sie sich auszogen, konnte Fiona an den Erektionen der beiden ablesen, wie erregt sie schon waren. Edmund hatte einen Steifen, Alessandros Erektion war jedoch noch nicht komplett. Aus einem unerfindlichen Grund fand Fiona den langsam anschwellenden Penis aufregender als Edmunds harten Schwanz.

»Jetzt kommt dein Oberkörper dran«, meinte Alessandro. Was Fiona zuvor für einen BH gehalten hatte, erwies sich jetzt bei genauerem Hinsehen als ein Outfit aus zwei kegelförmigen Spitzen, die mit einem Gummi zusammengehalten wurden. Es gab keine Schließe für den Rücken, und von einer der Spitzen hing ein Gummiball an einem Schlauch.

Alessandro streichelte Fionas Brüste sanft, wartete kurz bis sie leicht anschwollen, leckte dann abwechselnd über beide Wölbungen, bis sie schön feucht waren. Jetzt stülpte Edmund die kegelartigen Spitzen über Fionas Titten; sie spürte sofort, dass das Material ihre feuchte Haut gleichsam ansog

Als sie sich an dieses Gefühl gewöhnt hatte, merkte sie, dass kleine Nippel im Innern der Kegel fest gegen ihre Nippel und Vorhöfe drückten.

Alessandro betrachtete sie mit einem Lächeln. »Perfekt. Jetzt kannst du aufs Pferd steigen.«

Fiona schwang ein langes, in Leder gehülltes Bein über den Rücken des großen Schaukelpferds und zog sich in den Sattel. Plötzlich umfasste Alessandro ihre Taille und hob Fiona ein wenig an, sodass Edmund mit feuchtem Mittelfinger über ihre äußeren Lippen gleiten konnte.

Fiona zuckte zusammen, doch Alessandro ließ sie nicht auf den Sattel sinken, während Edmund sich mit dem Finger weiter an ihren Sexlippen zu schaffen machte, bis Fiona spürte, wie ihr Nektar aus ihrer Öffnung sickerte. Dann zog Edmund die Hand zurück, und Alessandro ließ sie auf den Sattel sinken.

Erst jetzt merkte sie, dass sich in der Mitte des Sattels ein zwei Zoll langer Schaft aus Leder befand, der einer Art Sattelhorn nachempfunden war und oben in eine Verdickung mündete. Dieser kleine Buckel drückte nun ihre Vagina weit auf, bis Fiona praktisch von dem Schaft aufgespießt war.

Das Schaukelpferd setzte sich nun langsam in Bewegung, worauf Fionas Oberkörper leicht nach vorn wippte. Deutlich spürte sie die kleinen Nippel in dem Spezial-BH, die ihre Brustspitzen zu massieren begannen.

Die Kuppe des Sattelhorns drückte sich tief in Fionas Vagina, sodass Fiona bei der Penetration keuchte. Gleichzeitig stimulierten die Liebesbälle in ihrem Rektum die zahllosen Nervenenden dort. Alessandro lächelte, als er Fionas vor Erregung geröteten Wangen sah, und legte Fiona das lange, kastanienbraune Haar über die bloßen Schultern. »Du siehst schön aus«, sagte er und drückte dann auf den Gummiball, der von den Gummispitzen an den Brüsten herabhing.

Sofort wurde die Luft in den Gummikegeln herausgepumpt, sodass eine Art Vakuum entstand. Fiona spürte, wie sich ihre Brüste ausdehnten, was wiederum dazu führte, dass die Gumminippel über ihre Brustspitzen rieben. Ein Prickeln, wie nach kleinen Stromstößen, durchlief ihren Körper.

»Gut«, sagte Alessandro und streichelte ihr über den Rücken. »Jetzt fang an zu reiten. Umschließe das Pferd mit den Beinen und beweg dich vor und zurück. Dann wippt es schön leicht.«

Fiona zögerte. Wenn sie sich jetzt bewegte, würde das Sattelhorn sie stimulieren, während die Brüste sich weiter dehnten und die Liebesbälle drückten. Sie wusste nicht, ob sie so bald nach dem Vergnügen am Morgen schon wieder bereit war für so viel Stimulierung auf einmal. In diesem Moment hob Alessandro hinter ihrem Rücken die kleine Reitgerte und ließ sie kurz auf die Schultern seiner Geisel klatschen.

Fiona zuckte vor Schreck zusammen. Es hatte zwar nicht wehgetan, aber sie hatte überhaupt nicht damit gerechnet. »Reite«, wiederholte er leise. »Wir wollen sehen, wie du dich bewegst.«

Erst jetzt legte sie die Beine fest um den Holzkörper des Pferds und lehnte sich ein wenig im Sattel zurück. Natürlich bewegte sich dabei auch das Sattelhorn zurück und drückte nun gegen die Wand der Vagina. Gleichzeitig warf Fiona den Kopf in den Nacken, als ihre Brüste sich weiter spannten und die Lust wie Funkenflug durch ihren Körper schoss.

»Schneller«, sagte Alessandro, worauf Fiona sich wie eine Besessene zu bewegen begann, einerseits aus Angst vor der

Reitgerte, andererseits weil all die Empfindungen zunahmen und ineinanderflossen.

Ihre Brüste schienen zu platzen, als noch mehr Luft abgesogen wurde, ihre Vagina wurde von dem Horn stimuliert, und das Leder des Sattels rieb über ihre inneren Lippen, während sich die ganze Zeit über das Rektum um die kleinen Kugeln spannte.

Die beiden Brüder schauten ihr bei diesem wilden Ritt zu: das Haar fiel ihr ins Gesicht, ihr Kopf wippte vor und zurück. Fiona schloss die Augen, weil sie dieses unglaubliche, wenn auch etwas beängstigende Erlebnis voll auskosten wollte.

Einige Zeit ließen sie Fiona so reiten, bis ihre Säften flossen und das Leder benetzten. Ihre Brüste sahen so prall aus, dass sie zu platzen drohten. Sie war bereit, und das wussten die Trimarchis.

»Halt!«, befahl Alessandro. Edmund hielt mit einer Hand das Schaukelpferd an. Während Fiona mit hängendem Kopf darauf wartete, dass ihr jemand aus dem Sattel half, ließ Alessandro die Reitgerte quälend langsam über jeden einzelnen Wirbel an ihrem Rücken gleiten. Fiona zitterte und zuckte unter dem Ansturm all dieser pulsierenden Gefühle in ihr zusammen. Als Alessandro auf Höhe des Steißbeins angelangt war, hob er die Gerte wieder hoch, hielt sie einen Moment lang hoch und ließ sie dann mit einem sirrenden Laut auf Fionas Pobacken klatschen.

Das Pulsieren ebbte ab. Stattdessen hatte Fiona das Gefühl, am ganzen Körper in Flammen zu stehen, als der Schmerz in ihrem Kopf wütete und rot-weiß leuchtende Blitze hinter ihren geschlossenen Lidern zuckten. Gleichzeitig verspannten sich alle Muskeln zugleich bei dem heftigen Höhepunkt, sodass Fiona die Flanken des Pferds mit den Schenkeln quetschte und sich schamlos auf dem Sattel rieb. Das Schaukelpferd begann wieder zu wippen, das Horn trieb sich in Fionas Vagina, und Fiona versuchte, die Lust auszukosten.

Die Brüder sahen, wie sie die Hände in die Mähne krallte und stöhnend den Rücken durchbog, und hätten Fiona beide am liebsten auf der Stelle genommen ... auf dem Boden des Spielzimmers. Aber Edmund durfte nicht, weil sie nicht mehr seine Sklavin war, und Alessandro wollte noch warten und Fiona erst noch in die Freuden der Hängematte einführen. Daher mussten die Männer sich zurückhalten und sich an Fionas Ekstase erfreuen.

Fiona hatte sich so sehr in ihrer hemmungslosen Lust verloren, der ihr Körper erlegen war, dass sie kaum mitbekam, als Alessandro sie von dem heißen Sattelhorn hob. Erst als sie den Boden unter ihren Füßen spürte, wurde ihr bewusst, dass der Sexritt zu Ende war.

»Zeit für dich, ein Bad zu nehmen«, flüsterte er an ihrem Ohr, hob sie dann auf seine Arme und brachte sie ein Stockwerk tiefer in sein Schlafzimmer. Edmund ließ bereits warmes Wasser in die Wanne laufen, als Alessandro Fiona hineinhob. »Die Sklaven müssen sich selbst waschen!«, lachte er. »Aber wir schauen gern zu.«

Noch immer unter dem Eindruck der körperlichen Befriedigung, seifte Fiona sich überall mit dem Badeschaum ein und war dann im Begriff, aus der Wanne zu steigen und nach einem Handtuch zu greifen.

»Warte«, rief Alessandro plötzlich. Sie hielt inne, einen Fuß auf dem Wannenrand. Der Italiener lächelte, doch diesem Lächeln traute sie nicht recht. »Stell dich noch einmal in die Mitte der Wanne, aber schön stehen bleiben«, befahl er. Fiona gehorchte.

Ihr war entgangen, dass Edmund längst den Brausekopf aus der Halterung genommen hatte und nun auf ihren

Rücken richtete. Fiona erstarrte, als ihr mit einem Mal eiskaltes Wasser in Kaskaden über die Wirbelsäule sprudelte.

Sie keuchte vor Schreck, doch da drehte Alessandro sie bereits so, dass Brüste und Bauch von dem kalten Schwall erfasst wurden. Ihre Nippel spannten sich bei dem plötzlichen Temperaturwechsel, und Fiona spürte abertausend Nadelstiche auf ihrer eben noch warmen Haut. Doch je länger die Dusche andauerte, desto schneller kam ihr Kreislauf in Fahrt, und schon kurz darauf hatte sie das Gefühl, zu glühen.

Aber genauso schnell wie die Dusche eingesetzt hatte, genauso schnell hörte sie auf. Alessandro hob Fiona aus der Wanne und hüllte sie in ein großes, weiches Badetuch. Dann rubbelten die beiden Brüder sie trocken, einer vorn, einer hinten. Sie rieben ohne Unterlass. Eingehüllt in das Tuch, wurde Fiona jetzt wieder ganz warm, und als die Trimarchis das Handtuch wegzogen, stand Fiona ihnen mit gerötetem Körper gegenüber.

Alessandro goss etwas Kakaobutter-Lotion in seine Hand und massierte die Flüssigkeit an Armen, Nacken und Schultern in Fionas Haut, während Edmund sich ihren Beinen, dem Po und den Füßen widmete. Die beiden arbeiteten schnell und effizient; Edmund hob erst Fionas linkes Bein, dann das rechte, und Alessandro achtete darauf, dass Fiona nicht das Gleichgewicht verlor. Als sie fertig waren, glänzte Fionas Körper, ihre Haut fühlte sich weich und seidig an.

Kurz bevor sie alle wieder nach oben gingen, verteilte Alessandro die Lotion noch auf Fionas Brüsten, massierte die Creme in die Rundungen ein und ließ auch die Nippel nicht aus, über die er aber nur ganz leicht strich, sodass sie sich sofort verhärteten und im matten Licht des Badezimmers glänzten.

»Gehen wir wieder ins Spielzimmer«, sagte er mit belegter Stimme, denn Verlangen wallte in ihm hoch. Fiona hätte am liebsten geschnurrt wie eine Katze und begriff jetzt, warum diese Tiere sich so gern streicheln ließen. Diese Art von Zuwendung war einfach wunderbar.

Kaum im Kinderzimmer angekommen, führte Edmund Fiona zu der Hängematte, die von einer Wand zur anderen gespannt war. Eigentlich sah die Matte eher aus wie ein großes Netz, das an jeder Seite von zwei Seilen gehalten wurde, die wiederum mit fest verankerten Metallringen verbunden waren.

»Kletter rein«, sagte Alessandro mit einladender Geste. »Die schaukelnde Bewegung dürfte dir gefallen. Es ist nicht so schnell wie das Pferd, aber sehr angenehm!«

Fiona merkte gleich, dass es gar nicht so einfach war, in die Hängematte zu klettern. Denn jedes Mal wenn sie es versuchte, neigte sich das Netz zur Seite und drohte sie wieder herauszuwerfen. Letzten Endes half Alessandro ihr und sagte ihr, sie solle sich auf den Rücken drehen. Die Nylonbänder hinterließen ein Muster auf ihrer Haut.

»Das Geheimnis ist, ruhig liegen zu bleiben«, erklärte er. »Wenn du dich bewegst und hin und her rutschst, dann fällst du wieder raus. Wenn unser Spiel beginnt, spielen wir so lange, wie du dich in der Matte halten kannst. Fällst du raus, ist das Spiel vorbei.«

Fiona schaute zu ihm auf. Nackt stand er vor ihr, seine Erektion war nicht zu übersehen. »Und wenn ich möchte, dass das Spiel endet?«

»Lass dich ruhig fallen, aber ich bezweifle, dass du das Spiel schnell abbrechen willst.«

Edmund lachte und riet ihr dann, den Kopf ein wenig anzuheben. Sie konnte nicht sehen, was er jetzt im Sinn hatte, doch sowie sie den Kopf hob, zog er ihr die schwarze Samtmaske über die Augen. »Nur für einen Moment«, sagte Alessandro ruhig. »So verstärken sich noch die Empfindungen von vorhin.«

Einer der Brüder setzte die Hängematte leicht in Bewegung, Fiona spürte das leichte Schaukeln. Das Gefühl war toll, da ihr die Augen verbunden waren: Sie hatte nur das Netz als Orientierung und spürte den Luftzug auf der Haut, ansonsten war sie nur von Dunkelheit umgeben.

Die beiden Brüder sahen einander zufrieden an. Edmunds Erektion ragte steil in die Höhe; der erste Glückstropfen quoll aus der Eichel. Alessandro zog eine Augenbraue hoch angesichts dieses Mangels an Selbstkontrolle, ging dann zu einem Schrank und holte die Pfauenfedern hervor, mit denen Fiona die rothaarige Bethany gekitzelt hatte.

Als die daunenweichen Federn über ihre Brüste und über ihren Bauch strichen, keuchte Fiona, und ihr Körper verspannte sich sofort, wodurch die Hängematte heftiger in Bewegung geriet. »Still liegen bleiben!«, ermahnte Alessandro sie. Sie wollte ja gehorchen, aber es fiel ihr schwer, sich zurückzuhalten, weil die weichen Federn so verführerisch waren.

Alessandro streichelte derweil unentwegt über ihren Körper, der sich nach Befriedigung sehnte und zu pochen begann. Zwischen ihren geschlossenen Beinen verspürte sie das ihr vertraute Kribbeln. Sie hatte das Gefühl, dass ihr Körper sich unter den Federstrichen ausdehnte, bis das sehnsüchtige Verlangen allmählich unerträglich wurde.

Als ihre Brüste hart und ihre Nippel steif waren, legte Alessandro die Feder zur Seite, und Edmund nahm ihr die Maske ab. Fiona stöhnte leise durch den halb geöffneten Mund, sehnte sie sich doch nach weiteren Berührungen auf ihrer brennenden Haut.

Dann umfasste Alessandro Fionas Knie mit seinen kräftigen Händen und spreizte ihre Beine, sodass sie beiderseits der Hängematte herabhingen. Da das Netz gefährlich schwankte, klammerte Fiona sich panisch an die Nylonbänder, denn sie hatte Angst herauszufallen. Doch sie wollte nicht, dass das Spiel schon aufhörte.

»Du bist nur sicher, wenn du dich von jetzt an absolut ruhig verhältst«, riet Alessandro ihr.

»Obwohl das nicht so leicht sein dürfte«, lachte Edmund, und Fiona fragte sich, was die beiden wieder ausgeheckt haben mochten.

Edmund hatte sich wieder die Finger seiner rechten Hand mit Gleitmittel eingerieben, stellte sich dann für Fiona sichtbar ans Ende des Hängematte und griff zwischen ihre gespreizten Schenkel. Fiona konnte sich nicht bewegen und auch nicht die Beine schließen, da das Netz dann wieder bedrohlich geschwankt hätte.

Vorsichtig öffnete Edmund mit den Fingern Fionas Sexlippen, bis ihre intimste Stelle seinem Blick ausgesetzt war. Dann verteilte er das Gel überall auf ihren Labien und verharrte unmittelbar unterhalb ihrer bereits härter werdenden Klitoris. Als er zärtlich das Häutchen zurückschob, hielt Fiona den Atem an, da heiße Blitze der Erregung von all den Stellen ausstrahlten, die Edmund stimuliert hatte. Sie wollte sich unbedingt bewegen, wollte sich hemmungslos in ihrer Lust winden, aber die Hängematte hinderte sie daran, den Genuss voll auszukosten. Denn nun musste sie ruhig liegen bleiben, und nur die Versteifung ihres Rückens verriet Fionas inneren Kampf.

Edmund liebte das Gefühl, Fiona so offen zu spüren. Er wünschte, er könnte länger bei ihren Labien verweilen, einen Finger in ihre Öffnung schieben und die Nervenenden reizen, aber Alessandro beobachtete ihn genau. Edmund musste sich an das halten, was die Brüder zuvor abgesprochen hatten.

Als er die Hand zurückzog, blieb bei Fiona das pochende Gefühl zwischen ihren exponierten Sexlippen, über die kühle Luft strich. Aber sie konnte nicht einmal die Beine schließen, um das Verlangen ein wenig zu dämpfen. Kurz spannte sie ihre inneren Muskeln an und wurde von einem Aufblitzen der Erregung belohnt, das ihr ein Keuchen entlockte. Die Hängematte neigte sich daraufhin zur Seite.

Alessandro konnte nur vermuten, was Fiona gemacht hatte, und zwickte ihre emporragenden Nippel. »Überlass es uns, dir Lust zu verschaffen!«, sagte er streng. Bei dem stechenden Schmerz schrie Fiona kurz auf und war erschrocken, dass sie fast zum Höhepunkt gekommen wäre. Daher beeilte sie sich, ihre Bauchmuskeln unter Kontrolle zu bekommen, um nicht schon jetzt die ersehnte Befriedigung zu finden.

Endlich gelang es ihr, sich zu beherrschen, und auch die Hängematte beruhigte sich wieder. Jetzt war Alessandro an der Reihe, sich dicht neben Fiona zu stellen. Er beugte sich über ihre gespreizten Schenkel, wobei er darauf achtete, nicht das Bein zu berühren, das über den Rand des Netzes hing.

In der Hand hielt er ein seidenes Band. Unglaublich langsam zog er es über Fionas Bauch, ließ das Ende über ihre glänzende Haut laufen und erreichte die pulsierenden inneren Lippen und die Klitoris. Fiona verspannte sich und war bereit für die Empfindungen, die sie sich in ihrer fieberhaften Einbildungskraft ausgemalt hatte.

Alessandro lächelte in sich hinein, als er Fionas Reaktion sah, und ließ das Ende der Seidenschnur über Fionas gespreizten Beinen hängen. Er genoss das Verlangen in ihren Augen, ehe er die Schnur wieder leicht über ihre Sexlippen laufen ließ, die Edmund so gut eingecremt hatte. Fiona ahnte, dass das Spiel jetzt fast zu Ende war.

Sie rang um Beherrschung, während die Schnur ihr diese prickelnden Qualen bereitete. Das Ende strich über ihren geschwollenen Kitzler, streichelte entlang der inneren Lippen und kreiste quälend an der Öffnung der Vagina.

Als die Schnur denselben Weg wieder zurücklegte, wurde Fiona bewusst, dass sie auf ihrem Weg zur Ekstase noch nie so intensive Empfindungen gespürt hatte. Ihre Hüften ließen sich kaum noch kontrollieren und begannen zu zucken, sosehr Fiona sich auch bemühte, sich ruhig zu verhalten. Jede Berührung der Seidenschnur löste kleine Stromstöße aus, die durch Fionas Körper schnellten und bis in die Brustspitzen strahlten.

Alessandro ließ die Schnur weiter über Fionas empfindlichste Stellen laufen und hörte, wie sie auf dem Weg zu ihrem Höhepunkt stöhnte, aber er wusste auch, dass sie gewillt war, ihre Erlösung so lange wie möglich hinauszuzögern. Er genoss den Anblick, den Fiona bot, gefangen in den Freuden ihres Körpers. Und als er die Schnur seitlich über ihren Kitzler streichen ließ, schrie Fiona in purer Lust, doch auch jetzt blieb sie ruhig liegen.

Edmund schluckte schwer. Er hätte nicht gedacht, dass sie so lange durchhalten würde; er platzte fast vor Verlangen, zum Abschuss zu kommen. Aber Fiona bemühte sich immer noch krampfhaft, ihre Erregung auf diesem hohen Niveau zu halten, was sie schon fast um den Verstand brachte.

Schließlich war Alessandros Verlangen, Fiona zu besitzen, so groß, dass er sie bis zum Rand des Orgasmus brachte. Inzwischen wusste er, dass sie am Ausgang der Harnröhre besonders empfindlich war, und daher zog er die Schnur genau über diese Stelle. Kaum hatte die Seide den kleinen Eingang berührt, als Fiona auch schon verloren war.

Ihr ganzer Körper verspannte sich unter dem Feuerwerk der überreizten Nervenenden. Sie hatte das Gefühl, dass eine Rakete in ihrem Innern gezündet worden war, als eine Kontraktion nach der anderen ihren Leib erzittern ließ und ihre überstrapazierte Schamgegend und Vulva endlich die ersehnte Erlösung erhielten.

Fiona konnte ihre Zuckungen nicht kontrollieren, und als ihre Hüften auf und ab wippten, geriet die Hängematte kräftig ins Wanken. Schließlich waren die Bewegungen so heftig, dass Fiona sich zunächst halb in dem Netz verhedderte und dann auf den Boden fiel. Dort blieb sie keuchend liegen und spürte, wie die unglaublichen Empfindungen allmählich nachließen.

Aber Alessandro wartete gar nicht erst ab, bis ihre letzten Kontraktionen abgeebbt waren. Er konnte es nicht mehr aushalten. Daher zog er Fiona vom Boden hoch und drängte sie zu der altmodischen Kommode. Fast grob drückte er Fionas Oberkörper so, dass ihre Arme auf der Kommode lagen. Dann nahm er sie wie ein Besessener von hinten, umklammerte ihre Taille und stieß sich in ihren immer noch pulsierenden Körper.

Eigentlich hatte Edmund damit gerechnet, Fiona nehmen zu können, doch jetzt blieb ihm nichts anderes übrig als zuzuschauen, wie sein Bruder sich in Fiona trieb. Er hatte die Augen geschlossen, presste die Lippen aufeinander und strebte seinem Höhepunkt entgegen.

Fiona, die ihren Orgasmus gerade erst hinter sich hatte, spürte Alessandros dicken, harten Schwanz in sich, und fast war es ihr nach all den Stimulierungen zu viel, ganz ausgefüllt zu sein, aber sie war seine Sklavin und hatte keine andere Wahl.

Diesmal gelang es Alessandro, seinen Höhepunkt möglichst lange hinauszuzögern, und drang in schnellem Rhythmus in ihre warme, feuchte Vagina. »Spann deine Muskeln an«, wisperte er an ihrem Ohr, und Fiona versuchte ihm diesen Wunsch zu erfüllen, erschöpft wie sie war.

Ihre Kontraktionen waren schwach und unregelmäßig, aber allein die Tatsache, dass sie sich bemühte und ihn zu melken versuchte, brachte Alessandro zur Ejakulation. Mit einem leisen Stöhnen spritzte er seinen Saft in ihren Tunnel, und seine Hüften zuckten nun genauso unkontrolliert wie Fionas zuvor.

Edmund sah, wie sein Bruder sich auf Fionas Rücken sinken ließ. »Und was ist mit mir?«, fragte er heiser.

»Du musst auf Tanyas Rückkehr warten«, sagte Alessandro.

»Das ist nicht fair!«, protestierte Edmund.

»Sie gehört mir«, murmelte er, und sein Blick war so unmissverständlich, dass Edmund, der seinen Bruder kannte, nicht mehr zu argumentieren versuchte, sondern stumm den Raum verließ und hoffte, dass Tanyas Flug keine Verspätung hatte.

Alessandro blieb noch eine Weile mit Fiona so stehen, doch dann schlang er die Arme um sie und drehte sie zu sich, sodass sie eng voreinander standen. Er gab ihr einen Kuss auf die Nasenspitze. »Das Spiel müssen wir irgendwann wiederholen«, flüsterte er, und zum ersten Mal schlang Fiona die Arme um ihn und drückte ihn. Sie hatte vollkommen vergessen, dass sie seine Gefangene war, und war überwältigt von einer Woge reiner Liebe.

Kapitel dreizehn

Als Fiona an diesem Abend angezogen in ihrem Zimmer wartete, brachte Alessandro ihr das Essen auf einem Tablett. Sie sah ihn eher schüchtern an und wunderte sich, wie es kam, dass sie dem Italiener plötzlich andere Gefühle entgegenbrachte. Ihr wurde bewusst, dass sie sich irgendwann total auf ihn eingelassen hatte, voller Vertrauen, er würde dafür sorgen, dass sie ihre Lust auch genoss. Denn er hatte recht behalten: Fiona hätte nie gedacht, was auf der Suche nach Lust und Vergnügen alles möglich war.

Noch nie hatte sie Duncan Gefühle dieser Art entgegengebracht. Schon die Hochzeitsnacht war irgendwie komisch gewesen, weil Fiona ihm unbedingt gefallen wollte, aber schüchtern hatte sie sich nicht gefühlt. Schüchternheit verspürte sie erst von dem Moment an, als ihr klar geworden war, dass sie etwas für Alessandro empfand ... Gefühle, die sie sich selbst nicht eingestehen wollte. Und sie ahnte, dass der Italiener nicht daran interessiert war, was sie fühlte und dachte. Er hatte einfach gern Sex mit ihr und genoss es, wie sie reagierte, aber Fiona glaubte nicht, dass sie in ihm andere Gefühle geweckt hatte als die, die er auch all seinen anderen Frauen entgegenbrachte.

Alessandro beobachtete sie und fragte sich, ob er es überhaupt schaffen würde, sie gehen zu lassen. Noch nie war er so besessen von einer Frau gewesen. Georgina fand er aufregend, und wahrscheinlich war Fiona noch nicht so weit, ihn so zu erregen wie nur Georgina es vermochte, aber seine Gespielin hatte nie verletzbar gewirkt. Duncans Frau, die ihm voll vertraute, hatte sich dadurch verletzlich gemacht, und jetzt wollte er, dass sie sich sicher und geborgen fühlte. Später würde er sie vielleicht auf weitere, unerforschte Wege der Sinnlichkeit führen. In diesem Moment wollte er sie einfach nur im Arm halten und staunte über seine eigenen Gefühle.

»Da ist noch ein Brief für dich«, sagte er schließlich und merkte, wie hart plötzlich seine Stimme klang. Etwas freundlicher ergänzte er: »Dein Mann schickte ihn zusammen mit dem Geld.«

Fiona schaute zu ihm auf. »Redest du von dem Geld, mit dem er Bethany freikaufte?« Als Alessandro nickte, fuhr sie fort: »Warum hast du ihn mir noch nicht gegeben?«

»Ich dachte, du würdest dich aufregen.«

»Und wieso sollte ich mich jetzt nicht aufregen?«

»Weil ich denke, dass du jetzt stark genug bist.«

»Ich vermute, du kennst den Inhalt?«, fragte sie.

Er nickte. »Ich habe den Brief gelesen, für den Fall, dass Duncan dir einen Fluchtplan zukommen lassen wollte.«

Fiona lachte bitter auf. »Ich denke nicht, dass Duncan erpicht darauf ist, mich zurückzubekommen, oder?« Dann öffnete sie den Umschlag und sah die ihr vertraute Handschrift. Sie überflog die Zeilen, ehe sie den Brief zu Boden fallen ließ. Ihre Miene war ausdruckslos, Alessandro wusste Fionas Gefühlslage nicht zu deuten. Er hob den Brief auf und las ihn erneut.

Meine liebe Fiona,

wie du ja inzwischen weißt, ist mir Bethany sehr wichtig, aber natürlich kann sie nie als meine Frau an deine Stelle treten. Sie ist eben einfach die perfekte Geliebte. Sobald ich den Rest der Summe zusammen habe, wirst du frei sein. Nach den Torturen, die du bei den Trimarchi-Brüdern erleiden musstest, wirst du dich vielleicht eher in der Lage sehen, die Ehefrau für mich zu sein, die ich brauche. Bethany könnte dann ja dauerhaft bei uns wohnen. Für mich wäre das eine ideale Vereinbarung. Deinen Eltern habe ich erzählt, wir seien im Urlaub, daher machen sie sich deiner Abwesenheit wegen keine Sorgen. Ich bedaure, was vorgefallen ist, aber wenn du bei jener Dinnerparty das getan hättest, worum ich dich gebeten habe, dann hätte ich mich bestimmt mit Alessandro Trimarchi einigen können. Die nachfolgenden Unannehmlichkeiten hätten wir uns gewiss ersparen können.

Hab Geduld.

Duncan

»Was hat das mit der Dinnerparty auf sich?«, fragte er.

Fiona seufzte. »Als du an dem Abend zu uns kamst, sollte ich dich verführen. Duncan war der Auffassung, dass du dann auf das Geld verzichten würdest.«

Alessandros Mundwinkel zuckten. »Ich kann mich nicht erinnern, dass du auch nur Anstalten gemacht hast, mich zu verführen!«

»Nein, ich ... ich wollte es versuchen, denn es war ja nicht das erste Mal, dass ich so etwas tun sollte, und du sahst besser aus als all die anderen Männer. Leider kam ich zu spät. Du warst schon mit Georgina beschäftigt, in Duncans Arbeitszimmer.«

Jetzt musste der Italiener lachen. »Deshalb kamst du also ins Zimmer! Du wolltest dich für Duncan opfern und hast stattdessen Georgina und mir zugesehen.«

»Ich blieb nicht die ganze Zeit. Noch nie hatte ich anderen dabei zugesehen und konnte mich erst nicht von der Stelle rühren. Es war mir unglaublich peinlich, und außerdem erkannte ich schnell, wie wenig geeignet ich war.«

»Wenig geeignet?«, hakte Alessandro nach.

Sie nickte. »Ich sah sofort, dass Georgina voll auf ihre Kosten kam. Du hast ihr so viel Vergnügen bereitet, sogar auf dem Schreibtisch meines Mannes, und bis dahin hatte mein Körper sich noch nie in dieser Weise der sexuellen Erregung hingeben können. Und da wurde mir klar, dass du kein Interesse an einer Frau wie mir haben würdest, schon gar nicht nach dem Sex mit Georgina.«

»Ja, ich hätte eine kurze Pause gebraucht«, stimmte er ihr zu.

Ein Ausdruck von Kälte schlich sich in Fionas Augen. »Duncan war stinksauer. Noch am selben Abend zerrte er mich in Bethanys Zimmer und zwang mich, an einem Dreier teilzunehmen, der nur zu seinem Vergnügen stattfand – so dachte ich jedenfalls. Erst als wir hier waren, erkannte ich, dass Bethany und er den Plan ausgeheckt hatten.«

»Ich weiß. Bethany hat uns alles erzählt. Tut mir leid, dass es so kommen musste. Wenn ich gewusst hätte, dass du mich verführen wolltest, dann hätte ich Georgina noch ein bisschen warten lassen!«

Fiona hob das Kinn und sah Alessandro herausfordernd in die Augen. »Ich hätte bei dir keinen Erfolg mit meiner Verführungskunst gehabt, oder? Sei ehrlich. Ich bin nicht dein Typ.«

»Ich bevorzuge keinen bestimmten Typ Frau«, meinte er. »Es gibt viele Frauen, mit denen ich Sex haben möchte, aber sie haben nichts gemeinsam, soweit es nach mir geht.«

»Wie ist es mit Erfahrung?«, erkundigte sie sich. »War das nicht eine wichtige Grundvoraussetzung?«

Alessandro zögerte. »Das war vielleicht mal so, aber jetzt nicht mehr. Ich habe erkannt, wie aufregend es sein kann, jemanden in die Welt der fleischlichen Freuden einzuführen.«

Fiona wusste nicht, was sie sagen sollte. »Hast du noch etwas von meinem Mann gehört?«

»Nein.«

»Was wird dann aus mir?«

»Wenn wir nur bis zum nächsten Tag denken, wirst du heute Nacht gut schlafen und den morgigen Tag mit Georgina verbringen.« Alessandro sah, dass Fiona blass wurde. »Ich weiß, dass du dich nicht sonderlich darauf freust, aber Georgina ist eine Meisterin der Sinnlichkeit. Im Verlauf des Tages wirst du unerwartete Freuden genießen.«

»Ich hoffe, du hast recht«, antwortete sie trocken. »Ich werde aber das Gefühl nicht los, dass doch weniger angenehme Überraschungen auf mich warten.«

Alessandro zuckte mit den Schultern. »Keine Ahnung. Ich lasse mir natürlich von ihr erklären, was sie morgen mit dir vorhat, aber wenn nichts zu Extremes dabei ist, darf sie frei entscheiden, was sie mit dir machen will.«

»Und wer hat mich nach Georgina?«

Alessandro wendete den Blick von ihr und schaute aus dem kleinen Fenster in die zunehmende Abenddämmerung. »Niemand. Sie ist der letzte Sklavenhalter. Danach müssen wir also über dein weiteres Schicksal befinden.«

Bei diesen Worten verspürte Fiona einen Schauer der Angst. »Willst du damit sagen, dass Duncan die Zeit davongelaufen ist?«

»Ja.«

Sie blickte in sein Gesicht, das nun halb im Dunkel lag. »Und die Entscheidung wird demnach bei dir liegen, nehme ich an.«

»Ja, genau. Es hat keinen Sinn, heute Abend weiter darüber zu reden. Uns bleibt noch Zeit genug, wenn der morgige Tag vorbei ist. Versuch, ein bisschen zu essen. Ich denke, du wirst gut schlafen. Heute war doch nicht zu schlimm für dich, oder?«

Jetzt sah er ihr wieder direkt in die Augen, und Fiona überkam ein Verlangen, seinen Körper dicht an ihrem zu spüren; sie sehnte sich danach, in seinen Armen zu liegen. »Nein«, flüsterte sie. »Heute war ein ganz besonderer Tag.«

Seine harten Züge entspannten sich, und er nickte zufrieden. »Freut mich zu hören. Dann gute Nacht.«

Fiona war im Begriff, noch etwas zu sagen, doch da war Alessandro schon zur Tür hinaus.

Am nächsten Morgen brauchte Georgina ihre Sklavin nicht zu wecken. Fiona hatte die meiste Zeit wach gelegen, ahnte sie doch, dass der kommende Tag nicht so angenehm für sie verlaufen würde wie der letzte.

»Ich hoffe doch, es ist ein gutes Zeichen, dass du schon auf den Beinen bist«, meinte Georgina. »Du bist also voller Tatendrang?« Sie band Fiona los. »Such gar nicht erst nach deiner Kleidung. Im Schlafzimmer habe ich andere Dinge für dich, die du tragen sollst.«

Fiona betrachtete Alessandros langjährige Geliebte. An diesem Tag trug sie rot-schwarz gestreifte Shorts und ein enges gelbes T-Shirt mit dünnen Trägern. Diese Freizeitkleidung verriet nichts von der smarten Geschäftsfrau, die sie sonst war, aber Georginas Beine waren gebräunt, und Fiona wurde bewusst, dass selbst dieses lockere Outfit zu einer Frau wie Georgina passte. Sie könnte wohl alles tragen und würde immer hip damit aussehen.

»Bewunderst du meine Figur?«, wollte sie mit einem Lachen wissen. »Keine Sorge, du hast noch Gelegenheit, meinen Körper genauer unter die Lupe zu nehmen. Könnte ein interessanter Mädels-Tag für uns beide werden. Man hat sowieso viel mehr Spaß, wenn die Jungs weg sind, oder?« Sie lachte wieder, doch Fiona sank das Herz. Wenn Edmund und Alessandro nicht im Haus waren, dann hatte Georgina freie Hand und brauchte keine Bedenken zu haben, von irgendwem unterbrochen zu werden.

»Du magst mich nicht, oder?«, fragte Fiona direkt.

Georgina schien wirklich überrascht zu sein. »Ich kenne dich doch kaum, Fiona.«

»Das ist keine Antwort.«

Georgina strich sich mit einer Hand über das kurze, mit Gel gestylte Haar. »Ja, ist vermutlich richtig. Sagen wir einfach, dass ich zufriedener sein werde, wenn du weg bist.«

»Es war nicht meine Idee, hierher zu kommen.«

»Auch nicht meine Sklavin zu sein! Genug geredet. Folge mir. Nein, warte, ich führe dich nach oben.« Mit einem Lächeln griff Georgina in die Tasche ihrer Shorts und zog eine dünne, goldene Kette hervor, die an jedem Ende einen Ring aufwies. Dann beugte Georgina sich vor und leckte langsam über Fionas Brüste.

Fiona war überrascht und wich ein wenig zurück. »Bleib stehen«, schimpfte Georgina und ließ ihre Zungenspitze abwechselnd an Fionas Nippeln kreisen. Als die Spitzen sich aufrichteten, schob sie die Ringe darüber und zog sie so eng, dass ihre Sklavin zusammenzuckte. Das Goldkettchen hing nun zwischen Fionas Brüsten, deren Nippel fest eingespannt waren.

»Du reagierst schnell«, stellte Georgina fest. »Wie gut doch die anderen vorgearbeitet haben. Aber komm jetzt, los geht's.«

Mit dieser Aufforderung streckte Georgina die Hand aus und zog an der dünnen Kette. Ein stechender Schmerz schoss durch Fionas Brustspitzen, und hastig und gehorsam folgte die Sklavin ihrer Herrin aus dem Zimmer.

Den ganzen Weg über nach oben zog Georgina an der Kette, sodass Fionas Nippel ständig gedehnt wurden. Nach und nach empfand Fiona das anfänglich schmerzhafte Stechen sogar als seltsam angenehm; zu ihrer Schande spürte sie, wie ihre Brüste bei dieser Stimulierung leicht anschwollen.

Als sie das Schlafzimmer erreichten, betrachtete Georgina ihre Sklavin zufrieden. »Wie es scheint, hast du nichts gegen kleine Unannehmlichkeiten. Wie interessant. Das hat Alessandro mir noch nicht über dich verraten.«

»Ich mag keine Schmerzen, wenn du das meinst«, entgegnete Fiona rasch.

»Ich sprach von Unannehmlichkeiten. Zugegeben, Schmerz ist nur ein kleiner Schritt davon entfernt, aber warten wir doch ab, wie der Tag sich entwickelt. Jetzt möchte ich, dass du diese Sachen anziehst.«

Fionas Blick fiel auf einen Stapel schwarzer Wäsche, die auf dem Hocker vor Georginas Ankleidekommode lag. »Na los«, drängte Georgina ungeduldig, löste gleichzeitig die Nippelringe und nahm Fiona die Kette ab. »Das stört jetzt nur. Vielleicht haben wir später noch Zeit, damit zu spielen.«

Fiona wandte sich dem Outfit zu, das ihre Herrin ihr zugedacht hatte. Zuoberst lag ein breiter Lederchoker mit Metallösen, von denen Ringe herabhingen. Zu dem engen, speziell geschnittenen BH, ebenfalls aus schwarzem Leder, passte die enge Lederhose, die auf Taillenhöhe mit Nieten versehen war. Fiona mühte sich mit dem BH ab, und als Georgina ihn festzog, sah sie zu ihrer Zufriedenheit, dass der Leder-Bra fast nur die Nippel bedeckte, ansonsten aber die Brüste freiließ.

Der Choker wurde ebenfalls hinten befestigt und schnürte Fiona etwas den Hals zu, während die Metallringe wiederum mit dem Leder-BH verbunden wurden.

»Jetzt zur Hose«, murmelte Georgina. »Aber zuerst leg dich auf das Bett, dreh dich auf den Rücken. Etwas muss noch in der Hose befestigt werden, und ich weiß, dass du das magst.«

Fiona reckte sich nervös auf dem Bett und spürte, dass Georgina ihr die Füße auseinanderschob. »Ich weiß, was ich tue«, versicherte sie ihrer zitternden Sklavin. »Auch wenn du es nicht glaubst, ich bin ein ziemlich guter Lover, und wenn du dich auf mich einlässt, dann wirst du einen aufregenden Tag erleben. Sträubst du dich aber, wird der Tag nicht so angenehm sein.«

»Was hast du da?«, fragte Fiona, als sie spürte, dass Georgina ihr etwas zwischen die Schenkel drückte.

»Einen sehr speziellen Vibrator. Er passt sich deinem Venushügel an, und ich steuere ihn mit diesem kleinen Schalter, der mit diesem Kabel verbunden ist. Aber er vibriert nicht nur, er wird auch warm, und da sind Federn am Rand des Gehäuses, die deine äußeren Labien kitzeln. Toll, findest du nicht?«

Fiona wusste nicht recht, was sie dazu sagen sollte. »Muss ich das Ding festhalten?«

»Natürlich nicht. Er kommt in die Lederhose, denn nur so wird das Gerät fest an dich gepresst, ob du es nun willst oder nicht. Ich bestimme allerdings, wie stark er vibriert und wie warm er wird. Na also, er passt doch prima. Und jetzt noch die Hose darüber.«

Fiona spürte, wie ihr die Lederhose nach oben gezogen wurde, und hob ihre Hüften an, damit Georgina ihr die Hose bis zur Taille hochschieben konnte. Sobald die Hose saß, befahl Georgina ihrer Sklavin aufzustehen. Dann stellte Georgina sich vor Fiona und hielt die kleine Steuerung in der Hand, einen Finger über dem roten Knopf. Für die bibbernde Sklavin hatte sie nur ein kaltes Lächeln übrig. »Ich vermute, du möchtest erst ein bisschen aufgewärmt werden, oder?« Fiona wusste, dass Georgina keine Antwort erwartete. Also stand sie abwartend vor ihrer Herrin. Langsam senkte Georgina den Finger auf den Startknopf, und fast gleichzeitig verspürte Fiona, wie sich auf ihrem Venushügel eine wohlige Wärme ausbreitete. Das Gefühl war angenehm und entspannend, während an den äußeren Labien die Federn zu kitzeln begannen.

Georgina beobachtete, wie sich allmählich eine erregende Freude auf Fionas Gesicht abzeichnete. Und als die Herrin glaubte, Anzeichen dafür zu erkennen, dass ihre Sklavin sich auf die Empfindungen einließ, drückte sie auf einen zweiten Knopf, woraufhin das Gerät zwischen Fionas Schenkeln zu vibrieren begann. Die weichen Federn kitzelten stärker als zuvor über die Labien, die jetzt schön gleichmäßig stimuliert wurden. Fionas Körper zuckte, und schließlich zog Georgina einmal fest an dem Riemen, der den Choker und den Leder-BH miteinander verband.

Durch diesen Ruck kam Fionas Kopf nach vorn, und sie spürte einen Schmerz im Nacken. »Du darfst dich nicht ohne meine Erlaubnis bewegen«, sagte Georgina leise. »Jedes Mal wenn du es tust, bestrafe ich dich, entweder so oder hiermit.« Sie zeigte Fiona eine kleine Peitsche, die auf einem Hocker lag. »Bist du schon einmal geschlagen worden?«, hakte sie wie beiläufig nach.

Fiona schüttelte den Kopf und spürte sofort die Metallringe, die gegen ihre Haut schlugen, was sie gleich aufs Neue an ihr Sklavendasein erinnerte. »Gut, dann wirst du da Erfahrungen sammeln können. Und, wie gefällt dir mein kleines Spielzeug?«

Noch während sie die Frage stellte, erhöhte Georgina sowohl die Wärme als auch die Intensität des Vibrators; die Empfindungen waren plötzlich doppelt so stark, und Fiona spürte ein Ziehen in den Beinen. Gern hätte sie sich bewegt und ihre Position verändert, um sich besser auf die Stimulierungen des kleinen, teuflischen Geräts einstellen zu können.

»Wie gefällt dir das?«, wiederholte Georgina, und ihre eigenen Nippel zeichneten sich unter dem Stoff ihres T-Shirts ab, denn die Erregung der Sklavin fand sie äußerst aufregend.

»Das ist zu intensiv!«, keuchte Fiona. »Es ist nicht mehr angenehm, sondern schmerzhaft.«

»Quatsch, es ist einfach anders. Du genießt es doch, das sehe ich an deinen anschwellenden Brüsten.«

Fiona spürte, dass Georgina recht hatte. Ihre Nippel, die noch von den Klemmringen angeregt waren, drückten jetzt gegen das Leder des clever konstruierten BH.

Mit der freien Hand, in der sie noch die Peitsche hielt, strich Georgina nun über die weiche Haut von Fionas Brüsten. Die Berührung war extra zart, und Fionas Brüste reagierten gleich: Sie schienen die engen Lederkörbchen noch stärker auszufüllen; da ein Zittern durch die Brüste lief, bewegten sich auch wieder die Ringe am Choker.

»Ungezogen bist du!«, schalt Georgina sie und schlug Fiona einmal kurz auf die Stelle, die sie eben noch so einfühlsam gestreichelt hatte. Der glühend heiße Schmerz in der

Brust verschlug Fiona den Atem. Sie gab ein Keuchen von sich, worauf Georgina erneut an den Ringen zog, sodass der Kopf der Sklavin wieder nach vorn gerissen wurde. »Bist du wohl still!« Fiona verbiss sich ein Aufschreien, sah aber die dünne, rote Strieme auf ihrer zarten Haut.

»Du darfst den Kopf wieder anheben«, schnurrte Georgina. Fiona gehorchte, und erst dann regelte Georgina die Temperatur und die Frequenz des Vibrators nach unten, der nach wie vor erbarmungslos gegen Fionas Venushügel drückte. Diesmal sorgten das Kitzeln der Federn und die Wärme des Geräts für eine unwiderstehliche Kombination.

Ohne weitere Vorwarnung erreichte Fiona ihren Orgasmus, und ihr ganzer Körper zitterte unter den Wellenschüben ihrer Erregung, während Georgina einfach nur zusah und den Anblick der schreckgeweiteten Augen ihrer Sklavin genoss. Hilflos wand Fiona sich in der sexuellen Leidenschaft, über die sie keine Kontrolle mehr hatte.

Als der Orgasmus abflaute, stellte Georgina den Vibrator aus. »Ich kann mich nicht erinnern, dir erlaubt zu haben, zum Höhepunkt zu kommen«, sagte sie streng. »Sofort ziehst du dich aus. Du musst bestraft werden. Lust verspürst du nur, wenn ich es dir erlaube.«

Mit zittrigen Händen gelang es Fiona, den BH zu öffnen und sich aus der engen Hose zu schälen. Dann entfernte sie den Vibrator und die Federn. Nachdem sie die Sachen wieder auf den Hocker gelegt hatte, konnte sie jedoch nicht allein den Choker abnehmen.

Georgina warf einen Blick darauf. »Den kannst du anbehalten. Das zeigt deinen Status als Sklavin an, und ich finde den Anblick erotisch.« Fiona stand ängstlich da und wartete auf das Strafmaß, das ihre Herrin ihr zumessen würde.

»Beug dich über den Hocker hier«, lautete der Befehl. »Mit

dem Gesicht nach unten, versteht sich. Ich werde mich dem Bereich zuwenden, den ich bislang vernachlässigt habe.«

Fiona spannte ihre Pobacken an und spürte noch im selben Moment das Brennen der Peitsche auf ihrem Fleisch. Wieder schrie sie auf, ihre Beine wippten hilflos in die Höhe. Der Schmerz war diesmal kurz und ging schnell über in ein köstlich warmes Gefühl, das sie entfernt als angenehm empfand ... ohne dass es Fiona richtig bewusst wurde, wand sie sich auf dem Hocker. Georgina entging das nicht und lächelte in sich hinein.

Dann spreizte Georgina die Pobacken ihrer Sklavin und verteilte etwas Kühles in der Rille. Bei diesem Kältegefühl kniff Fiona den Anus zusammen, doch Georgina war schneller und drückte die Spitze eines Analvibrators in Fionas Rektum. Das Gerät war von einem hautähnlichen Latex überzogen und besaß einen T-förmigen Sockel, wodurch er sich nicht so leicht verschieben ließ.

»Mach dich locker und geh mit dem Kopf weiter nach unten«, befahl die Herrin kühl. Fiona ignorierte die Aufforderung, und Georgina wurde allmählich ungeduldig. »Wenn du es nicht machst, wird es wehtun. Es nützt dir nichts, die Märtyrerin zu spielen. Du wirst es genießen, wenn du das machst, was ich sage.«

Fiona hatte ihre Zweifel, und obwohl sie sich schon gedemütigt fühlte, beugte sie weiter den Kopf nach unten und spürte sofort, wie der Gegenstand tiefer in ihr Rektum drang und sie dehnte.

Gerade als sie merkte, dass sie nichts mehr aufnehmen konnte, drückte der T-Schaft gegen ihren Po, und da wusste sie, dass das Ding tief genug saß. Georgina schaltete es ein, und die ersten langsamen Vibrationen durchströmten Fiona. Ihre hochsensiblen Wände sorgten wieder dafür, dass Fiona verkrampfte, aber da saß Georgina bereits unter Fionas herabhängenden Brüsten und nahm erst die eine, dann die andere Spitze in den Mund. Mit ihren scharfen Zähnen knabberte sie an den geröteten Nippeln und verteilte ihren Speichel mit der Zunge. Die Empfindungen waren herrlich, und zusammen mit dem Pulsieren des Analvibrators strebte Fionas Körper einer neuen Befriedigung entgegen.

Georgina rutschte neben den Hocker und ließ Fionas feuchte Brüste in der kühlen Luft trocknen. Eine Hand schob sie unter den Bauch ihrer Sklavin, drückte und spürte die pulsierenden Muskelpartien. »Möchtest du kommen?«, fragte sie leise. »Hast du das Gefühl, als ob du jeden Moment explodierst? Erzähl mir, wie du dich fühlst.«

Fiona war kaum zu verstehen, so leise sprach sie. »Ich fühle mich eng«, wisperte sie. »Als ob meine Haut eine Nummer zu klein wäre und ich mich weiter ausdehne. Tief in mir kitzelt es, und ich höre das Blut in meinen Ohren rauschen.«

»Sehr gut«, erwiderte Fiona zufrieden. »Und jetzt erzähl mir, wie sich das anfühlt.« Ihre Hand wanderte weiter hinab und zog an der Haut, wo Fionas Schamhaar begann; gleichzeitig wurde das Häutchen der Klitoris zurückgezogen, sodass der Kitzler indirekt stimuliert wurde.

Fionas ganzer Körper drohte unter dem Druck zu zerplatzen. »Bitte, lass mich kommen!«, flehte sie Georgina an.

»Erst sagst du mir, wie du dich fühlst«, antwortete ihre Herrin und massierte weiterhin Fionas Schamgegend. Georgina konnte bereits die Vorboten der Kontraktionen spüren und wusste, dass Fiona unmittelbar vor ihrem Höhepunkt war.

»Das Pulsieren unter deiner Hand wird stärker und stärker«, rief Fiona. »Ich kann es nicht mehr kontrollieren, es hat ein Eigenleben. Bitte, halte deine Hand still oder sag mir, dass ich kommen kann.«

»Tun deine Brüste weh vor Anspannung?«, fragte Georgina und wanderte mit einer Hand zu Fionas linker Brust, die sich einer Berührung regelrecht entgegenwölbte.

»Ja, besonders die Nippel. Bitte, Georgina, tu was!« Inzwischen schrie Fiona, wusste sie doch, dass ihre Explosion unmittelbar bevorstand.

»Tu ich auch«, erwiderte Georgina. Mit der linken Hand knetete sie Fionas Nippel zwischen zwei Fingern, mit der anderen Hand übte sie Druck auf den Venushügel aus und strich mit den Fingern durch das Schamhaar. Gleichzeitig steigerte der Analvibrator Fionas Erregung unerbittlich weiter.

»Jetzt kannst du kommen«, flüsterte Georgina, und noch im selben Augenblick wurde Fiona von einem äußerst heftigen Orgasmus durchgeschüttelt, der sie auslaugte und matt auf dem Hocker liegen ließ. Georgina sah den Schweißfilm auf dem Rücken ihrer Sklavin und konnte sich trotz ihrer guten Absichten ein Gefühl von aufflammendem Hass nicht verkneifen.

Vor ihr lag die erste Frau, die eine ernst zu nehmende Bedrohung für ihre Beziehung mit Alessandro darstellte. Im Verlauf der letzten Tage hatte er immer distanzierter gewirkt, und die Sexnummern mit ihrem Lover, die sonst immer so wild waren und den schmerzhaften Kick besaßen, den sie so mochte, waren fast mechanisch und seelenlos gewesen. In Alessandros Zügen hatte sie bislang nur wenig Freude entdecken können, wenn sie mit ihm zusammen gewesen war: Gewiss, er hatte Vergnügen verspürt, aber auch nur weil es kurzfristig zu haben war. Irgendwie musste es ihr gelingen, Fiona zu vertreiben, doch Georgina hatte noch keine Idee, wie sie das schaffen sollte.

Sie zog sich aus, und dann gingen die beiden Frauen zum Bett, auf das Georgina sich legte und die Beine spreizte. »Bring mich mit dem Mund zum Orgasmus«, sagte sie genießerisch.

Fiona schaute hinab auf die Frau, die sie – so lächerlich es auch klang – als ihre Rivalin betrachtete. Fiona brannte vor Verlangen, ihre Labien fühlten sich heiß und strapaziert an von dem Vibrator, ihre Brüste pochten von den Ringklemmen, und in ihrem Rektum spürte sie noch den Phantomschmerz, obwohl das Gerät längst entfernt worden war.

Ihr erschöpfter Körper schrie nach Ruhe, doch Fiona wusste, dass sie gehorchen und Leistung bringen musste, denn alle Sklavenhalter erstatteten Alessandro Bericht. Ihr Ehrgeiz verlangte von ihr, dass niemand Anlass zu Klagen haben sollte.

Langsam leckte sie über die hoch empfindliche Haut oberhalb der Brüste, bis Georginas kleine Nippel zur Decke zeigten. Erst dann widmete Fiona sich diesen Spitzen, strich mit der Zungenspitze darüber und ließ sich Zeit, auch wenn Georgina bereits zu zittern begann.

Georgina war erstaunt, wie geschickt ihre Sklavin sich benahm. Fiona wanderte mit dem Mund über ihren Bauch, verweilte bei den Rundungen der Taille und dem Ansatz des Schamhaars, hielt sich schier endlos an den empfindlichen Knien und Innenseiten der Schenkel auf, ehe sie endlich den äußeren Rand von Georginas Sexlippen berührte.

Da Fiona den Befehl wörtlich auffasste, öffnete sie Georginas Labien auch nur mit dem Mund und stieß mit der Zunge dazwischen, bis die Lippen sich von allein ein wenig öffneten, als Georginas Erregung zunahm.

Jetzt machte Fiona erbarmungslos weiter. Abwechselnd stieß sie mit der Zungenspitze zu und leckte der Länge nach über die enge, feuchte Spalte. Ständig veränderte sie den Druck, nie blieb sie lange an ein und derselben Stelle, damit Georgina nicht schnell zum Höhepunkt kommen konnte. Und die ganze Zeit schluchzte ihre Herrin fast in ihrer Ekstase und schien verblüfft zu sein über das, was die Sklavin mit ihr machte.

Niemand, nicht einmal Alessandro, hatte sie bisher so lange auf diesem Level der Erregung gehalten, und nun wand Georgina sich und stieß wie von Sinnen die Hüften hoch, während Fiona seelenruhig leckte und sich überhaupt nicht drängen ließ.

Georgina spürte, wie die Zungenspitze in die Vagina züngelte, hart hineindrückte und an den inneren Wänden leckte. Georgina war begeistert, aber sie wollte die Zunge jetzt lieber an ihrer Klitoris spüren, um endlich kommen zu können, aber genau darauf wollte Fiona sich offenbar nicht einlassen. Georgina blieb keine andere Wahl: Sie richtete sich kurz auf und zog an den Ringen an Fionas Choker, weil Fiona den erlösenden Moment zu lange hinauszögerte.

Unsanft wurde Fiona an ihren Sklavenstatus erinnert und wanderte daher mit der Zunge zu der geschwollenen und noch bedeckten Perle, über die Georgina ihre aufgestaute Leidenschaft loswerden konnte. Da sie sich gleich erinnerte, was ihr selbst gefiel, strich sie mit der Zunge seitlich an dem Kitzler entlang. Das hilflose Zucken von Georginas Hüften bestätigte sie in ihrer Absicht.

Jetzt wartete Fiona einen Augenblick, ehe sie die Zungenspitze in rascher Folge wie ein Trommelwirbel auf die Klitoris zucken ließ: Georginas Nervenenden begannen zu flimmern und schossen Georgina hinauf in den herrlichen Augenblick, in dem alles explodierte. Ihr ganzer Körper versteifte sich, die Hacken bohrten sich in die Matratze, ihr Kopf war überdehnt, während sie die letzten Momente der Lust in stiller Ekstase genoss.

Als der Orgasmus vorbei war, fiel die Spannung von Georginas Körper ab. Fiona kniete abwartend zwischen den Schenkeln ihrer Herrin. Nach einer Weile stützte Georgina sich auf die Ellenbogen und schaute zu Fiona auf. »Das hast du gut gemacht«, gestand sie ihr eher widerwillig zu. »Komm und leg dich hin. Ich möchte wissen, wie du dich zwischen deinen Schenkeln anfühlst.«

Fiona wusste es genau; sie stand dort in Flammen, alles war überreizt und schon wieder klebrig von ihrem eigenen Nektar, weil es sie erregt hatte, Georgina zum Höhepunkt zu bringen. Georgina begutachtete Fionas Geschlecht zunächst so distanziert wie ein Gynäkologe, beobachtete, wie Fionas Sexlippen sich wieder ein wenig schlossen, und streichelte mit den Händen über ihre Flanken. Dann drehte sie Fiona auf die Seite, glitt mit einem Finger zwischen Fionas Pobacken und tastete dort herum.

»Du brauchst eine Behandlung«, sagte sie und unterdrückte ein Kichern. Schnell verschwand sie im Nebenraum, füllte Eiswürfel in eine Schale und kehrte zurück zum Bett. Fiona beobachtete sie genau.

»Das dürfte dir Kühlung verschaffen«, meinte Georgina. »Das wird dir doch gefallen, oder?«

Fiona hatte keine Ahnung, aber ihr pochendes Fleisch sehnte sich gewiss nach einer kühlenden Maßnahme. Vorsichtig nahm Georgina einen Eiswürfel in den Mund, schob ein Kissen unter Fionas Hüfte und öffnete die Labien. »Lehn dich zurück«, befahl sie. »Ich will, dass sich deine Vagina öffnet.«

Fiona gehorchte, aber Georgina schien damit noch nicht zufrieden zu sein, griff nach der Peitsche und schlug auf die

Innenseiten von Fionas Schenkeln. Ihre Sklavin spürte erneut, wie das anfängliche Brennen sich in eine eigenartige Mischung aus Freude und Schmerz verwandelte; Erfahrungen, die noch so neu für sie waren.

»Das reicht noch nicht. Egal, dann mache ich es selbst.« Jetzt öffnete Georgina mit ihren Fingern Fionas Liebeskanal, kam mit dem Mund dann ganz nah an die Vagina und schob den Eiswürfel in die Öffnung. Mit der Zungenspitze drückte sie ihn tiefer hinein.

Fiona keuchte bei dem plötzlichen Gefühl der Kälte in ihr, aber Georgina hatte eben erst begonnen und schob drei weitere Eiswürfel in den Tunnel, die nun allmählich in der Hitze schmolzen und sich mit Fionas eigenem Nektar vermischten.

Danach musste Fiona die Beine anziehen, sodass Georgina ihr Eiswürfel in den Anus einführen konnte. Diese Maßnahme konnte die Sklavin kaum aushalten, denn das Eis war ausgerechnet an dieser bereits überreizten Stelle unerträglich kalt, und trotzdem linderte das Gefühl zumindest für einen Augenblick dieses Brennen, das Fiona gespürt hatte. Doch schließlich machte sich der Kälte wegen ihr Darm bemerkbar, und daher versuchte sie, die Eiswürfel wieder herauszupressen.

»Das darfst du nicht!«, lachte Georgina. »Du musst schon warten, bis sie schmelzen. Entspann dich. Gleich fühlt sich das wieder toll an.«

Fiona wartete und hoffte, dass Georgina recht hatte. Tatsächlich beruhigte sich ihr Rektum, und schon spielte sich die angenehme Kühle in den Vordergrund, verbunden mit dem Nass, das unaufhörlich aus ihrer vorderen Spalte tropfte.

Dann musste sie sich auf den Rücken drehen, und Georgina sog einen der Eiswürfel heraus, nahm ihn aus dem

Mund und schloss die eiskalten Lippen und die Zunge um Fionas Brüste.

Fiona hätte nie gedacht, wie intensiv sich der Wechsel von der zuvor heißen Erregung zur Abkühlung mit den Eiswürfeln bemerkbar machte, aber die Empfindungen waren prickelnd angenehm. Und Fiona wurde bewusst, wie sehr sie diese unbeschreibliche Form der Erregung genoss.

Kurz darauf schob Georgina ihre Sklavin vor einen bodenlangen Spiegel, sodass Fiona mit eigenen Augen sehen konnte, wie ihr die Flüssigkeit aus den Körperöffnungen lief. Derweil sog Georgina weiter mit eiskalten Lippen an Fionas Brustwarzen.

Erst als der letzte Eiswürfel geschmolzen war, durfte Fiona sich wieder bewegen, und plötzlich war der Ausdruck auf ihrem Gesicht nicht mehr so freundlich. »Ist dir kalt?«, fragte sie scheinbar besorgt.

Fiona nickte.

»Dann muss ich dich aufwärmen. Stell dich mit dem Rücken an einen der Bettpfosten und stecke deine Hände durch die Ringe oben. Die sind für die Spielchen von Alessandro und mir.«

Fiona gehorchte und fragte sich, was geschehen mochte. Georgina ging zu ihrer Ankleidekommode und holte etwas hervor, das aussah wie ein Lederriemen mit zwei parallelen Zungen am Ende. »Das ist ein Tawse«, erklärte sie. »Wenn er auf deine Haut trifft, gibt es einen lauten Knall, aber es tut nicht so weh, wie man es vielleicht erwartet. Auf der Haut spürt man einen warmen Effekt, und deshalb verstehe ich, dass du mich darum bittest.«

»Hab ich doch gar nicht!«, keuchte Fiona. »Ich hab doch nur gesagt, dass mir kalt ist.«

»Wirklich? Ich hätte schwören können, dass du mich gebeten hast, dich aufzuwärmen. Genau so werde ich es Alessandro erzählen, wenn er mich fragt, und ich rate dir zuzustimmen. Falls du die Erfahrung nicht magst, aber ich habe das Gefühl, dass es dir gefallen wird.«

Sie zog den Tawse über Fionas Beine, ließ ihn langsam um ihre Brüste kreisen, hob ihn dann an und schlug Fiona auf den Bauch damit. Das knallende Geräusch entlockte Fiona einen Schrei, noch bevor ihr Körper überhaupt den Schlag registrierte. Bruchteile von Sekunden später hatte sie das Gefühl, ihr Bauch stünde in Flammen, und daher versuchte sie, sich vor dem nächsten Hieb wegzudrehen. Deshalb sauste der Tawse auf ihren Hüftknochen, wo kaum schützende Hautschichten waren.

»Liegen bleiben!«, sagte Georgina freundlich. »Ich kann das, und du nimmst keinen Schaden, wenn du ruhig liegen bleibst.« Dann verpasste sie Fiona eine ganze Reihe leichte, aber brennende Schläge auf die Brüste, die Oberschenkel und schließlich auf die Innenseiten der Beine, sodass sich ein rotes Striemenmuster über Fionas Körper zog.

Zuerst fühlte sie nichts als Schmerz, aber je länger der Tawse sie bearbeitete, desto deutlicher spürte sie wieder, wie das Brennen sich in heiße Erregung verwandelte. In ihr begann ein sexuelles Fieber zu wüten, das sie nie für möglich gehalten hätte, und als sie die Hüften bewegte, lag das nicht an dem Schmerz, sondern an dem Lustempfinden.

Georgina wusste aus Erfahrung, wann genau das Schmerzgefühl bei ihrer Sklavin kippte und zu Vergnügen wurde, und hätte am liebsten aus Frust geschrien. Die Maßnahme mit dem Tawse war etwas, das Alessandro mochte, und Georgina hatte fest damit gerechnet, dass Fiona S/M-Methoden hassen würde und sich vielleicht nur sehr langsam darauf einließe ... und dann auch nur, wenn Alessandro ihr Gebieter wäre.

Daher war Georgina tief enttäuscht, als sie sah, dass ihre Sklavin so schnell auf die Schmerzprozedur ansprach und bereits gelernt hatte, Lust dabei zu empfinden. Was blieb also noch an Arbeit für Georgina übrig?

Widerwillig legte sie den Tawse zur Seite, schob die Finger zwischen Fionas Beine, fand schnell den Lustknopf und ließ ihre Fingerkuppe darüber kreisen. Fionas Körper wurde wieder von einem Orgasmus bestürmt, zitterte und begehrte gegen die Ringe auf, die ihr Halt gaben, bis sie schließlich schlaff an dem Bettpfosten hing, die Augen geschlossen.

Im selben Moment kam Georgina eine brillante Idee. Sie befreite Fiona aus den Ringen und zog die Sklavin in die Mitte des Raums. »Hör genau zu«, begann sie mit Nachdruck in der Stimme. »Du willst doch weg von hier. Überleg mal, was gerade mit dir passiert. Hättest du dich selbst sehen können, wärst du bestimmt schockiert. Willst du von nun an etwa so leben?«

Fiona starrte die junge Frau verständnislos an. Sie wollte jetzt eigentlich nur noch schlafen.

»Du bist doch meine Sklavin, oder?«, hakte Georgina nach. Fiona nickte. »Und du musst alles tun, was ich sage?«

»Ja«, murmelte Fiona.

Georgina lächelte. »Dann schenke ich dir die Freiheit. Du kannst gehen.«

Fiona blinzelte. Sie begriff nicht. »Ich kann *was?*«

»Du kannst fort von hier. Ich besorge dir Klamotten und bringe dich zum nächsten Bahnhof. Ich gebe dir sogar genug Geld, damit du dir ein Ticket nach London kaufen kannst. Du kehrst zu deinem Mann zurück oder verschwindest, ohne eine Spur zu hinterlassen. Es ist egal, was du machst. Du bist frei, und darauf kommt es doch an, oder?«

Die beiden Frauen sahen einander an. Georgina setzte darauf, dass Fiona noch vor Alessandros Rückkehr fort wäre, und Fiona ihrerseits hatte Angst, das Haus zu verlassen und einer ungewissen Zukunft entgegenzugehen. Ohne Alessandro noch einmal sehen zu können ...

»Ich weiß nicht, ob ich wirklich gehen möchte«, sinnierte sie.

Georgina verzog den Mund zu einem Lächeln. »Deine Meinung ist gar nicht gefragt. Du gehörst mir, und ich lasse dich jetzt frei.«

Kapitel vierzehn

Knapp eine halbe Stunde nach Georginas Befehl stand Fiona angezogen in ihrem Zimmer und wartete darauf, dass Alessandros Geliebte ihr eine Tasche mit Geld und Toilettenartikeln für eine Nacht gab. Fieberhaft überlegte sie, wohin sie nun gehen sollte. Das Haus in Mayfair, in dem sie mit Duncan gewohnt hatte, war tabu. Bestimmt war Bethany dort längst eingezogen, und außerdem wollte Fiona ihren Mann sowieso nicht wiedersehen.

Einen Augenblick lang zog sie eine Reise nach Cornwall in Erwägung. Aber wenn sie jetzt in diesem Aufzug bei ihren Eltern aufkreuzte, ohne viel Gepäck und vor allem ohne Sonnenbräune aus dem angeblichen Urlaub, dann würden ihre Eltern bestimmt ahnen, dass irgendetwas nicht stimmte. Ihr Vater würde wahrscheinlich eine Erklärung verlangen und sich umgehend mit Duncan in Verbindung setzen. Aber dem cleveren Geschäftsmann wäre er nicht gewachsen, und Fiona wollte ihren Eltern ein weiteres Desaster ersparen.

Sie zermarterte sich den Kopf, zu welcher Freundin sie ziehen könnte, aber es hatte eben immer nur Bethany gegeben. Kurz nach der Hochzeit hatte Duncan es ganz allmählich so eingefädelt, dass Fiona ihre alten Freundinnen immer seltener sah. Jetzt wusste sie nicht einmal, ob diese jungen Frauen noch Singles waren oder nicht, geschweige denn, wo sie überhaupt wohnten.

Sie hatte niemanden mehr, konnte nirgends hin und wusste

nicht, wer sie noch willkommen heißen würde. Diese Erkenntnis war bitter. Sie war den Tränen nahe, aber da sie jeden Augenblick mit Georgina rechnete, beschloss sie, sich zusammenzureißen. An Alessandro wollte sie auch nicht denken, oder daran, wie sehr sie ihn brauchte. Von diesem Moment an gelobte sie, überhaupt keinen Gedanken mehr an ihn zu verschwenden. Sie hatte genug Kummer gehabt. Es würde sie nur auf ihrem weiteren Lebensweg behindern, wenn sie jetzt in Erinnerungen schwelgte, wie geborgen sie sich in seinen Armen gefühlt und wie geschickt er sie an ihre eigene Sexualität herangeführt hatte. Außerdem gingen ihr nicht die Momente aus dem Kopf, in denen sie gemeint hatte, nicht nur Verlangen, sondern auch Liebe in seinen Augen gesehen zu haben. Dennoch wünschte sie von ganzem Herzen, dass sie ihn vor ihrer Abreise noch ein letztes Mal sehen könnte.

Georgina hastete in den Raum. »Hier, ich habe alles eingepackt, was du vielleicht unterwegs brauchst, auch ein sexy Nachthemd. Komm jetzt, ich hole nur noch schnell mein Auto.«

»Wozu brauchst du jetzt dein Auto?«, fragte eine tiefe Stimme von der Tür her.

Der Ausdruck von Triumph auf Georginas Miene wich purem Schock. Erschrocken wirbelte sie auf dem Absatz herum und starrte ihren italienischen Lover an. »Was machst du denn hier? Du hast doch gesagt, du bist erst gegen acht zurück.«

Sein Blick wanderte zu Fiona, die angezogen dastand und die Reisetasche an sich drückte. »Ich habe mir Sorgen gemacht. Was geht hier vor? Hat Duncan die Summe in meiner Abwesenheit gezahlt?«

»Nein«, kam es kurz und knapp von Georgina.

»Warum verlässt Fiona uns dann?«

»Weil ich es ihr sagte. Sie gehört noch mir, schon vergessen? Und zwar bis sechs Uhr abends. Wenn mich meine Geschichtskenntnisse nicht trügen, dann konnten Sklavenhalter ihren Sklaven die Freiheit schenken, wenn sie der Meinung waren, dass die Sklaven es verdient hatten. Na ja, und Fiona hat es eben verdient.«

»Was hast du Tolles gemacht, dass du eine solche Ehre verdient hättest?«, wandte Alessandro sich an die schweigende Fiona.

Sie zuckte mit den Schultern. »Keine Ahnung.«

»Was tut das zur Sache?«, wollte Georgina leicht aufgebracht wissen. »Sie gehört mir, und ich kann machen, was ich will. Wenn sie vor sechs weg ist, kannst du sowieso nichts machen. Mir bleiben also noch zwanzig Minuten.«

Sie wollte sich an Alessandro vorbeistehlen, doch der packte sie beim Handgelenk und drückte so fest zu, dass sie zusammenzuckte. »Sei nicht albern! Fiona gehört nicht dir! Das war alles nur ein Spiel, eine weitere Möglichkeit, ihr mehr über Spaß am Sex beizubringen. Das weißt du genauso gut wie ich. Wie kannst du es wagen, sie hinter meinem Rücken freizulassen? Sie ist eine wertvolle Geisel!«

»Ist sie nicht!«, rief Georgina wütend. »Sie ist nutzlos, weil es Duncan doch vollkommen egal ist, ob er sie zurückbekommt oder nicht. Er hängt viel zu sehr an seiner Firma, die antike Möbel für leichtgläubige Ausländer produziert, als dass er seine Frau freikaufen würde. Warum sollen wir sie also noch länger hier festhalten?«

»Sprichst du gerade von Duncans Firma in Westminster?«, fragte er mit gefährlich leiser Stimme.

Georgina versuchte, sich seinem Griff zu entwinden. »Ja, natürlich.«

»Seit Tagen versuche ich herauszufinden, was es mit dieser

Firma auf sich hat. Wie lange weißt du schon, was sich da abspielt?«

»Ich habe gestern davon gehört. Einer von Duncans Ex-Direktoren bewarb sich auf eine Stelle bei uns in der Abteilung Home Design. Mir gelang es, ein paar Insider-Infos aus ihm herauszukitzeln.«

»Wie günstig. Und wieso hast du mir gestern Abend nichts davon erzählt?«

»Weil du keine Lust hattest, mir zuzuhören«, entgegnete Georgina. »Mit deinen Gedanken warst du doch bloß bei ihr!« Ihr anklagender Finger zeigte auf Fiona, die noch neben dem Bett stand.

Alessandro ließ Georginas Arm los. Sie rieb über die Stelle, an der sich seine Finger in ihre Haut gebohrt hatten. »Aha, also darum geht es in Wirklichkeit. Du bist eifersüchtig auf Fiona.«

In Georginas Augen loderte Feuer. »Ja, bin ich. Als sie hierher kam, war sie bloß Duncans Frau. Du wolltest dein Geld zurück, und sie war deine Geisel, aber das änderte sich bald. Wir durften die arme Fiona auf gar keinen Fall beunruhigen und ihr nicht sagen, dass Duncan seine Bethany schon über ein Jahr bumste. Wir konnten ihr nicht wehtun, aber wir konnten ihr Vergnügen verschaffen. Du hättest dich mal sehen sollen, als die Tage verstrichen«, fuhr sie aufgeregt fort. »Letzten Endes wurde sie wichtiger für dich als das Geld, war's nicht so? Sie war keine Geisel mehr, sie gehörte dir, war deine Frau.«

Alessandros Blick wanderte von Georgina, deren Gesicht vor Zorn gerötet war, zu der blassen und zitternden Fiona. Sie war insgeheim erleichtert, dass sie Alessandro noch einmal hatte sehen dürfen, ehe sie in die unliebsame Welt zurückkehren müsste. Er wusste nicht, warum sie zitterte, aber wieder beschäftigte es ihn, wie verletzlich diese junge Frau doch aussah. In diesem Moment wurde ihm klar, dass Georgina recht hatte. Für ihn war Fiona tatsächlich mehr als eine Geisel, und somit war die Wut seiner Geliebten gerechtfertigt.

»Selbst wenn du recht hast«, sagte er langsam, »kannst du sie nicht einfach so gehen lassen. Duncan hat uns das Geld noch nicht zurückgezahlt, und solange wir darauf warten, gehört Fiona mir. Sie bürgt für seine Schulden. Ich habe sie an Edmund, Tanya und dich ausgeliehen, aber das war auch alles. Die ganze Zeit gehörte sie mir.«

»Was soll also jetzt aus ihr werden?«, wollte Georgina wissen und sprach damit Fionas Ängste aus. »Selbst dir dürfte inzwischen klar sein, dass Duncan nie zahlen wird. Er hält lieber an seinem betrügerischen Geschäft mit antiken Möbeln fest, anstatt Fiona wieder in sein Bett zu holen. Wie willst du sie dann wieder loswerden?«

»Ich habe mir überlegt, dass sie bei mir bleiben könnte«, erwiderte er leise.

Mit diesen Worten sah Georgina ihre schlimmste Befürchtungen bestätigt und starrte den Mann an, der schon so lange ihr Lover war. »Und wo wäre da mein Platz in dieser neuen Konstellation?«

»Ich glaube nicht, dass Platz für euch beide wäre«, antwortete er freundlich.

»Sie hat dich verändert!«, rief Georgina wütend. »Wir hatten immer viel Spaß miteinander. Früher war alles für dich wie ein Spiel, abgesehen vom Geschäftlichen natürlich. Sex war aufregend und anders und Gefühle waren unbedeutend. Ich mochte besonders an dir, dass du immer die Gefahr liebtest und an die Grenzen des Machbaren gegangen bist. Jetzt hörst du dich an wie ein langweiliger britischer Geschäftsmann.«

Der Italiener schaute sie stumm an, und die markanten Linien in seinem Gesicht schienen ausgeprägter zu sein als sonst. »Du meinst, ich fürchte mich jetzt davor, Risiken einzugehen? Glaubst du, dass ich meine Abenteuerlust verloren habe? Na gut, ich erkläre dir jetzt, wie wir über Fionas Schicksal entscheiden werden. Wir drei werden die Bedingungen aushandeln. Zwei Tage lang darf Fiona sich ausruhen. Sie wird Bücher lesen, die ich ihr aussuche, und sich Filme anschauen, die du ihr gibst. Keiner fasst sie an, und natürlich darf sie sich auch selbst nicht anfassen.«

»Du meinst erotische Bücher und Filme?«, fragte Georgina mit einem Anflug von Begeisterung in der Stimme.

»Klar. Und wenn die zwei Tage um sind, veranstalten wir einen Wettstreit. Fiona soll ihren Spaß haben. Du und ich, wir wechseln uns dabei ab, ihr Lust zu verschaffen. Derjenige, der den letzten Orgasmus aus ihr herausholt, gewinnt und darf entscheiden, was mit Fiona geschehen soll. Der Verlierer muss sich dem Beschluss des Siegers in allen Punkten beugen.«

Georginas Augen verengten sich, als sie über seinen Vorschlag nachdachte. Die Idee war aufregend, und die dunkelhaarige Frau war sich sicher, dass gegen Ende dieses Spielchens, wenn Fiona schon erschöpft war, nicht ein Mann, sondern höchstwahrscheinlich eine geschickte Frau den letzten Orgasmus bei Fiona auslösen würde. Denn Frauen waren feinfühliger in ihren Berührungen, und außerdem wusste Georgina ja inzwischen einige intime Details, die Alessandro nicht wissen konnte. Mit diesem Wissen und ihrer Geschicklichkeit fühlte Georgina sich siegessicher.

»Das hört sich schon eher nach dem alten Alessandro an«, meinte sie mit einem Lachen. »Okay, ich bin dabei.«

»Dachte ich mir. Fiona, tut mir leid, dass wir über deinen

Kopf hinweg reden, aber du verstehst sicher, dass wir das hier und jetzt ausdiskutieren mussten. Wie denkst du über den Wettstreit?«

Fiona wusste ihre Gefühle nicht einzuordnen. Im Augenblick gefiel ihr die Aussicht auf zwei Tage Ruhe am besten. Was dann geschähe, wollte sie den beiden überlassen. Tief in ihrem Innern glaubte sie, die Kraft zu haben, um einen letzten Orgasmus für Alessandro aufzubringen, wenn damit die Aussicht verbunden war, bei ihm bleiben zu dürfen. Aber sie wusste inzwischen auch, dass Georgina eine geschickte und erfindungsreiche Liebhaberin war, die den Wettstreit für sich entscheiden wollte.

»Ich denke, ich habe keine Wahl, oder?«, fragte sie.

Er schüttelte den Kopf. »Nein, aber eins verspreche ich dir. Wie auch immer das Ganze ausgeht, du wirst einen sicheren Ort finden, an dem du leben kannst. Du brauchst dich nicht Duncans Gnade zu unterwerfen. Ich habe viele Freunde überall im Land. Wenn du also wirklich gehen musst, werden wir dafür sorgen, dass du einen guten Neustart hast.«

Fiona nickte und freute sich über diese Worte, machte sich dann jedoch klar, dass sich offenbar selbst Alessandro nicht ganz sicher war, was den Ausgang des Wettstreits betraf. Sie setzte sich auf das Bett und strich sich über die Seide ihres Kleids, das Georgina ihr auf die Schnelle für die Abreise besorgt hatte. »Mir ist's egal«, meinte sie leichthin. »Die Entscheidung überlasse ich euch beiden.«

Alessandro durchquerte das Zimmer und setzte sich neben Fiona. Kurz nahm er ihre leicht zitternde Hand in seine. »*Du* wirst die Entscheidung treffen«, flüsterte er. »Sex spielt sich zu fünfundsiebzig Prozent im Kopf ab. Wenn du willst, dass ich gewinne, dann schaffe ich das auch. Denk an meine Worte, wenn der Wettstreit beginnt.«

Am nächsten Morgen – sie hatte zum ersten Mal seit ihrer Ankunft in einem Nachthemd geschlafen – brachte man ihr einen Stapel Bücher, als ihr das Frühstück auf einem Tablett serviert wurde. Nachdem sie das Toast und die Zerealien gegessen hatte, kam Craig herein und setzte sich zu ihr, während sie den obersten Band durchblätterte.

Das Buch ähnelte dem, das sie im Kinderspielzimmer aus dem Regal gezogen hatte, und war voller erotischer Zeichnungen im orientalischen Stil. Einige Bilder waren erstaunlich erotisch, und Fiona spürte Hitze in den Wangen, als sie die gezeichneten Szenen betrachtete.

Im Verlauf des Morgens arbeitete sie sich durch sämtliche Bücher. Craig leistete ihr die ganze Zeit Gesellschaft, denn sein Auftrag lautete, Fiona daran zu hindern, sich selbst zu befriedigen, falls die eindeutigen Zeichnungen der Bücher sie zu sehr stimulierten.

Nach dem Mittagessen begleitete Tanya sie auf einem Spaziergang durch den Garten. Die Sonne brannte vom Himmel, und Tanya erzählte Fiona in allen Einzelheiten, wie Edmund und sie in der Nacht zuvor Sex gehabt hatten. Sie ließ kein Detail aus, und als sie beschrieb, wie sie sich kurz vor dem Orgasmus gefühlt hatte, spürte Fiona die ersten Regungen der Begierde in sich. Ihr Körper, der inzwischen so sehr auf Sinnlichkeit eingestellt war, wurde rastloser.

Als Tanya die geröteten Wangen ihrer Begleiterin sah, wechselte sie das Thema und brachte Fiona kurz darauf zurück ins Haus. Später saßen Marcus und Fiona in dem kleinen Wohnzimmer und schauten sich einen italienischen Film an. Die Bilder waren äußerst sinnlich, und als die Heldin schließlich ausgezogen wurde und ihr Lover ihren Körper mit der Zunge verwöhnte, spürte Fiona, wie ihre Vulva anschwoll. Und als die Heldin zum Höhepunkt kam, schmerzten Fionas Bauch und Beckengegend, weil die Zurückhaltung so frustrierend war.

Am Abend fesselte man sie ans Bett. Sie musste auf dem Rücken liegen, und Hände und Füße waren gesichert, damit sie sich nicht berühren konnte.

»Du musst warten«, erklärte Alessandro, als er hereinkam, um ihr Gutenacht zu sagen. »So hast du viel mehr Spaß, wenn das Spiel beginnt.« Fiona hoffte, dass er recht hatte, aber im Augenblick litt sie die Qualen des unerfüllten Verlangens und war selbst erstaunt, wie sehr sie sich nach sexueller Erlösung sehnte.

Am zweiten Tag ließ man sie länger als sonst im Bett liegen, und nachdem sie gefrühstückt hatte, brachte man sie in den kleinen Raum mit dem Zweiwegspiegel, wo sie schon einmal einem anderen Paar beim Sex zugeschaut hatte. Diesmal beobachtete sie Craig und Amy bei einem wilden Liebesspiel.

Amy übernahm die Initiative. Sie stimulierte ihre Nippel, bis sie emporragten, rot und geschwollen. Dann befingerte sie sich selbst zwischen den Schenkeln, schloss die Augen und genoss sichtlich das erste Kribbeln des anwachsenden Höhepunkts. Danach bestieg sie Craig und rieb sich wie eine Katze an seinem Leib, und als sie sich endlich auf seinen Schwanz senkte, wippte sie in schnellem Rhythmus auf dem Schaft auf und ab und stimulierte sich weiter mit der Hand am Kitzler.

Fiona, der man die Hände auf den Rücken gebunden hatte, fühlte, wie ihr Körper nach Erleichterung schrie. Sie wollte sich unbedingt anfassen, wenigstens einmal: Um ihrem fiebrigen Körper zumindest einen Orgasmus zu gönnen, ehe der Wettstreit begann. Aber es gab keine Möglichkeit, zum Höhepunkt zu kommen, und so verbrachte sie die letzte Nacht fast schlaflos und wartete sehnsüchtig auf den Beginn des Wettstreits.

Alessandro hatte Fiona am Vortag nur von Weitem gesehen. Er ahnte, wie sie sich jetzt fühlte, und freute sich sogar für sie, denn nun wäre ihr erster Orgasmus kein Problem. Sie würde feststellen, dass die ersten drei, vier Höhepunkte leicht wären. Doch er bezweifelte, dass Fiona eine Ahnung davon hatte, wie oft sie zu den Höhen der Ekstase gebracht werden würde, denn sowohl Georgina als auch er würden ihr ganzes Wissen einbringen. Ganz gleich wie der Wettstreit ausginge, Alessandro war sich sicher, dass seine Geisel an ihrem letzten Tag noch mehr über ihren Körper und dessen Reaktionen lernen würde. Tief in seinem Herzen hoffte er natürlich, dass er Fiona nicht verlieren würde.

Am Morgen des Wettstreits konnte Fiona nichts essen. Ihr Körper war angespannt in freudiger Erwartung, und sie spürte, dass sie schreien würde aus Frust, wenn sie sich bei weiterer Erregung nicht endlich anfassen durfte.

Edmund holte sie ab und band ihr die Hände locker zusammen, ehe er die Geisel nach oben brachte in das große Schlafzimmer, wo schon Georgina und Alessandro warteten. »Die Fesseln sollen nur verhindern, dass du dich berührst«, erklärte Edmund mit einem Lächeln.

»Das bringt nicht viel. Ich denke, dein Bruder und seine Geliebte werden sich intensiv mit mir beschäftigen, oder nicht?«

»Klar. Tanya ist schon richtig neidisch. Ihr habt bestimmt eine tolle Zeit zu dritt.«

»Nur wenn das Ergebnis meinem Wunsch entspricht«, hob Fiona hervor.

Edmund seufzte. »Während des Wettstreits wirst du kaum Zeit haben, darüber nachzudenken. Du wirst nur die Empfindungen spüren, bis alles vorüber ist.«

Fiona wusste nicht, ob Edmund recht hatte. Im Augenblick

dachte sie nur daran, dass es vielleicht doch Georgina sein könnte, die sie zum letzten Orgasmus brachte. Aber sie war natürlich fest entschlossen, dass Alessandro gewinnen würde und erinnerte sich an die Worte, die er ihr vor zwei Tagen ins Ohr geflüstert hatte. Wenn Sex sich wirklich hauptsächlich im Kopf abspielte, dann würde er siegen, denn das war es, was sie wollte.

Zu ihrem Erstaunen waren Georgina und Alessandro angezogen. Georgina trug einen langen, cremefarbenen Rock und eine durchsichtige kaffeebraune Chiffonbluse. Sie sah wie eine Geschäftsfrau aus und nicht unbedingt besonders erotisch. Alessandro präsentierte sich in einem dunklen, kurzärmeligen Hemd und einer dunkelbraunen Hose. Seine kraftvollen, behaarten Arme ruhten auf der Stuhllehne, und als Fiona hereinkam, betrachtete er sie mit einem beunruhigend distanzierten Ausdruck in den Augen.

Georgina lächelte Fiona zu. »Lass mich dir die Fesseln abnehmen. Die brauchen wir jetzt nicht mehr, oder?«

Fiona fuhr sich mit der Zunge über ihre Lippen, die sich plötzlich trocken anfühlten. »Nein, ich glaube nicht.«

Die andere Frau strich mit beiden Händen über Fionas Körper, tastete ihre Brüste und streichelte leicht über die Hüftknochen. Ihr fiel auf, wie sich Fionas Haut unter dem noch so kleinsten Druck verspannte. »Wie angespannt du bist! Egal, ich sorge dafür, dass sich das ändert. Ich darf anfangen und habe schon mal die Polsterung für dich aufs Bett gelegt. Möchtest du dich auf den Rücken legen und die Beine spreizen?«

Fiona spürte, dass sie vor sexueller Erregung zitterte, als sie gehorchte. Mit dem Rücken sank sie auf die mit Daunen gefüllte Polsterung und erinnerte sich sofort an die vielen Male, die sie hier befriedigt worden war, sodass sie schon bei der bloßen Erinnerung ganz feucht wurde.

Georgina beugte sich über sie, ihre Chiffonbluse strich leicht über Fionas Brüste. »Du sollst auf deinen ersten Höhepunkt nicht lange warten müssen. Das wäre doch zu grausam«, schnurrte sie, strich mit einer Hand über Fionas Körper, schob ihren Mund über ihre geschwollenen Brüste und machte sich gleichzeitig zwischen Fionas gespreizten Schenkeln zu schaffen.

»Wie nass du bist«, wisperte sie und öffnete zart die äußeren Labien. »Hast du davon geträumt?« Mit einem Finger zeichnete sie die Wölbung von Fionas Klitoris nach. Sofort begann das heiße Pulsieren tief in ihrem Körper; ihre Beine zuckten, während Georgina mit zwei Fingern über die feuchten Lippen fuhr, ehe sie sich wieder dem Kitzler zuwandte. Sie drückte das Häutchen zurück und strich dann kaum spürbar mit dem Fingernagel über die oberste Stelle des Sexknopfs, an dem sich die Nervenenden bündelten.

Fionas Körper verkrampfte sich auf dem Weg zum Höhepunkt. Die ganze Anspannung war verflogen, und Fiona spürte, wie die Flut aus herrlichen Gefühlen sie mitriss, als sie endlich nach dem Frust der letzten achtundvierzig Stunden Erlösung fand.

Georgina kletterte aus dem Bett. Sie hatte nicht das Gefühl, viel zu Fionas Lust beigetragen zu haben. Natürlich hatte sie geahnt, dass der Anfang des Wettstreits einfach sein würde. Alessandro schaute auf seine Uhr. Sie hatten sich darauf verständigt, Fiona jeweils fünf Minuten Pause zwischen den Höhepunkten zu gönnen. Fünfzehn Minuten sollten sie Zeit haben, Fiona zum Orgasmus zu bringen. Er wartete neben dem Stuhl und betrachtete Fionas Körper, der der Polsterung wegen noch besser zur Geltung kam. Alessandro konnte es kaum abwarten, Fiona süße Qualen zu bereiten.

Als die fünf Minuten verstrichen waren, trat er ans Bett,

zog die Polsterung unter Fionas Körper fort und zog Fiona hoch, bis sie auf dem Bettende stand. Mit ausgestreckten Armen konnte sie sich an den Bettpfosten festhalten. Dann zog er sich vor ihr aus und ließ sie wissen, wie erregt er schon war. Nachdem er sich ganz ausgezogen hatte, beugte er sich zu ihr herab, leckte über ihre Brüste und knabberte sanft an ihren Spitzen, während er ihren Po mit beiden Händen umfasste und sie näher zu sich zog.

Fiona rieb sich an seinem Hüftknochen, und als er eine Hand zwischen ihre Körper schob, um zwischen Fionas Schenkeln zu tasten, stieß sie gegen seinen Arm, weil ihr die Stimulierung nicht schnell genug ging. Mit den Fingern drang er nun in ihre hintere und vordere Öffnung und fuhr fordernder mit der Zunge über ihre empfindlichen Brüste.

Fionas Atem ging immer schneller. Sie spürte Alessandros Erektion an ihrer Hüfte, aber offenbar hatte er noch nicht vor, sie zu penetrieren, weil er sie erst mit den Händen stimulieren wollte: Mit einer Hand drückte er zwischen die Pobacken und drang gleichzeitig mit zwei Fingern tief in ihren engen, vorderen Tunnel. Überall spürte sie ein Prickeln, und plötzlich hob er den Kopf ein wenig und rieb mit seinem Bartansatz über Fionas Vorhöfe. Das hatte er noch nie gemacht, und diese neue, raue Empfindung an so einer sensiblen Stelle – zusammen mit der Lust, die er ihr mit seinen Fingern verschaffte – genügte, um Fiona zu ihrem zweiten Orgasmus zu bringen. Sie erzitterte unter den Schüben, schmiegte sich an Alessandro, umklammerte die Ringe mit beiden Händen und bog lustvoll den Rücken durch.

Später fiel es sowohl Alessandro als auch seiner Geliebten eine Zeit lang leicht, Fiona abwechselnd zum Orgasmus zu bringen. Manchmal war der Höhepunkt nicht so intensiv, dann wiederum umso stärker, aber nach zwei Tagen erzwungener Abstinenz schien Fionas Körper sich regelrecht nach Befriedigung zu sehnen. Doch schließlich wurde selbst Fiona allmählich müde. Ihr Körper war nicht mehr so versessen auf die Stimulierungen, und so wurde der Respons immer dünner. Gerade in dieser Phase war die Geschicklichkeit der beiden Kontrahenten gefragt.

Schließlich war es Georgina, der es schwerfiel, Fiona zu erregen. Nach der vereinbarten Fünf-Minuten-Pause hatte sie sich ihrer Kleidung entledigt und sich auf die junge Frau gelegt, wobei sie sich auf und ab bewegte, damit die Brüste und Schambeine schön aneinander rieben. Doch Georgina merkte schnell, dass Fiona darauf nicht ansprang.

Also stieg Georgina wieder von ihrer müden Rivalin und wusste, dass sie zu anderen Methoden greifen musste. Nach kurzem Überlegen wählte sie aus ihrem Equipment den »Jellyvibrator« aus. Er war weich und biegsam und hatte unten eine Vorrichtung zur Klitorisstimulierung; Georgina war überzeugt davon, dass die Reize ausreichten, da Fiona diesen Vibrator noch nicht kannte und die Vibrationen im Vaginaltrakt genießen würde.

Fiona hob den Kopf leicht an, da sie sehen wollte, was zwischen ihren Schenkeln geschah, doch Georgina befahl ihr, sich wieder hinzulegen. »Das soll eine Überraschung sein«, erklärte sie und massierte sanft die Seiten von Fionas Vulva. Dabei achtete sie darauf, die äußeren Lippen ab und zu zusammenzudrücken, um dadurch auch die inneren Labien zu stimulieren, ohne das überreizte Areal zu sehr zu strapazieren.

Als sie mit einem Finger in Fionas vorderen Eingang drang, spürte sie an der Feuchtigkeit, dass sie mit ihrer Einschätzung richtig lag. Jetzt war es für sie ein Leichtes, den seltsamen, weichen Vibrator so tief in den Tunnel der anderen Frau zu schieben, bis der untere Punkt genau an der Klitoris lag.

Fiona begann sich auf dem Bett zu winden. Der Vibrator fühlte sich außergewöhnlich an. Er schien ein Eigenleben zu haben, ehe er überhaupt lief; die biegsame Struktur erinnerte eher an einen richtigen Penis als an ein Gerät. Auch an ihrer anschwellenden Perle spürte sie den leichten Druck, und als Georgina den Vibrator einschaltete, nahm Fionas Erregung gleich bei den ersten Bewegungen wieder zu. Ihre Hüften zuckten, ihre Augen weiteten sich und ihre Bauchmuskeln wurden hart, als die Muskeln sich um den pulsierenden Vibrator spannten.

Langsam nahm die Erregung zu, und schließlich sah Georgina, wie Fiona die Hitze der Lust in Hals und Wangen schoss. Da wusste sie, dass sie mit dem kleinen Gerät die richtige Wahl getroffen hatte. Kurze Zeit später keuchte Fiona und kam schnell zum Orgasmus; ihr Körper bebte unter der Intensität.

Fiona erschrak, als sie sich bewusst machte, was geschehen war. Eigentlich hatte sie geglaubt, sie könne ganz leicht selbst entscheiden, wann sie zum Höhepunkt kommen wollte, aber so einfach war es dann doch nicht. Sie war davon überzeugt, dass sie nicht mehr konnte, aber Georgina hatte nur ein paar Minuten gebraucht, um sie zum Höhepunkt zu bringen. Wenn sie sich nun selber nicht mehr richtig einschätzen konnte, wie sollte sie dann noch kontrollieren, wer den Wettstreit gewann?

Alessandro erkannte, dass Fiona an einem kritischen Punkt angelangt war. Sie war natürlich müde, aber noch nicht vollkommen erschöpft. Das bedeutete bloß, dass ihr Körper nicht mehr so schnell reagierte, was auch immer der Geist ihr riet.

Nach der vorgeschriebenen Pause nahm er Fiona mit ins Bad und sagte ihr, sie solle sich in eine flache Wanne legen und die Beine auf den Rand stützen, in der Nähe des Wasserhahns. Dann griff er nach dem Duschkopf und ließ Wasser über ihre Vulva sprudeln. Zunächst kühlte das Nass ihre überhitzte Scham, aber je länger Alessandro die feinen Strahlen ausrichtete, desto mehr Tropfen trafen direkt die inneren Sexlippen, die vaginale Öffnung und die halb verdeckte Klitoris. Allmählich baute sich ein weiteres Mal die sexuelle Erregung in Fiona auf, und zu ihrer Erleichterung gelang es Alessandro relativ leicht, sie wieder kommen zu lassen.

Sie trocknete sich ab, und währenddessen warteten die beiden, dass die Pause verstrich. Kaum war die Zeit abgelaufen, da legte Georgina ihre Rivalin auch schon auf den Boden des Badezimmers, forderte sie auf, die Beine anzuwinkeln und zu spreizen, ehe sie ihr zwei schwere Liebesbälle in die Vagina schob.

Bislang hatte Fiona diese Kugeln immer nur im Rektum gespürt. Und als sie jetzt aufstand, um ins Schlafzimmer zu gehen, drückten die Bälle schwer gegen die empfindlichen Wände der Vagina; erschrocken sog Fiona die Luft ein und spürte die Spannungen in ihrem Bauch. »Schön im Zimmer auf und ab gehen«, forderte Georgina sie auf. »Dann stellst du dich vor mich und lässt deine Hüften kreisen, bis ich dir sage, dass du aufhören kannst.«

Fiona tat, was die andere Frau von ihr erwartete, und die Bälle drückten umso fester gegen ihre Nervenfasern. Als sie die Hüften wie ein Striptease-Star kreisen ließ, schossen ihr die Funken der Lust bis in den Unterleib und in die Beine. Fast rechnete sie damit, zu kommen, aber der Orgasmus verpuffte plötzlich, ohne je den Höhepunkt erreicht zu haben.

Georgina erkannte, dass sie noch mehr Hilfsmittel brauchte. Sie ließ die Bälle, wo sie waren, zog Fiona zu dem Hocker und sagte ihr, sie solle sich bäuchlings darüberlegen. Dann verteilte sie Gleitmittel zwischen Fionas Pobacken und führte einen strammen Analplug in den Anus ein, den sie mittels eines kleinen Gummiballs aufpumpen konnte.

Fiona spürte den zunehmenden Druck in ihrem hintersten Tunnel und stemmte sich instinktiv gegen den Eindringling. Doch dadurch erhöhte sich nur noch der Druck der Liebesbälle. Blitzartige Entladungen zuckten durch ihre Schamgegend, eine Mischung aus Lust und Schmerz. Ihre Klitoris begann zu pulsieren.

Georgina drückte den kleinen Gummiball, worauf der Analplug sich tief in Fionas Rektum schob. Fiona keuchte. Sie hatte das Gefühl, die Bälle und der Plug würden sich jeden Augenblick berühren, weil sich alles in ihr ausdehnte, bis die Reize von vorn und hinten zusammenliefen und schließlich nicht mehr voneinander zu unterscheiden waren. Alle Nerven in ihr schienen sich zusammenzuballen und den Orgasmus voranzutreiben, der endlich den unerträglichen Druck von ihr nehmen würde.

Diesen Orgasmus wollte Fiona nicht. Er war zu intensiv und würde es für Alessandro schwerer machen, noch einen Höhepunkt aus ihr herauszulocken. Doch Georgina drückte erbarmungslos auf den Ball: Fionas gequältes Rektum dehnte sich weiter aus, und Fiona ahnte, dass sie nun verloren war. Ihr Körper pendelte vor und zurück, ihr Kopf flog von rechts nach links, und sie schrie, als sie zum Orgasmus kam, halb aus ekstatischer Befreiung, halb aus purer Verzweiflung.

Alessandro bewunderte Georgina für ihr schlaues Vorgehen. So ein heftiger Orgasmus hatte Fiona bestimmt ausgelaugt, und da wären fünf Minuten Pause zu wenig Zeit zur

Erholung. Daher beschloss er, dass es an der Zeit sei, diesmal ein Utensil aus seiner Sammlung zum Einsatz zu bringen.

Als Alessandro Fiona zum Bett führte, spürte sie kaum noch etwas. Keine Anzeichen von Erregung, keine prickelnde Aufregung. Sie war absolut befriedigt, und als er Kissen übereinanderlegte, sank ihr das Herz, weil sie befürchtete, dass Alessandro sich nun umsonst abmühen würde, ihren erschöpften Körper zu erregen.

Die Kissen lagen unter ihren Hüften, wodurch ihr Kopf tiefer lag, aber ihr Unterleib und die Schamgegend waren gedehnt und deshalb besser zu stimulieren. Gespannte Haut reagierte besser als schlaffe Partien, wie Alessandro sehr wohl wusste, und als er ein Utensil hochhob, das auf den ersten Blick wie ein Wischmopp aussah, ahnte Georgina, dass ihr Lover Erfolg haben könnte.

Von dem Kopf des Utensils hingen Schnüre und Seidenbänder herab. Nun setzte Alessandro sich so neben Fiona, dass sie nicht sehen konnte, was er vorhatte, und wartete eine Weile. Das erhöhte die Spannung, die bereits Fionas Bauchdecke erfasst hatte; das Zittern ihrer Bauchmuskeln verriet ihm, dass Fiona ungeduldig wartete.

Mental gesehen, war Fiona inzwischen wieder in erregter Stimmung, und daher strich Alessandro ihr jetzt mit den Bändern und Schnüren über den festen Unterbauch und die Hüften. Nach einer kurzen Pause wiederholte er die federleichten Striche und zog die Enden des Utensils über die Oberschenkel.

Fiona keuchte. Sie wusste ja nicht, was genau er im Augenblick benutzte, aber sie hatte das Gefühl, Tausende von Schmetterlingen tanzten über ihren Körper und berührten ihre Haut mit zarten Flügelschlägen. Dieses Bild stand ihr so klar vor Augen, dass sie einen Moment lang überzeugt davon war, dass sie recht hatte, aber als das Kitzeln abwärts wanderte, wusste sie, dass es sich um eine Art weiche Bürste handeln musste. Sie zitterte jetzt, genoss die leichten Liebkosungen und öffnete sich Alessandro langsam: Ihre äußeren Vaginalippen dehnten sich, als die Schnüre und Bänder darüberstrichen.

Nachdem sie sich ihm wie eine Knospe geöffnet hatte, fiel es ihm leichter, die Empfindungen weiter zu schüren. Sacht strich er über die Stelle zwischen ihren beiden Öffnungen und sah, wie Fionas Beine zuckten. Dann, während sich die Glut hinter ihrer Klitoris sammelte, zog er die Bürste quälend langsam durch ihre Spalte, stimulierte den Ausgang der Harnröhre und umschloss den Kitzler mit dem Geflecht aus Bändern und Schnüren. Mit einem freudigen Schrei kam Fiona zum Höhepunkt, und ihre Bauchmuskeln zuckten unter den befreienden Kontraktionen.

Georgina beschloss daraufhin, dass es an der Zeit sei, das anzuwenden, was sie ganz zu Anfang über die Geisel gelernt hatte: Sie wusste nämlich genau, dass Fionas Erregung immer dann zunahm, wenn sie aufgefordert wurde, ihre Gefühle kurz vor dem Orgasmus zu beschreiben.

Diese Maßnahme wollte sie mit Fesselung verbinden, um die Lust zu steigern. Daher befahl sie Fiona, sich zwischen die Bettpfosten zu stellen und die Arme und Beine zu spreizen, fesselte Fionas Hände dann in den Ringen und die Füße an die Pfosten.

Fiona war derweil davon überzeugt, dass Alessandro den Wettstreit gewonnen hatte, da ihr Körper sich wohl nicht mehr stimulieren ließe, und verfolgte daher eher gleichgültig, wie Georgina einen langen Seidenschal aufhob. »Ich werde dir hiermit über den ganzen Körper streichen, Fiona«, sagte sie mit verführerischer Stimme. »Ich fange am Rücken an und komme dann nach vorn. Ich denke, dass du dies als besonders erfreuliche Erfahrung bezeichnen wirst.«

Allein die Tatsache, dass Georgina ihr die einzelnen Schritte erklärte, erregte Fionas Aufmerksamkeit und riss sie aus der erschöpften Starre, in der sie sich befunden hatte. Auch Alessandro entging das nicht und erneut musste er anerkennen, wie geschickt Georgina doch war.

Der lange Schal fühlte sich tatsächlich so herrlich auf dem Rücken an, wie Georgina es vorausgesagt hatte; Fionas Haut wurde rasch wärmer, während der hauchdünne Stoff darüberstrich. Sie bog den Rücken durch, als die Seide über ihre Wirbelsäule und den Po glitt. Dort, wo der Schal seine Spur zog, hinterließ er ein Prickeln, das Fiona besonders intensiv an den Kniekehlen empfand.

Eine ganze Weile zog Georgina den Schal über Fionas Rücken, verband ihr dann die Augen mit der schwarzen Maske und stellte sich vor die Geisel. Und wieder hatte Fiona keine Ahnung, wo der Schal als Nächstes ansetzen würde. Sie spannte die Bauchmuskeln an, weil sie das Kitzeln dort erwartete, doch stattdessen begann Georgina ganz unten und ließ den Stoff über Fionas Füße laufen, ehe sie sich den Knien und den Oberschenkeln widmete.

Als sie jedoch den Venushügel erreichte, hörte sie auf und drapierte den Schal um Fionas Schultern, sodass die Enden bis zu Fionas anschwellenden Brüsten hingen.

Jetzt war ihr ganzer Körper angeregt und offen für sinnliche Stimulierung, und Fiona begehrte gegen ihre Fesseln auf, doch dadurch verspannte sie sich und spürte das Kitzeln des Seidenschals umso intensiver.

Georgina zog das weiche Material jetzt über Fionas straffen Bauch und wandte sich mit sinnlicher Stimme an ihre Rivalin: »Beschreibe, wie sich die Seide anfühlt. Brennt deine

Haut oder fühlt sie sich kalt an? Magst du es, wenn ich dich hier streichele …?« Zart strich sie über den Schwung von Fionas Taille. »Oder doch eher hier …?« Schnell zog sie das Ende des Schals über Fionas Schamhügel und strich über das dichte, krause Haar.

Fionas Atem beschleunigte sich, und sie zog an den Fesseln. »Ja, ja!«, stöhnte sie. »Da mag ich es.«

»Wo genau?«, neckte Georgina sie und führte die Seide wieder über Fionas Taille. »Etwa hier?«

»Nein! Nein!« Fiona wand sich und versuchte, ihr Becken nach oben zu drücken. »Wo du gerade warst! Bitte!«

»Meinst du deine Brüste?« Mit einem Lächeln zog Georgina den Schal nach oben und hielt den Stoff dabei gespannt. Das Material fuhr über Fionas Brustspitzen und entlockte ihr ein weiteres Stöhnen.

»Bitte zwischen meinen Beinen!«

»Nur wenn du mir beschreibst, was du dort fühlst.«

Fiona hatte schon vergessen, dass sie diesen Orgasmus ablehnte, da sie ihren letzten Höhepunkt bei Alessandro erleben wollte. Doch mittlerweile sehnte sich ihr pochender Körper nach Befriedigung durch das seidene Band, das Georgina so perfekt zum Einsatz brachte. »Ich bin so angespannt«, flüsterte sie und schämte sich fast für ihr Bekenntnis. »Alles zieht sich zusammen. Und da ist dieses Brennen tief in meinem Bauch, das nicht weggehen will, und ich brauche …«

»Das hier?«, fragte Georgina leise und ließ den Schal zwischen Fionas Schenkeln hindurchgleiten. Kühl rieb die Seide über ihren pulsierenden Hügel der Lust.

Mühelos teilte der Schal Fionas äußere Lippen, und als der Stoff über ihre kleinen Labien strich, drückte Fiona sich dagegen, weil sie unbedingt wollte, dass die Seide auch den Kitzler stimulierte. Augenblicklich wurde sie belohnt und spürte die befreienden Schübe der Lust, die ihr durch den Bauch und in die Brüste flimmerten. Die Wucht des Orgasmus ließ Fiona zitternd und matt zurück.

Schlaff hing sie in den Ringen, der Kopf sackte ihr auf die Brust. Georgina nahm ihr die Maske ab, löste die Fesseln und schenkte Alessandro ein süßliches Lächeln. »Du bist dran, glaube ich. Aber sie dürfte am Ende sein.«

Das war ihm bewusst. Geduldig wartete er die vollen fünf Minuten ab, ging dann zu Fiona, die in sich zusammengesunken auf dem Bett saß, und stieß sie grob auf die Matratze. Er wusste, dass er nun ein Kontrastprogramm zu der weichen Stimulierung durch die Seide brauchte, und sein Körper war nur allzu bereit, diesen Plan in die Tat umzusetzen.

Fiona war ganz erschrocken, als sie zurückgestoßen wurde, und fühlte die Kissen, die Alessandro ihr schnell unter die Schultern schob, sodass ihr Körper zum Bettende hin abfiel. Als er dann ihre Beine spreizte, empfand Fiona seine unterdrückte Wut als absolut stimulierend. Im nächsten Moment war er auf den Knien und setzte seine heiße Zunge wie eine Waffe ein: Hart ließ er die Spitze über Fionas innere Sexlippen zucken, stieß in die Vagina und leckte hemmungslos über die inneren Wände ihres Tunnels. Schwer atmend strich Fiona mit beiden Händen über das Bettlaken.

Deutlich spürte sie, dass Alessandro sie jetzt so ganz anders anpackte; normalerweise ging er immer sanft vor, doch genau dieser Unterschied ließ all ihre Sinne noch wacher werden. Als er auch ihre intimste Stelle mit heftigen Zungenstößen stimulierte, versteifte Fiona sich, aber obwohl sie spürte, dass die sexuelle Spannung zunahm, war es ihr nicht möglich, zum Höhepunkt zu kommen. Je krampfhafter sie nach Erlösung strebte, desto weiter entfernte sie sich von dem Gipfelpunkt.

Alessandro war darüber nicht überrascht. Er wartete nur einen Moment, ehe er aufstand, Fiona bei den Fußgelenken packte und sich ihre Beine auf seine Schultern legte. Dann stützte er sich mit einem Knie auf der Bettkante ab und positionierte sich für die Penetration.

Fiona wollte ihn unbedingt in sich spüren. Sie hob ihm die Hüften ein wenig entgegen, und als er in ihre feuchte Spalte drang, war der Winkel der Penetration genau richtig. Wieder andere Nervenenden wurden gereizt, und schließlich verspürte sie dieses Pulsieren zwischen ihren Schenkeln.

Erst jetzt begann Alessandro sich zu bewegen. Er hatte die Kontrolle über die Geschwindigkeit und variierte seine Stöße geschickt. Zuerst nahm er Fiona mit langsamen Zügen, stieß dann schneller zu, ehe er sich fast ganz zurückzog und die Öffnung ihrer Vagina mit seiner geschwollenen Eichel stimulierte.

»Massiere deine Brüste«, murmelte er. »Knete deine Nippel und spüre, wie das Blut pulsiert. Ich möchte sehen, wie sie sich aufrichten, während ich dich nehme.«

Dieser Aufforderung kam sie nur zu gern nach. Ihre vernachlässigten Brüste erwachten zu neuem Leben unter ihren Händen, und da Alessandro sich jetzt rhythmisch in sie stieß und entschlossen seinem Orgasmus entgegenfieberte, schossen die prickelnden Blitze schneller und schneller durch ihren Körper.

Als er den Punkt erreichte, an dem es kein Zurück mehr gab, sah er zu seiner Erleichterung, dass Fionas Brust und Hals von der Röte der Lust überzogen waren. Sekunden später drückte sie den Rücken durch und zwängte Alessandros Kopf mit den Füßen ein, als sie noch einmal kopfüber in einen Orgasmus stürzte ... unmittelbar vor dem Italiener.

Als Alessandro sich aus ihr zurückzog, war er siegessicher

und glaubte, Fiona gehöre ihm. Sie war gewiss befriedigt, denn er hatte sie ausgefüllt, wie es keine Frau vermochte. Daher dachte er, dass er seinen letzten Trumpf ausgespielt hatte, und hoffte, sich nicht geirrt zu haben.

Georgina war froh, dass sie noch ein Ass im Ärmel hatte. Als sie Fiona betrachtete, war ihr klar, dass diese Frau nicht mehr viel Energie besaß, um sich noch einmal auf sexuelle Stimulierung einzulassen, ganz gleich wie geschickt man sie erregte. Nein, Georgina war sich sicher, dass Fiona höchstens noch zu einem letzten Höhepunkt gebracht werden könnte, und sie, Georgina, wäre diejenige, die Fionas erschöpftem Körper diesen Orgasmus entlockte. Dieser Gedanke spornte Georgina an. Sie würde doppelt so viel Spaß haben, denn sie würde nicht nur gewinnen, sondern auch ihre Rivalin schockieren, die natürlich hoffte, Georgina würde verlieren.

Als sie Fiona befahl, sich mit dem Gesicht nach unten auf den Boden zu legen – das Polster unten den Hüften – stöhnte Fiona. »Nein, ich kann nicht mehr. Er hat gewonnen. Ich kann für keinen mehr kommen.«

»Du musst es mich versuchen lassen«, sagte Georgina nicht gerade freundlich. »So sagen es die Regeln. Wenn ich nach fünfzehn Minuten versage, dann ist das Spiel aus, aber noch bin ich im Rennen.«

Fiona sah Alessandro flehentlich an. »Ich schaff das nicht mehr. Ich will schlafen.«

»Wenn du es nicht mehr schaffst, dann ist das Spiel eben vorbei. Es dauert nicht mehr lange, Fiona. Und jetzt leg dich auf den Boden, wie Georgina es verlangt.«

Eigentlich machte er sich keine Sorgen. Er war davon überzeugt, dass er den Wettstreit für sich entschieden hatte, aber als er sah, dass Georgina eine lange Ledergerte hervorholte, trat er einen Schritt vor. »Nein«, sagte er, »wir hatten vereinbart, dass ihr keiner wehtut.«

Georgina hatte nur ein Lächeln für ihn übrig. »Aber das gefällt ihr. Erst gestern habe ich sie mit dem Tawse bekannt gemacht, und da kam sie sehr schnell.«

»Stimmt das?«, fragte Alessandro Fiona, die sich schon auf den Boden gelegt hatte. Sie nickte nur, und diese kurze Zustimmung genügte Alessandro, ob es ihm nun gefiel oder nicht. Er musste Georgina gewähren lassen.

Fiona fühlte, wie die Lederzungen über ihren Körper wanderten. Sie verharrten auf den Rückseiten ihrer Beine und stahlen sich zwischen ihre Pobacken. Dann ließ Georgina die Gerte über Fionas Wirbelsäule tanzen, sodass Fiona die Hüften in die Polster drückte und dadurch ihre Bauchmuskeln anspannte.

Plötzlich riss Georgina die Gerte hoch und schlug leicht auf Fionas Schulterblätter. Ihre Brüste wurden in den Teppich gedrückt, und der Schmerz brannte einen Moment lang, ehe er abebbte. Doch gleichzeitig spürte Fiona, wie sich ihre Nippel in den Teppich gruben und wieder anschwollen.

Jetzt trafen die Lederzungen Fionas Taille. Ihre Hüften zuckten, und ein warmer Schub fuhr durch ihren Bauch, verstärkt durch den Druck der klug platzierten Polsterung. Georgina setzte die Lederriemen sparsam und sehr effizient ein. Jeder Hieb zielte genau auf die Stellen ab, die leicht zu stimulieren waren und von wo aus die Empfindungen in andere Regionen von Fionas Körper strahlten. Die Hitze schien plötzlich überall zu sein, und Fiona wand sich verzweifelt auf dem Teppich und der Polsterung und stemmte sich gegen den Druck in ihrem Innern, der nach Erlösung schrie.

»Umdrehen«, sagte Georgina.

Fiona drehte sich auf den Rücken; Tränen der Verzweiflung liefen ihr über die Wangen. Georgina war das egal. Sie wusste, wie sehr Fiona leiden würde, wenn ihre Rivalin den Sieg errang, und dieser Gedanke bereitete Georgina so viel Vergnügen, dass sie selbst kurz vor einem Orgasmus war. Mit einer Hand strich sie über die Spalte ihrer eigenen Sexlippen und sah, dass Fiona ihr dabei mit weit aufgerissenen Augen zusah.

Das war neu für Fiona und erhöhte ihre Erregung noch. Eigentlich wollte sie nicht hinsehen, aber ihr blieb keine andere Wahl. Als Georginas Körper schließlich zu zucken begann und die Lederriemen noch einmal hart auf Fionas gespannten und prickelnden Brüsten landeten, konnte Fiona nichts mehr gegen die heranflutenden Empfindungen machen, sosehr sie sich auch anstrengte. Alle Dämme brachen, als sich ein weiterer Orgasmus wellenartig in Fionas Körper ausbreitete.

Alessandro war erschrocken. Fassungslos starrte er auf den Boden, wo Fiona sich in ihrer ekstatischen Lust wand. Und zum ersten Mal hatte er ernsthafte Bedenken, eine Niederlage einstecken zu müssen. Verzweifelt ging er im Kopf alle Möglichkeiten durch, die ihm jetzt noch blieben. Schnell versuchte er sich in Erinnerung zu rufen, wie Fiona auf seine früheren Methoden reagiert hatte, und überlegte, inwiefern er die Erfahrungen der anderen ausnutzen konnte, die Fiona in die Welt der Lust eingeführt hatten. Als die fünf Minuten abgelaufen waren, wusste er zwar, was er machen würde, aber er war sich nicht mehr sicher, dass er damit Erfolg haben würde.

Georgina interessierte es kaum noch, was Alessandro vorhatte, glaubte sie doch in ihrem Herzen, dass der Kampf entschieden war. Sie hatte Fiona in einen letzten Orgasmus getrieben, der ihre Rivalin nicht nur körperlich ausgelaugt hatte, sondern sie auch in einem wunden Punkt getroffen hatte: Denn Fiona hätte sich gewiss nie erlaubt, in dieser kritischen Phase durch ein Gemisch aus Schmerz und Lust zum Höhepunkt zu kommen. Ihre Selbstachtung war nun bestimmt angekratzt, und selbst Alessandro wäre nicht mehr imstande, Fiona noch einmal zu erregen.

Fiona hatte gar nicht mitbekommen, dass Alessandro einen weiteren Versuch unternahm, doch dann hob er sie auf das Bett. Zärtlich streichelte er sie überall, verwöhnte sie mit beiden Händen und flüsterte ihr aufmunternde Worte ins Ohr, ehe er sanft über den roten Striemen leckte, den die Lederriemen auf Fionas Brüsten hinterlassen hatten.

Tränen traten ihr in die Augen, als ihr bewusst wurde, was dieser Hieb angerichtet hatte. Sie fragte sich, wie sehr sie sich verändert haben mochte, doch Alessandro sprach ihr weiterhin Trost zu. »Das ist normal«, flüsterte er. »Viele Frauen lieben diese Kombination aus Schmerz und Lust. Deine Sinne sind inzwischen so geschärft, dass dich fast jede Stimulierung erregt. Dafür brauchst du dich nicht zu schämen. Ich habe das oft mit Frauen gemacht und mich mit ihnen für ihr Lusterlebnis gefreut.«

»Ich wollte aber nicht kommen«, rief Fiona. »Wieso ist es dann doch passiert?«

»Das ist doch jetzt egal. Entspann dich, und lass mich dich trösten.« Während er sie mit seiner Stimme beruhigte, strich er mit den Händen über ihre Brüste, und als er merkte, dass Fiona ruhiger wurde, schob er eine Hand zwischen ihre Beine und wartete, bis sie die Schenkel automatisch weiter spreizte.

Wieder hatte er Zugang zu ihren intimsten Stellen, und obwohl ihm klar war, dass sie an diesem Tag zu oft stimuliert worden war, wusste er gleichzeitig, dass er sie nur noch ein letztes Mal zum Höhepunkt zu bringen brauchte.

Als sie sich an ihn schmiegte, befeuchtete er seine Finger mit Gleitmittel und verteilte es auf ihren inneren Labien. Zum ersten Mal machte Fiona sich bewusst, dass er mit ihr spielte und sie zu erregen versuchte. Sie gab einen Laut des Protests von sich.

»Lass es mich versuchen«, drängte er. »Georgina darf nicht gewinnen.«

Sie schloss die Augen. Sollte er es ruhig versuchen, aber auch sie ahnte, dass das Spiel aus war. Sehr sanft streichelte Alessandro sie weiter und begann, ihre empfindlichen Stellen mit etwas stärkerem Druck zu stimulieren. Aber sosehr er sich auch Mühe gab, Fiona zu erregen, sie wurde einfach nicht mehr feucht.

Daher sah er nur noch eine Möglichkeit. Leise griff er nach einem kleinen Plastikröhrchen, das er auf das Bett gelegt hatte, und während er mit einer Hand kreisende Bewegungen auf Fionas Brüsten und ihrem Bauch ausführte, brachte er das Stäbchen an den Ausgang ihrer Harnröhre.

Mit einer Hand drückte er gegen die unterste Stelle der Vulva, zog die Haut nach unten und ließ sie wieder los, wodurch die entsprechenden Nervenenden angeregt wurden.

Ein Anflug von Empfindungen machte sich mit einem Kitzeln tief in Fiona bemerkbar, und Alessandro spürte, wie sich ihre Bauchmuskeln bewegten. Jetzt wiederholte er die Stimulierung, tastete gleichzeitig mit der anderen Hand nach Fionas Brüsten und knetete abwechselnd ihre Nippel. Ganz langsam richteten sie sich auf, und auch die Brüste wurden straffer.

Fionas Beine regten sich; die ersten Anzeichen sexueller Rastlosigkeit. Alessandro wollte nicht länger warten. Fionas

Erregungsphase war womöglich so kurz, dass er jetzt handeln musste, um seine Chance nicht zu verpassen. Er wusste, dass sie seit der Frühe das Bad nicht mehr benutzt hatte. Daher musste ihre Blase voll sein, und die Nervenenden standen gewiss unter Druck.

Mit einer geschickten Bewegung führte er das Plastikröhrchen an Fionas Harnöffnung, strich dort über die empfindliche Stelle und übte dann gezielt Druck aus. Gleichzeitig wisperte er an ihrem Ohr: »Ich liebe dich.«

Fiona hatte das Gefühl, von Elektroschocks erfasst zu werden. Ohne Vorwarnung schoss ihr Körper vom Bett hoch, als sich eine Art von Explosion in ihr austobte und ihr bis in die Finger- und Fußspitzen fuhr. Sie hörte sich bei dieser neuen, fast unerträglichen Empfindung schreien und spürte dann, wie sie von einer ganzen Serie von Konvulsionen geschüttelt wurde.

Alessandro musste Fiona sogar loslassen und hörte sie »Nein! Nein! Nein!«, rufen, als sie die Kontrolle über sich verlor. Die Intensität der Gefühle ängstigten sie und riefen Ablehnung in ihr hervor. Zwar wusste sie nicht, wogegen genau sie protestierte, aber sie wusste, dass sie diese Gefühle nicht mehr empfinden wollte.

Als ihr Körper wieder ruhiger wurde, drehte Alessandro Fiona so, dass sie ihn anschaute. Ihre Augen waren geschlossen, ihr Atem ging langsam und gleichmäßig. Sie war sofort in einen tiefen Schlaf gefallen, sodass Alessandro zuerst glaubte, sie sei sogar ohnmächtig. Und als Georgina, die erstaunt vom Bettende zugeschaut hatte, ihre Rivalin jetzt sah, wusste sie, dass das Spiel entschieden war und Alessandro gewonnen hatte.

Kapitel fünfzehn

Nachdem Alessandro später am Tag Fiona ins Gästezimmer gebracht hatte, wo sie sich in Ruhe ausschlafen sollte, machte er sich auf die Suche nach Georgina. Sie war in ihrem gemeinsamen Schlafzimmer, hatte ihre gesamte Garderobe aufs Bett geworfen und war mit dem Packen beschäftigt.

»Du brauchst nicht Hals über Kopf aufzubrechen«, sagte er freundlich.

Georgina drehte sich zu ihm um. Sie sah blass aus, ihre Miene war angespannt, aber sie schaffte es, sich ein Lächeln abzuringen. »Es ist wohl besser, wenn ich jetzt gehe. Was nützt es, wenn ich noch warte?«

Er setzte sich auf den Hocker vor der Frisierkommode und schaute Georgina beim Falten der Kleider zu. »Wir hatten eine tolle Zeit. Du hast mich sehr glücklich gemacht.«

»Ach, wirklich?« Sie schaute ihn nicht an und konzentrierte sich weiter auf ihre Sachen. »Warum musste es dann enden?«

Dafür hatte er auch keine Erklärung parat. »Alles hat seine Zeit«, meinte er schließlich.

»Wolltest du sagen, es gibt eine Zeit der Lust und eine Zeit der Liebe?«

Seine Augen verengten sich. »Wer sprach von Liebe?«

Ruckartig schloss Georgina den Deckel eines der teuren Lederkoffer. »Du, als es dir gelang, einen letzten Orgasmus aus Fiona herauszuholen. Ich habe gehört, wie du ihr zugeflüstert hast, dass du sie liebst. Das hast du nie zu mir gesagt.«

»Es war ein Wettstreit. Worte waren da bloß ein weiteres Mittel, wie deine Lederriemen.«

Ihr Lachen klang hart. »Für Fiona war es bestimmt nicht dasselbe! Was tut es zur Sache? Ich bin realistisch genug, um zu wissen, dass es vorbei ist. Dass jemand wie sie mich ersetzen wird, ist da wohl die größte Überraschung.«

»Du warst alles, was ich wollte, als ich dich kennenlernte. Ich bewunderte, mit wie viel Energie du dich in deine Arbeit stürzt und wie wild du im Schlafzimmer bist. Wir beide wissen, dass keiner von uns treu war, aber wir hatten eine tolle Zeit.«

»Ich will nichts mehr davon hören«, sagte Georgina. »Gleich sagst du noch, dass ich schon jemand anders finden werde, jemand, der mich mehr wertschätzt.«

Alessandro lachte. »So etwas würde ich bestimmt nicht sagen. Keiner wird dich mehr wertschätzen als ich.«

»Offen gesagt, wurdest du mir allmählich hinderlich bei meiner Arbeit«, bekannte sie. »Dauernd musste ich das Büro verlassen, weil ich dich auf irgendwelche Dinner in London begleiten sollte. Oder ich musste mich beeilen, den Hubschrauber zu kriegen, weil du mich in Norfolk brauchtest. Dadurch habe ich bald den Überblick verloren über das, was in der Welt der Hochglanzmagazine läuft. Ich denke, ich werde mich als Herausgeberin eines Magazins bewerben, das noch neu auf dem Markt ist.«

Alessandro respektierte ihre Einstellung. Er wusste, dass sie verletzt war. Sie wollte von Natur aus gewinnen, und diesen Siegeswillen hatte Alessandro ihr auch während des Wettstreits angemerkt. Doch nach ihrer Niederlage behielt sie den Schmerz für sich.

»Dann wünsche ich dir alles Gute.«

Georgina ließ die Verschlüsse ihrer Koffer zuschnappen. »Sag einem deiner Leute, er soll mir die Koffer nach unten tragen. Den Rest kannst du mir in mein Londoner Apartment schicken lassen.«

»Klar.«

An der Tür drehte Georgina sich ein letztes Mal zu ihm um. »Dir ist aber hoffentlich auch klar, dass sie dich schnell langweilen wird?«

»Mir ist bewusst, dass auch sie ihre Saison haben wird!«

»Also dann, auf Wiedersehen, Alessandro. Ich wünsche euch beiden viel Spaß.«

Er war froh, dass sie so schnell gegangen war. Denn so konnte er die Spedition bestellen und alles für den Umzug nach Italien in die Wege leiten. Eine Weile saß er still da und dachte an die gemeinsame Zeit mit Georgina. Doch dann zog er gedanklich einen Schlussstrich und ging nach unten, um ein paar Telefonate zu führen.

Es war schon fast Zeit für den Nachmittagstee, als Fiona barfuß ins Wohnzimmer tappte, eingehüllt in einen pinken Morgenmantel. Sie sah verschlafen und zerzaust aus, und er wusste, dass es lange dauern würde, bis er ihrer überdrüssig würde.

»Wo ist Georgina?«, fragte sie fast ängstlich.

»Sie ist wieder in London und hat so viele Koffer mitgenommen wie in ihr Auto passten. Wie ich sehe, hast du gut geschlafen.«

Sie nickte. »Was geschieht nun?«

Alessandro sah sie an. »Du bleibst natürlich bei mir.«

»Auch wenn ich nicht will?«

Jetzt war er es, der erschrak. Mit einer Hand stützte er sich an der Stuhllehne ab. »Nein, wenn du nicht willst, brauchst du nicht zu bleiben. Das wäre dumm. Duncan sagt, dass er uns das Geld nicht zurückzahlen kann. Daher übernehmen wir seine Firmen, und er wird noch einmal von vorn anfangen müssen. Wie ich gehört habe, hat Bethany ihn verlassen. Sie mag eben keine Loser. Ich brauche dich also nicht mehr als Geisel. Wenn du nicht bleiben möchtest, darfst du mein Haus verlassen.«

Belustigung funkelte in ihren Augen. »Aber ich will bleiben. Ich wollte von dir nur hören, dass ich eine Wahl habe!«

Alessandro schloss einen Moment lang erleichtert die Augen. Dann ging er zu Fiona und schob seine Hände in ihren weichen Morgenmantel. Darunter trug sie fast nichts, und er streichelte zärtlich über ihre Haut.

»Wir ziehen nach Italien. Dort möchte ich in der Sonne mit dir schlafen. Das Klima in Italien ist perfekt für die Liebe. Und ich sorge dafür, dass deine Eltern versorgt sind.«

Seit ihrer Bekanntschaft mit diesem charismatischen Mann, der ihr Leben verändert hatte, war Fiona klüger geworden und hatte viel dazugelernt. Daher ahnte sie, dass sie seine Worte nicht für bare Münze nehmen durfte. »Du wolltest sagen, dass das Klima perfekt ist für sinnliche Vergnügen, nicht wahr?«

Seine Hände wanderten über ihre Wirbelsäule, ehe er die Arme anspannte und Fiona kaum Luft zum Atmen ließ. »Vielleicht«, stimmte er zu, brachte seinen Mund nah an ihr Ohr und leckte über ihre Ohrmuschel.

»Hast du das ernst gemeint, als du während des Wettstreits sagtest, du liebst mich?«, wollte sie wissen und zitterte bei den Zungenstrichen.

»Da meinte ich es so«, erwiderte er vorsichtig.

Fiona schmiegte sich enger an ihn, spürte seine Erregung

und merkte an seinen Händen auf ihrem Rücken, dass es ihn schon wieder nach ihr verlangte. »Ich hatte es gehofft.«

Einen Moment lang verharrten seine Hände an einer Stelle. »Nichts in meinem Leben ist für immer«, sagt er langsam, denn er wollte mit offenen Karten spielen, auch wenn es sein Wunsch war, Fiona zu besitzen und zu halten.

Sie lachte. »Das habe ich mir schon gedacht. Aber was soll's? Ich würde gern Italien kennenlernen und bin mir sicher, dass auch ich das Klima toll finden werde.«

Er schaute sie an. »Ich will dich, Fiona. Ich will dich jetzt!«

»Und ich will dich. Wer weiß, mit etwas Glück haben wir beide zur selben Zeit vom anderen die Nase voll. So wird keiner verletzt sein, meinst du nicht auch?«

Er sah sie verblüfft an und erkannte, dass sie während der Geiselhaft nicht nur sexuell gereift war, sondern auch als Frau. Das steigerte seine Lust nur noch, und er begann, ihr den Morgenmantel abzustreifen, setzte sich dann auf den Stuhl und zog Fiona auf seinen Schoß. Schnell hatte er seine Hose geöffnet und konnte seine Geisel ungehindert auf seine Erektion ziehen.

Sie spürte, wie er in sie glitt, seine Hände fuhren warm über ihre Taille, weich strich sein Atem über ihren Hals. Fiona war absolut zufrieden. Der Augenblick zählte, nicht die Vergangenheit, auch nicht die Zukunft. Nur dieser Moment.

Sie begann sich auf ihm zu bewegen, hob die Hüften an, bis sie die Spitze seiner Erektion an ihrer Öffnung spürte, und wartete, dass er versuchen würde, sie wieder zu sich zu ziehen. Jetzt kontrollierte sie alles: die Geschwindigkeit, den Rhythmus und Alessandros wachsendes Verlangen. Sie spielte mit ihm, und sein Atem wurde schneller, sein Körper zitterte vor Lust, als er darauf wartete, dass sie ihn kommen ließ. Als er endlich zum Höhepunkt kam und wie wild mit den Hüften nach oben stieß, lächelte Fiona in sich hinein.

Sie hatten die Rollen getauscht. In diesem Moment war er die Geisel ihrer Sexualität, und Fiona hatte die Absicht, diesen Mann noch eine ganze Weile lang als ihren Gefangenen zu halten.

Eine sinnliche Jagd durch die Subkultur der englischen Hauptstadt

Astrid Fox
DIE AUSSENSEITERIN
Erotischer Roman
Aus dem Englischen
von Kerstin Fricke
304 Seiten
ISBN 978-3-404-16096-9

Tesser ist eine junge amerikanische Filmemacherin, die sich in London pudelwohl fühlt. Hier findet sie alles, was sie liebt: ausgefallene Klamotten, szenige Locations und so viel Sex, wie ihre Libido verlangt. Und die ist nahezu unstillbar …